# CONAN
## O Bárbaro

Robert E. Howard

Tradução de Alexandre Callari

**PIPOCA & NANQUIM**

CONAN, O BÁRBARO Livro 1
Robert Erwin Howard
© 2017 Conan Properties International LLC. CONAN,
© 2017 Pipoca & Nanquim, para a edição brasileira
CONAN, CONAN THE BARBARIAN, HYBORIA, and related logos, names and character likenesses are trademarks or registered trademarks of Conan Properties International LLC. All rights reserved. Used with permission.

Todos os direitos reservados.
É proibida a reprodução total ou parcial desta obra sem a autorização prévia dos editores.

Ilustração da capa: Frank Frazetta
Ilustrações: Mark Schultz

Tradução: Alexandre Callari
Preparação de texto: Daniel Lopes
Revisão: Luciane Yasawa e Audaci Junior
Diagramação e projeto gráfico: Arion Wu
Design de capa: Bruno Zago e Daniel Lopes
Edição: Alexandre Callari, Bruno Zago e Daniel Lopes
Impressão e acabamento: Ipsis Gráfica e Editora

1ª edição, dezembro de 2017
2ª reimpressão, dezembro de 2023

---

**Dados Internacionais de Catalogação na Publicação (CIP)**
**(eDOC BRASIL, Belo Horizonte/MG)**

H851c
    Howard, Robert E. (Robert Ervin), 1906-1936.
        Conan: o bárbaro: volume 1 / Robert E. Howard; ilustrações Mark Schultz; tradução Alexandre Callari. – São Paulo (SP): Pipoca & Nanquim, 2017.
        304 p. : il.

    Título original: Conan
    ISBN 978-85-93695-05-6

      1. Ficção americana. 2. Literatura americana - Romance.
    I.Schultz, Mark. II.Callari, Alexandre. III.Título.

CDD-813

---

pipocaenanquim.com.br
youtube.com/pipocaenanquim
instagram.com/pipocaenanquim
editora@pipocaenanquim.com.br

# Sumário

Introdução ........................................ 4
A Fênix na Espada ........................... 9
A Cidadela Escarlate ...................... 43
A Torre do Elefante ....................... 94
O Colosso Negro ........................... 125
Xuthal do Crepúsculo ................... 173
O Poço Macabro ........................... 215

## Extras

Ciméria ........................................... 252
Os anais da Era Hiboriana ........... 254
O Deus na Urna ............................. 278
Biografia: Robert E. Howard ....... 302

# Introdução

*"Como você, eu acredito que a civilização não é uma consequência natural; quer isso seja bom ou ruim, não estou preparado para afirmar."*

Robert E. Howard escreveu a frase acima em uma das muitas missivas que trocou com o amigo e também escritor, H.P. Lovecraft. O posicionamento dele em relação à proposta da condição bárbara ser o estado natural da humanidade fica claro em várias das suas histórias, com ênfase nas narrativas de Espada & Feitiçaria — subgênero do qual é amplamente aceito como o criador.

Na visão de Howard, a civilização é corrupta, traiçoeira e mentirosa, enquanto que na condição bárbara, a despeito da violência intrínseca existente, o homem está de posse de uma bússola moral. Nesta, as intenções são isentas de malícia, puras, e há sinceridade — mesmo que essa sinceridade resulte em cortar fora a cabeça de alguém. Em seus contos, as cidades são antros onde ratos e homens costumam ser indistinguíveis, onde a decadência impera, onde a confiança é paga com a traição, onde as ruas são sujas e, embora os corredores dos palácios e templos sejam asseados, o coração dos homens não é.

Em contrapartida, ao melhor estilo do mito do bom selvagem, estabelecido pelo filósofo Jean-Jacques Rousseau, os bárbaros carregam sobre os ombros a verdade incontestе daquele que vive em contato com a natureza, que é a ideia de o homem ser intrinsecamente bom, enquanto que a vida em sociedade é o motivo que acarreta a sua degradação. Um dos principais temas discutidos por Howard em seus textos é o embate Barbárie *versus* Civilização, sendo que o escritor advogava rigidamente em prol da primeira. E em nenhum personagem essa ideia subjacente fica tão clara quanto nas aventuras de Conan, o Bárbaro.

O famoso cimério, que já foi ladrão, guerreiro, mercenário, pirata e acabou, num imenso anacronismo, tornando-se rei pelas próprias mãos da maior nação do mundo ocidental, zomba o tempo todo do comportamento dos homens civilizados. Ele chega ao ponto de não compreender suas posturas e atitudes nas histórias em que ainda é jovem, como em *A torre do elefante*. Mas Conan aprende a viver no mundo, e uma inteligência acima da média, um senso de perspicácia nato que rivaliza com sua argúcia ao manejar uma lâmina, a capacidade de observar, analisar e reagir rapidamente a qualquer situação, e uma ética e moralidade inabaláveis (ainda que sejam uma ética e uma moralidade particularmente suas) contribuíram para torná-lo um personagem rico, multifacetado, delicioso de conhecer.

Howard afirmou ao amigo Clark Ashton Smith em uma carta datada de julho de 1935 que *"pode parecer fantástico ligar o termo realismo a Conan, mas, em verdade — deixando de lado as aventuras sobrenaturais — ele é o personagem mais realista que já desenvolvi. É uma combinação de diversos homens que conheci, e acho que é por isso que ele pareceu ter entrado totalmente maduro em minha consciência conforme eu escrevia a primeira história da série. Algum mecanismo de meu subconsciente apanhou as características dominantes de vários lutadores condecorados, guerrilheiros, contrabandistas, valentões em campos de petróleo, jogadores e trabalhadores honestos com quem já tive contato e combinou tudo, gerando o amálgama que chamo de Conan, o Cimério."*

A criação de Howard cresceu para tornar-se uma monstruosa influência na cultura pop em todo o mundo. Embora tenha alcançado grande sucesso em vida, tendo sido um dos primeiros escritores de *pulps* de sua época a viver somente de seu ofício e prosperar, Howard nunca poderia imaginar que Conan saltaria das páginas dos livros para revistas em quadrinhos, pinturas, esculturas, *videogames*, jogos de tabuleiro, animações, séries de televisão, teatro, cinema e praticamente todas as demais manifestações artísticas criadas pelo Homem, juntando-se ao seleto grupo de personagens da literatura a ter alcançado tal feito, como Drácula, Sherlock Holmes e Tarzan.

É comum encontrar pessoas que nunca tenham lido uma história do personagem. Contudo, é raro encontrar alguém que nunca tenha *ouvido falar* nele. Isso é um testamento da força criativa de Robert E. Howard, que concebeu um dos heróis mais complexos e instigantes da literatura e, certamente, o guerreiro mais famoso. E quem nunca leu uma história de Howard está prestes a se surpreender.

Sua prosa é ácida e cheia de vitalidade, surpreendentemente bem-humorada, inventiva e repleta de nuances. Considerando que as aventuras do tempestuoso bárbaro foram escritas na década de 1930, as críticas presentes permanecem bastante atuais. Por exemplo, na maneira como

Conan critica a realeza formada por monarcas almofadinhas que tentam comprar seu trono, em *A cidadela escarlate*, ou no modo como retrata o uso indiscriminado de drogas, que leva um indivíduo a se desconectar da realidade, em *Xuthal do crepúsculo* (lembrando que, apesar de Howard não ter chegado a testemunhar a ascensão das drogas sintéticas, o uso de entorpecentes como morfina e haxixe já era considerado um problema na sua época). Howard também não se acanha quando o assunto é religião, tecendo vários comentários diretos e indiretos quanto ao perigo do fanatismo religioso.

Por outro lado, há quem aponte um lado racista no escritor. Talvez não tanto nas histórias de Conan, mas em alguns de seus outros contos, ele, de fato, dá indícios de preconceito racial. Contudo, cabe lembrar que, a exemplo de vários de seus pares, como o próprio Lovecraft e outros grandes nomes que lhe foram contemporâneos, como Rudyard Kipling e Monteiro Lobato, Howard foi fruto de sua época. Não que tal afirmação caiba como justificativa, mas ao menos serve como explicação para o comportamento de um homem caucasiano, nascido e crescido no Texas nas primeiras décadas do século XX. Não obstante, deve-se ressaltar que, embora acreditasse que o homem branco fosse superior às demais etnias, e a despeito da forma vexaminosa como se referia aos "negros" e "amarelos" em suas aventuras, o preconceito de Howard era latente e pouco incisivo, sendo muitas vezes nem sequer percebido.

Na verdade, de várias maneiras, ele se manifesta de modo simbólico, como, por exemplo, ao ressaltar a glória das nações civilizadas brancas, em detrimento à selvageria das nações negras. Curiosamente, Conan é uma personalidade despida de qualquer preconceito, que trata todos os homens de forma igual, independentemente de etnia, credo e posição política. Na verdade, talvez seu único preconceito seja contra a civilização em si, escarnecendo da forma como os indivíduos funcionam dentro dela.

Outra crítica frequente que o escritor recebe diz respeito à sua visão em relação às mulheres. Conan é o objeto da paixão de toda e qualquer mulher que corta seu caminho. De escravas a rainhas, boas ou más, ninfetas ou maduras, qualquer uma se derrete pelo bárbaro de olhos azuis. No mundo contemporâneo, após a luta das mulheres em busca de uma posição de igualdade na sociedade, as histórias de Conan podem parecer quase uma afronta... exceto que não são. O escritor Afrânio W. Tegão pontua muito bem a abordagem de Howard em sua obra *A filosofia em Conan, o Bárbaro*, embasado pela visão de Arthur Schopenhauer.

De acordo com o filósofo, uma mulher buscava intuitivamente um parceiro forte e saudável, que não só poderia protegê-la como também seria capaz de gerar o melhor herdeiro possível, ou seja, a atração teria contornos instintivos, um chamado primitivo da natureza, oriundo de um período característico que, incrivelmente, não está tão distante quanto possa parecer. Aos olhos de hoje, essa ideia pode ter contornos que beiram o absurdo, mas não era assim na época de Howard. Por conseguinte, as belas Yasmela, de O *colosso negro*, e Natala, de *Xuthal do crepúsculo*, são seduzidas pela masculinidade de Conan, mesmo não sendo ele um homem propriamente bonito; pelo contrário, seu rosto é coberto de cicatrizes, suas feições são brutas, quase primitivas, e metade da sua orelha é decepada em uma história. O que conta é a segurança que ele proporciona, a confiança inabalável que só pode ser atribuída a um bárbaro. São a vitalidade tempestuosa e o contagiante amor pela vida que acabam fomentando o desejo do gênero oposto. *Aquele* é um homem em quem elas podem confiar e se apoiar caso necessário; um homem que as protegerá, diferentemente de todos os janotas que já conheceram.

A magia de Conan e os motivos pelos quais sua popularidade se mantém em alta até os dias de hoje vão muito além do escopo desta introdução. Sim, é preciso dar o mérito devido ao roteirista Roy Thomas, que adaptou o personagem para os quadrinhos, ao cineasta John Milius, responsável pelo primeiro filme, a outros autores que escreveram vários pastiches, como L. Sprague de Camp e Lin Carter, a ilustradores como Frank Frazetta, que criaram a iconoclastia do personagem, a desenhistas emblemáticos como John Buscema e Barry Windsor-Smith, e a um incontável número de outros artistas que direta ou indiretamente trabalharam com o cimério, mas a verdade é que tudo o que veio dessas grandes mentes já estava presente nos textos originais de Howard. Foi dele que tudo partiu.

A personalidade de Conan é tão cativante, seu bom-humor tão contagiante e sua visão simples da vida tão apaixonada, que é difícil não gostar dele. Além disso, a variedade das temáticas e ambientações abordadas impressiona; uma história de Conan nunca é mais do mesmo.

Robert Howard demonstrou em seus contos um conhecimento impressionante sobre táticas e manobras de guerra ao colocar o bárbaro mobilizando exércitos em batalhas campais vívidas e verossimilhantes; retratou feiticeiros cruéis e brutais, que conjuram demônios, espíritos e criaturas indeterminadas, ou que mantêm deuses alienígenas no cativeiro; não se esquivou à descrição de torturas ou de masmorras infernais, onde vivia toda sorte de criaturas pavorosas. Ele criou um universo coeso e coerente, com uma história própria e fascinante, que espelha a História do nosso próprio mundo, e o fez com um brilhantismo ímpar — algo que se torna cada vez mais claro conforme a leitura dos contos avança. Mas, acima de tudo, ele criou um herói.

Conan é um assassino. É um ladrão. É mulherengo, beberrão e zombeteiro. Mas, ao mesmo tempo, é o melhor companheiro para se ter ao seu lado em uma jornada, algo que leitores de todo o mundo descobriram ao longo de mais de oito décadas de publicações.

Este volume mostra como tudo começou, republicando os contos escritos pelo criador do personagem na ordem original em que foram lançados nos Estados Unidos, durante a década de 1930. Também contém uma seção de extras, com ensaios, poemas e aventuras de Conan publicados postumamente, além de maravilhosas ilustrações, feitas originalmente para a coleção *The Coming of Conan the Cimmerian*, lançada pela editora Del Rey. Acima de tudo, é a chance de ler as palavras de um mestre em seu auge criativo, e de ser testemunha do porquê nascem as lendas.

Boa leitura.

Alexandre Callari
Novembro de 2017

# A Fênix na Espada

(The Phoenix on the Sword)

História originalmente publicada em *Weird Tales* — dezembro de 1932.

# I

"Saiba, ó príncipe, que entre os anos em que os oceanos beberam a Atlântida e suas cidades reluzentes, e os anos da ascensão dos Filhos de Aryas, houve uma era inimaginável, na qual reinos brilhantes se espalhavam pelo mundo como estrelas sob mantos aquis... Nemédia, Ophir, Britúnia, Hiperbórea, Zamora, com suas mulheres de cabelos negros e torres misteriosas assombradas por aranhas, Zingara, com sua cavalaria, Koth, que fazia fronteira com as terras pastorais de Shem, Stygia, com suas tumbas guardadas pelas sombras, e a Hirkânia, cujos cavaleiros vestiam aço, seda e ouro. Mas o reino mais orgulhoso do mundo era a Aquitônia, soberana suprema do Ocidente. Para lá foi Conan, o cimério, de cabelos escuros, olhos sombrios e espada na mão: um ladrão, um salteador, um assassino, possuidor de melancolia gigantesca e contentamento titânico, para pisotear os tronos adornados de joias em todo o mundo com seus pés calçados."

A cima dos pináculos sombrios e das torres reluzentes jaziam as trevas espectrais e o silêncio que precede a alvorada. Num beco escuro, parte de um autêntico labirinto de misteriosos caminhos sinuosos, quatro figuras mascaradas atravessaram apressadas uma porta aberta por uma mão negra. Sem se falar, os vultos se misturaram rapidamente à escuridão, enrolados em seus mantos e, silenciosos como os fantasmas de homens assassinados, desapareceram nas trevas. Atrás deles, a porta parcialmente aberta emoldurava feições sardônicas; um par de olhos diabólicos fulgurou no breu.

— Vão para a noite, criaturas noturnas — uma voz zombou. — Ah, tolos, a destruição persegue seus calcanhares como um cão cego, mas vocês não fazem ideia.

O interlocutor fechou a porta e a aferroou. A seguir, virou-se e atravessou um corredor, segurando uma vela. Era um gigante sombrio, cuja pele morena denunciava seu sangue stygio. Chegou a uma câmara interna, onde um homem alto e delgado trajando veludo estava deitado num divã de seda, preguiçoso como um grande felino, beberincando vinho de um grande cálice dourado.

— Bem, Ascalante... — disse o stygio, deixando a vela de lado. — Os idiotas ganharam as ruas como ratos que vão para as tocas. Você trabalha com ferramentas estranhas.

— Ferramentas? — Ascalante respondeu. — Bem, talvez eles me considerem assim. Há meses, desde que os Quatro Rebeldes me convocaram do deserto ao sul, tenho vivido bem no coração dos nossos inimigos, escondendo-me durante o dia nesta casa obscura e esgueirando-me por becos escuros e vielas sombrias durante a noite. E consegui fazer o que esses nobres rebeldes não puderam. Trabalhando por intermédio deles e de seus agentes, muitos dos quais jamais viram a minha face, permeei o império com sedição e inquietação. Em tempo, trabalhando nas sombras, preparei a queda do rei que se senta no trono à luz do sol. Por Mitra, eu era um estadista antes de ser um fora da lei.

— E esses idiotas que se julgam seus mestres?

— Eles continuarão a achar que eu os sirvo até que nossa tarefa esteja completa. Quem são eles para equipararem sua astúcia à de Ascalante? Volmana, o conde minúsculo de Karaban; Gromel, o gigante comandante da Legião Negra; Dion, o barão obeso de Attalus; Rinaldo, o menestrel desatento. Eu sou a força que soldou o aço e endureceu a argila em cada um deles e, quando a hora for propícia, os esmagarei. Mas isso ficará para o futuro. Esta noite, o rei morrerá.

— Dias atrás, vi os esquadrões imperiais cavalgarem para fora da cidade — disse o stygio. — Eles cavalgaram até a fronteira que os pictos bárbaros atacaram... graças ao licor forte que contrabandeei para deixá-los enlouquecidos. A grande riqueza de Dion tornou tudo possível. E Volmana afastou as tropas imperiais que permaneceram na cidade. Por meio do parentesco principesco que ele tem na Nemédia, foi fácil convencer o rei Numa a solicitar a presença do conde Trócero, de Poitain, senescal da Aquilônia. É claro que na jornada ele será acompanhado por uma escolta imperial, pelas próprias tropas e também por Próspero, o braço direito do rei Conan. Isso deixará somente a guarda pessoal na cidade, além da Legião Negra. Usando Gromel, eu corrompi um oficial pródigo da guarda, subornando-o para afastar seus homens da porta do rei à meia-noite. Então, com dezesseis vilões desesperados meus, adentraremos o palácio por um túnel secreto. Quando terminado, mesmo se o povo não nos receber, a Legião Negra de Gromel bastará para manter a cidade e a coroa.

— E Dion acha que a coroa será dada a ele?

— Sim. O gordo imbecil a reclama por ser descendente de sangue real. Conan cometeu um grave erro ao deixar vivos homens que ainda descendem da antiga dinastia da Aquilônia, cuja coroa ele arrancou.

— Volmana deseja ser reintegrado à realeza da qual fazia parte no antigo regime. Assim ele conseguirá restaurar a grandeza das suas propriedades, agora reduzidas à penúria. Gromel odeia Pallantides, comandante dos Dragões Negros, e deseja o pleno controle do exército, com toda a teimosia de um bossoniano. Já Rinaldo, diferente de todos nós, não tem ambições pessoais. Ele vê Conan como um bárbaro rústico e sanguinário, que veio do norte para pilhar o mundo civilizado. Idealiza o rei que

Conan matou para obter a coroa, lembrando-se de seu ocasional patrocínio às artes, mas se esquecendo das maldades de seu reinado. E está fazendo o povo esquecer também. A plebe já canta abertamente *O lamento do rei*, em que Rinaldo ovaciona o vilão santificado e denuncia Conan como "aquele selvagem de cabelos negros vindo do abismo". Conan ri, mas o povo rosna.

— Por que ele odeia Conan?

— Poetas sempre odeiam quem está no poder. Para eles, a perfeição está na próxima esquina, ou na seguinte. Eles fogem do presente em sonhos sobre o passado e o futuro. Rinaldo é uma brasa inflamada de idealismo, que pensa estar ascendendo para derrubar um tirano e libertar o povo. Quanto a mim... Bem, alguns meses atrás, eu tinha perdido todas as ambições, julgando que assaltaria caravanas para o resto da vida; agora, antigos sonhos se agitam. Conan morrerá; Dion sentará no trono e, então, também morrerá. Um a um, todos que se opõem a mim perecerão. Por fogo, pelo aço ou por aqueles vinhos letais que você sabe preparar tão bem. Ascalante, rei da Aquilônia! Como soa para você?

O stygio encolheu os largos ombros.

— Houve uma época — ele comentou sem esconder o amargor — em que minhas próprias ambições fariam as suas parecerem infantis e espalhafatosas. A que ponto caí! Meus pares e rivais de outrora sem dúvida se surpreenderiam se vissem Thoth-Amon, do Anel, servindo de escravo para um estrangeiro fora da lei e auxiliando os interesses triviais de barões e reis!

— Você depositou sua confiança na magia e na pantomina — Ascalante respondeu descuidadamente. — Eu confio na minha astúcia e na minha espada.

— Astúcia e espadas são ninharias contra a sabedoria das Trevas — rosnou o stygio, seus olhos escuros brilhando com luzes e sombras ameaçadoras. — Se eu não tivesse perdido o Anel, nossas posições estariam invertidas.

— Não obstante — respondeu o foragido, impaciente —, você sente nas costas o toque do meu chicote. E provavelmente continuará a sentir.

— Não tenha tanta certeza! — O ódio demoníaco do stygio queimou por um breve instante em seus olhos inflamados. — Um dia, de algum modo, reaverei o Anel e, quando o fizer, pelas presas de serpente de Set, você pagará...

O aquiloniano tempestuoso se pôs de pé e golpeou-o firme na boca. Thoth recuou, com sangue escorrendo pelos lábios.

— Está ficando impetuoso, cão — rosnou o fora da lei. — Tenha cuidado... ainda sou seu mestre e aquele que conhece seu segredo obscuro. Vá aos telhados das casas e grite que Ascalante está na cidade, tramando contra o rei... se ousar.

— Eu não ouso — murmurou o stygio, limpando o sangue da boca.

— Não, não ousa — Ascalante sorriu com frieza. — Pois se eu morrer pelo seu aço ou por traição, um sacerdote eremita no deserto do sul saberá e quebrará o selo do manuscrito que deixei em suas mãos. E, tendo-o lido, notícias serão sussurradas na Stygia e um vento soprará do sul à meia-noite. Onde então esconderá sua cabeça, Thoth-Amon?

O escravo estremeceu, seu rosto moreno empalidecendo.

— Chega! — Ascalante mudou o tom ditatorial. — Tenho trabalho para você. Não confio em Dion. Pedi a ele que cavalgasse para sua propriedade no campo e aguardasse até que o trabalho desta noite estivesse concluído. O tolo jamais conseguiria esconder seu nervosismo diante do rei. Cavalgue até ele e, se não o alcançar na estrada, dirija-se à sua propriedade e permaneça ao seu lado até que o convoquemos. Não o perca de vista. Ele está desorientado de tanto medo e pode estragar tudo... pode até entrar em pânico e acabar revelando toda a trama a Conan, na esperança de salvar a própria pele. Vá!

O escravo se curvou, ocultando o ódio nos olhos, e fez conforme lhe fora ordenado. Ascalante voltou-se para seu vinho mais uma vez. Sobre os pináculos reluzentes, o amanhecer era tão vermelho quanto o sangue.

## II

*Quando eu era só um guerreiro, os tambores ressoavam,*
*Pó de ouro aos pés de meu cavalo as pessoas jogavam,*
*Agora que sou um grande rei, as pessoas espreitam meu caminho,*
*Com punhais nas minhas costas e veneno em meu cálice de vinho.*

*A Estrada dos Reis*

A sala era grande e ornada com tapeçarias caras nas paredes de painéis polidos e tapetes felpudos sobre o chão de marfim; o teto, alto, era adornado com intrincadas esculturas e arabescos de prata. Atrás de uma mesa de marfim com detalhes dourados, sentava-se um homem cujos ombros largos e a pele bronzeada se destacavam em meio ao luxuoso ambiente que o cercava. Ele parecia se encaixar melhor nas terras estrangeiras ensolaradas e cheias de ventos e morros. Seus mínimos movimentos denunciavam músculos que lembravam molas de aço, ligados a um cérebro argucio com a coordenação de um guerreiro nato. Não havia nada de deliberado ou mensurado em suas ações. Ou ele estava perfeitamente relaxado — estático como uma escultura de bronze — ou estava em movimento, não com a rapidez brusca motivada pela tensão, mas com uma velocidade felina que borrava a visão de quem tentasse acompanhá-lo.

Seus trajes eram de um tecido rico; porém, de fabricação simples. Ele não usava anéis ou ornamentos, e sua cabeleira preta de corte quadrado era presa apenas por uma faixa prateada ao redor da cabeça.

Ele deixou de lado o pincel dourado de ponta rígida que usava para fazer laboriosos registros num papiro, descansou o queixo no punho e fixou os intensos olhos azuis com inveja no homem à sua frente. Este, por sua vez, ocupava-se com os próprios afazeres, amarrando as tiras douradas de sua armadura e assobiando distraidamente... Um comportamento bastante incomum, considerando-se que estava na presença do rei.

— Próspero — disse o homem à mesa —, essas questões de Estado me desgastam mais do que qualquer combate que já enfrentei.

— É tudo parte do jogo, Conan — respondeu o poitainiano de olhos pretos. — Você é o rei... deve desempenhar o papel.

— Gostaria de poder cavalgar com você para a Nemédia — Conan falou num tom invejoso. — Parece-me que faz eras desde que tive um cavalo entre meus joelhos... Mas Publius diz que há assuntos na cidade que requerem minha presença. Maldito seja!

— Destronar a velha dinastia — prosseguiu com uma familiaridade que só existia entre ele e o poitainiano — foi bem fácil, embora tenha parecido difícil na época. Olhando para trás agora, o caminho selvagem que percorri, todos aqueles dias de labuta, intriga, matança e tribulações parecem um sonho. Mas meus sonhos não previram isto, Próspero. Quando o rei Numedides jazia morto aos meus pés e eu pus em minha cabeça a coroa que tirara de sua fronte ensanguentada, alcancei o limite dos meus sonhos. Eu tinha me preparado para tomar a coroa, não para mantê-la. Nos velhos dias de liberdade, tudo que queria era uma espada afiada e um caminho direto até meus inimigos. Hoje, nenhum caminho é direto e minha espada é inútil.

— Quando destronei Numedides — Conan prosseguiu —, fui chamado de Libertador... Agora, eles cospem na minha sombra. Puseram uma estátua do suíno no templo de Mitra, e as pessoas choram diante dela, saudando-a como se fosse a efígie sagrada de um monarca santificado, assassinado por um bárbaro sanguinário. Quando liderei seus exércitos para a vitória como mercenário, a Aquilônia não se importou com o fato de eu ser estrangeiro, mas, agora, não consegue me perdoar por isso. Agora, queimam incenso no templo de Mitra em memória de Numedides... homens que foram mutilados e cegados por seus carrascos, homens cujos filhos morreram nos calabouços, e cujas esposas e filhas foram arrastadas para seu harém. Tolos volúveis!

— Rinaldo é amplamente responsável — Próspero argumentou, dando mais um nó no cinto da espada. — Ele canta músicas que enlouquecem os homens. Enforque-o em seus trajes de bobo da corte na torre mais alta da cidade. Que ele faça rimas para os abutres.

Conan sacudiu a cabeça leonina:

— Não, Próspero. Ele está além do meu alcance. Um grande poeta é maior do que qualquer rei. Suas canções têm mais poder que meu cetro, pois ele já quase arrancou o coração de meu peito quando decidiu cantar para mim. Eu morrerei e serei esquecido, mas as canções de Rinaldo viverão para sempre.

— Não, Próspero — continuou o rei, com um olhar sombrio de dúvida sombreando seus olhos. — Há alguma coisa oculta, um movimento sutil do qual não estamos cientes. Eu o sinto tal qual, na minha juventude, sentia o tigre escondido na grama alta. Há uma inquietação inominável percorrendo o reino. Sou como um caçador que se agacha ao lado de sua pequena fogueira em meio à floresta e escuta passos furtivos nas trevas, quase conseguindo ver o fulgor de olhos ardentes que o observam. Se ao menos eu tivesse algo tangível em que pudesse cravar minha espada! Vou te dizer uma coisa... não é por acaso que os pictos têm atacado com tanta ferocidade as nossas fronteiras em tempos recentes, o que obrigou os bossonianos a partir para repeli-los. Eu devia ter cavalgado com essas tropas.

— Publius temia uma tramoia para prendê-lo e matá-lo além da fronteira — Próspero replicou, alisando sua capa de seda sobre a cota de malha brilhante, enquanto admirava sua alta figura num espelho prateado. — Por isso pediu que você permanecesse na cidade. Essas dúvidas nascem do seu instinto bárbaro. Deixe que o povo reclame! Os mercenários são nossos. E os Dragões Negros e cada velhaco de Poitain juram lealdade a você. Seu único risco é ser assassinado, o que é impossível com os homens da guarda imperial protegendo-o dia e noite. No que está trabalhando aí?

— Um mapa — explicou Conan, orgulhoso. — Os mapas da corte mostram bem os países do sul, leste e oeste, mas são vagos e imprecisos quanto ao norte. Estou adicionando as terras do norte. Aqui fica a Ciméria, onde nasci. E...

— Asgard e Vanaheim... — Próspero examinou o mapa. — Por Mitra, quase acreditei que esses países eram mitos.

Conan sorriu como um selvagem, tocando involuntariamente as cicatrizes em seu rosto:

— Você pensaria diferente, caso tivesse passado a juventude nas fronteiras ao norte da Ciméria! Asgard fica ao norte, e Vanaheim, a noroeste de lá. E a guerra nas fronteiras é perene.

— Como é esse povo do norte? — indagou Próspero.

— São altos, claros e de olhos azuis. O deus deles é Ymir, o gigante do gelo, e cada tribo tem seu próprio rei. Eles são ferozes e temperamentais. Lutam o dia inteiro e, durante a noite, bebem cerveja e cantam canções selvagens.

— Então acho que você é como eles — Próspero gracejou. — Ri, bebe bastante e gosta de boas canções; embora eu nunca tenha visto outro cimério que só bebesse água, risse pouco ou cantasse hinos lúgubres.

— Talvez seja por causa da região onde vivemos — respondeu o rei. — Nunca houve terra mais sombria... repleta de montanhas e matas fechadas, sob um céu quase sempre cinza, com ventos que sopram espectrais em meio aos vales.

— Então não é surpresa que os homens de lá sejam taciturnos. — Próspero deu de ombros, enquanto pensava nas planícies banhadas pelo sol e nos rios azuis de Poitain, a província mais ao sul da Aquilônia.

— Eles não têm esperança nesta vida nem na próxima — Conan respondeu. — Nosso deus é Crom e sua raça sinistra, que governa numa terra sem sol, de névoas eternas... o mundo dos mortos. Mitra! O modo de ser dos aesires é mais do meu agrado.

— Bem — Próspero sorriu —, você deixou para trás as colinas sombrias da Ciméria. Agora tenho de partir. Vou tomar um cálice de vinho branco nemediano por você na corte de Numa.

— Certo — grunhiu o rei. — Mas beije as dançarinas de Numa por sua conta apenas. Deixe o Estado fora disso.

Sua gargalhada tempestuosa seguiu Próspero para fora da câmara.

## III

*Nas cavernas sob as pirâmides, o grande Set enrolado dorme,*
*Em meio às sombras das tumbas, rasteja seu povo sem nome.*
*A Palavra de golfos ocultos que o Sol jamais tocou, venho trazer,*
*Ó escamoso, envie-me um servo para meu ódio satisfazer!*

O sol se punha, cobrindo o verde e azul da floresta nebulosa de um breve dourado. Os raios minguantes reluziam na grossa corrente dourada que Dion, de Attalus, não parava de retorcer em sua mão atarracada, enquanto sentava-se na desordem feroz que era seu jardim repleto de botões e flores. Ele girou o corpo sobre o assento de mármore e olhou furtivamente ao redor, como se procurasse um inimigo à espreita. Estava sentado dentro de uma alameda circular de árvores delgadas, cujos galhos interligados lançavam uma sombra espessa sobre seu corpo. Uma fonte próxima brilhava prateada, e outras fontes que não estavam visíveis em diversas partes do jardim suspiravam uma sinfonia constante.

Dion estava sozinho, exceto por uma grande figura sombria que, acomodada num banco de mármore ao seu lado, observava o barão com olhos profundos e sinistros. Dion nunca pensara muito em Thoth-Amon. Sabia vagamente que se tratava de um escravo em quem Ascalante depositava bastante confiança, mas, como muitos ricos, prestava pouquíssima atenção em homens que estivessem abaixo do seu padrão de vida.

— Não precisa ficar nervoso — disse Thoth. — A trama não pode falhar.

— Ascalante pode cometer erros como qualquer outro homem — retorquiu Dion, suando ante a mera ideia de fracasso.

— Ele não — o stygio esboçou um sorriso selvagem. — Do contrário, eu não seria seu escravo, mas seu mestre.

— Que conversa é essa? — Dion redarguiu irritado, dando pouca atenção ao diálogo.

Os olhos de Thoth-Amon se estreitaram. Apesar de todo seu autocontrole ferrenho, ele estava prestes a explodir com a vergonha há tanto reprimida, com o ódio e a fúria, pronto para agarrar qualquer tipo de oportunidade desesperada. O que ele não contava era com o fato de que Dion não o via como um ser humano dotado de cérebro e astúcia, mas como um mero escravo e, portanto, uma criatura desprezível.

— Ouça-me — Thoth falou. — Você será o rei. Mas conhece pouco da mentalidade de Ascalante. Deve deixar de confiar nele assim que Conan for morto. Eu posso ajudá-lo. Se me proteger quando tomar o poder, assim o farei. Ouça, meu senhor... fui um grande feiticeiro no sul. Os homens falavam de Thoth-Amon como falavam de Rammon. O rei Ctesphon da Stygia me honrou bastante, derrubando magos de postos mais elevados para me exaltar acima de todos. Eles me odiavam, mas me temiam, pois eu controlava seres vindos de fora, que respondiam a meus chamados e cumpriam a minha vontade. Por Set, meus inimigos não sabiam a hora em que acordariam no meio da noite, sentindo as garras de horrores inomináveis no pescoço. Fiz magia negra e terrível com o Anel da Serpente de Set, que encontrei numa tumba pavorosa, uma légua abaixo da terra, esquecido antes que o primeiro homem se arrastasse para fora do mar lodoso.

— Porém, um ladrão roubou o Anel e meus poderes se perderam. Os magos se uniram para me assassinar, e tive de fugir. Disfarçado como um montador de camelo, viajava numa caravana pelas terras de Koth, quando os salteadores de Ascalante nos atacaram. Todos na caravana foram mortos, menos eu; salvei-me ao revelar minha identidade a Ascalante e jurar servi-lo. Tal juramento me tem sido amargo! Para me manter sob controle, escreveu sobre mim em um manuscrito, selou-o e entregou-o nas mãos de um eremita que vive nas fronteiras ao sul de Koth. Não ouso apunhalá-lo enquanto dorme ou entregá-lo aos seus inimigos, pois o eremita abriria e leria o manuscrito... conforme Ascalante o instruiu. E espalharia a palavra por toda a Stygia...

Thoth voltou a estremecer e uma tonalidade cinza tingiu sua pele morena.

— Os homens não me conheciam na Aquilônia — ele prosseguiu. — Mas, se meus inimigos na Stygia souberem meu paradeiro, nem mesmo a distância de meio mundo bastaria para me salvar de uma maldição capaz de fazer secar a alma de uma estátua de bronze. Somente um rei com castelos e tropas de espadachins pode me proteger. Portanto, conto a você meu segredo e urjo para que faça um pacto comigo. Posso auxiliá-lo com minha sabedoria e você pode me proteger. Então, um dia encontrarei o Anel e...

— Anel? Anel? — Thoth havia subestimado o pleno egoísmo do homem. Dion nem sequer escutara as palavras do escravo, mantendo-se completamente absorto nos próprios pensamentos, mas aquela última palavra despertou uma ondulação em seu egocentrismo.

— Anel? — ele repetiu. — Isso me fez lembrar do meu anel de boa sorte. Eu o consegui com um ladrão semita, que jurou tê-lo roubado de um mago do sul e que me traria fortuna. Mitra sabe que paguei bem caro por ele. Pelos deuses, preciso de toda a sorte que puder, com Volmana e Ascalante me arrastando para os seus esquemas sanguinários... Vou cuidar desse anel.

Thoth teve um sobressalto, o sangue subindo-lhe ao rosto, enquanto os olhos se incendiavam com a fúria atordoada de um homem que percebe de súbito a profundidade da estupidez suína de um tolo. Dion nunca prestara atenção nele. Erguendo uma tampa secreta no banco de mármore, por um momento ele tateou em meio a uma pilha de quinquilharias de todo tipo — amuletos bárbaros, pedaços de ossos, joias falsas — vários sortilégios e encantamentos que a natureza supersticiosa do homem o levara a colecionar.

— Ah, aqui está! — Ele ergueu triunfante o anel de feitio singular. Era feito de um metal semelhante ao cobre, na forma de uma serpente com escamas, enrolada em três voltas e com a cauda enfiada na boca. Seus olhos eram gemas amarelas que brilhavam perniciosamente. Thoth-Amon gritou como se tivesse sido atingido, e Dion virou-se e abriu a boca, o rosto subitamente pálido. Os olhos do escravo estavam em chamas, a boca escancarada, as enormes mãos morenas abertas como garras.

— O Anel! Por Set! O Anel! — Ele berrou. — Meu Anel... roubado de mim...

Aço reluziu nas mãos do stygio que, com uma contração de ombros largos, mergulhou seu punhal no corpo flácido do barão. O grito agudo de Dion transformou-se num gorgolejo estrangulado, e toda sua estrutura foi ao chão como manteiga derretida. Um tolo até o fim, ele morreu assolado por um pânico insano, sem saber o motivo. Deixando de lado o cadáver amarrotado, já se esquecendo dele, Thoth segurou o anel com ambas as mãos, enquanto os olhos escuros brilhavam ávidos.

— Meu Anel! — Sussurrou, numa terrível exaltação. — Meu poder!

Por quanto tempo ficara agachado por sobre a coisa engelhada, inerte como uma estátua, sorvendo a aura maligna do objeto, nem mesmo o stygio saberia dizer. Quando se sacudiu de seu devaneio e trouxe a mente de volta dos abismos escuros onde ela estivera vasculhando, a lua já nascia, lançando longas sombras no encosto de mármore liso do banco, aos pés do qual jazia a silhueta mais escura daquele que fora o senhor de Attalus.

— Chega, Ascalante, chega! — O stygio murmurou; seus olhos queimando vermelhos feito os de um vampiro no escuro. Abaixando-se, coletou um punhado do sangue coagulado da poça que se formara sob a vítima e esfregou-o nos olhos de cobre da serpente, até que as faíscas amarelas fossem cobertas por uma máscara carmesim.

— Cegue seus olhos, serpente mística — ele entoou num sussurro de gelar o sangue. — Cegue os olhos à luz do luar e abra-os em abismos mais escuros! O que você vê, ó serpente de Set? Quem chama dos abismos da noite? De quem são as sombras que caem sobre a luz minguante? Chame-o para mim, ó serpente de Set!

Acariciando as escamas com um movimento peculiar, que sempre levava os dedos de volta ao local de início, sua voz ficou ainda mais grave ao sussurrar nomes sombrios e encantamentos sinistros já esquecidos em todo o mundo, exceto nas terras lúgubres da Stygia, onde formas monstruosas se moviam à sombra das tumbas.

Um movimento no ar o cercou, tal qual um redemoinho na água quando alguma criatura vem à superfície. Um vento congelante soprou brevemente sobre ele, como que vindo de uma porta aberta. Thoth sentiu uma presença atrás de si, mas não se virou. Manteve a visão fixa no pedaço de mármore banhado pelo luar, sobre o qual uma sombra tênue pairava. Conforme continuava a sussurrar encantos, a sombra cresceu em tamanho e definição, até se destacar distinta e horrível. Seus contornos não difeririam dos de um babuíno gigantesco; porém, nenhum babuíno como aquele jamais caminhara sobre a Terra... nem mesmo na Stygia. Mesmo assim, Thoth não o olhou, retirando do cinto uma sandália que pertencia ao seu amo — ele sempre a carregava na esperança de um dia poder utilizá-la daquela maneira — e jogando-a para trás.

— Examine esta sandália, escravo do Anel! — Ele exclamou. — Ache o dono dela e destrua-o! Olhe dentro dos seus olhos e amaldiçoe a sua alma, antes de abrir sua garganta! Mate-o! Sim! — E, num rompante cego de fúria, completou. — E todos que estiverem com ele!

Gravado na parede iluminada pela luz da lua, Thoth viu o horror abaixar a cabeça deformada e farejar feito um hediondo cão de caça. Então, a cabeça deu uma guinada para trás e a coisa se foi, desaparecendo como o vento em meio às árvores. O stygio ergueu os braços num triunfo insano; dentes e olhos reluzindo ao luar.

Um soldado que montava guarda do lado de fora dos muros deu um grito de pavor quando uma enorme silhueta negra de olhos flamejantes passou por ele em uma rajada de vento. Mas ela se foi tão rapidamente que o aturdido guerreiro ficou a ponderar se havia sido um sonho ou uma alucinação.

# IV

*Quando o mundo era jovem, os homens fracos e demônios vagavam livres pela noite,*

*Eu lutei contra Set pelo fogo, pelo aço e pelo sumo venenoso da árvore do açoite;*

*Agora que durmo no coração negro da montanha, e as eras vieram um preço cobrar,*

*Vocês se esqueceram de quem lutou contra a Víbora para a alma dos homens salvar?*

Sozinho em seu grande quarto, cujo teto era uma abóbada dourada, o rei Conan dormia e sonhava. Através de névoas cinzentas que rodopiavam, ele escutou um chamado curioso, baixo e distante, e, embora não o tivesse compreendido, parecia incapaz de ignorá-lo. Segurando a espada, cruzou a neblina como um homem caminharia pelas nuvens e, conforme avançava, a voz ficava mais clara, até que ele compreendeu a palavra que ela dizia... Era o seu nome que estava sendo chamado através dos abismos do Tempo e do Espaço.

As névoas começaram a se dissipar e ele percebeu que estava num corredor escuro, que parecia ter sido talhado numa sólida rocha negra. Não era iluminado, mas, por meio de alguma magia, o rei conseguia ver claramente. O chão, o teto e as paredes tinham sido polidos e emitiam uma luz opaca, entalhados com figuras de antigos heróis e deuses quase esquecidos. Estremeceu ao ver os enormes contornos sombrios dos Antigos Inomináveis, e de algum modo soube que pés mortais não cruzavam aquele corredor há séculos.

Ele desembocou em escadarias esculpidas na rocha sólida, e as laterais do eixo eram adornadas com símbolos esotéricos tão antigos e horríveis que o rei Conan sentiu a pele arrepiar. Cada degrau era marcado pela abominável figura da Antiga Serpente, Set, de modo que a cada passo ele plantava o calcanhar na cabeça da Cobra, como era a intenção dos Antigos. Mas isso não amenizava sua inquietação.

Porém, a voz o chamava e, enfim, em meio a trevas que teriam sido impenetráveis aos seus olhos materiais, ele chegou a uma estranha cripta e viu uma figura de barba branca sentada sobre uma tumba. Os cabelos de Conan se eriçaram e ele segurou firme a espada, mas a figura falou em tons sepulcrais.

— Você me conhece, homem?

— Por Crom, não! — Jurou o rei.

— Eu sou Epemitreus, homem — disse o Antigo.

— Mas Epemitreus, o Sábio, morreu há mais de quinhentos anos! — Gaguejou Conan.

— Ouça! — Disse o outro em tom autoritário. — Assim como um

seixo arremessado num lago escuro gera ondulações que chegam à outra margem, acontecimentos no mundo invisível interromperam meu sono feito ondas. Eu o tenho acompanhado de perto, Conan, da Ciméria, e a marca de incidentes poderosos e grandes façanhas está em você. Mas há desgraças à solta na Terra contra as quais sua espada não tem valia.

— Você fala em charadas — Conan respondeu, inquieto. — Mostre meu inimigo e partirei seu crânio ao meio.

— Libere sua força bárbara contra inimigos de carne e sangue — alertou o ancião. — Não é de homens que venho protegê-lo. Existem mundos mais sombrios que os homens mal perscrutam, onde monstros disformes estão à espreita... demônios que podem ser arrancados dos Abismos Exteriores para assumir forma física e matar e devorar sob as ordens de magos nefastos. Há uma serpente na sua casa, ó rei... uma víbora vinda da Stygia para o seu reino e que traz na alma a temível sabedoria das sombras. Tal qual um homem adormecido sonha com a serpente que rasteja ao seu lado, senti a presença do neófito de Set. Ele está embebido de um terrível poder, e os golpes que dará em seu inimigo podem muito bem trazer o reino abaixo. Eu o chamei aqui para lhe entregar uma arma contra ele e seus cães do inferno.

— Mas por quê? — Conan inquiriu, confuso. — Os homens contam que você dorme no coração negro do Golamira, de onde envia seu espírito montado em asas invisíveis para auxiliar a Aquilônia em tempos de necessidade. Só que eu... sou um estrangeiro... e um bárbaro.

— Paz! — Os tons fantasmagóricos reverberaram por toda a caverna sombria. — Seu destino e o da Aquilônia são um só. Acontecimentos gigantescos se formam numa teia e no ventre do Destino, e um feiticeiro louco e sanguinário não deve ficar no caminho do império. Eras atrás, Set enrolou-se no mundo como um píton em volta da presa. Por toda a minha vida, que foi como a de três homens comuns, lutei contra ele. Afugentei-o para as sombras misteriosas do sul, mas na Stygia os homens ainda adoram aquele que, para nós, é um arquidemônio. Assim como enfrentei Set, combati seus adoradores, seus partidários e seus acólitos. Estenda sua espada.

Conan o fez relutante e, na grande lâmina, próximo à pesada empunhadura de prata, o ancião usou os dedos magros para traçar um estranho símbolo, que brilhou nas sombras como fogo. No mesmo instante, cripta, tumba e ancião desapareceram, e Conan, atordoado, deu um pulo da sua cama na grande câmara de abóbada dourada. Enquanto se levantava, meditando sobre a estranheza do sonho, percebeu que estava de espada em punho. E os pelos da sua nuca se eriçaram, pois na lâmina havia um símbolo gravado — o contorno de uma fênix.

Lembrou-se de que, na tumba dentro da cripta, havia visto uma figura similar, entalhada na pedra. Agora se perguntava se aquela era mesmo apenas uma imagem gravada, e estremeceu diante da estranheza de tudo.

Súbito, um ruído sorrateiro no corredor lá fora o despertou do devaneio e, sem nem parar para investigá-lo, começou a vestir a sua armadura; mais uma vez ele tornava a ser o bárbaro, desconfiado e alerta como um lobo cinzento acuado.

## V

O que entendo de modos cultos, das artes e de ser dissimulado?

Eu, que nasci numa terra nua e sob o céu aberto fui criado.

A sutileza da língua, e a astúcia sofista fracassam ao sibilar da espada;

Venham e morram, cães — eu já era homem antes de ser monarca.

**V**inte figuras clandestinas se moviam em meio ao silêncio que cobria o corredor do palácio real. Os pés furtivos, nus ou envoltos em couro fino, não faziam som algum nem nos tapetes, nem nas lajes de mármore. As tochas que ficavam nos nichos ao longo do corredor reluziam vermelhas nos punhais, espadas e machados afiados.

— Com cuidado agora — sibilou Ascalante. — Pare com essa maldita respiração alta, seja lá quem for! O oficial da guarda noturna tirou a maioria das sentinelas dos corredores e deixou as demais bêbadas, mas não podemos nos descuidar. Para trás! Lá vem a guarda!

Eles se amontoaram atrás de um conjunto de colunas e, quase imediatamente, dez gigantes de armaduras pretas passaram em marcha. Seus rostos denotavam dúvida, conforme seguiam o oficial que os levava para longe de seus postos. Este, de sua feita, estava pálido; quando a guarda atravessou o local onde os conspiradores se escondiam, foi visto limpando suor da testa com a mão trêmula. Era um rapaz jovem, e trair o rei não fora fácil. Amaldiçoava em silêncio as extravagâncias gloriosas que o haviam posto em débito com agiotas e o tornaram um peão nas mãos de políticos e suas tramoias.

A guarda passou por eles ruidosamente e desapareceu no corredor.

— Bom — sorriu Ascalante —, Conan dorme desprotegido. Rápido! Se eles nos pegarem matando-o, estaremos acabados... Mas poucos homens defendem a causa de um rei morto.

— Sim, rápido — urgiu Rinaldo, seus olhos azuis equiparados ao brilho da espada que cingia sobre sua cabeça. — Minha lâmina está sedenta! Escuto os abutres se reunindo! Em frente!

Eles percorreram o corredor em velocidade negligente e pararam diante de uma porta dourada que trazia o símbolo do Dragão Real da Aquilônia.

— Gromel — rugiu Ascalante. — Arrombe esta porta!

O gigante respirou fundo e lançou o corpo portentoso contra os painéis, que grunhiram e se dobraram ante o impacto. Ele tornou a recuar e a investir. Com um barulho de ferrolhos se partindo e madeira despedaçando, a porta rachou e cedeu para dentro.

— Entrem! — Ascalante vociferou, inflamado pelo espírito da ação.

— Entrem! — Rinaldo berrou. — Morte ao tirano!

Eles estancaram a seguir. Conan os encarava; não um homem nu, desarmado e desorientado ao acordar, pronto para ser abatido como uma ovelha, mas um bárbaro desperto e acuado, vestindo parcialmente sua armadura e com a longa espada na mão.

— Entrem, patifes! — Berrou o fora da lei. — Ele é um contra vinte e está sem elmo!

Era fato. Não houvera tempo para vestir o pesado capacete emplumado, para afivelar as placas laterais da couraça peitoral ou para apanhar o grande escudo que permanecia preso à parede. Ainda assim, Conan estava mais bem protegido do que qualquer um de seus oponentes, com exceção de Volmana e Gromel, que trajavam armadura completa.

O rei os observou, intrigado quanto às suas identidades. Ele não conhecia Ascalante, não conseguia ver através dos visores fechados dos conspiradores de armadura e Rinaldo havia puxado seu capuz desmazelado até a linha dos olhos. Mas não havia tempo para conjecturas. Com um grito que ecoou no teto, os assassinos invadiram o cômodo, com Gromel na dianteira. Ele entrou como um touro desenfreado, de cabeça baixa e espada buscando uma estocada que arrancaria facilmente as entranhas do rei. Conan saltou de encontro a ele, pondo toda a força felina no braço que empunhava a espada. A lâmina cortou o ar num arco assobiante e atingiu o capacete do bossoniano. Espada e elmo se quebraram, e o corpo de Gromel rolou sem vida no chão. Conan recuou, ainda segurando o cabo quebrado.

— Gromel! — Ele bradou, os olhos queimando de espanto quando o capacete despedaçado revelou a cabeça partida; então, o resto do bando estava sobre ele. A ponta de uma adaga resvalou suas costelas, entre as placas frontal e traseira da armadura, enquanto o gume de uma espada cruzou bem na frente de seus olhos. Ele empurrou o dono da arma com o braço esquerdo e esmagou o cabo da espada partida como se fosse uma manopla na têmpora do espadachim. Pedaços do cérebro do homem espirraram em seu rosto.

— Vocês cinco, vigiem a porta! — Ascalante berrou, dançando nos limites do redemoinho formado pelo aço sibilante, temendo que Conan passasse correndo por eles e fugisse. Os vilões recuaram por um momento, quando seu líder apanhou vários deles e os empurrou na direção da única porta do cômodo. Naquele breve respiro, Conan saltou até a parede e arrancou dela um antigo machado de guerra que, intocado pelo tempo, estivera pendurado por meio século.

De costas para a parede, encarou o anel humano que o cercava por um instante e saltou em sua direção. Conan não era um lutador defensivo; mesmo oprimido por chances esmagadoras, sempre levava a guerra aos seus oponentes. Qualquer outro homem teria morrido lá, e o próprio Conan não tinha esperanças de sobreviver, mas, antes de cair, procuraria infligir tantos danos quanto possível. Sua alma bárbara estava incendiada, e as canções dos antigos heróis ressoavam em seus ouvidos.

Seu primeiro golpe derrubou um fora da lei decepando-lhe o braço, e o movimento de retorno da arma rachou o crânio de outro. Espadas murmuravam venenosamente ao seu redor, mas o rei se esquivava da morte por margens mínimas. O cimério se movia num borrão de velocidade atordoante; um tigre em meio a babuínos, saltando, saindo de lado e girando, mantendo-se um alvo em movimento, enquanto o machado tecia um círculo mortal à sua volta.

Por um breve espaço de tempo, os assassinos o cercaram ferozmente, numa chuva desvairada de golpes, tolhidos pela própria superioridade numérica; então, recuaram repentinamente... Dois cadáveres no chão eram a prova muda da fúria do rei, embora o próprio Conan sangrasse de ferimentos no braço, pescoço e pernas.

— Patifes! — Rinaldo berrou, arrancando o capuz. Seus olhos selvagens reluziam. — Vão fugir do combate? O déspota deve viver? Vamos terminar isto!

Ele investiu golpeando alucinadamente, mas Conan, ao reconhecê-lo, despedaçou sua espada em um ataque poderoso e, com um empurrão de mão aberta, derrubou o menestrel no chão. O rei sentiu a extremidade da lâmina de Ascalante no braço esquerdo, mas o vilão por pouco conseguiu salvar a própria vida ao se abaixar e saltar para trás do arco desferido pelo machado. Os lobos tornaram a atacar e a arma de Conan cantou e esmagou. Um patife cabeludo se abaixou para escapar do golpe e mergulhou nas pernas do rei, e, após lutar brevemente contra o que parecia ser uma torre de ferro sólida, olhou para cima a tempo de ver o machado descer, mas não a tempo de evitá-lo. Neste ínterim, um dos seus camaradas ergueu uma espada larga com ambas as mãos e talhou através da ombreira encouraçada do rei, ferindo o ombro sob ela. Num instante, a couraça de Conan estava cheia de sangue.

Volmana, empurrando os agressores para a esquerda e para a direita numa impaciência selvagem, atacou brutalmente a cabeça desprotegida de Conan. O rei abaixou-se e a lâmina cortou um cacho de seus cabelos negros quando passou assobiando sobre si. Conan deu um giro nos calcanhares e golpeou de lado. O machado atravessou a proteção de aço e Volmana caiu com a lateral esquerda esgarçada.

— Volmana! — Conan resfolegou. — Eu reconheceria esse anão até no Inferno...

Ele se endireitou para receber a ofensiva enlouquecida de Rinaldo, que, munido de um punhal, atacou de guarda aberta. Conan deu um pulo para trás e ergueu o machado.

— Rinaldo! — Havia uma urgência desesperada em sua voz estridente. — Para trás! Não quero matá-lo...

— Morra, tirano! — Gritou o menestrel louco, saltando de cabeça contra o rei. Conan segurou o golpe que relutava em desferir até ser tarde demais. Foi só quando sentiu a mordida do aço em sua lateral desprotegida que revidou, num frenesi de desespero cego.

Rinaldo tombou com o crânio aberto e Conan recuou para a parede, com sangue pingando em meio aos dedos que estancavam o ferimento.

— Agora! Ataquem e matem-no! — Ascalante gritou.

Conan grudou as costas na parede e ergueu o machado. Ficou estático, como um ídolo inconquistável... As pernas afastadas, cabeça voltada para a frente, uma mão apoiada na parede e a outra segurando alto o machado, com os poderosos músculos evocando cordilheiras de ferro e as feições congeladas num rosnado furioso e letal... Seus olhos queimavam terrivelmente em meio à névoa de sangue que descera sobre eles. Os homens vacilaram... Eles podiam ser criminosos selvagens e devassos, mas vinham de uma raça que tinha um pano de fundo civilizado. O rei, por outro lado, era um bárbaro... um assassino nato. Eles recuaram, pois aquele tigre moribundo ainda poderia causar suas mortes.

Conan sentiu a incerteza do bando e sorriu de forma feroz e jubilosa.

— Quem vai morrer primeiro? — Ele murmurou com os lábios ensanguentados e inchados.

Ascalante saltou como um lobo, praticamente parou em pleno ar com uma rapidez incrível, e caiu prostrado, evitando assim a morte que soprou em sua direção. Girou os pés freneticamente, saiu do caminho e rolou quando Conan se recuperou do golpe perdido e tornou a atacar. Desta vez, o machado afundou algumas polegadas no chão polido, próximo às pernas agitadas do oponente.

Outro assassino escolheu este instante para atacar, seguido com relutância por seus companheiros. Ele pretendia matar Conan antes que o cimério conseguisse retirar o machado do chão, mas seu julgamento foi falho. A lâmina vermelha arqueou para o alto e descerrou. Uma caricatura escarlate do que já havia sido um homem foi catapultada na direção das pernas dos agressores.

Naquele instante, um grito pavoroso explodiu dos vilões que guardavam a porta e uma sombra disforme surgiu ao longo da parede. Todos, com exceção de Ascalante, se viraram ao escutar o grito e, então, uivando como cães, atravessaram a porta correndo às cegas, como uma multidão blasfema e furiosa, espalhando-se pelos corredores em fuga desenfreada.

Ascalante não olhou na direção da porta; ele só tinha olhos para o rei ferido. Supôs que o barulho do confronto tinha, enfim, despertado o palácio, e que os guardas leais caíam sobre ele, ainda que, mesmo naquele momento, parecesse estranho que seus companheiros gritassem tão terrivelmente ao fugirem. Conan também não olhou para a porta, porque observava atentamente o adversário. Naquela situação extrema, a filosofia cínica de Ascalante não o abandonou.

— Tudo parece perdido, principalmente a honra — murmurou. — Contudo, o rei está morrendo de pé e... — Qualquer outra cogitação que pudesse ter passado pela sua mente nunca seria conhecida, porque, deixando a sentença inacabada, ele investiu contra Conan bem no momento em que o cimério usava o braço do machado para limpar o sangue dos olhos.

No entanto, mal começara ele a investida, sentiu um agito estranho no ar e algo pesado o golpeou firme entre os ombros. Foi virado de cabeça para baixo e enormes garras afundaram em sua carne. Debatendo-se em pânico sob o agressor, Ascalante girou a cabeça e olhou diretamente para o rosto do pesadelo e da loucura. Sobre ele se avolumava uma grande sombra negra que ele soube não ter nascido em nenhum mundo são ou humano. As presas escuras estavam próximas de sua garganta, e o brilho dos olhos amarelos açoitou seus membros, como o vento açoita o milharal.

A face hedionda transcendia mera bestialidade. Poderia ter sido a face de uma múmia antiga e maligna, despertada por uma vida demoníaca. Os olhos dilatados do insurgente pareceram ver naquelas feições pavorosas, como uma sombra da loucura que o envolvera, uma leve e terrível semelhança com o escravo Thoth-Amon. Então, a filosofia cínica e autossuficiente de Ascalante o abandonou e, com um grito lúrido, ele entregou seu espírito antes mesmo que as presas assassinas o tocassem.

Conan, limpando dos olhos as gotas de sangue, permanecia congelado. De início, pensara que era um grande cão de caça preto que estava sobre o corpo desfigurado de Ascalante; então, conforme a visão clareou, percebeu que não era nem cão de caça nem babuíno.

Com um grito que praticamente ecoava o estertor de Ascalante, ele se afastou da parede e recebeu o horror que o atacava com um arremesso do machado, cuja moção trazia por trás toda a força desesperada de seus nervos eletrificados. A arma sibilante só ricocheteou no crânio da criatura, quando deveria tê-lo esmagado, e o rei foi atirado ao outro lado da câmara pelo impacto do corpo gigantesco.

As mandíbulas salivantes se fecharam no braço que Conan erguera para proteger a garganta, mas o monstro não se esforçou para manter

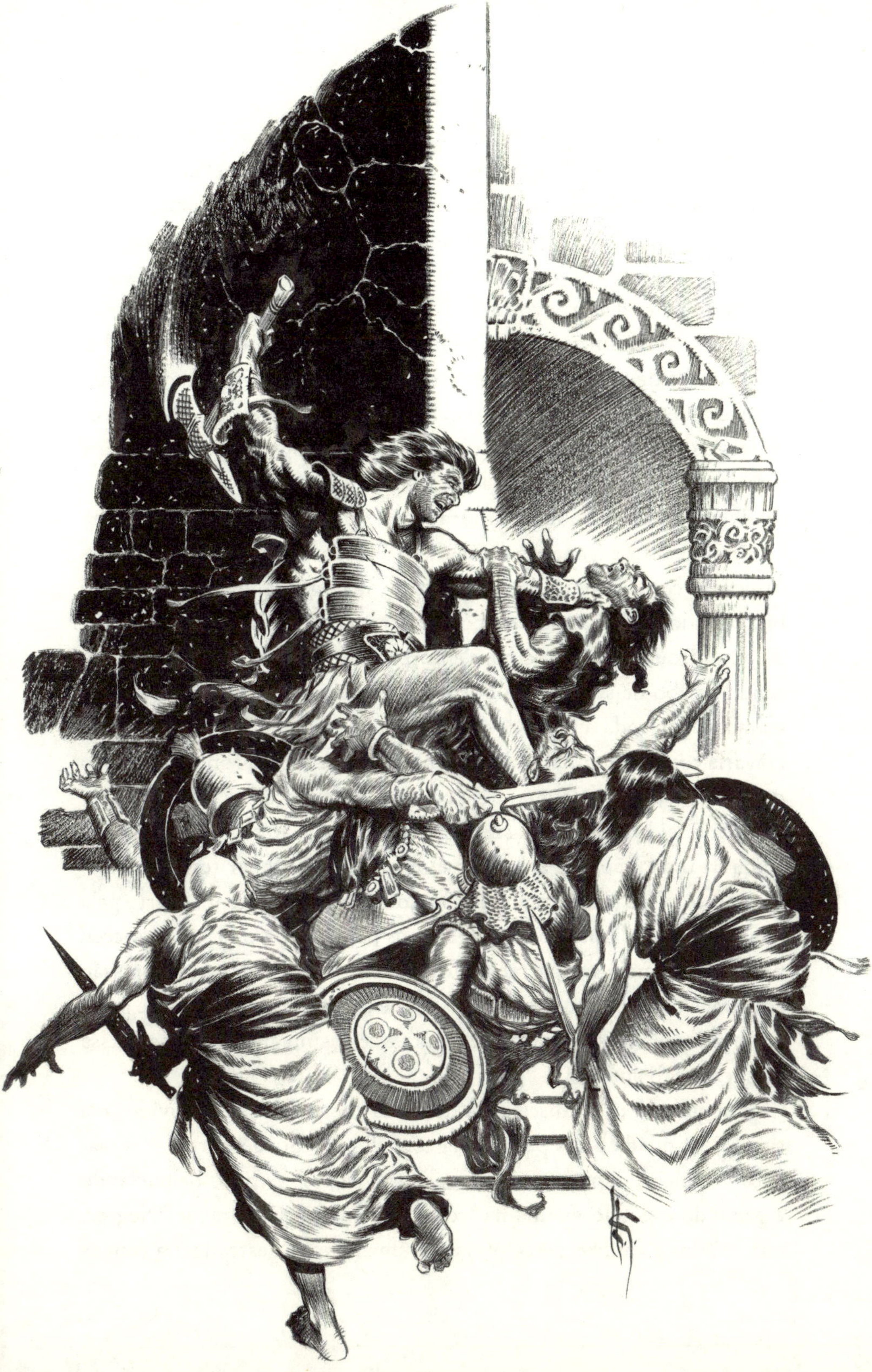

uma mordida fatal. Por sobre o braço mutilado, encarou diabolicamente os olhos do rei, que começavam a refletir um horror semelhante ao dos olhos mortos de Ascalante. Conan sentiu a alma murchar e começar a ser arrancada de seu corpo, para afogar-se naqueles poços amarelos de horror cósmico que brilhavam de modo espectral no caos disforme; caos que crescia ao redor dele e engolfava sua vida e sanidade. Aqueles olhos cresceram e se tornaram gigantescos; foi quando o cimério teve um vislumbre da realidade de todos os horrores abismais e blasfemos que espreitavam nas trevas exteriores de vácuos sem forma e abismos escuros. Ele abriu os lábios ensanguentados para externar seu ódio e desprezo, mas apenas um estertor seco explodiu de sua garganta.

Porém, o horror que paralisara e destruíra Ascalante despertou no cimério uma fúria frenética comparável à loucura. Com uma torção vulcânica do corpo inteiro, lançou-se para trás, ignorando o martírio do braço ferido e arrastando o corpo da criatura consigo. E sua mão tateando encontrou algo que o cérebro entorpecido pela luta reconheceu como sendo o cabo de sua espada quebrada. Instintivamente, ele o segurou e atacou com toda a força dos nervos e músculos, tal qual um homem cravaria com um punhal. A lâmina partida mergulhou fundo, e o braço de Conan foi libertado quando a boca da abominação se abriu em agonia. O rei foi brutalmente arremessado de lado e, ao se pôr de pé com a ajuda de uma mão, viu atônito o monstro convulsionar terrivelmente, enquanto golfadas de sangue espesso jorravam do ferimento aberto pela lâmina. Então, diante do rei, os esforços pararam e a coisa permaneceu no chão, em meio a espasmos, olhando para cima com uma expressão sinistra. Conan piscou e limpou o sangue dos próprios olhos; a ele pareceu que aquela coisa estava derretendo e se desintegrando numa massa gosmenta e disforme.

Foi quando uma miscelânea de vozes chegou aos seus ouvidos e a sala foi inundada pelas pessoas da corte finalmente despertas — cavaleiros, fidalgos, damas, guerreiros, conselheiros —, todos balbuciando e gritando e pondo-se uns na frente dos outros. Os Dragões Negros, enfurecidos e contrariados, praguejavam em língua estrangeira com as mãos sobre o cabo das armas. Do oficial responsável pela guarda da porta, nada se soube; nem foi ele encontrado mais tarde, embora tenha sido bastante procurado.

— Gromel! Volmana! Rinaldo! — Publius exclamou, enquanto apalpava os cadáveres com sua mão gorducha. — Traição! Alguém tem de pagar por isso! Chamem a guarda!

— A guarda está aqui, seu velho tolo! — Ralhou Pallantides, comandante dos Dragões Negros, esquecendo-se do cargo mais alto de Publius por conta do estresse do momento. — É melhor parar com esse escândalo e nos ajudar a cuidar dos ferimentos do rei. Desse jeito ele vai sangrar até a morte!

— Sim, sim — concordou Publius, que era um homem de planos e não de ações. — Temos de tratar dos seus ferimentos. Mande trazer todas as sanguessugas que há na corte! Ah, meu senhor... que vergonha para esta cidade! Eles estão mesmo mortos?

— Vinho! — Resfolegou o rei, do sofá onde o haviam deitado. Puseram um cálice em seus lábios ensanguentados e ele bebeu como um homem meio morto de sede. — Bom — ele grunhiu e se recostou —, matar é um trabalho maldito e que dá sede.

Eles haviam estancado o sangue e a vitalidade inata do bárbaro começava a ressurgir.

— Cuide primeiro da punhalada em meu dorso — ordenou aos médicos da corte. — Rinaldo escreveu uma canção mortal para mim e usou uma pena bastante afiada.

— Devíamos tê-lo enforcado há muito tempo — disparou Publius. — Nenhum bem pode advir de poetas... Quem é este?

Ele tocou nervoso o corpo de Ascalante com o dedão calçado.

— Por Mitra! — Bradou o comandante. — É Ascalante, um conde de Thune! Que trabalho diabólico o trouxe de suas paragens assombradas até aqui?

— Mas o que há com o seu olhar? — Publius sussurrou afastando-se, os próprios olhos arregalados, enquanto sentia um peculiar eriçar dos pelos da nuca. Os outros se mantiveram em silêncio ao fitarem o bandido morto.

— Se tivesse visto o que ele viu — o rei grunhiu, sentando-se ereto apesar dos protestos das sanguessugas —, não faria essa pergunta. Vai entorpecer seus olhares quando virem... — Ele parou de falar, a boca aberta, o dedo apontando infrutiferamente. Onde o monstro tinha morrido, havia apenas o chão vazio.

— Por Crom! — Ele jurou. — A coisa derreteu de volta para a escuridão de onde veio!

— O rei está delirando — um nobre murmurou. Conan escutou e praguejou maldições bárbaras.

— Por Badb, Morrigan, Macha e Nemain! Eu estou são! Era uma mistura de babuíno com múmia stygia. A coisa passou pela porta e os vilões de Ascalante fugiram ao vê-la. Ela matou Ascalante, que estava prestes a acabar comigo. Então me atacou, e consegui matá-la... Não sei como, pois meu machado ricocheteou quando o arremessei. Mas creio que o sábio Epemitreus tenha um dedo nisso tudo...

— Escutem como ele diz o nome de Epemitreus, morto há quinhentos anos! — Os presentes sussurraram entre si.

— Por Ymir! — Tempesteou o rei. — Esta noite eu falei com Epemitreus! Ele me chamou em meus sonhos, e caminhei por um corredor escuro com entalhes dourados até uma escadaria de pedra cujos degraus traziam os contornos de Set. Então cheguei a uma cripta e a uma tumba com uma fênix esculpida...

— Em nome de Mitra, majestade, fique quieto! — Foi o alto sacerdote de Mitra quem gritara aquilo, seu rosto pálido como cinzas.

Conan jogou a cabeça para trás como um leão, sacudindo a cabeleira, e sua voz soou densa tal qual o rugido zangado do felino.

— E eu sou um escravo para calar minha boca ante sua ordem?

— Não, não, meu senhor — o alto sacerdote tremia, mas não por medo da ira real. — Eu não quis ofender — ele abaixou a cabeça para o rei e falou num sussurro que chegou somente aos ouvidos de Conan. — Majestade, esta é uma questão que vai além da compreensão humana. Somente o círculo interno do sacerdócio sabe sobre o corredor escuro de pedra no coração negro do Monte Golamira, feito por mãos desconhecidas, ou sobre a tumba guardada pela fênix, onde Epemitreus descansa há quinhentos anos. E, desde aquela época, nenhum homem vivo adentrou o local, porque seus sacerdotes de confiança, após deixarem o corpo do Sábio dentro da cripta, bloquearam a entrada externa de modo que nenhum homem pudesse encontrá-la. Nos dias de hoje, nem mesmo os altos sacerdotes se recordam de onde ela fica. Somente pela oralidade, transmitida pelos altos sacerdotes a alguns poucos e cerimoniosamente guardada, é que o círculo interno dos acólitos de Mitra conhece o local de descanso de Epemitreus, no coração negro do Golamira. É um dos mistérios em que o culto a Mitra se apoia.

— Não sei dizer por meio de qual magia Epemitreus levou-me até lá — Conan respondeu. — Mas conversamos, e ele fez uma marca na minha espada. Por que tal marca foi letal para o demônio ou que magia está por trás dela, eu não sei; mas, embora a lâmina tenha se partido no capacete de Gromel, o fragmento bastou para matar o horror.

— Deixe-me ver a sua espada — murmurou o sacerdote, sentindo a garganta subitamente seca.

Conan entregou-lhe a espada partida e, de súbito, o alto sacerdote deu um grito e caiu de joelhos.

— Mitra nos proteja dos poderes das trevas! — Exclamou ele. — O rei de fato falou com Epemitreus esta noite! Ali, na espada... está o sinal secreto que ninguém além dele pode fazer... o emblema da fênix imortal, que paira para sempre em sua tumba! Uma vela, rápido! Olhem de novo para o local onde o rei disse que a criatura morreu!

O local estava à sombra de um biombo quebrado. Eles o empurraram para o lado e banharam o chão com a luz de uma vela. Um silêncio estremecedor caiu sobre as pessoas que observavam. Então, algumas foram ao chão de joelhos, chamando por Mitra, enquanto outras saíram correndo da câmara aos gritos.

Ali, no chão, onde o monstro morrera, havia, como uma sombra tangível, uma larga mancha escura que não poderia ser lavada; a coisa tinha deixado os contornos claramente gravados em seu sangue, e aquela forma não era de um ser nascido num mundo são e normal. Horrível e sinistra, a mancha pairava ali, como a sombra lançada por um dos deuses simiescos que se acocoravam nos altares sombrios dos templos escuros na terra distante da Stygia.

# A Cidadela Escarlate

(The Scarlet Citadel)

História originalmente publicada em *Weird Tales* – janeiro de 1933.

# I

*Nas planícies de Shamu o Leão foi acorrentado:*

*Seus membros eles prenderam com um grosso cadeado.*

*Eles gritaram alto e soaram as trombetas diante do Leão:*

*Eles gritaram, "Afinal ele está dentro da nossa prisão".*

*Mas ai da cidade, dos rios, dos campos e do povo,*

*Se o Leão um dia ver-se livre de novo!*

Antiga balada

O clamor da batalha havia se encerrado; os gritos de vitória se misturavam ao choro dos moribundos. Como folhas espalhadas pelo campo após uma tempestade outonal, os caídos se amontoavam pelas planícies; o sol poente se refletia nos capacetes lustrosos, nas cotas de malha douradas, armaduras prateadas, espadas partidas e nos pesados estandartes de seda caídos sobre poças escarlates coalhadas. Em aglomerações silenciosas jaziam cavalos de guerra e seus cavaleiros trajados em aço, crinas esvoaçando e plumas sopradas pelo vento, igualmente tingidas pela maré vermelha. Ao redor e entre eles, como o rastro de uma tempestade, alastravam-se corpos lacerados e pisoteados, vestindo elmos de aço e coletes de couro — os arqueiros e lanceiros.

As trombetas tocavam uma fanfarra triunfante por toda a planície, e os cascos dos vitoriosos esmagavam o peito dos conquistados à medida que todas as fileiras dispersas e reluzentes convergiam, como os aros de uma roda brilhante, para o ponto onde o último sobrevivente ainda travava um combate desigual.

Naquele dia, Conan, o rei da Aquilônia, tinha visto a nata da sua cavalaria ser feita em pedaços, esmagada, espancada e lacerada até o além. Ele cruzara a fronteira sudoeste da Aquilônia ao lado de cinco mil cavaleiros e cavalgara até os prados de Ophir, onde encontrara seu antigo aliado, o rei Amalrus, de Ophir, pronto para enfrentá-lo, lado a lado com as tropas de Strabonus, rei de Koth. Conan só percebera a armadilha quando já era tarde demais. Tudo que um homem poderia fazer com seus cinco mil homens contra os trinta mil cavaleiros, arqueiros e lanceiros dos conspiradores, ele fez.

Sem arqueiros ou infantaria, investiu com a cavalaria trajando armaduras contra as hostes que vinham em sua direção. Ele viu os cavaleiros de seus oponentes caírem diante das suas lanças, despedaçou o núcleo opositor, rechaçando as fileiras dispersas diante de si, somente para ser apanhado como se estivesse num torno, quando as alas intocadas se fecharam ao seu redor. Os arqueiros shemitas de Strabonus causaram muitos estragos em seus homens, crivando-os de flechas que encontravam todas as fendas das armaduras, e abatendo os cavalos, enquanto os lanceiros kothianos corriam para apunhalar os infelizes que caíam no chão. Já os lanceiros do núcleo desmantelado haviam se reorganizado, reforçados pelos cavaleiros das alas, e mais uma vez atacaram, varrendo o campo com sua superioridade numérica.

Os aquilonianos não fugiram; eles pereceram no campo de batalha. E, dos cinco mil cavaleiros que seguiram Conan para o sul, nenhum deixou o prado com vida. Agora o rei se via acuado em meio aos cadáveres de suas tropas; as costas contra uma pilha de homens e cavalos mortos. Cavaleiros ophireanos de malhas douradas desceram de suas montarias e passaram pelos montes de corpos para dar cabo da figura solitária; acocorados, shemitas de barbas preto-azuladas e cavaleiros kothianos de pele escura o atacavam a pé. O clamor do aço era ensurdecedor; a silhueta do rei com sua armadura negra se avolumava em meio ao enxame de oponentes, desferindo golpes como um açougueiro manejando um grande cutelo. Cavalos sem seus montadores disparavam pelos campos; aos pés dele, calçados com botas de ferro, um anel de corpos mutilados crescia. Ofegantes e lívidos, os atacantes recuaram diante da selvageria desesperada do inimigo.

Cortando as fileiras barulhentas e malditas, os senhores dos conquistadores chegaram — Strabonus, com seu rosto largo, taciturno e escuro; Amalrus, esguio, melindroso e traiçoeiro como uma cobra; e o abutre magro Tsotha-lanti, vestido apenas com mantos de seda, os olhos pretos brilhando naquele rosto que lembrava o de uma ave de rapina. Muitas histórias sinistras eram contadas sobre aquele mago de Koth; mulheres de cabelos desgrenhados nas vilas ao norte e oeste usavam seu nome para assustar as crianças, e escravos rebeldes eram levados à humilhante submissão mais rápido do que pelo chicote somente ante a ameaça de serem vendidos para ele. Os homens diziam que ele possuía uma biblioteca inteira de tomos obscuros encadernados com a pele de vítimas humanas esfoladas vivas, e que nos poços inomináveis sob a colina onde seu palácio ficava, comungava com os poderes das trevas, trocando escravas desesperadas por segredos profanos. Era o verdadeiro soberano de Koth.

Agora, ele sorria friamente, enquanto os reis paravam seus cavalos a uma distância segura da figura trajada de ferro que se avultava sobre os mortos. Diante daqueles olhos azuis que queimavam possessos por detrás do elmo cristado e amassado, mesmo os mais corajosos se encolhiam.

O rosto sombrio cheio de cicatrizes de Conan fora feito ainda mais sombrio pela fúria; a armadura preta estava em farrapos e manchada de sangue; a larga espada, vermelha até o cabo em forma de cruz. Naquele frenesi, todo o verniz da civilização havia desaparecido; restara um bárbaro que encarava os conquistadores. Conan, cimério de nascença, era um dos ferozes e temperamentais homens das colinas que viviam naquela terra lúgubre e enevoada ao norte. Sua saga, que o levara ao trono da Aquilônia, era a base de todo um ciclo de narrativas heroicas.

Então, os reis mantinham-se longe, e Strabonus chamou os arqueiros shemitas para que disparassem as flechas em seu oponente. Seus capitães tinham caído como trigo maduro diante da espada do cimério, e Strabonus, avarento de seus cavaleiros tanto quanto de suas moedas, se contorcia de fúria. Mas Tsotha sacudiu a cabeça.

— Levem-no com vida.

— Falar é fácil! — Strabonus rosnou inquieto, temendo que, de algum modo, o gigante de malha escura pudesse abrir caminho até o trio através dos lanceiros. — Quem é capaz de capturar um tigre devorador de homens vivo? Por Ishtar, seus pés estão sobre o pescoço dos meus melhores espadachins! Levei sete anos e montes de ouro para treinar cada um, e aqui estão, caídos, servindo de comida aos pássaros. Digo para trazer os arqueiros!

— Repito que não! — Tsotha rugiu, descendo de seu cavalo. Ele deu uma gargalhada gélida. — A esta altura ainda não aprendeu que meu cérebro é mais poderoso do que qualquer espada?

Percorreu as fileiras de lanceiros, e os gigantes com seus elmos e cotas de aço se encolheram de medo, evitando até mesmo tocar rebarbas de seu manto. Os cavaleiros emplumados abriram espaço para ele tão rápido quanto. O feiticeiro passou por cima dos cadáveres e pôs-se cara a cara com o rei. As hostes assistiam num silêncio tenso, prendendo o fôlego. A figura de armadura negra pairava como uma terrível ameaça diante da forma delgada vestindo um manto de seda; a espada denteada e pingando sangue em riste.

— Eu lhe ofereço a vida, Conan — disse Tsotha, um júbilo cruel borbulhando em sua voz.

— E eu lhe darei a morte, mago — o rei rosnou de volta e, apoiada por músculos de ferro e ódio feroz, a grande espada foi brandida num ataque que tencionava partir o torso magro de Tsotha ao meio. Mas, justo quando as tropas gritavam, o mago se adiantou, veloz demais para ser seguido pelos olhos, e apenas tocou com a mão aberta o antebraço esquerdo de Conan num ponto em que os músculos retesados estavam desnudos e a armadura havia desaparecido. O arco descrito pela lâmina assobiando sofreu um desvio e o gigante encouraçado despencou no chão, permanecendo imóvel. Tsotha riu em silêncio.

— Podem apanhá-lo sem medo. As presas do leão foram arrancadas.

Os líderes se aproximaram e observaram com espanto o rei caído. Conan jazia rígido como um cadáver, mas seus olhos os encaravam bem abertos, ardendo numa fúria impotente.

— O que fez com ele? — Amalrus perguntou temeroso.

Tsotha exibiu um anel largo com uma forma curiosa. Ele pressionou os dedos e, na lateral interna do anel, um pequeno colmilho de aço se pronunciou como a língua de uma cobra.

— Ele é mergulhado no sumo da lótus roxa que cresce nos pântanos assombrados do sul da Stygia — respondeu o mago. — Seu toque gera paralisia temporária. Acorrentem-no e ponham em uma carroça. O sol já se põe e é hora de pegarmos a estrada para Khorshemish.

Strabonus virou-se para seu general, Arbanus.

— Vamos voltar a Khorshemish com os feridos. Somente uma tropa da cavalaria real nos acompanhará. Suas ordens são marchar ao amanhecer para a fronteira com a Aquilônia e atacar a cidade de Shamar. Os ophireanos lhes fornecerão comida ao longo da marcha. Nos juntaremos a vocês com reforços tão logo for possível.

Assim, as tropas foram acampar nos prados próximos ao campo de batalha, levando seus cavaleiros vestidos em aço, os lanceiros, arqueiros e serviçais. E, sob o céu estrelado, os dois reis e o feiticeiro, que era maior do que qualquer rei, cavalgaram para a capital de Strabonus, cercados pelas reluzentes tropas do palácio e acompanhados por uma longa fileira de carroças levando feridos. Em uma delas, estava Conan, rei da Aquilônia, preso por correntes, sentindo o sabor da derrota na boca e a ira cega de um tigre aprisionado na alma.

O veneno que tornara seus poderosos membros indefesos não paralisara seu cérebro. Conforme a carroça onde estava cruzava os prados, sua mente agitou-se intensamente pensando na derrota. Amalrus enviara um emissário implorando ajuda. Segundo ele, Strabonus estava devastando o lado oeste de seus domínios, que se estendiam formando uma cunha afunilada entre a fronteira da Aquilônia e o vasto reino de Koth, ao sul. Ele pediu apenas mil homens a cavalo e a presença de Conan para aquecer o coração de seus súditos desmoralizados. Agora, Conan praguejava em silêncio. Em sua generosidade, levara cinco vezes o número requisitado pelo traiçoeiro monarca. Cavalgara de boa-fé até Ophir e fora confrontado pelos supostos rivais, que haviam se aliado contra ele. O fato de terem trazido um exército inteiro para capturá-lo junto dos seus cinco mil homens era um atestado significativo da sua destreza.

Uma nuvem vermelha cobria sua visão; as veias estavam inchadas de raiva e, nas têmporas, a pulsação latejava freneticamente. Em todos esses anos jamais conhecera uma cólera tão grande e indefesa. Vislumbrou o cortejo da própria vida passando em cenas rápidas diante dos olhos da mente; um panorama em que figuras sombrias, que eram ele mesmo, se moviam sob vários disfarces e condições: um bárbaro vestindo peles; um espadachim mercenário usando um elmo com chifres e peitoral encouraçado; um corsário numa galera com um dragão na proa que trilhava uma rota de sangue e pilhagens ao longo das costas do sul; um capitão de exércitos trajando armaduras de aço polido e marchando para o ataque; um rei num trono dourado com a bandeira do leão esvoaçando ao alto e montes de bajuladores enfeitados e damas aos seus pés. Mas os solavancos e sacudidas da carroça traziam seus pensamentos de volta, para amargar numa monotonia insana a traição de Amalrus e a feitiçaria de Tsotha. As veias ameaçavam explodir nas têmporas, mas ao menos os gritos dos moribundos nas carroças o preenchiam com uma satisfação feroz.

Antes da meia-noite eles cruzaram a fronteira ophireana e, ao amanhecer, os pináculos cintilantes de Khorshemish surgiram no horizonte tingido de rosa a sudoeste. Mas as torres elegantes empalideciam perto da cidadela escarlate que, ao longe, parecia um borrifo de sangue reluzente no céu. Era o castelo de Tsotha. Apenas uma rua estreita, pavimentada com mármore e protegida por pesados portões de ferro, levava até ele, que coroava a colina que dominava a cidade. As laterais da colina eram íngremes demais para serem escaladas de qualquer outro ponto. Dos muros da cidadela, podia-se olhar para baixo, para as largas ruas da cidade, para as mesquitas e seus minaretes, templos, mansões e mercados. Era possível avistar também os palácios do rei, construídos em meio a amplos jardins cercados por altos muros, com uma luxuosa variedade de árvores frutíferas e flores, pelos quais córregos artificiais corriam e fontes prateadas se agitavam incessantemente. Como um condor inclinado sobre sua presa, a cidadela colocava-se acima de tudo isso, concentrada em suas próprias meditações sombrias.

Os portentosos portões entre as enormes torres do muro externo se abriram com um tinido, e o rei cavalgou para dentro da capital por entre fileiras de lanceiros, saudado por cinquenta trombetas. Mas nenhuma multidão ganhou as ruas brancas pavimentadas para jogar rosas diante dos cascos dos conquistadores. Strabonus tinha se adiantado ao grupo trazendo as notícias da batalha, e o povo, mal despertando para os afazeres diários, bocejava ao ver seu rei retornar com uma pequena comitiva, ainda em dúvida se aquilo pressagiava uma vitória ou uma derrota.

Conan, sentindo a vida retornar lentamente às veias, ergueu o pescoço do chão da carroça para observar as maravilhas da cidade que os homens chamavam de Rainha do Sul. Ele pensara em algum dia cavalgar por aqueles portões dourados à frente dos seus esquadrões blindados de aço, com a grande bandeira do leão flutuando acima da sua cabeça. Em vez disso, adentrava-a acorrentado, despido de sua armadura e jogado como um escravo no chão de bronze da carruagem de seu captor. Um riso diabólico, maldoso e zombeteiro cresceu por sobre sua fúria, mas, para os soldados nervosos que conduziam a carruagem, a risada soou como os resmungos de um leão despertando.

## II

Concha brilhante de uma mentira desgastada: a fábula do Direito Divino propagada...

Você obteve sua coroa por herança, mas o preço da minha foi a matança.

Por Crom, o trono que com meu sangue e suor ganhei, eu jamais venderei

Nem pela promessa de vales de ouro, nem pela ameaça de padecer no matadouro!

A Estrada dos Reis

Na cidadela, numa câmara cujo teto era uma abóbada azeviche e os arcos elaborados dos corredores reluziam com estranhas joias escuras, um conclave singular se desenrolou. Conan, da Aquilônia, com o sangue dos ferimentos não tratados ressecado em seus braços e pernas, encarava seus captores. De ambos os lados, uma dúzia de gigantes negros segurava machados de haste longa. À frente estava Tsotha e, nos divãs, Strabonus e Amalrus se espreguiçavam, trajando mantos de seda dourada e joias brilhantes, enquanto meninos escravos nus serviam vinho em cálices esculpidos de uma única safira. Conan era um contraste; taciturno, sujo de sangue, nu, exceto por uma tanga, e algemado. Mas os olhos azuis ardiam por baixo da cabeleira negra que caía por sobre a testa larga. Ele dominava a cena e, pela mera vitalidade de sua personalidade primitiva, transformava em bijuteria o valor da pompa dos conquistadores; os reis, em seu orgulho e esplendor, sabiam disso no âmago de seu coração, o que os deixava inquietos. Somente Tsotha não estava perturbado.

— Diremos rapidamente o que desejamos, rei da Aquilônia — adiantou-se o mago. — É nosso anseio expandir nosso império.

— E, com isso, querem emporcalhar meu reino — disparou Conan.

— O que você é, senão um aventureiro que se apoderou de uma coroa sobre a qual não possui mais direito do que qualquer outro bárbaro nômade? — Arguiu Amalrus. — Estamos dispostos a oferecer-lhe uma compensação adequada...

— Compensação! — Uma risada profunda irrompeu do peito largo de Conan. — O preço da infâmia e da traição! Eu sou um bárbaro, então devo vender meu reino e seu povo em troca da minha vida e do seu ouro imundo? Hah! Como foi que você e esse porco de cara escura ao seu lado conseguiram uma coroa? Seus pais tiveram de lutar e sofrer, e entregaram-lhes as coroas numa bandeja dourada. Vocês herdaram seu direito sem erguer um dedo, exceto para envenenar alguns irmãos, mas eu o obtive lutando! Vocês se sentam sobre cetim e bebem vinho ganho com o suor de outras pessoas, enquanto falam do direito divino da soberania... Bah! Eu escalei o abismo do barbarismo nu até o trono e, nessa escalada, derramei meu sangue tão prontamente quanto derramei o dos outros. Se alguém tivesse direito de governar os homens, por Crom, este seria eu! Como foi que se provaram superiores a mim?

— Encontrei a Aquilônia nas garras de um porco como vocês... um que traçava sua genealogia por mil anos. A terra estava despedaçada por causa da guerra dos barões, enquanto o povo sofria com opressão e impostos. Hoje, nenhum aquiloniano nobre ousa maltratar o mais humilde dos meus súditos, e os impostos são os menores de qualquer lugar no mundo. E quanto a vocês? Seu irmão, Amalrus, possui a metade oriental do seu reino e o desafia. E você, Strabonus, seus soldados estão neste instante sitiando os castelos de uma dúzia ou mais de barões que se rebelaram. O povo de ambos os reinos são esmagados pelos seus impostos tiranos e suas cobranças. E ainda querem vir pilhar o meu... Hah! Libertem minhas mãos e vou esmaltar o chão com seus cérebros!

Ao ver a raiva de seus companheiros régios, Tsotha deu um sorriso:

— Tudo isso, embora verdade, não é a questão. Nossos planos não são da sua conta. Sua responsabilidade termina assim que assinar este pergaminho, que é uma abdicação em favor do príncipe Arpello, da Pellia. Nós lhe daremos armas, um cavalo e cinco mil lunas de ouro, e o escoltaremos até a fronteira oriental.

— Querem me mandar para onde estava quando cavalguei até a Aquilônia para servir em seus exércitos, exceto que agora levaria o fardo da traição em meu nome! — A risada de Conan foi como um uivo curto de um lobo. — Arpello, certo? Eu desconfiava daquele açougueiro da Pellia. Vocês não podem nem roubar e pilhar de forma franca e direta? Precisam ter uma desculpa, por mínima que seja? Arpello alega ter um traço de sangue real, então o usam como desculpa para furtar... um sátrapa para governar. Eu os verei no inferno antes.

— Você é um idiota! — Exclamou Amalrus. — Está em nossas mãos, e podemos tirar sua coroa e sua vida quando quisermos.

A resposta de Conan não foi nem digna, nem régia, mas tipicamente instintiva ao homem, cuja natureza bárbara jamais fora submergida por sua cultura adotada. Ele cuspiu direto nos olhos de Amalrus. O rei de Ophir saltou com um brado de fúria ultrajada, buscando sua espada fina. Ele a desembainhou e investiu contra o cimério, mas Tsotha interferiu.

— Espere, Majestade... Esse homem é meu prisioneiro.

— Saia da frente, mago! — Clamou Amalrus, enlouquecido pela zombaria nos olhos azuis do cimério.

— Eu disse para trás! — Tsotha rugiu, liberando uma ira espantosa. Sua mão delgada saiu de dentro da manga larga e arremessou uma chuva de pó no rosto contorcido do ophireano. Amalrus deu um grito e titubeou para trás, esfregando os olhos enquanto a espada ia ao chão. Ele caiu mole no divã sob o olhar estólido dos guardas kothianos e do rei Strabonus, que virou apressadamente mais uma taça de vinho, segurando-a com mãos trêmulas. Amalrus abaixou as mãos e meneou a cabeça com violência; a inteligência regressando aos poucos àqueles olhos cinzentos.

— Eu fiquei cego — ele grunhiu. — O que fez comigo, mago?

— Apenas um gesto para lembrá-lo de quem é o verdadeiro mestre aqui — retorquiu Tsotha, deixando cair a falsa máscara da formalidade e revelando sua crueldade. — Strabonus aprendeu a lição... Que todos o façam também. Aquilo que joguei em seus olhos era um punhado de pó que encontrei numa tumba na Stygia... Se esfregar mais um pouco em sua vista, eu o deixarei tateando na escuridão para o resto da vida.

Amalrus deu de ombros, sorriu caprichosamente e levou uma das mãos à sua taça, dissimulando o medo e a fúria. Diplomata educado, ele logo recuperou a pose. Tsotha voltou-se para Conan que, durante o episódio, ficara estático, imperturbável. Ante um gesto do mago, os negros apanharam o prisioneiro e o obrigaram a marchar atrás de Tsotha, que guiou o caminho para fora da câmara através de uma porta em arco e direto para um corredor sinuoso, cujo chão era feito de coloridos mosaicos, e as paredes, ornadas por tecidos de ouro e cinzelamentos de prata. Incensários dourados pendiam do teto arqueado, preenchendo o corredor com nuvens perfumadas. Eles viraram num corredor menor, feito de âmbar-negro e jade negro, escuro e melancólico, que culminou numa porta de bronze, sobre a qual, acima do arco, um crânio humano sorria pavorosamente. À porta estava uma figura obesa e nojenta, segurando um molho de chaves: o chefe eunuco de Tsotha, Shukeli. Histórias macabras eram contadas sobre ele; um homem para quem o desejo bestial por torturas substituíra as paixões humanas convencionais.

A porta de bronze desembocou numa escadaria estreita que parecia descer sinuosa até as entranhas da colina sobre a qual a cidadela fora construída. O grupo desceu os degraus, parando enfim diante de uma porta de ferro, cuja robustez parecia desnecessária. Ela evidentemente não abria para o exterior; contudo, fora construída para suportar os golpes de manganelas e aríetes. Shukeli a abriu e, conforme movia o poderoso portal, Conan percebeu a clara inquietação que acometeu os gigantes negros que o guardavam; o próprio Shukeli não parecia isento de nervosismo ao espiar as trevas para além dela. Dentro da grande porta havia uma segunda barreira, composta de barras de aço. Elas eram presas a uma engenhosa trava sem fechadura que só podia ser aberta por fora; a barra recuou e a grade deslizou para dentro da parede. Eles atravessaram e chegaram a outro corredor, cujo chão, paredes e teto arqueado pareciam ter sido esculpidos direto na rocha. Conan sabia que estava bem nos subterrâneos, talvez até sob a própria colina. As trevas pressionavam animalescas e sencientes as tochas dos guardas.

Eles prenderam as correntes do rei em uma argola fixada à parede rochosa. Acima da sua cabeça, puseram uma tocha num nicho, de modo a deixá-lo num semicírculo fraco de luz. Os escravos, ansiosos para sair dali, murmuravam entre si e lançavam olhares receosos para a escuridão. Tsotha fez um sinal para que partissem e eles atravessaram a porta tropeçando em sua pressa, como se temessem que as trevas pudessem assumir uma forma tangível e saltar sobre seus lombos. O mago virou-se para Conan, e o rei reparou apreensivo que seus olhos faiscavam naquela semiescuridão, e que seus dentes se assemelhavam bastante às presas de um lobo, brilhando brancos nas sombras.

— Então, dou-lhe adeus, bárbaro — o feiticeiro zombou. — Devo cavalgar para o cerco em Shamar. Em dez dias estarei no seu palácio, em Tamar, com meus guerreiros. Que palavras quer que eu diga para as suas mulheres, antes de esfolar suas peles delicadas para usar nos pergaminhos em que escreverei as crônicas de triunfo de Tsotha-lanti?

Conan respondeu com uma maldição da Ciméria que teria rompido os tímpanos de um homem comum. Tsotha riu e se retirou. O bárbaro teve um vislumbre da silhueta de abutre através das grossas barras quando o mago reposicionou a grade; então, a pesada porta ressoou e o silêncio caiu sobre ele como uma mortalha.

# III

*O Leão andou pelos salões do Inferno.*
*Sombras sinistras cruzaram o saguão averno.*
*Formas sem nomes e de hálito escaldante,*
*Monstros de bocarras abertas e gotejantes.*
*As trevas gritaram com um tremor eterno*
*Quando o Leão espreitou pelos salões do Inferno*

*Antiga balada*

O rei Conan testou a argola na parede e a corrente que o prendia. Seus membros podiam estar livres, mas ele sabia que as algemas resistiriam até mesmo à sua força ferrenha. Os elos da corrente eram tão grossos quanto seu polegar e estavam atados a um cinturão de aço, de meia polegada de espessura e da largura de sua mão, que circundava sua cintura. O mero peso das algemas teria matado de exaustão um homem mais fraco. Os fechos que travavam a corrente e o cinturão eram tão maciços que uma marreta mal os teria arranhado. Quanto à argola, ela evidentemente atravessava a parede e se fechava do outro lado.

Conan praguejou e o pânico o consumiu quando olhou para as trevas além do semicírculo de luz. Sentiu todo o temor supersticioso de bárbaro, adormecido na alma e intocado pela lógica civilizada, se revolver; toda sua imaginação primitiva, povoada por trevas subterrâneas de contornos sinistros. Além disso, seu raciocínio lhe dizia que ele não havia sido deixado ali em simples confinamento. Seus captores não tinham motivo para poupá-lo. Ele fora deixado naquele poço escuro para encontrar sua sina final. Amaldiçoou-se por ter recusado a oferta deles, ao mesmo tempo em que sua teimosia máscula, revoltada ante o pensamento, lhe garantia que, se tivesse outra oportunidade, sua resposta seria a mesma. Ele não venderia seus súditos para aquele açougueiro, muito embora não tivesse pensado em nada, senão no próprio benefício, quando tomara o reino para si. Mas é assim, de forma sutil, que o instinto de responsabilidade do soberano pode se instalar até mesmo dentro de um saqueador com mãos ensanguentadas.

Conan pensou na última ameaça abominável de Tsotha e grunhiu em fúria nauseante, sabendo não se tratar de mera bravata. Para o mago, homens e mulheres eram como insetos contorcidos nas mãos do cientista. Mãos alvas e macias que o haviam acariciado, lábios vermelhos que se apertaram contra os seus, seios brancos e delicados que estremeciam aos seus beijos, seriam despidos da pele delicada, branca como mármore e rósea como pétalas jovens... Dos lábios de Conan explodiu um grito de cólera alucinada tão atemorizante e bestial, que um ouvinte teria congelado de horror ao saber que ele viera de uma garganta humana.

Os ecos tremulantes fizeram o rei parar e o trouxeram de volta à sua situação atual. Ele encarou destemido o escuro, pensando nas histórias macabras que escutara sobre a crueldade necromântica de Tsotha, e foi com uma sensação glacial descendo-lhe espinha abaixo que constatou que deveria estar nos Salões dos Horrores, batizados assim pelas arrepiantes lendas; túneis e calabouços onde Tsotha executava seus experimentos horríveis com seres humanos, feras e, especulava-se em sussurros, demônios, brincando de forma blasfema com os elementos básicos da vida em si. Os rumores diziam que o poeta louco Rinaldo visitara aquelas covas, e que o mago lhe mostrara horrores vis, de modo que as monstruosidades inomináveis que ele descrevia no terrível poema *A canção do fosso*, não eram meras fantasias de um cérebro desordenado. Aquele cérebro havia sido esmagado pelo machado de batalha de Conan na noite em que o rei lutara pela vida contra os assassinos que o rimador louco levara ao palácio num ato de traição, mas as palavras impressionantes da canção ainda ecoavam nos ouvidos de Conan.

Em meio àqueles pensamentos, o cimério travou ao escutar um som suave e farfalhante, de gelar o sangue em suas implicações. Ele se retesou para escutar com atenção, sentindo uma intensidade dolorosa. Uma mão gélida pareceu tocar sua espinha. Era o som inequívoco de escamas maleáveis deslizando macias por sobre a pedra. Suor frio cobriu sua pele quando, além do anel de fraca luz, ele viu uma forma vaga e colossal, horrível mesmo indistinta. Ela ergueu-se do chão, oscilando levemente, e olhos amarelos brilharam diante dele nas sombras. Lentamente, uma enorme e hedionda cabeça cuneiforme revelou-se diante dos seus olhos dilatados, e das trevas surgiu, em fluentes espirais escamadas, o terror reptiliano definitivo.

Era uma cobra que tornava insignificante todas as ideias que Conan tinha de cobras. Media dezoito pés da ponta da cauda à cabeça triangular, que era maior do que a de um cavalo. À meia-luz, as escamas brilhavam frias, brancas como geada. Decerto o réptil fora nascido e criado na escuridão, contudo, seus olhos eram plenos de maldade e visão. Ela enrolou-se em suas espirais titânicas diante do prisioneiro, e a grande cabeça oscilava a poucas polegadas do rosto dele. A língua bifurcada por pouco não tocava seus lábios ao sair e entrar da boca, e seu odor fétido nauseou o rei. Ele combateu o impulso insano de agarrar aquele pescoço arqueado com as mãos nuas. Forte além da compreensão de um homem civilizado, Conan quebrara o pescoço de um píton numa batalha infernal na costa da Stygia, em seus dias de corsário. Mas este réptil era peçonhento; ele via as enormes presas com um pé de comprimento, curvadas como cimitarras. Um líquido incolor pingava delas, que o bárbaro soube instintivamente ser sinônimo de morte. Ele poderia ter esmagado aquela cabeça triangular com um soco desesperado, mas sabia que ante sua primeira insinuação de movimento, o monstro atacaria com a rapidez de um relâmpago.

Não foi por conta de nenhum processo lógico que Conan permaneceu imóvel, uma vez que o raciocínio poderia ter-lhe dito — visto que ele estava condenado de qualquer forma — para incitar a cobra a atacar e acabar logo com aquilo; foi o instinto cego e pretejado da autopreservação que o manteve rígido como uma estátua de ferro. Agora o corpo bojudo se erguia e a cabeça postou-se acima da sua, ao que o monstro investigava a tocha. Uma gota de veneno caiu sobre sua coxa nua, e a sensação foi a de uma adaga quente sendo pressionada contra sua pele. Jatos carmesins de agonia dispararam no cérebro de Conan, que, mesmo assim, não se moveu. Nem uma contração muscular ou piscadela sequer traíram a dor que sentiu e que deixaria uma cicatriz que ele levaria consigo até o dia da sua morte.

A serpente oscilava acima dele, como se buscasse vida naquela figura que permanecia tão imóvel quanto um morto. Então, de repente, a porta externa, invisível nas sombras, ressoou estridentemente. A cobra, desconfiada como todas da sua espécie, fugiu chicoteando o corpo bojudo com uma rapidez incrível para seu corpanzil, deslizando pelo corredor até desaparecer. A porta abriu-se e assim permaneceu. A grade foi removida e uma enorme figura escura foi moldada pelo brilho das tochas lá fora. A silhueta entrou deslizando, puxou parcialmente a grade e deixou o ferrolho em posição. Conforme ela se movia em direção à luz da tocha sobre a cabeça de Conan, o rei viu se tratar de um gigantesco homem negro, totalmente nu, que segurava uma espada enorme numa mão e, na outra, um molho de chaves. Ele falou num dialeto costeiro e Conan respondeu; aprendera o jargão em seus dias de corsário, na costa de Kush.

— Há muito anseio conhecer Amra — o negro chamou o nome pelo qual Conan era conhecido entre kushitas em seus dias de pirata: Amra, o Leão. O rosto do escravo abriu-se num sorriso animalesco, exibindo presas brancas, mas seus olhos brilhavam vermelhos à luz das tochas. — Arrisquei muita coisa por este encontro! Veja! As chaves para suas correntes! Eu as roubei de Shukeli. O que você me dará então?

Ele balançou as chaves diante dos olhos de Conan.

— Dez mil lunas de ouro — o rei respondeu de imediato, com uma nova esperança insuflada no peito.

— Não basta! — Berrou o negro, com uma exultação feroz marcada em suas feições. — Não basta pelos riscos que estou correndo. Os animaizinhos de estimação de Tsotha podem sair da escuridão e me devorar. E, se Shukeli descobrir que roubei as chaves, me enforcará pelo meu... bem, o que me dará?

— Cinquenta mil lunas de ouro e um palácio em Poitain — ofereceu o rei.

O homem sorriu e bateu o pé num frenesi de gratificação bárbara:

— Mais! Ofereça-me mais! O que me dará?

— Cão vadio! — Uma bruma vermelha invadiu o olhar de Conan. — Se estivesse livre, eu lhe daria uma coluna quebrada! Shukeli mandou-o aqui para zombar de mim?

— Shukeli nada sabe da minha vinda, branco — ele respondeu, esticando o pescoço para espiar dentro dos olhos selvagens de Conan. — Eu te conheço faz tempo, desde os dias em que era um chefe do povo livre, antes de os stygios me prenderem e venderem para o norte. Não se lembra do saque de Abombi, quando seus lobos do mar nos invadiram? Diante do palácio do rei Ajaga você matou um chefe, enquanto outro fugia. Foi meu irmão quem morreu; fui eu quem fugiu. Esta é uma dívida de sangue, Amra!

— Se me libertar, pagarei seu peso em moedas de ouro — Conan grunhiu.

Os olhos vermelhos brilharam; os dentes brancos lupinos fulgurando à luz das tochas:

— Sim, cão branco. Você é como todos da sua raça. Mas, para um negro, ouro jamais poderá pagar o sangue. O preço que exijo é... sua cabeça!

A última palavra foi um grito maníaco que lançou ecos retumbantes no local. Conan ficou tenso, inconscientemente forçando as algemas ao pressentir a tenebrosidade de morrer como uma ovelha; então, sentiu o horror congelá-lo. Por sobre os ombros do negro, uma forma vaga e pavorosa oscilava nas trevas.

— Tsotha jamais saberá! — Riu o outro de forma diabólica, demasiado envolvido com o próprio triunfo para perceber qualquer outra coisa, demasiadamente embriagado pelo ódio para notar a Morte balançando atrás de si. — Ele não voltará a estas criptas até que os demônios tenham arrancado seus ossos dessas correntes. Eu terei a sua cabeça, Amra!

Ele espaçou as pernas nodosas como duas colunas de ébano e brandiu a enorme espada com ambas as mãos; os músculos poderosos movendo-se à luz da tocha. Naquele instante, a sombra titânica atrás dele atacou, com a enorme cabeça em forma de cunha castigando-o num impacto que ecoou por todos os túneis. Nenhum som deixou os lábios vermelhos que se abriram em agonia fugidia. No baque surdo do ataque, Conan viu a vida se esvair por aqueles olhos arregalados, tão repentinamente quanto o apagar de uma vela. O golpe lançara o maciço corpo ao longo do corredor, e a forma sinuosa deslizou até desaparecer de vista, ainda que o ruído de ossos partidos continuasse chegando claramente aos ouvidos de Conan. Então, algo fez com que seu coração pulasse alucinadamente. A espada e as chaves tinham voado das mãos do negro e caído sobre a pedra... e as chaves estavam quase aos pés do rei.

Ele tentou alcançá-las, mas a corrente era curta demais. Quase sufocado pelo pulsar incessante de seu próprio coração, tirou uma sandália e conseguiu agarrá-las usando os dedos do pé. Conan apanhou o molho, mal sufocando o grito de exultação feroz que surgiu instintivamente em seus lábios.

Um instante desajeitado manuseando as chaves e estava livre. Ele apanhou a espada caída e olhou ao redor. Somente as trevas nuas encontraram seus olhos, para as quais a serpente tinha arrastado o objeto mutilado que só brevemente se assemelhava a um corpo humano. Conan virou-se para a porta aberta. Passadas rápidas o levaram à soleira e uma gargalhada aguda retumbou pelas cavernas; a grade fechou sob seus dedos e o ferrolho desceu. Do outro lado das barras, um rosto zombeteiro e demoníaco como uma gárgula esculpida o encarava. Era Shukeli, o eunuco, que viera atrás das chaves roubadas. Em seu regozijo, ele não devia ter visto a espada nas mãos do prisioneiro. Com uma maldição terrível, Conan atacou como a cobra o faria; a grande lâmina sibilou entre as barras e a risada de Shukeli se transformou num estertor da morte. O gordo eunuco curvou-se ao meio, como se saudasse seu assassino, e desabou feito sebo; as mãos rechonchudas agarrando em vão as entranhas derramadas.

Conan deu um rosnado animalesco de satisfação, mas ainda era um prisioneiro. As chaves eram inúteis contra o ferrolho que só podia ser manejado pelo lado de fora. Seu tato proficiente lhe disse que as barras eram tão ou mais duras do que a espada; uma tentativa de parti-las culminaria na perda da arma. Contudo, havia ranhuras naquelas barras adamantinas, como marcas de presas incríveis, e ele se perguntou, com um tremor involuntário, que monstros desconhecidos teriam atacado tão terrivelmente as barreiras. Independentemente disso, ele só tinha uma coisa a fazer, que era procurar alguma outra saída. Tirando a tocha do nicho, começou a descer o corredor com a espada em mãos. Não viu sinal da serpente ou de sua vítima, apenas uma grande mancha de sangue no chão de pedra.

As trevas espreitavam silenciosas ao seu redor, mal debeladas pela luz trêmula da tocha. De ambos os lados ele via passagens escuras, mas manteve-se no corredor principal, tomando cuidado com o chão à sua frente para não cair em algum poço. Súbito, escutou o choro de uma mulher. O rei julgou ser outra das vítimas de Tsotha e, tornando a amaldiçoar o mago, fez um desvio e seguiu o som por um túnel menor, úmido e frio.

A voz ficava mais alta conforme ele avançava e, erguendo sua tocha, divisou uma forma vaga nas sombras. Aproximando-se, parou em súbito horror diante da massa amorfa que se estendia à sua frente. Os contornos instáveis sugeriam, de algum modo, um polvo, mas os tentáculos malformados eram curtos demais para seu tamanho, e sua substância tinha uma qualidade gelatinosa trêmula que o nauseou só de olhar. Em meio à repugnante massa gélida aparecia uma cabeça anfíbia, e o rei congelou ao dar-se conta de que o som dos lamentos vinha daqueles obscenos lábios vermelhos. O barulho deu lugar a um tom agudo e abominável quando os olhos instáveis da monstruosidade pousaram sobre o rei, e ela impeliu seu corpanzil em sua direção. Conan recuou e saiu correndo pelo túnel, sem confiar na sua espada. A criatura podia ser feita de matéria terrestre, mas a alma do rei abalou-se ao contemplá-la, fazendo-o duvidar de que armas feitas pelo homem pudessem matá-la. De uma curta distância ele escutou a coisa debatendo-se em solavancos no seu encalço, emitindo uma horrível gargalhada. O contentamento na voz claramente humana quase o fez perder a razão. Era exatamente como as risadas que ele escutara dos lábios carnudos e obscenos das mulheres libertinas de Shadizar, a Cidade da Perversidade, quando garotas capturadas eram despidas para serem leiloadas ao público. Que arte diabólica Tsotha utilizara para dar vida àquela criatura profana? Conan sentia que tinha vislumbrado uma blasfêmia contra as leis eternas da Natureza.

Ele correu de volta ao corredor principal, mas, antes de alcançá-lo, passou por um tipo de pequena câmara quadrada, intercruzada por dois túneis. Dentro dela, avistou repentinamente uma pequena forma acocorada no chão; então, antes que pudesse interromper a corrida ou desviar-se, seu pé bateu em algo submisso, que deu um grito estridente e o fez cair de cabeça; a tocha voou de sua mão e apagou ao atingir o chão de pedra. Um pouco atordoado pela queda, Conan se ergueu e tateou nas trevas. Seu senso de direção estava confuso, e ele se viu incapaz de decidir para qual lado ficava o corredor principal. Não procurou pela tocha, já que não tinha meios para reacendê-la. Suas mãos a tatear localizaram as entradas dos túneis e ele escolheu um deles a esmo. Por quanto tempo andou na mais completa treva, ele jamais soube, mas, subitamente, seus instintos bárbaros o fizeram parar ao pressentir um perigo próximo.

Era a sensação de estar de pé frente a um grande precipício na escuridão. Pôs-se a engatinhar, e sua mão logo encontrou um grande fosso, no qual o túnel culminava abruptamente. Até onde ele conseguia sentir, as laterais desciam perpendiculares, úmidas e gosmentas ao toque. Ele estendeu o braço no breu e mal conseguiu tocar o outro lado do fosso com a ponta da espada. Poderia saltar, mas não havia por que fazê-lo. O rei tomara o caminho errado e o corredor principal estava em algum lugar atrás de si.

Bem quando pensava nisso, sentiu um leve deslocamento de ar; um vento sombrio que vinha do poço, esvoaçando sua cabeleira negra. A pele de Conan se arrepiou. Tentou dizer a si próprio que o poço se conectava, de algum modo, com o mundo exterior, mas seus instintos lhe afirmaram que não se tratava de um vento natural. Ele não estava apenas dentro da colina; estava abaixo dela, bem longe do nível das ruas da cidade. Como uma brisa de ar poderia encontrar seu caminho para dentro daquelas cavernas e soprar de baixo para cima? Havia uma leve pulsação naquele vento espectral, como tambores soando distantes lá embaixo. O rei da Aquilônia estremeceu.

Levantando-se, ele se afastou, e, ao fazê-lo, algo flutuou para fora do poço. O que era, Conan não sabia. Não podia ver nada na escuridão, mas sentia distintamente uma presença — uma inteligência invisível, intangível, que planava maligna à sua frente. Dando meia-volta, fugiu pelo caminho de onde viera. Lá na frente, avistou uma pequena fagulha vermelha e seguiu em sua direção; porém, um pouco antes de alcançá-la, trombou com uma parede sólida, deu um rolamento e percebeu a faísca aos seus pés. Era a tocha. Apesar da chama apagada, uma brasa ainda queimava. Conan a apanhou com cuidado e a assoprou, conseguindo aos poucos fazê-la queimar de novo. Quando a chama acendeu, suspirou aliviado. Estava de volta à câmara em que os túneis se cruzavam e seu senso de direção retornou.

Localizou o túnel pelo qual saíra do corredor principal, mas, bem quando seguia em sua direção, a chama da tocha tremeu violentamente, como se estivesse sendo soprada por lábios invisíveis. Ele tornou a sentir uma presença e ergueu a luz para olhar ao redor.

Não viu nada; contudo, sentia que havia alguma coisa sem corpo pairando no ar, pingando sujeira e dizendo obscenidades que ele não podia escutar, mas das quais estava instintivamente ciente. Brandiu a espada com firmeza e a sensação foi a de fender teias de aranha. Um horror frio o abalou e ele correu para o túnel, sentindo um hálito ardente nas costas.

Quando retornou ao corredor principal, a sensação de qualquer presença, visível ou invisível, desapareceu. Conan seguiu adiante, esperando ser atacado a qualquer momento por presas e garras demoníacas saídas da escuridão. Os túneis não eram silenciosos. Das entranhas da terra em ambas as direções, guinchos de júbilo demoníaco, uivos longos e pavorosos e uma inequívoca risada estridente de hiena culminavam em berros blasfemos que falavam em palavras humanas. Ele escutava passos furtivos e, nas bocas dos túneis, captava vislumbres de formas sombrias, contornos monstruosos e abomináveis.

Foi como se vagasse pelo Inferno — um inferno criado por Tsotha-lanti. Mas as coisas não saíam para o corredor principal, por mais distintas que lhe parecessem as sucções ávidas dos lábios e o ardor de olhos famintos. E logo descobriu o motivo. Um som de algo deslizante vindo de suas costas o eletrificou, fazendo-o saltar para as trevas de um túnel próximo, sacudindo a tocha. Escutou ao longo do corredor a grande serpente rastejando, preguiçosa por causa da refeição recente. Ao seu lado, algo murmurou de medo e desapareceu na escuridão. Evidentemente, o corredor principal era o terreno de caça da grande cobra, o qual os outros monstros não invadiam.

Para Conan, a serpente era o menos pavoroso deles; ele quase sentiu uma afinidade por ela ao lembrar-se da coisa lastimosa, babando e murmurando obscenidades, que saíra de dentro do poço. Ao menos ela era feita de matéria terrena; era a morte rastejante, mas sua ameaça se limitava à extinção física, enquanto aqueles outros horrores eram um perigo à mente e à alma também.

Esperou que a serpente passasse pelo corredor e seguiu em frente mantendo o que esperava ser uma distância segura, reavivando a tocha mais uma vez. Não tinha ido longe quando escutou um gemido grave que parecia vir da entrada de um túnel ao lado. A precaução o alertou, mas a curiosidade o levou à boca do túnel, segurando no alto a tocha que, agora, não passava de um toco. Estava preparado para qualquer coisa, contudo, o que viu era o que menos esperava: uma cela larga, constituída de barras que se estendiam do chão ao teto, presas firmemente à pedra. Do lado de dentro estava uma figura que, conforme Conan se aproximou, viu ser um homem — ou ao menos algo que tinha os contornos de um — preso pelas gavinhas de uma grossa trepadeira que parecia crescer da rocha sólida no chão. Ela era coberta por estranhas folhas pontiagudas e botões vermelhos — não o vermelho acetinado de pétalas naturais, mas um carmesim lívido não natural, como uma perversidade na flora. Seus galhos aderentes e flexíveis se enrolavam no corpo nu e nos membros do homem, parecendo acariciar a pele enrugada com beijos ávidos e luxuriosos. Um grande botão pendurava-se exatamente sobre a sua boca. Um gemido quase bestial escapou daqueles lábios frouxos; a cabeça girou em agonia insuportável e os olhos fitaram Conan. Mas não havia a luz da inteligência neles; estavam nulos e glaciais, os olhos de um idiota.

Então, o grande botão carmesim mergulhou e pressionou suas pétalas sobre os lábios murchos. Os braços do desgraçado se contorceram de agonia; as gavinhas da planta estremeceram como que em êxtase, vibrando por completo. Ondas de matizes cambiantes os cobriram; as cores ficando mais profundas, mais venenosas.

Conan não compreendia o que estava vendo, mas sabia que olhava para algum tipo de horror. Homem ou demônio, o sofrimento do prisioneiro tocou o coração impulsivo e teimoso do bárbaro. Ele procurou uma entrada e encontrou uma porta na forma de grade entre as barras, presa por uma fechadura pesada, cuja chave estava em meio ao molho que carregava. Conan entrou e, instantaneamente, as pétalas do botão lívido se abriram como o capuz de uma naja, as gavinhas recuaram ameaçadoramente e toda a planta balançou, avançando em sua direção. Ali não havia o crescimento aleatório de vegetação natural. Conan pressentiu uma inteligência maligna; a planta podia vê-lo, e ele sentiu seu ódio emanando das ondas quase tangíveis. Aproximando-se com cuidado, divisou o caule, um tronco repulsivo e maleável, mais grosso do que sua coxa. E, bem quando as longas gavinhas investiam em sua direção com um agitar de folhas e um sibilo, brandiu a espada e cortou o caule com um único golpe.

Na mesma hora o prisioneiro desgraçado foi arremessado violentamente para o lado, e a grande trepadeira serpenteou, enrolando-se numa enorme bola irregular. As gavinhas açoitaram e murcharam, as folhas balançaram e chacoalharam como castanheiras, e as pétalas se abriram e fecharam em convulsões; então, toda a extensão da planta se afrouxou e as cores vívidas empalideceram, enquanto um líquido branco vazava do caule decepado.

Conan observou pasmo, até que um som o fez voltar a si e erguer a espada. O homem libertado estava aos seus pés, examinando-o. O rei abriu a boca, espantado. Não via mais olhos despidos de expressividade naquele rosto. Escuros e meditativos, estavam vivos e inteligentes, e a expressão de imbecilidade tinha caído daquela face como uma máscara. A cabeça era estreita e bem-formada, com uma testa larga e esplêndida. Toda a aparência do homem era evidentemente aristocrática, não só pelo corpo esguio e alto, como também pelos pés e mãos pequenos e bem-cuidados. Suas primeiras palavras foram estranhas e surpreendentes:

— Que ano é este? — Ele perguntou em kothico.

— Hoje é o décimo dia do Yuluk, do ano da Gazela — Conan respondeu.

— Yagkoolan Ishtar! — O estranho murmurou. — Dez anos! — Ele passou a mão sobre a fronte, balançando a cabeça, como que para limpar teias de aranha do cérebro. — Tudo continua turvo. Depois de um vazio de dez anos, a mente não pode funcionar com clareza de uma vez. Quem é você?

— Conan, da Ciméria. Agora, rei da Aquilônia.

Os olhos do outro brilharam surpresos:

— De fato? E Numedides?

— Eu o estrangulei em seu trono na noite em que tomei a cidade real — Conan respondeu.

A ingenuidade na resposta do rei fez os lábios do estranho se contorcerem.

— Perdão, Majestade. Deveria tê-lo agradecido pelo serviço que me prestou. Sou como um homem despertado subitamente de um sono mais profundo do que a morte, aturdido por pesadelos de uma agonia mais feroz do que o Inferno, mas compreendo que o senhor me libertou. Diga-me... por que cortou o caule da planta Yothga, em vez de arrancá-la pela raiz?

— Porque aprendi há muito tempo a não tocar naquilo que não compreendo — disse o cimério.

— Bom para você — retorquiu o estranho. — Se a tivesse arrancado, poderia ter encontrado coisas presas às raízes que nem mesmo sua espada venceria. As raízes de Yothga chegam até o Inferno.

— E quem é você? — Demandou Conan.

— Os homens me chamam de Pelias.

— Quê? — Gritou o rei. — Pelias, o feiticeiro? O rival de Tsotha-lanti, que desapareceu da Terra dez anos atrás?

— Não totalmente da Terra — Pelias respondeu com um sorriso irônico. — Tsotha preferiu manter-me vivo, em algemas mais sinistras do que metal enferrujado. Ele me encerrou aqui com esta flor demoníaca, cujas sementes desceram pelo cosmo negro, vindas de Yag, o Maldito, e encontraram terreno fértil na corrupção cheia de vermes que fervilha no chão do Inferno. Não conseguia me lembrar de minha feitiçaria nem das palavras e símbolos de meu poder com aquela coisa me agarrando e sorvendo minha alma com seu toque repugnante. Ela sugava minha mente dia e noite, deixando o cérebro tão vazio quanto uma jarra de vinho. Dez anos! Que Ishtar nos preserve!

Conan não soube o que responder e manteve-se de pé, segurando o toco da tocha e movendo a espada. Decerto o homem era louco, entretanto, não havia sinais de insanidade nos olhos pretos que o encaravam com tamanha calma.

— Diga-me... o feiticeiro negro está em Khorshemish? Não... não precisa responder. Meus poderes começam a despertar e sinto em sua mente uma grande batalha e um rei preso pela traição. E vejo Tsotha-lanti cavalgando para Tybor, junto de Strabonus e do rei de Ophir. Melhor assim. Minha arte ainda está muito fragilizada pela longa dormência de Tsotha. Preciso de tempo para recuperar as forças e reunir meus poderes. Vamos sair destas cavernas.

Conan sacudiu as chaves de modo desencorajador.

— A grade da porta externa é fechada por um ferrolho que só pode ser acessado pelo lado de fora. Não existe outra saída destes túneis?

— Somente uma que nenhum de nós ousaria utilizar, visto que ela leva para baixo e não para cima. — Pelias riu. — Mas não importa. Vamos ver essa grade.

Ele moveu-se na direção do corredor com passos hesitantes; os membros há muito inativos ganhando confiança aos poucos. Conforme seguiam, Conan pontuou, inseguro:

— Há uma maldita cobra gigante rastejando por este túnel. Devemos tomar cuidado ou cairemos na sua boca.

— Eu me recordo dela de antigamente — Pelias respondeu, taciturno. — Fui obrigado a assistir a dez de meus acólitos serem dados de alimento a ela. Trata-se de Satha, a Anciã, principal animal de estimação de Tsotha.

— Tsotha cavou estes poços por algum motivo além de guardar suas monstruosidades infernais? — Conan perguntou.

— Ele não os escavou. Quando a cidade foi fundada, três mil anos atrás, havia ruínas de uma cidade anterior acima e abaixo da colina. O rei Khossus V, o fundador, construiu este palácio sobre a colina e, ao escavar os porões sob ela, encontrou uma porta numa muralha. Ao adentrá-la, descobriu estas cavernas, que já eram basicamente o que vemos agora. Mas o grão-vizir da corte viu nelas finalidades tão sinistras que Khossus, assustado, tornou a fechar a passagem. Ele disse que o vizir caiu num poço, mandou que os poços fossem inundados e, a seguir, abandonou o próprio palácio, construindo outro nos subúrbios, para o qual fugiu em pânico ao descobrir uma massa preta espalhada sobre o chão de mármore, certa manhã.

— No fim, ele partiu com toda a corte para o lado ocidental do reino e construiu uma nova cidade — prosseguiu o mago. — O palácio na colina deixou de ser usado e virou ruína. Quando Akkutho I reviveu as glórias perdidas de Khorshemish, construiu uma fortaleza lá. Coube a Tsotha-lanti erguer a cidadela escarlate e reabrir o caminho para os poços. Qualquer que tenha sido o destino do grão-vizir de Khossus, Tsotha o evitou. Ele não caiu em poço algum, embora tenha descido às profundezas de um que encontrara e saído com uma expressão estranha que, desde então, não saiu dos seus olhos. Eu vi esse poço, mas não ousei buscar sabedoria dentro dele. Sou um feiticeiro, mais velho do que os homens imaginam, mas sou humano. Quanto a Tsotha... os homens dizem que uma dançarina de Shadizar dormiu perto demais das ruínas pré-humanas da Colina de Dagoth, e acordou nas garras de um demônio negro; daquela união profana, surgiu um amaldiçoado híbrido, que os homens chamam de Tsotha-lanti...

Conan deu um grito alto e recuou, empurrando seu companheiro para trás. Diante deles, a forma branca e cintilante de Satha se ergueu, com um ódio imortal nos olhos. O rei ficou tenso, preparando-se para um ataque louco e desenfreado... atirar a tocha no focinho daquele demônio e arriscar a vida num golpe de espada. Mas a cobra não estava olhando para ele, e sim por cima de seu ombro, para o homem chamado Pelias, que permanecia de braços cruzados, sorrindo. E, naqueles grandes olhos amarelos, aos poucos o ódio se transformou numa centelha de puro medo, a única vez em que Conan viu uma expressão dessas na face de um réptil. Com um movimento tão rápido quanto o de uma ventania, a cobra desapareceu.

— O que ela viu que a amedrontou? — Conan perguntou, encarando com inquietação o companheiro.

— O povo escamoso enxerga o que escapa aos olhos mortais — Pelias respondeu enigmático. — Você vê a minha carne, mas ela viu minha alma desnudada.

Um arrepio gelado passou pela espinha de Conan, que se perguntou se, afinal, Pelias era um homem ou meramente outro demônio dos poços disfarçado de humano. Ele contemplou a possibilidade de enfiar a espada nas costas do companheiro sem hesitar, mas, enquanto ponderava, chegaram até a grade de aço, delineada em preto pelas tochas do lado de fora. O corpo de Shukeli continuava afundado nas barras em uma poça escarlate.

Pelias riu, e o som não foi agradável aos ouvidos.

— Pelos seios brancos de Ishtar, quem é nosso porteiro? Não é outro, senão o nobre Shukeli, que pendurou meus aprendizes pelos pés e os esfolou, enquanto se divertia! Está dormindo, Shukeli? Por que está deitado tão imóvel, com sua barriga gorda aberta feito a de um porco?

— Ele está morto — Conan murmurou, contrariado ante as palavras selvagens.

— Vivo ou morto, abrirá a porta para nós. — Ele bateu as palmas com firmeza e ordenou. — Levante-se, Shukeli! Levante-se do Inferno, erga-se deste chão ensanguentado e abra a porta para seu mestre! Levante-se, eu disse!

Um lamento doloroso reverberou pela cripta. Os pelos de Conan se arrepiaram e ele sentiu um suor pegajoso gelar sua pele. Pois o corpo de Shukeli se agitou e moveu, tateando de forma infantil com suas mãos gordas. A risada de Pelias foi aguda como a faísca de uma pederneira quando o cadáver do eunuco se endireitou, apoiado nas barras da grade. Conan sentiu o sangue congelar e o tutano dos seus ossos virar água; os olhos arregalados de Shukeli estavam vítreos e vazios e, do enorme corte em sua barriga, as entranhas penduradas alcançavam o chão. Os pés do eunuco tropeçaram nelas, enquanto ele seguia na direção do ferrolho, caminhando com uma automação acéfala. Quando se moveu pela primeira vez, Conan chegara a pensar que, por algum acaso incrível, o eunuco ainda vivia; mas o homem estava morto... e o estivera por horas.

Pelias dirigiu-se à grade aberta, seguido de perto por Conan; o suor besuntando o corpo, encolhendo-se para longe da forma ignóbil que se equilibrava em pernas trôpegas, enquanto mantinha a passagem livre. O feiticeiro a atravessou sem olhar para trás e Conan, acometido pelo medo e pela náusea, foi na rabeira. Ele mal tinha dado meia dúzia de passos, quando um baque surdo o fez virar para trás. O cadáver de Shukeli estava estatelado inerte aos pés da grade.

— Sua tarefa foi cumprida e o Inferno voltou a abrir-se para ele — Pelias afirmou com prazer, fingindo educadamente não perceber o forte tremor que sacudia todo o corpo de Conan.

Ele o guiou até as escadarias que levavam para cima, cruzando a porta de bronze coroada pela caveira. Conan segurava firme a espada, esperando uma enxurrada de escravos, mas o silêncio imperava na cidadela. Os dois passaram pelo corredor escuro e chegaram àquele onde os incensórios estavam pendurados, queimando eternamente. Ainda assim, não havia ninguém.

— Os escravos e soldados estão aquartelados em outra parte da cidadela — esclareceu Pelias. — Esta noite, com seu mestre distante, sem dúvida estão bêbados de vinho ou mergulhados no sumo da lótus.

Conan olhou através de uma janela dourada arqueada que dava para uma grande sacada e, ao ver o céu azul escuro, cravejado de estrelas, praguejou. Ele fora jogado nos poços pouco depois do nascer do sol. Agora já passava da meia-noite. Não imaginava que tinha ficado tanto tempo nos subterrâneos. Percebeu subitamente que estava sedento e com um apetite voraz. Pelias mostrou o caminho até uma câmara de adornos dourados, com assoalhos de prata e paredes de lápis-lazúli perfuradas pelos arcos ornados de muitas portas.

Com um suspiro, o mago afundou num divã de seda.

— Ouro e seda novamente — ele disse. — Tsotha defende estar acima dos prazeres da carne, mas ele é metade demônio. Eu sou humano, apesar da minha magia negra. Adoro os prazeres mundanos... Foi assim que Tsotha me aprisionou. Apanhou-me indefeso enquanto bebia. O vinho é uma praga... Pelos seios brancos de Ishtar, no momento em que digo isso, vejo que o traidor está aqui! Amigo, por favor, sirva-me um cálice... Espere! Esqueci-me de que é um rei. Permita que eu o sirva.

— Para o diabo com isso — Conan grunhiu, enchendo uma taça de cristal e entregando-a a Pelias. Então, erguendo a jarra, bebeu diretamente dela, ecoando o suspiro de satisfação de Pelias.

— O cão entende de bons vinhos — Conan disse, limpando a boca com as costas da mão. — Mas, por Crom, Pelias, vamos ficar aqui sentados até que os soldados despertem e cortem nossas gargantas?

— Não tema — Pelias respondeu. — Gostaria de ver como o destino está tratando Strabonus?

Fogo azul queimou nos olhos de Conan, e ele apertou o cabo da espada até as juntas dos dedos perderem a cor:

— Ah, se ele estivesse ao alcance da ponta de minha espada.

Pelias ergueu um grande globo brilhante de uma mesa de ébano.

— O cristal de Tsotha. Um brinquedo infantil, mas útil quando não há tempo para uma ciência mais elevada. Olhe dentro dele, Majestade.

Ele o colocou na mesa diante dos olhos de Conan. O rei fitou dentro das profundezas nubladas, que se aprofundavam e expandiam. Aos poucos, imagens se cristalizaram das brumas e sombras. Ele podia ver uma paisagem familiar. Planícies largas se estendiam até um rio grande e sinuoso, além do qual as terras se tornavam um labirinto de colinas baixas. Na margem norte do rio, um fosso conectado a cada uma de suas extremidades guardava uma cidade murada.

— Por Crom! — Conan bradou. — É Shamar! Os cães fazem um cerco a ela!

Os invasores haviam cruzado o rio; seus pavilhões estavam na estreita planície entre a cidade e as colinas. Seus guerreiros eram um enxame sobre as muralhas; as cotas de malha reluzindo à luz do luar. Flechas e pedras choviam das torres, retardando-os, mas eles tornavam a atacar.

Enquanto Conan praguejava, a cena mudou. Pináculos altos e domos reluzentes se destacaram nas brumas, e ele contemplou sua própria capital, Tamar, onde a confusão reinava. Viu os cavaleiros blindados de Poitain, seus apoiadores mais leais, cavalgando para fora do portão, sob as vaias da multidão que inundava as ruas. Viu revoltas e pilhagem, e viu guerreiros cujos escudos traziam o emblema da Pellia guarnecendo as torres e pavoneando-se nos mercados. Acima de tudo, como uma miragem fantasmagórica, viu o rosto escuro e triunfante do príncipe Arpello, da Pellia. As imagens desapareceram. O rei rugiu:

— Então meu povo se volta contra mim no instante em que viro as costas...

— Não totalmente — corrigiu-o Pelias. — Disseram a eles que você estava morto. Eles acham que não há ninguém que os proteja dos inimigos e da guerra civil. É natural que se voltem para o nobre mais forte a fim de evitarem os horrores da anarquia. Eles não confiam nos poitanianos, pois se lembram de guerras antigas. Mas Arpello está à mão e é o príncipe mais forte das províncias centrais.

— Quando eu voltar à Aquilônia, ele será só um cadáver traidor apodrecendo na vala comum — Conan grunhiu.

— Mas, antes que chegue à capital — lembrou-lhe Pelias —, terá Strabonus pela frente. Seus cavaleiros estarão devastando o reino.

— É verdade! — Conan andou pela câmara como um leão enjaulado. — Nem com o cavalo mais rápido eu chegaria a Shamar antes do meio-dia. E, mesmo que chegasse, não poderia fazer nada além de morrer ao lado do povo quando a cidade caísse... como fatalmente cairá em poucos dias. De Shamar para Tamar são cinco dias de cavalgada, ainda que mate o cavalo de exaustão ao longo do percurso. Antes que chegasse à capital e levantasse meu exército, Strabonus estaria batendo nos portões, porque erguer um exército será infernal. Todos os malditos nobres se espalharam pelos seus próprios feudos diante da notícia da minha morte. E, uma vez que o povo pôs Trócero, de Poitain, para fora, não há ninguém para manter as mãos gananciosas de Arpello longe da coroa... e do tesouro da coroa. Ele entregará o país nas mãos de Strabonus em troca de um trono falso e, assim que Strabonus lhe der as costas, instigará a revolta. Mas os nobres não o apoiarão, e Strabonus terá a desculpa que quer para anexar o reino abertamente. Oh, Crom, Ymir e Set! Se eu ao menos tivesse asas para voar até Tamar!

Pelias, que estava sentado à mesa de jade, tamborilando com os dedos, parou de repente e levantou-se com um propósito definido, urgindo que Conan o seguisse. O rei, afundado em pensamentos sorumbáticos, concordou, e Pelias os levou para fora da câmara e para subir um lance de escadas de mármore com enfeites de ouro, que os levou ao pináculo da cidadela, o cume da torre mais alta. Era noite e um vento forte soprava pelo céu estrelado, sacudindo a juba de Conan. Lá embaixo, as luzes de Khorshemish piscavam, aparentemente tão distantes quanto os corpos celestes no alto. Pelias pareceu distante e indiferente ali, alguém com uma grandeza fria e inumana na companhia das estrelas.

— Existem criaturas — ele disse — não só na terra e no mar, mas também no ar e nos extremos do céu, que vivem à parte, desconhecidas pelos homens. Contudo, para aquele que domina as palavras, os símbolos e o conhecimento subjacente a tudo, elas não são malignas, nem inacessíveis. Observe e não tema.

Ele ergueu as mãos para os céus e emitiu um chamado longo e estranho, que pareceu ecoar sem fim no espaço, diminuindo de volume, mas sem nunca esmorecer, apenas ribombando cada vez mais longe, para dentro de algum cosmo desconhecido. No silêncio que se seguiu, Conan pôde ouvir um súbito bater de asas nas estrelas, e encolheu-se quando uma enorme criatura similar a um morcego surgiu à sua frente. Ele viu olhos enormes e plácidos encarando-o sob a luz das estrelas, enquanto a criatura abria as gigantescas asas de treze metros de envergadura. Então percebeu que não era nem pássaro, nem morcego.

— Monte e voe — Pelias disse. — Ao amanhecer ele o terá levado a Tamar.

— Por Crom! — Conan murmurou. — Isto tudo é um pesadelo do qual acordarei em meu palácio, em Tamar? E quanto a você? Não o deixarei só entre seus inimigos.

— Não se preocupe comigo — Pelias respondeu. — Pela manhã o povo de Khorshemish descobrirá que tem um novo mestre. Não duvide daquilo que os deuses lhe enviaram. Eu o encontrarei na planície de Shamar.

Desconfiado, Conan subiu nas costas da criatura e agarrou o pescoço arqueado, ainda convencido de que abraçava um pesadelo fantástico. Com uma poderosa lufada das asas titânicas, a criatura alçou voo, e o rei sentiu tonturas ao ver as luzes da cidade ficarem pequenas abaixo de si.

# IV

*A espada que mata o rei corta as cordas do império.*

*Provérbio aquiloniano*

As ruas de Tamar fervilhavam com multidões uivando, punhos erguidos e lanças enferrujadas. Era a hora antes da alvorada do segundo dia após a batalha de Shamu, e os eventos tinham progredido tão ligeiros que entorpeciam a mente. Por meios conhecidos apenas por Tsotha-lanti, a notícia da morte do rei chegara a Tamar seis horas depois da batalha. O resultado foi o caos. Os barões haviam deixado a capital real, fugindo dos vizinhos predadores e galopando para a segurança dos seus castelos. O reino bem-costurado que Conan construíra parecia cambaleante, à beira da dissolução, e a plebe e mercadores tremiam ante a iminência de um regime feudalista. O povo suplicava por um rei que os protegesse contra a própria aristocracia, tanto quanto contra inimigos estrangeiros. O conde Trócero, encarregado por Conan do comando da cidade, tentou acalmar a multidão, mas esta, em seu pavor irracional, se recordava de antigas guerras civis e de como aquele mesmo conde tinha sitiado Tamar quinze anos antes. Nas ruas, gritava-se que Trócero traíra o rei e que planejava pilhar a cidade. Os mercenários passaram a saquear os quarteirões, arrastando mercadores aos berros e mulheres aterrorizadas.

Trócero atacou os saqueadores, atulhou as ruas com seus cadáveres, forçou-os a recuar na confusão para seus alojamentos e prendeu os líderes. Mesmo assim, as pessoas bradavam, indômitas, rugidos descerebrados, afirmando que o conde incitara a revolta pelos próprios propósitos.

O príncipe Arpello foi diante do conselho enlouquecido e anunciou que estava pronto para tomar o governo da cidade até que um novo rei fosse estabelecido, uma vez que Conan não possuía herdeiros. Enquanto eles debatiam, seus agentes se misturaram sutilmente ao povo, que acabou apegando-se àquele fiapo de realeza. O conselho escutou a tempestade que irrompia do lado de fora das janelas do palácio, onde uma multidão gritava que Arpello era seu salvador. O conselho se rendeu.

A princípio, Trócero recusou a ordem de abrir mão de seu bastão de autoridade, mas o povo o cercou, uivando e praguejando, arremessando pedras e sobras de alimentos em seus cavaleiros. Percebendo a futilidade de um confronto nas ruas com os apoiadores de Arpello naquelas condições, Trócero arremessou o bastão no rosto do rival, enforcou os líderes dos mercenários na praça do mercado como seu último ato oficial e cavalgou para longe pelo portão sul, seguido de seus mil e quinhentos cavaleiros de armadura. Os portões se fecharam atrás deles e a máscara suave no rosto de Arpello caiu, dando lugar às feições de um lobo faminto.

Com os mercenários feitos em pedaços ou escondidos em suas barracas, os soldados dele eram os únicos em Tamar. Sentado em seu cavalo de guerra na grande praça, Arpello se autoproclamou rei da Aquilônia em meio ao clamor de uma multidão iludida.

Publius, o chanceler que se opôs à nomeação, foi preso. Os mercadores, que receberam com alívio a proclamação de um rei, agora descobriam consternados que o primeiro ato de seu novo monarca fora taxá-los com impostos incabíveis. Seis mercadores ricos que mandaram uma delegação de protesto acabaram presos e, sem cerimônia, tiveram as cabeças cortadas. Um silêncio atordoante se seguiu às execuções. Os mercadores, confrontados por um poder que não podiam controlar com dinheiro, caíram de joelhos e lamberam as botas do opressor.

O povo não se perturbou diante do destino dos mercadores, mas começou a resmungar quando descobriu-se que a soldadesca da Pellia, que fingia manter a ordem, era, na verdade, tão cruel quanto os bandidos turanianos. Queixas de extorsão, assassinatos e estupros foram despejadas sobre Arpello, que montara sua base no palácio de Publius, porque os conselheiros desesperados, condenados pelas suas ordens, guarneciam o palácio real contra seus soldados. Contudo, ele tomara posse do palácio dos prazeres, e as mulheres de Conan tinham sido arrastadas para seu quartel-general. O povo protestou ante a visão das formosuras reais sofrendo nas mãos dos brutos de armadura — donzelas de olhos escuros de Poitain, moças magras de cabelos pretos de Zamora e Zíngara, e garotas loiras da Hirkânia e Britúnia, todas chorando de medo e vergonha, não habituadas à brutalidade.

A noite caiu numa cidade fervilhando de tumultos e desnorteada, e antes da meia-noite corriam rumores nas ruas de que os kothianos tinham dado sequência à vitória e atacavam as muralhas de Shamar. Alguém misterioso trabalhando para Tsotha havia contado. O medo atingiu as pessoas como um terremoto e elas nem sequer pararam para se perguntar sobre a feitiçaria que fizera as notícias chegarem tão rápido. Bateram às portas de Arpello, exigindo que ele marchasse para o sul e repelisse os inimigos de volta ao Tybor. Ele poderia sutilmente ter dito que suas forças não eram suficientes e que não poderia levantar um exército até que os barões reconhecessem seu direito à coroa. Porém, embriagado pelo poder, apenas riu diante de seus rostos.

Um jovem estudante, Athemides, montou um palanque no mercado e, com palavras ardentes, acusou Arpello de ser um peão de Strabonus, pintando uma tela vívida da existência sob o jugo de Koth, com Arpello como sátrapa. Antes que pudesse terminar, a multidão estava gritando de medo e uivando de fúria. Arpello enviou os seus soldados para prender o jovem, mas o povo o protegeu e fugiu com ele, atirando pedras e gatos mortos nos perseguidores. Um voleio de flechas atingiu a multidão, e uma carga da cavalaria deixou o mercado repleto de corpos, mas Athemides foi tirado da cidade para ir em busca de Trócero e implorar que ele retomasse Tamar e marchasse em auxílio de Shamar.

Athemides encontrou Trócero desfazendo seu acampamento do lado de fora das muralhas, pronto para marchar para Poitain, no extremo sudoeste do reino. Ante as súplicas desesperadas do jovem, ele respondeu que não tinha forças suficientes nem para retomar Tamar — mesmo com a ajuda do povo lá dentro —, nem para encarar Strabonus. Além disso, os nobres avarentos pilhariam Poitain pelas suas costas, enquanto ele estivesse combatendo os kothianos. Com o rei morto, cada homem tinha de cuidar do que era seu. Ele iria a Poitain e daria seu melhor para defender a cidade de Arpello e seus aliados estrangeiros.

Enquanto Athemides argumentava com Trócero, o povo na cidade tresvariava numa fúria desamparada. As pessoas se reuniram ao redor da grande torre ao lado do palácio real, vociferando o ódio por Arpello que, do alto do torreão, ria diante delas, enquanto seus arqueiros chegavam aos parapeitos com os dedos nos gatilhos de suas arbaletas armadas.

O príncipe da Pellia era um homem de ombros largos e altura mediana, de rosto austero. Podia ser um conspirador, mas também era um guerreiro. Sob seu saiote de seda com contornos dourados e mangas recortadas, brilhava o aço cortante. Seus cabelos pretos e longos eram encaracolados e perfumados, presos na nuca por uma tira prateada. Ele trazia na cintura uma longa espada, cujo cabo cravejado se destacava, utilizada em muitas batalhas e campanhas.

— Tolos! Podem berrar o quanto quiserem! Conan está morto e Arpello é o rei!

Mesmo que todos os aquilonianos se unissem contra ele, Arpello tinha homens suficientes para segurar as portentosas muralhas até que Strabonus chegasse. Contudo, a Aquilônia estava dividida. Os barões já se preparavam para tomar posse dos tesouros de seus vizinhos. Arpello só precisava lidar com a multidão indefesa. Strabonus abriria caminho pelas fileiras de barões errantes como uma galera rompe as ondas espumantes do mar, e, até sua chegada, bastava a Arpello governar a capital.

— Tolos! Arpello é o rei!

O sol nascia por trás das torres, ao leste. Saída da alvorada carmesim, uma mancha cresceu até delinear-se num morcego e, então, numa águia. A seguir, todos que a viram gritaram de espanto, pois, sobre as muralhas de Tamar, pairava uma forma que os homens só conheciam de lendas já meio esquecidas. Do meio das asas titânicas, um homem saltou quando a criatura passou por sobre a grande torre. Então, com um bater ensurdecedor de asas, ela se foi, deixando o povo a piscar, sem saber se estava sonhando. Mas ali, no torreão, estava uma figura bárbara e selvagem, seminua e manchada de sangue, empunhando uma grande espada. E, da multidão, um rugido eclodiu, sacudindo as torres:

— O rei! É o rei!

Arpello estava estático; então, com um grito, ele desembainhou a espada e atacou Conan. Dando um rugido leonino, o cimério bloqueou a lâmina e, largando a própria espada, agarrou o príncipe pelo pescoço e pela virilha e o ergueu acima de sua cabeça.

— Leve suas tramoias para o Inferno consigo! — Ele gritou, arremessando o príncipe da Pellia como um saco de sal pela amurada, vendo-o percorrer em queda livre um espaço vazio de 45 metros. O povo abriu espaço quando o corpo caiu e se chocou contra o pavimento de mármore, espalhando sangue e miolos, inerte em sua armadura rachada, como um besouro esmagado.

Os arqueiros nas torres recuaram; sua coragem destruída. Fugiram, e os conselheiros sitiados saíram do palácio e investiram contra eles com desapego jubiloso. Cavaleiros e guerreiros pellianos buscaram segurança nas ruas, mas a multidão os fez em pedaços. A luta na cidade foi como um redemoinho; capacetes emplumados e elmos de aço jogados por sobre cabeças despenteadas, espadas ferinas brandidas em meio a uma floresta de lanças e, acima de tudo, o rugido da multidão, clamores misturados a berros sedentos de sangue e uivos de agonia. No alto, a figura nua do rei movia-se sobre as ameias rochosas, os poderosos braços agitando-se, ribombando um riso gigantesco que zombava de todas as plebes e príncipes, e até dele próprio.

# V

*Um arco longo e um arco forte, e que o céu empreteça!*

*A corda retesada, a flecha preparada, e que o rei de Koth pereça!*

*Canção dos arqueiros bossonianos*

O sol do meio da tarde refletia nas águas plácidas do Tybor, que banhava os bastiões do lado sul de Shamar. Os defensores abatidos sabiam que poucos veriam outra alvorada.

Os pavilhões dos sitiantes polvilhavam a planície. O povo de Shamar, superado numericamente, não fora capaz de impedir que eles cruzassem o rio. Barcaças presas umas às outras por correntes faziam uma ponte por sobre a qual os invasores derramavam suas hordas. Strabonus não ousara marchar para o interior da Aquilônia com Shamar ainda não subjugada às suas costas. Ele enviara a cavalaria leve e seus espadachins para pilhar o interior, enquanto montava seu maquinário na planície para o cerco. Ancorara uma frota de barcos fornecida por Amalrus no meio do rio, próximo da margem. Alguns deles tinham sido afundados por pedras arremessadas da cidade, que atingiram os deques e destruíram os forros de madeira, mas o resto se mantinha em posição. Das proas e dos topos dos mastros, arqueiros protegidos alvejavam as torres fluviais. Eles eram shemitas, nascidos com um arco na mão, e os arqueiros aquilonianos não conseguiam fazer frente a eles.

Na terra, catapultas faziam chover rochas e troncos de árvores entre os defensores, destruindo telhados e esmagando pessoas como se fossem insetos; aríetes batiam sem parar nas muralhas; sapadores cavavam como toupeiras na terra, enterrando minas sob as torres. O fosso tinha sido represado na extremidade mais alta e, esvaziado de água, enchia-se de pedras, terra e homens e cavalos mortos. Ao pé das muralhas, figuras encouraçadas fervilhavam, golpeando os portões, posicionando escadas para escalar os muros e empurrando torres de ataque repletas de lanceiros contra os torreões.

A esperança deserdara a cidade, onde meros mil e quinhentos homens resistiam a quarenta mil guerreiros. Nenhuma notícia chegara do reino ao local, que lhe servia de posto avançado. Conan estava morto, e os invasores gritavam exultantes. Apenas os muros fortes e a coragem desesperada dos defensores os mantiveram por tanto tempo acuados, mas isso não duraria para sempre. O muro oeste era uma massa de escombros sobre os quais os defensores tropeçavam em combate direto contra os invasores.

As outras muralhas tombavam pelas minas colocadas debaixo delas, com suas torres inclinando-se como se estivessem bêbadas.

Agora, os atacantes se preparavam para um ataque tempestuoso. As trombetas soaram; fileiras de homens trajando armaduras se reuniram na planície. As torres de ataque, protegidas por peles rígidas de búfalo, avançaram. O povo de Shamar viu as bandeiras de Koth e Ophir esvoaçando lado a lado e, no centro, distinguiu dos cavaleiros reluzentes a figura magra e letal de Amalrus, em sua armadura dourada, bem como Strabonus, em sua armadura preta. Entre os dois havia uma forma que faria até o mais bravo dos homens tremer de medo — um ser delgado como um abutre trajando um manto cinzento. Os lanceiros se moveram adiante, cobrindo o terreno como as marolas cintilantes de um rio feito de aço fundido; os cavaleiros também se adiantaram, suas lanças erguidas e os estandartes em riste. Os guerreiros nas ameias suspiraram profundamente, entregaram suas almas a Mitra e seguraram firme as armas avariadas e manchadas de vermelho.

Eis que, sem aviso, uma trombeta cortou a atmosfera sombria. O soar de cascos cresceu acima do clamor das hostes que se aproximavam. Ao norte da planície pela qual o exército se movia, uma cadeia de pequenas colinas se avultava de norte a oeste, como uma gigantesca escadaria. Descendo até a base daquelas colinas, tal qual uma espuma que precede a tempestade, surgia uma cavalaria, com o sol reluzindo sobre o regimento vestido de aço. Saindo dos desfiladeiros, eles entravam em plena vista — cavaleiros encouraçados trazendo a grande bandeira do leão da Aquilônia sobre suas cabeças.

Um grande alarido eclodiu dos observadores eletrizados nas torres. Em êxtase, os guerreiros bateram as espadas entalhadas no corpo dos escudos fendidos, e as pessoas da cidade, mendigos esfarrapados e ricos mercadores, meretrizes de saiotes vermelhos e damas vestindo seda e cetim, caíram de joelhos e choraram de alegria para Mitra; as lágrimas de gratidão correndo-lhes o rosto.

Strabonus começou a dar ordens freneticamente, enquanto Arbanus, que contornara as fileiras ponderosas para ficar de frente para a inesperada ameaça, grunhiu:

— Nós ainda os superamos numericamente, a não ser que tenham reforços escondidos nas montanhas. Os homens nas torres de ataque podem impedir qualquer incursão que venha da cidade. Aqueles são poitanianos... Já esperávamos que Trócero tentaria algum tipo de cavalheirismo insano.

Amalrus gritou em descrença:

— Vejo Trócero e seu capitão, Próspero... Mas quem está cavalgando entre eles?

— Que Ishtar poupe nossas almas – Strabonus guinchou, empalidecendo. — É o rei Conan!

— Você enlouqueceu! — Tsotha berrou, contorcendo-se de forma convulsiva. — Conan está na barriga de Satha há dias!

Ele ficou estático, observando com expressão ferina a tropa que vinha em sua direção, uma fileira após a outra, até a planície. A figura gigantesca de armadura preta e dourada, montada num grande garanhão preto, era inequívoca, cavalgando sob as dobras de seda esvoaçantes da sua bandeira. Um grito de fúria felina eclodiu dos lábios de Tsotha, sujando sua barba de espuma. Pela primeira vez na vida, Strabonus via o mago completamente contrariado e intimidado diante de uma visão.

— Há feitiçaria aqui! — Tsotha ralhou, esfregando a barba alucinado. — Como ele pode ter fugido e chegado ao reino em tempo de voltar com o exército tão rapidamente? Isto é trabalho de Pelias, o maldito! Sinto sua mão nisso! Amaldiçoado seja eu por não tê-lo matado quando o tinha em meu poder!

Os reis abriram a boca estupefatos ante a menção de um homem que acreditavam estar morto há uma década, e o pânico que emanou dos líderes abalou as hostes. Todos reconheceram o cavaleiro no garanhão preto. Tsotha sentiu o temor supersticioso de seus homens, e a fúria transformou seu rosto numa máscara infernal.

— Ao ataque! — Ele gritou, acenando os braços magros intensamente. — Ainda somos mais fortes! Ataquem e esmaguem esses cães! Ainda esta noite cearemos nas ruínas de Shamar! Oh, Set... — Ergueu as mãos mais uma vez, invocando o deus serpente, para horror até mesmo de Strabonus. — Conceda-nos a vitória e juro que lhe oferecerei quinhentas virgens de Shamar, contorcendo-se em seu sangue!

Enquanto isso, a tropa opositora se posicionara na planície. Com os cavaleiros viera o que parecia ser um segundo exército irregular montado em cavalos robustos e velozes. Eles desmontaram e formaram fileiras a pé; estólidos arqueiros bossonianos e habilidosos lanceiros de Gunderlândia, com seus cachos acastanhados esvoaçando por baixo dos elmos de aço.

Conan havia reunido um exército heterogêneo nas horas tempestuosas que sucederam seu retorno à capital. Ele liderou a plebe raivosa contra os soldados pellianos que guardavam as muralhas externas de Tamar. A seguir, enviou um emissário veloz até Trócero para trazê-lo de volta. Tendo o núcleo de um exército formado, seguiu para o sul, varrendo o continente em busca de recrutas e montarias. Nobres de Tamar e cercanias assomaram-se às suas forças e, ao longo da estrada, ele arregimentou recrutas de todos os vilarejos e castelos por onde passou. Contudo, ainda era uma força mirrada aquela que reunira para enfrentar os invasores, apesar da qualidade do aço temperado.

Mil e novecentos cavaleiros de armadura o seguiam, sendo que o grosso consistia de poitanianos. Mercenários e soldados profissionais a serviço de nobres leais formavam sua infantaria: cinco mil arqueiros e quatro mil lanceiros. Movendo-se a passo lento, a hoste avançava em posição; primeiro os arqueiros, então os lanceiros e, atrás deles, os cavaleiros.

Arbanus ordenou que suas linhas fossem de encontro a eles, movendo o exército como um oceano de aço reluzente. Os observadores das ameias da cidade estremeceram ao ver aquela vasta tropa mover-se, ofuscando o poderio dos seus salvadores. Na frente marchavam os arqueiros shemitas, então os lanceiros kothianos, seguidos dos cavaleiros de Strabonus e Amalrus. A intenção de Arbanus era óbvia — usar os homens a pé para enfrentar a infantaria de Conan, abrindo caminho para o ataque de sua cavalaria pesada.

Os shemitas dispararam quando chegaram a quinhentas jardas, e flechas voaram como uma saudação sobre as tropas, escurecendo o sol. Os arqueiros ocidentais, treinados por milhares de anos de guerrilha impiedosa contra os selvagens pictos, seguiam impassíveis, tapando os buracos nas fileiras conforme seus compatriotas caíam. Embora estivessem em menor número e os arcos shemitas tivessem maior alcance, os bossonianos eram iguais aos seus oponentes em termos de acurácia, além de equilibrarem a pura habilidade com sua superioridade moral e a excelência da armadura que vestiam. Ao atingirem a distância adequada, dispararam, e fileiras inteiras de shemitas tombaram. Os guerreiros de barba escura, trajando coletes de malha leve, não conseguiam suportar a punição da mesma forma que os bossonianos e suas couraças pesadas. As fileiras se quebraram; arcos foram lançados longe e a fuga desordenou as filas dos lanceiros kothianos que os seguiam.

Sem o apoio dos arqueiros, esses guerreiros caíram às centenas ante as setas dos bossonianos e, investindo freneticamente para encurtar a distância, deram de frente com as lâminas dos lanceiros. Nenhuma infantaria era páreo para os selvagens gunderlandeses, cuja terra natal, a província mais ao norte da Aquilônia, ficava a apenas um dia de cavalgada pelas marchas bossonianas da fronteira com a Ciméria, e cujo povo nascia e era criado em batalha, sendo o sangue mais puro de todos os povos hiborianos. Os lanceiros kothianos, confusos pela perda dos arqueiros, foram feitos em pedaços e recuaram em plena desordem.

Strabonus rugiu furioso ao ver sua infantaria ser rechaçada e gritou para que o general atacasse. Arbanus objetou, apontando para os bossonianos se reorganizando diante dos cavaleiros aquilonianos que, durante o confronto, continuavam sentados imóveis em seus corcéis. O general aconselhou uma retirada temporária, a fim de atrair os cavaleiros ocidentais para além do alcance dos arcos, mas Strabonus estava enlouquecido pela fúria. Ele olhou para as fileiras longas e cintilantes de seus cavaleiros e então para o punhado de oponentes que tinha à frente, e exigiu que Arbanus desse a ordem do ataque.

O general entregou sua alma a Ishtar e soou a grande trombeta dourada. Com um rugido estrondoso, a floresta de lanças mergulhou e a grande hoste cruzou a planície, ganhando cada vez mais ímpeto conforme avan-

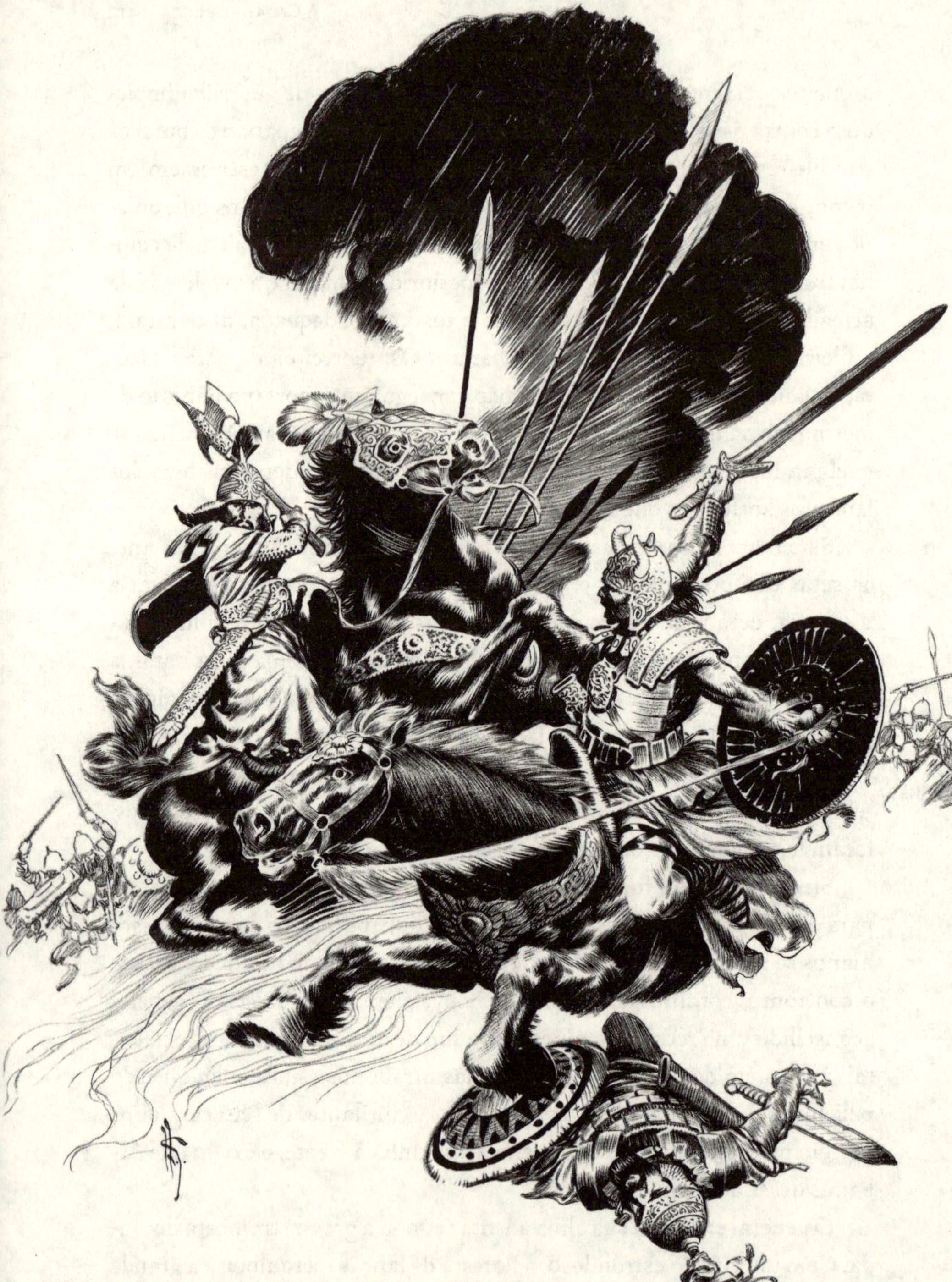

çava. A terra tremeu sob a avalanche de cascos, e o brilho do ouro e do aço ofuscou os observadores nas torres de Shamar.

Os esquadrões fenderam as fileiras espaçadas de lanceiros, atropelando amigos e inimigos sem distinção, seguindo direto para uma chuva de flechas bossonianas. Eles cruzaram a planície a cavalo, atravessando a tempestade que se espalhava à sua frente com seus cavaleiros reluzentes como folhas de outono. Mais cem passos e teriam cavalgado entre os bossonianos e os cortado feito trigo; mas carne e sangue não foram capazes de suportar a chuva mortal que descerrava sobre eles. Os arqueiros estavam lado a lado, os pés firmemente afastados, levando as flechas à altura da orelha e disparando como se fossem um só homem, ao som de gritos curtos e graves.

Toda a fileira da frente dos cavaleiros se desfez e, por sobre os cadáveres de cavalos e guerreiros que coalhavam o chão, seus companheiros tropeçaram e caíram de frente. Arbanus havia perecido; uma flecha atravessada em sua garganta, o crânio esmagado pelos cascos de um cavalo de guerra moribundo, e a confusão tomou conta da hoste desordenada. Strabonus gritava alguma ordem, Amalrus outra, e por todos os presentes corria o temor supersticioso que a visão de Conan despertara.

Enquanto as fileiras invasoras eram moídas em baderna, as trombetas de Conan soaram e, através das tropas de arqueiros que abriam espaço, veio o terrível ataque dos cavaleiros aquilonianos.

As hostes os receberam com um choque que pareceu um terremoto e sacudiu as torres de Shamar. Os esquadrões invasores, desordenados, não suportaram aquela cunha de aço sólido, com lanças que investiram como raios contra eles e fizeram suas fileiras em pedaços. No coração da tropa vinham os cavaleiros de Poitain, brandindo suas terríveis espadas de dois gumes.

A colisão e o clamor do aço evocaram o som de um milhão de martelos contra o mesmo número de bigornas. Os vigias que assistiam das ameias ficaram pasmos e surdos, enquanto o redemoinho de aço se movia; plumas flutuavam no alto em meio a espadas cintilando, e estandartes afundavam e caíam.

Amalrus foi ao chão, morrendo ao ser pisoteado por cascos; sua omoplata cortada ao meio pela espada de Próspero. A vantagem numérica dos invasores tinha engolfado os mil e novecentos cavaleiros de Conan, mas, frente àquela cunha compacta, que talhava cada vez mais fundo e debandava a formação inimiga, os cavaleiros de Koth e Ophir circundavam e atacavam em vão. Eles não conseguiam quebrar a formação.

Arqueiros e lanceiros, tendo acabado com a infantaria kothiana que, naquele momento, fugia ao longo da planície, vieram pelos flancos da batalha, disparando flechas à queima-roupa, enquanto corriam para cortar as selas e barrigas dos cavalos com facas e usavam as longas lanças para estocar os cavaleiros.

Na dianteira da cunha de aço, Conan rugia seus gritos de batalha e brandia a espada, formando arcos reluzentes que destruíam capacetes de aço e cotas de malha como se não fossem nada. Ele cavalgou direto por uma linha de inimigos mortos, e os cavaleiros de Koth fecharam a passagem logo atrás dele, separando-o de seus guerreiros. Conan atacava como um relâmpago, lançando-se violentamente contra as fileiras com pura força e velocidade, até chegar a Strabonus, lívido em meio às suas tropas. A batalha seguia em equilíbrio porque, com a superioridade numérica, Strabonus ainda tinha a chance de arrancar a vitória da mão dos deuses.

Mas ele gritou ao ver seu arqui-inimigo à distância de um braço e atacou loucamente com seu machado. Este retiniu no capacete de Conan, arrancando faíscas, e o cimério recuou e revidou. A lâmina de um metro e meio esmigalhou o elmo e o crânio de Strabonus, e o oponente do rei foi para trás gritando e tombou da sela, chegando ao chão um cadáver inerte. Um grande brado eclodiu da tropa, que titubeou e recuou. Trócero e suas forças abriram caminho desesperadamente até Conan, e a bandeira de Koth foi ao chão. Então, por detrás dos invasores confusos e abalados, veio um grande clamor e as chamas de uma conflagração. Os defensores de Shamar haviam feito um ataque desesperado, matando os homens que guardavam os portões, e agora investiam contra as tendas dos sitiantes, dando cabo dos seguidores do acampamento, queimando os pavilhões e destruindo as máquinas de guerra do cerco. Foi a gota d'água. O exército se dissolveu em fuga e foi abatido pelo povo furioso enquanto tentava escapar.

Os fugitivos seguiram em direção ao rio, mas os homens na flotilha, fustigados pelas pedras e flechas lançadas pelos cidadãos revigorados, soltaram as amarras e se dirigiram para a margem sul, abandonando seus companheiros à mercê do destino. Destes, muitos alcançaram a margem, correndo por sobre as barcaças que serviram como ponte, até que os homens de Shamar as cortaram, deixando-as à deriva nas águas. Foi quando a luta se tornou um massacre. Empurrados rio adentro para morrerem afogados pelo peso das armaduras ou retalhados ao longo da orla, os invasores foram perecendo aos milhares. Eles não haviam oferecido misericórdia alguma; agora também não a recebiam.

Da base das colinas às margens do Tybor, a planície estava repleta de mortos, e corpos flutuavam por todo o rio, que se tornara vermelho. Dos mil e novecentos cavaleiros que haviam acompanhado Conan, pouco mais de quinhentos sobreviveram para exibir suas cicatrizes, e as perdas em meio aos arqueiros e lanceiros foram pavorosas. Mas o grande e reluzente exército de Strabonus e Amalrus fora varrido da existência, e os que fugiram foram menos do que os que morreram.

Enquanto a matança ainda irrompia ao longo do rio, o ato final de um soturno drama se desenrolava em terra. Entre aqueles que tinham cruzado a ponte de barcaças antes que fosse destruída estava Tsotha, cavalgando como o vento num corcel magro e de aspecto estranho, cujo galope nenhum cavalo comum poderia igualar. Atropelando brutalmente aliados e inimigos, ele chegou à margem sul. Então, uma olhadela para trás revelou que estava sendo perseguido por uma figura imponente, montada num cavalo preto. As amarras já tinham sido cortadas e as barcaças se espaçavam à deriva, mas Conan seguiu negligentemente, fazendo seu cavalo saltar de um bote ao outro, como um homem pularia sobre placas de gelo flutuante. Tsotha praguejou, mas o grande garanhão deu o pulo final com um relincho tenso e chegou à margem sul. O mago fugiu para o prado vazio, com o rei cavalgando firme em seu encalço, empunhando a espada que salpicava seu caminho com gotas de sangue.

Caçador e presa seguiram; contudo, o grande garanhão negro não conseguia ganhar nem sequer um pé de vantagem, embora estivesse sendo forçado ao limite. Eles cavalgaram ao sol poente em meio a sombras ilusivas, até que a visão e os sons da matança morreram às suas costas. Então, um ponto apareceu no céu e cresceu à medida que se aproximou, até revelar-se uma enorme águia. Mergulhando dos céus, ela atacou a cabeça da montaria de Tsotha, que relinchou e parou, arremessando seu cavaleiro contra o chão.

O velho feiticeiro levantou-se e encarou seu perseguidor, os olhos iguais àqueles de uma serpente furiosa, o rosto, uma máscara inumana. Em cada mão ele trazia algo cintilante e Conan sabia ser a morte o que ele segurava.

O rei desmontou e caminhou na direção do oponente, a armadura retinindo, a espada segurada firme. Ele deu um sorriso selvagem:

— Voltamos a nos encontrar, feiticeiro.

— Fique longe! — Tsotha berrou, como um chacal sanguinário. — Vou arrancar a carne dos seus ossos! Não poderá me conquistar. Se me fizer em pedaços, os nacos de minha carne e de meus ossos hão de assombrá-lo até a perdição! Vejo a mão de Pelias nisso tudo, mas desafio ambos! Eu sou Tsotha, filho de...

Conan investiu, a espada reluzindo, os olhos atentos. A mão direita de Tsotha moveu-se para trás e para a frente, mas o rei desviou-se. Algo passou próximo de seu capacete e explodiu atrás dele, cauterizando o próprio chão arenoso com um clarão de fogo infernal. Antes que Tsotha pudesse arremessar o globo que trazia na mão esquerda, a espada de Conan cortou seu pescoço delgado. A cabeça do feiticeiro voou dos ombros num jato côncavo de sangue, e o corpo cambaleou e caiu como se estivesse embriagado. Mesmo assim, os olhos negros e insanos fitavam Conan sem perder o brilho feroz, os lábios terrivelmente contorcidos, enquanto mãos tateavam em busca da cabeça decepada. Súbito, numa arremetida veloz alada, algo desceu dos céus; era a águia que atacara o cavalo de Tsotha. Com as garras poderosas ela apanhou a cabeça de Tsotha e a levou para o alto, deixando Conan pasmo ao perceber que, da garganta da ave, uma gargalhada humana ressoava... a voz do feiticeiro Pelias.

A seguir, um ato hediondo ocorreu, pois o corpo sem cabeça se ergueu do chão e cambaleou para longe, fugindo com suas pernas trôpegas e suas mãos estendidas às cegas na direção da silhueta que desaparecia ao longe, no céu crepuscular. Conan, inerte como que transformado em pedra, assistiu à cena até que a figura desaparecesse no crepúsculo que tingia de roxo os prados.

— Crom! — Seus ombros largos se contraíram. — Malditas sejam essas rixas entre magos. Pelias foi bom comigo, mas não me incomodaria se nunca mais tornasse a vê-lo. Prefiro uma espada em mãos e um inimigo claro em quem enterrá-la. Maldição! O que não daria agora por uma caneca de vinho!

# A Torre do Elefante

(The Tower of the Elephant)

*a powerful werewolf story*
BY SEABURY QUINN

Harold Ward · Arlton Eadie · Otis Adelbert Kline
Paul Ernst · Clark Ashton Smith · Robert E. Howard

História originalmente publicada em *Weird Tales* — março de 1933.

I

Tochas reluziam lúgubres na festança dentro da Marreta, onde os ladrões do leste celebravam o carnaval noturno. Na Marreta, eles podiam beber e berrar o quanto quisessem, pois pessoas de bem evitavam a região e os vigias, bem-remunerados com dinheiro sujo, não interferiam na diversão. Ao longo das ruas tortuosas e sem pavimentação, repletas de poças lamacentas e pilhas de lixo, fanfarrões bêbados cambaleavam. O aço reluzia nas sombras, onde lobos espreitavam lobos, e, das trevas, eclodiam as gargalhadas arrepiantes de mulheres e o som de brigas e escaramuças. A luz das tochas emanava lívida pelas janelas quebradas e portas abertas, de onde brotava o cheiro de vinho azedo e de corpos suados, o choque das canecas e o bater de punhos sobre as mesas, e fragmentos de canções obscenas, impelidas como um soco no rosto.

Em um desses covis, a diversão trovejava pelo teto baixo manchado de fumaça, onde os patifes se reuniam trajando todo tipo de trapos e farrapos — especialistas furtivos em cortar bolsas, sequestradores lascivos, ladrões de mãos leves e bravos arrogantes, acompanhados por meretrizes de voz estridente ostentando vestidos espalhafatosos. Vilões nativos eram o elemento dominante — zamorianos de olhos e pele escuros, com punhais na cintura e perfídia no coração. Mas havia lobos de meia dúzia de nações estrangeiras também. Havia um gigantesco renegado hiperboriano, taciturno, perigoso, carregando uma espada larga junto ao corpo magro — pois os homens portavam o aço livremente na Marreta. Havia um falsificador shemita, de nariz aquilino e barba negro-azulada encaracolada. Havia uma mulher brituniana de olhos audazes sentada aos pés de um gunderlandês de cabelos fulvos — um soldado mercenário errante, desertor de algum exército derrotado. E o gordo e indecente trapaceiro, cujas piadas causavam gritos de alegria, era um sequestrador profissional vindo da distante Koth para ensinar o roubo de mulheres aos zamorianos, que já nasciam com mais conhecimento sobre o assunto do que ele jamais conseguiria obter.

Este homem parou no meio da descrição dos encantos de uma vítima em potencial e mergulhou o focinho dentro de uma enorme caneca de cerveja espumante. Então, soprando a espuma dos lábios carnudos, disse:

— Por Bel, deus de todos os ladrões, vou mostrar a vocês como roubar meretrizes. Eu a levarei à fronteira zamoriana antes do amanhecer, onde haverá uma caravana esperando para recebê-la. Um conde de Ophir me prometeu trezentas moedas de prata por uma brituniana esguia, da alta classe. Foram semanas perambulando pelas cidades fronteiriças vestido de mendigo até encontrar uma que servisse. E ela é uma garota espevitada!

Ele soprou um beijo obsceno no ar:

— Conheço alguns senhores em Shem que trocariam o segredo da Torre do Elefante por ela — complementou, antes de voltar para sua cerveja.

Um toque na manga de sua túnica o fez mover a cabeça de cara feia ante a interrupção. Ele viu um jovem alto e de boa constituição de pé ao seu lado. Parecia tão deslocado naquele covil quanto um lobo cinzento em meio a ratos sarnentos nos esgotos. Seu manto barato não ocultava os contornos brutos e delgados do tronco poderoso, os ombros largos e pesados, o peito maciço, a cintura magra e os braços grossos. A pele era bronzeada de sol, os olhos azuis e ardentes; uma cabeleira negra e emaranhada coroava a testa larga. Tinha uma espada pendurada no cinto, numa bainha de couro desgastado.

— Você mencionou a Torre do Elefante — disse o estranho, falando em zamoriano com um sotaque curioso. — Ouvi muita coisa sobre essa Torre. Qual é o seu segredo?

A atitude do rapaz não parecia ameaçadora, e a coragem do kothiano fora potencializada pela cerveja e pela evidente aprovação de seu público. Ele inflou, cheio de si:

— O segredo da Torre do Elefante? Ora, qualquer tolo sabe que Yara, o sacerdote, mora lá com a grande joia chamada pelos homens de Coração do Elefante, que é o segredo da sua magia.

O bárbaro digeriu a frase por um tempo.

— Eu vi tal torre — disse. — Ela fica num grande jardim, acima do nível da cidade, cercada por muros altos. Não vi guardas. As paredes parecem fáceis de escalar. Por que ninguém nunca roubou essa joia secreta?

O kothiano encarou de boca aberta a simplicidade do outro. Então explodiu numa gargalhada de desprezo, a qual os demais acompanharam.

— Vejam só esse ignorante! — Vociferou. — Quer roubar a joia de Yara! Ouça, camarada — ele disse, virando-se portentosamente para o outro. — Suponho que seja algum tipo de bárbaro do norte...

— Sou cimério — replicou o estranho num tom nada amigável. A resposta e a forma como fora dada pouco significaram para o kothiano; nada sabia de um reino que ficava ao extremo sul, nas fronteiras de Shem, conhecendo só vagamente as raças nortenhas.

— Então me escute e aprenda, camarada — ele disse, apontando a caneca para o jovem desconcertado. — Saiba que, em Zamora, particularmente nesta cidade, há mais ladrões ousados do que em qualquer outro lugar do mundo, até mesmo em Koth. Se algum homem mortal pudesse roubar a joia, esteja certo de que ela já teria sido furtada há muito tempo. Você fala sobre escalar os muros, mas, uma vez que o tivesse feito, desejaria rapidamente voltar para o outro lado. Não há guardas nos jardins à noite por um bom motivo... pelo menos não guardas humanos. Porém, na guarita, na parte inferior da Torre, há homens armados. Mesmo que desse um jeito naqueles que vagam à noite pelos jardins, ainda teria de passar pelos soldados, pois a joia é guardada em algum lugar no alto da Torre.

— Mas, se um homem conseguisse cruzar os jardins — o cimério argumentou —, por que não poderia chegar até a joia pela parte superior da torre, evitando assim os guardas?

O kothiano voltou a encará-lo de boca aberta.

— Ouçam-no! — Ele gritou com escárnio. — O bárbaro é uma águia que voaria até a coroa cravejada de joias da Torre, que fica só a cinquenta metros acima do solo e cujas paredes são mais lisas do que vidro polido!

O cimério olhou ao redor, envergonhado ante o rugido de risadas zombeteiras que a observação despertara. Não viu qualquer humor nela, e era novo demais na civilização para compreender sua falta de cortesia. Homens civilizados são menos corteses do que os selvagens, porque sabem que, de modo geral, podem ser mal-educados sem que seus crânios sejam partidos. Ele ficou desnorteado e desgostoso, e, sem dúvida, teria ido embora embaraçado, se o kothiano não tivesse optado por aguilhoá-lo ainda mais.

— Venha, venha! — Ele gritou. — Conte a esses pobres camaradas, meros ladrões na ativa desde antes do seu nascimento, conte a eles como pretende roubar a joia!

— Sempre existe uma maneira, caso o desejo se some à coragem — o cimério respondeu de forma curta e grossa.

O kothiano optou por levar aquilo como um insulto pessoal. Seu rosto ficou vermelho de raiva.

— Quê? — Ele rugiu. — Ousa nos dizer como conduzir nossos negócios e ainda insinua que somos covardes? Saia daqui; saia da minha frente! — E empurrou o cimério com violência.

— Vai me zombar e a seguir pôr as mãos em mim? — Rosnou o bárbaro, sua fúria veloz sendo despertada; e ele devolveu o empurrão com um tapa que jogou seu provocador contra a mesa rudimentar. Cerveja caiu sobre os lábios do kothiano, que urrou furioso e desembainhou a espada.

— Cão pagão! — Ele bramiu. — Vou arrancar seu coração por isso!

O aço brilhou e a multidão rapidamente saiu do caminho. Em sua fuga, derrubaram a única vela do covil, que mergulhou na escuridão, maculada pelo som de bancos virando, pés correndo, berros e o praguejar de pessoas caindo umas sobre as outras, e um único e estridente grito de agonia que cortou a escuridão como uma faca. Quando a vela tornou a ser acesa, a maior parte dos clientes tinha saído pela porta e janelas quebradas, e o resto se amontoava atrás de pilhas de barris de vinho e debaixo das mesas. O bárbaro havia desaparecido; o centro da sala estava deserto, exceto pelo corpo esquartejado do kothiano. O cimério, com seu inequívoco instinto bárbaro, tinha matado o homem em meio às trevas e confusão.

## II

O cimério deixou para trás as luzes lúridas e a folia dos bêbados. Havia descartado o manto esfarrapado e caminhava pela noite nu, exceto por uma tanga e as sandálias de tiras. Movia-se com a graciosidade de um grande tigre, os músculos rijos como aço ondulando sob a pele escura.

Ele havia entrado na parte da cidade reservada aos templos. Em todas as direções, seu brilho pálido reluzia à luz das estrelas; pilares de mármore brancos como a neve, domos dourados e arcos prateados — os santuários da estranha miríade de deuses de Zamora. Não se preocupava com eles; sabia que a religião de Zamora, como todas as coisas do povo civilizado, era intrincada e complexa, com grande parte da essência prístina perdida em labirintos de fórmulas e rituais. Ele passara horas acocorado no pátio dos filósofos, escutando as argumentações de teólogos e professores, e acabara numa bruma de perplexidade, seguro tão somente de uma coisa: que nenhum deles era bom da cabeça.

Seus deuses eram simples e compreensíveis; Crom era o líder, e vivia numa grande montanha, de onde disseminava destruição e morte. Era inútil suplicar a Crom, por ser ele um deus selvagem e tenebroso que odiava os fracos. Mas concedia ao homem coragem ao nascer, além da vontade e capacidade de matar os seus oponentes, o que, na mente do cimério, era tudo o que se poderia esperar de qualquer deus.

Seus pés calçados não produziam som no pavimento. Não viu nenhuma sentinela, pois até mesmo os ladrões da Marreta evitavam os templos, onde era sabido que violadores sofriam estranhas sinas. À sua frente, avultando-se contra o céu, viu a Torre do Elefante, e perguntou-se por que ela recebera tal nome. Ninguém parecia saber. Jamais havia visto um elefante, mas compreendia de forma vaga que se tratava de um animal monstruoso, com um rabo na frente em somatório ao da traseira. Isto lhe fora dito por um shemita errante, jurando que vira tais bestas aos milhares no país dos hirkanianos; mas todos sabiam que os homens de Shem eram mentirosos. De qualquer maneira, não havia elefantes em Zamora.

O fuste cintilante da Torre se erguia frígido contra as estrelas. À luz do sol, ele brilhava tão deslumbrante que poucos conseguiam contemplá-lo, e os homens diziam ser feito de prata. Era redondo; um cilindro delgado e perfeito de cinquenta metros de altura, cuja borda cravejada de grandes joias refletia a luz das estrelas. A Torre se erguia em meio às árvores exóticas de um jardim cultivado bem acima do nível geral da cidade. Um muro alto o cercava e, do lado de fora, havia um nível mais baixo, igualmente cercado por um muro. Não tinha nenhuma luz; parecia não haver janelas na Torre — pelo menos não acima do nível do muro interno. Apenas as joias lá no alto cintilavam como cristais de gelo à luz das estrelas.

Um matagal denso crescia do lado externo do muro mais baixo. O cimério se aproximou e pôs-se ao lado da barreira, medindo-a com a vista. Era alta, mas ele conseguiria saltar e agarrar o cume com os dedos. Feito isso, seria brincadeira de criança subir e passar por cima, e ele não tinha dúvida de que poderia transpor da mesma maneira o muro interno. Contudo, hesitou ante os estranhos perigos que lhe disseram haver lá dentro. Aquelas pessoas eram estranhas e misteriosas para ele; não eram como os seus — nem mesmo tinham o mesmo sangue dos britunianos, nemédios, kothianos e aquilonianos que viviam mais a oeste, cujos mistérios civilizados já o tinham espantado no passado. O povo de Zamora era bastante antigo e, pelo que vira até ali, também bastante maligno.

O cimério pensou em Yara, o alto-sacerdote que perpetrava estranhas maldições de dentro daquela torre cravejada, e seus cabelos se arrepiaram ao lembrar-se de uma história narrada por um pajem bêbado da corte; sobre como Yara tinha rido na cara de um príncipe hostil, erguendo diante dele uma joia brilhante e diabólica, e de como raios saídos do objeto profano envolveram o príncipe, que gritara e caíra, encolhendo até virar um caroço negro e se transformar numa aranha que, após correr desenfreadamente pela câmara, encontrara seu destino sob o calcanhar de Yara.

O feiticeiro raramente saía da sua torre mística e, sempre que o fazia, era para operar algum tipo de mal contra um homem ou uma nação. O rei de Zamora o temia mais do que a morte, e permanecia todo o tempo ébrio, pois seu pavor era maior do que a sobriedade conseguia aguentar. Yara era velho — tinha séculos de idade, diziam os homens, que também afirmavam que ele viveria para sempre por causa da magia da sua joia, conhecida como Coração do Elefante, aparentemente um nome dado tão a esmo quanto chamar o refúgio do mago de Torre do Elefante.

O cimério, absorto nesses pensamentos, encolheu-se rapidamente contra o muro. Dentro do jardim, alguém andava num ritmo compassado. Escutou o retinir de aço. Então, no fim das contas, havia guardas naqueles jardins. O bárbaro esperou-o passar mais uma vez na ronda seguinte, mas o silêncio imperava no misterioso jardim.

Enfim, a curiosidade falou mais alto. Dando um salto suave, agarrou o muro e ergueu-se até o topo com um braço. Deitado de bruços no cume largo, olhou para baixo, para o amplo espaço entre os dois muros. Não havia matagal crescendo nos arredores, embora percebesse alguns arbustos cuidadosamente aparados próximos do muro interno. A luz das estrelas se derramava sobre o gramado regular e, em algum lugar, uma fonte borbulhava.

O cimério baixou seu corpo com cuidado para o lado de dentro e sacou a espada, observando à sua volta. Abalado pelo nervosismo de estar nu e desprotegido em campo aberto, moveu-se com leveza, acompanhando a curva do muro e abraçando a própria sombra, até ficar alinhado aos arbustos que notara. Então, correu em direção a eles, agachou-se e quase tropeçou numa forma estirada próxima à beira da vegetação.

Uma rápida olhadela para a direita e para a esquerda mostrou que não havia inimigos à vista, e ele inclinou-se mais perto para investigar o que era. Seus olhos aguçados, mesmo à luz tênue das estrelas, revelaram um homem de constituição forte trajando armadura prateada e o capacete cristado da guarda real zamoriana. Um escudo e uma lança estavam ao seu lado, e bastou um instante de exame para perceber que ele havia sido assassinado. O bárbaro olhou ao redor com apreensão. Sabia que aquele homem devia ser o guarda que escutara passando de seu esconderijo ao lado do muro. Um período curto transcorrera, contudo, mãos desconhecidas tinham saído das trevas e estrangulado a vida do corpo do soldado nesse intervalo.

Forçando os olhos na escuridão, notou uma insinuação de movimento nos arbustos próximos do muro. Segurando firme a espada, deslizou naquela direção, sem fazer mais barulho do que teria feito uma pantera espreitando na noite, mas o homem que estava perseguindo o escutou. O cimério teve um breve vislumbre de um enorme corpanzil junto ao muro e sentiu alívio ao ver que era, ao menos, humano; então, o sujeito virou-se rapidamente, com um resfolego que soou como pânico, e lançou o primeiro movimento num mergulho para a frente, as mãos cerradas, recuando quando a lâmina do cimério refletiu a luz das estrelas. Por um tenso instante ninguém falou, ambos se mantendo de prontidão para qualquer coisa.

— Você não é um soldado — sibilou, enfim, o estranho. — É um ladrão como eu?

— E quem é você? — O cimério perguntou, num sussurro desconfiado.

— Taurus, da Nemédia.

O cimério abaixou a espada.

— Já ouvi falar de você. Os homens o chamam de príncipe dos ladrões.

A resposta foi uma gargalhada grave. Taurus era tão alto quanto o cimério, e mais pesado; era gordo e tinha uma grande barriga, mas cada movimento seu anunciava um sutil magnetismo dinâmico, refletido em seus olhos astutos que emanavam vitalidade. Ele estava descalço e carregava um rolo que parecia ser uma corda fina e forte, com nós dados em intervalos regulares.

— Quem é você? — Ele sussurrou.

— Conan, um cimério — o outro respondeu. — Vim buscando uma maneira de roubar a joia de Yara, que os homens chamam de Coração do Elefante.

Conan viu a grande barriga do homem sacudir numa gargalhada, mas esta não fora de desprezo.

— Por Bel, o deus dos ladrões — Taurus disse. — Achava que era o único com coragem de tentar essa proeza. Esses zamorianos se dizem ladrões... Bah! Gostei do seu ímpeto, Conan. Nunca partilhei uma aventura com ninguém, mas, por Bel, vamos tentar isso juntos, se estiver disposto.

— Então também veio atrás da joia?

— De que mais? Preparei meus planos por meses, mas você... Acredito que tenha agido por impulso, meu amigo.

— Você matou o soldado?

— Claro. Passei pelo muro quando ele estava do outro lado do jardim e me escondi nos arbustos. Ele me ouviu, ou achou que ouviu alguma coisa. Quando veio investigar, não foi difícil dar a volta por trás, agarrar seu pescoço de surpresa e esganar o idiota. Era como a maioria dos homens: meio cego no escuro. Um bom ladrão deve ter olhos de gato.

— Você cometeu um erro — Conan disse.

Os olhos de Taurus brilharam zangados:

— Eu? Um erro? Impossível.

— Deveria ter arrastado o corpo até os arbustos.

— Assim diz o novato para o mestre da arte. Eles só mudarão a guarda à meia-noite. Se alguém vier procurar por ele agora e encontrar seu corpo, sairá correndo direto até Yara, gritando as notícias, o que nos dará tempo de escapar. Se não o encontrassem, começariam a vasculhar os arbustos até nos pegar como ratos numa armadilha.

— É verdade — concordou Conan.

— Muito bem, preste atenção. Estamos perdendo tempo com este maldito falatório. Não há guardas no jardim interno... guardas humanos, quero dizer, embora existam sentinelas ainda mais mortíferas. Foi sua existência que me atrasou por tanto tempo, mas finalmente encontrei uma forma de lidar com elas.

— E quanto aos soldados na parte mais baixa da Torre?

— O velho Yara vive nas câmaras no alto. É por essa rota que seguiremos... e, espero, voltaremos. Não adianta me perguntar agora. Eu arrumei um caminho. Vamos nos esgueirar até o topo da Torre e estrangular o velho Yara antes que possa lançar seus feitiços amaldiçoados contra nós. Ao menos, vamos tentar; é o risco de sermos transformados numa aranha ou num sapo, versus a riqueza e o poder do mundo. Todo bom ladrão deve saber assumir riscos.

— Irei tão longe quanto um homem pode ir — Conan falou, tirando as sandálias.

— Então venha comigo — e, virando-se, Taurus saltou, agarrou o topo do muro e o escalou. A agilidade do homem era incrível, considerando sua corpulência; ele quase pareceu planar por sobre o cume. Conan o seguiu e, deitados no topo largo, conversaram em sussurros.

— Não vejo luz — Conan murmurou. A parte inferior da Torre se parecia com aquela porção visível do lado de fora do jardim: um cilindro perfeito e reluzente, sem entradas aparentes.

— Há portas e janelas secretas — Taurus respondeu. — Mas estão fechadas. Os soldados respiram o ar que vem de cima.

O jardim era uma piscina vaga de sombras, onde arbustos cobertos de folhas e árvores jovens oscilavam na escuridão. A alma cautelosa de Conan percebia a aura da ameaça que pairava sobre ele. O cimério sentia o ardor penetrante de olhos invisíveis, e captou um sutil odor que fez os pelos de sua nuca se eriçarem, tal qual um cão de caça se arrepia ante o cheiro de um antigo inimigo.

— Venha! — Taurus sussurrou. — E, se dá valor à vida, fique atrás de mim.

Tirando o que parecia ser um tubo de cobre do cinto, o nemédio desceu com leveza até o relvado do lado interno do muro. Conan o seguiu de perto, a espada em prontidão, mas Taurus o empurrou para trás, para perto do muro, e não deu indícios de que ele próprio avançaria. Toda sua postura era de tensa expectativa, e seu olhar, como o de Conan, mantinha-se fixo no emaranhado escuro de arbustos alguns metros à frente.

A vegetação se sacudia, embora a brisa tivesse parado. Então, dois grandes olhos saltaram das sombras ondulantes e, no esteio deles, outras faíscas de fogo brilharam nas trevas.

— Leões! — Conan murmurou.

— Sim. Durante o dia, são mantidos nas cavernas subterrâneas debaixo da Torre. Por isso não há guardas neste jardim.

Conan contou os olhos rapidamente.

— Cinco à vista. Talvez mais atrás dos arbustos. Vão atacar a qualquer momento...

— Fique quieto — Taurus sussurrou, e afastou-se com cautela do muro, como se pisasse em navalhas, erguendo o tubo delgado. Rosnados graves surgiram das sombras e os olhos faiscantes moveram-se adiante. Conan viu as enormes mandíbulas salivantes e os rabos com tufos se contorcerem como chibatas junto às laterais amareladas. O ar ficou tenso... O cimério apertou firme a espada na expectativa do ataque e da irresistível arremetida dos corpos gigantescos. Então, Taurus levou o tubo aos lábios e soprou poderosamente. Um longo jato de pó amarelo foi disparado da outra extremidade do tubo e se transformou imediatamente numa nuvem espessa, de coloração amarelo-esverdeada, que se instalou sobre os arbustos, ocultando os olhos brilhantes.

Taurus correu rapidamente de volta para o muro. Conan observava sem compreender. A nuvem escondeu o matagal e, dele, nenhum som saiu.

— O que é essa névoa?

— Morte — murmurou o nemédio. — Se uma brisa a soprar de volta para nós, precisaremos correr rápido para o outro lado do muro. Mas não há vento e ela agora se dissipa. Temos de esperar até que desapareça por completo. Respirá-la é a morte.

No momento, apenas poucos resíduos amarelados pairavam fantasmagoricamente; então, estes também desapareceram, e Taurus impeliu seu companheiro adiante. Eles se esgueiraram na direção dos arbustos, e Conan teve um sobressalto. Havia cinco formas amareladas estendidas nas sombras, o fogo dos olhos perigosos apagado para sempre. Um cheiro adocicado e enjoativo pairava na atmosfera.

— Eles morreram sem emitir um único som — murmurou o cimério.
— O que é esse pó, Taurus?

— É feito da lótus negra, cujas flores crescem nas selvas perdidas de Khitai, onde vivem somente os sacerdotes de crânio amarelo de Yun. Essas flores matam qualquer um que as cheire.

Conan ajoelhou-se ao lado dos enormes animais, assegurando-se de que estavam além da capacidade de feri-los. Ele meneou a cabeça; a magia das terras exóticas era misteriosa e terrível para os bárbaros do norte.

— Por que não pode matar os soldados da Torre da mesma maneira?

— Porque esse era todo o pó que eu tinha. Consegui-lo foi um feito que, por si só, bastou para me tornar famoso entre os ladrões do mundo. Eu o roubei de uma caravana que ia para a Stygia, apanhando-o de dentro de seu saco de tecido dourado sem despertar a grande serpente que o guardava. Mas, em nome de Bel, vamos ficar a noite inteira conversando?

Eles passaram pelos arbustos e chegaram à base reluzente da Torre. Lá, com um gesto que pedia silêncio, Taurus desenrolou sua corda, que tinha numa das extremidades um forte gancho de aço. Conan compreendeu o plano e não fez perguntas, enquanto o nemédio segurou a corda a uma curta distância abaixo do gancho e começou a girar sua extremidade. Conan encostou o ouvido na parede lisa e aguardou, sem escutar nada. Estava claro que os soldados lá dentro não suspeitavam da presença dos intrusos, que não haviam feito mais barulho do que o vento soprando nas árvores. Mas um estranho nervosismo incomodava o bárbaro; talvez fosse aquele cheiro de leão que impregnava todas as coisas.

Foi o instinto selvagem de Conan que o fez virar-se subitamente; pois a morte que caía sobre eles não emitiu som algum. Um relance fugidio mostrou ao cimério a gigantesca forma amarelada erguendo-se contra as estrelas, avolumando-se sobre ele para desferir um ataque mortal. Nenhum homem civilizado poderia ter se movido tão rápido quanto o bárbaro. Sua espada reluziu à luz noturna, conduzida por cada grama de nervos e músculos desesperados, e homem e fera caíram juntos.

Praguejando incoerentemente, Taurus curvou-se sobre a massa e viu os membros de seu companheiro lutando para saírem arrastados de baixo do grande peso largado sobre ele. A olhadela revelou ao surpreso nemédio que o leão estava morto, com o crânio rachado ao meio. Ele puxou a carcaça, ajudando Conan a sair pela lateral e se levantar, sem soltar a espada gotejante.

— Você se machucou, homem? — Taurus perguntou, ainda estupefato pela atordoante rapidez do episódio.

— Não, por Crom! — O bárbaro respondeu. — Mas foi por pouco. Por que essa fera amaldiçoada não rugiu antes de atacar?

— Tudo é estranho neste jardim — Taurus afirmou. — Os leões atacam em silêncio... assim como outras coisas mortais. Mas vamos... Apesar do pouco barulho feito nessa matança, os soldados podem ter escutado, se não estiverem dormindo ou bêbados. Essa fera estava em alguma outra parte do jardim e escapou da morte pelas flores, mas com certeza não há outras. Temos de escalar por esta corda... e nem preciso perguntar a um cimério se ele consegue.

— Se ela aguentar o meu peso — Conan grunhiu, limpando a espada na grama.

— Aguenta três vezes o meu — Taurus respondeu. — Foi tecida com as tranças de cabelo de mulheres mortas que roubei dos túmulos à meia-noite, e embebida no vinho mortal da árvore upas, para tornar-se ainda mais forte. Eu vou na frente... Siga-me de perto.

O nemédio agarrou a corda e, posicionando o joelho numa laçada, iniciou a subida; movia-se para o alto como um felino, desmentindo a aparente falta de jeito de seu corpo. O cimério foi atrás. A corda balançava e dava voltas em si mesma, mas os guerreiros não se detiveram; ambos já tinham feito escaladas mais difíceis. A borda cravejada de joias brilhava sobre suas cabeças, projetando-se da parede perpendicular, de modo que a corda ficava pendurada a talvez um pé de distância da lateral da Torre... fato que facilitava bastante a subida.

Eles subiram em silêncio, as luzes da cidade ficando cada vez mais distantes conforme progrediam, e as estrelas no alto cada vez mais ofuscadas pelo brilho das joias em volta da borda. Enfim, Taurus estendeu a mão, alcançou o rebordo e puxou-se para cima, passando sobre ele. Conan parou por um momento na beirada, fascinado pelas grandes joias, cujo brilho deslumbrava seus olhos — diamantes, rubis, esmeraldas, safiras, turquesas, opalas — incrustadas como estrelas na superfície de prata. De longe, os brilhos distintivos pareciam se fundir num mesmo fulgor; mas ali, de perto, cintilavam com um milhão de tons, hipnotizando-o.

— Há uma fortuna fabulosa aqui, Taurus — ele sussurrou, mas o nemédio respondeu impaciente:

— Venha! Se apanharmos o Coração, todas essas outras coisas serão nossas.

Conan passou por cima do rebordo cravejado. O nível do cume da Torre era alguns pés mais baixo que a saliência ornada. Era plano, composto de alguma substância azul escura, incrustado de ouro que capturava a luz das estrelas, de modo que o todo aparentava ser uma única safira salpicada de pó dourado. Do lado oposto ao ponto por onde entraram, parecia haver algum tipo de câmara, construída sobre o telhado. Era feita da mesma prata que as paredes externas, adornada com desenhos trabalhados em joias menores. Sua única porta era de ouro, com a superfície talhada na forma de escamas, e também cravejada por gemas que brilhavam como gelo.

Conan espiou o oceano pulsante de luzes que se espalhavam bem abaixo deles e, então, encarou Taurus. O nemédio estava recolhendo a corda e enrolando-a. Ele mostrou a Conan o ponto em que o gancho ficara preso — uma fração de uma polegada da ponta tinha afundado sob uma grande joia chamejante na parte interna do rebordo.

— A sorte estava do nosso lado mais uma vez — murmurou. — Nosso peso combinado poderia ter arrancado fora esta joia. Venha comigo... Os verdadeiros riscos da aventura começam agora. Estamos no covil da serpente e não sabemos onde ela se esconde.

Como tigres caçando, os dois se arrastaram pelo chão polido e pararam diante da porta reluzente. Com uma mão hábil e cautelosa, Taurus a forçou. Ela cedeu sem resistência e os companheiros olharam lá dentro, prontos para qualquer coisa. Por sobre o ombro do nemédio, Conan teve um vislumbre da câmara resplandecente; as paredes, o teto e o chão, tudo incrustado com as mesmas joias brancas, que faiscavam como se o brilho que emitiam viesse de dentro delas próprias. O local parecia despido de vida.

— Antes de abrir mão da nossa última chance de voltar atrás — Taurus sussurrou —, vá até a borda e olhe para todos os lados. Se vir algum soldado se movendo pelos jardins ou algo suspeito, volte e me conte. Vou esperá-lo dentro desta câmara.

Conan viu pouca necessidade daquilo, e uma leve suspeita tocou sua alma cansada, mas fez conforme Taurus pedira. Enquanto ele se virava, o nemédio escorregou porta adentro e fechou-a atrás de si. Conan rastejou até a beirada, retornando ao ponto de chegada, mas nada viu de suspeito no mar de folhas que havia lá embaixo. Voltou-se para a porta quando, súbito, um grito abafado ecoou de dentro da câmara.

O cimério deu um salto adiante, eletrizado. A porta de ouro se abriu e Taurus foi emoldurado por ela, com um brilho frio emitido por detrás. Ele cambaleou e os lábios se abriram, mas só um ruído seco escapou de sua garganta. Agarrando a porta para se apoiar, precipitou-se para o telhado, apertando o próprio pescoço. A porta bateu atrás dele.

Conan, agachado como uma pantera antes do bote, não viu nada na sala atrás do nemédio ferido no breve instante em que a porta se manteve parcialmente aberta, exceto por uma sombra que cruzara aquele chão reluzente, a qual lhe parecera um truque de luz. Nada seguiu Taurus para fora da câmara, e Conan curvou-se sobre o homem.

O nemédio olhava para cima com os olhos arregalados e dilatados, que traziam um terrível desnorteamento. As mãos permaneciam agarradas à garganta, os lábios babavam e gorgolejavam; súbito, ele enrijeceu e o cimério soube, pasmo, que estava morto. E sentia que Taurus perecera sem saber que tipo de morte o acometera. Conan olhou intrigado para a fatídica porta de ouro. Naquela sala vazia, com suas paredes ornadas de joias, a morte chegara ao príncipe dos ladrões tão rápida e misteriosamente quanto ele havia lidado com os leões no jardim.

Cauteloso, o bárbaro passou a mão pelo corpo seminu do homem, procurando algum ferimento. Mas as únicas marcas de violência estavam entre os ombros; próximo da base do pescoço havia três feridas, que pareciam resultar de três pregos enfiados na pele e depois removidos. As extremidades das feridas estavam enegrecidas, e um cheiro fraco de putrefação era evidente. *Setas envenenadas?* — Conan pensou, mas, se fosse o caso, os dardos ainda estariam nas feridas.

Ele seguiu cuidadosamente na direção da porta de ouro, a abriu e olhou para o seu interior. A câmara estava vazia, banhada pelo brilho frio e pulsante de uma miríade de joias. No centro do teto, ele reparou num desenho curioso — um padrão octogonal em preto, cujo núcleo brilhava com quatro gemas vermelhas, bem diferentes do fulgor branco das demais. Do outro lado da sala havia outra porta igual àquela diante da qual estava, com a diferença de não ser entalhada no mesmo padrão de escamas. *Será que a morte saiu dali... e, tendo feito sua vítima, retornou por onde viera?*

Fechando a porta atrás de si, o cimério avançou câmara adentro. Seus pés nus não produziam som no chão de cristal. Não havia cadeiras ou mesas no cômodo, apenas três ou quatro sofás de seda, com bordados dourados e estranhos desenhos de serpentes, e diversos baús de mogno com molduras de prata. Alguns estavam fechados por enormes cadeados, outros, abertos; as tampas esculpidas, jogadas para trás, revelavam pilhas de pedras preciosas num alvoroço de brilhos que deslumbrava seus olhos. Conan praguejou; ele já tinha visto mais riqueza naquela noite do que jamais sonhara existir em todo o mundo, e ficou desorientado ao pensar em qual devia ser o valor da joia que buscava.

Estava no centro da câmara agora, caminhando adiante com a cabeça erguida de prontidão e a espada à frente, quando, mais uma vez, a morte atacou em silêncio. Uma sombra voadora que pairou por sobre o chão reluzente foi seu único aviso, e o instintivo salto para a lateral salvou sua vida. Ele viu pelo canto do olho um horror negro e peludo passar, e escutou um choque de presas espumantes. Algo caiu sobre seu ombro nu, queimando como gotas de fogo do Inferno, e, pulando para trás com a espada em riste, viu o monstro cair no chão, virar e lançar-se contra ele com velocidade desnorteante — uma aranha gigante e preta, do tipo que os homens só veem em seus pesadelos.

Ela era grande feito um porco, e suas oito pernas longas e peludas mantinham o corpo repulsivo acima do chão; os quatro olhos brilhavam malévolos com uma horrível inteligência e as presas pingavam o veneno que, como Conan soube a partir da queimadura no ombro provocada por poucas gotas, era mortal. Aquele era o assassino que descera do centro do teto em sua teia e atacara o pescoço do nemédio. Eles foram idiotas por não suspeitarem que a câmara superior fosse guardada, tal qual a inferior.

Enquanto o monstro avançava, esses pensamentos cruzaram a mente do bárbaro como um relâmpago. Ele saltou para a frente e a coisa passou por baixo dele, girou e tornou a investir. Desta vez, ele se esquivou com um salto lateral e revidou como um gato acuado. A espada decepou uma das pernas da criatura e, mais uma vez, ele salvou-se por pouco do contragolpe da monstruosidade, cujas presas demoníacas tentaram fisgá-lo. A criatura não tornou a persegui-lo; em vez disso, deu a volta, correu pela extensão do chão polido e subiu pela parede até o teto, onde acocorou-se por um instante, encarando-o com seus macabros olhos vermelhos. Então, sem aviso, lançou-se ao ar, soltando um fio cinzento e pegajoso.

Conan recuou para evitar trombar com o corpanzil e agachou-se freneticamente, bem em tempo de evitar que a teia o capturasse. Ele compreendeu as intenções do monstro e correu para a porta, mas um fio pegajoso lançado na direção dela interrompeu seu caminho, tornando-o um prisioneiro. Ele não tentou cortá-lo com a espada; sabia que a substância grudaria na lâmina e, antes que conseguisse soltá-la, o demônio estaria afundando as presas nas suas costas. A seguir, teve início um jogo desesperado: a astúcia e rapidez do homem contra a habilidade diabólica e velocidade da aranha gigante. Ela não empreendia mais ataques diretos, movendo-se ao longo do piso ou balançando o corpo pelo ar em direção a ele. Corria pelo teto e paredes, buscando capturá-lo nos longos laços de teias que tecia com precisão demoníaca. Os fios eram grossos como cordas, e o cimério sabia que, assim que o envolvessem, sua força não bastaria para soltá-lo antes que a criatura atacasse.

A dança da morte ocupava toda a extensão da câmara no mais profundo silêncio, exceto pela respiração ofegante do homem, o arrastar dos pés descalços no chão reluzente e o ruído de chocalho das presas do monstro. Os fios cinzentos formavam laços ao longo do chão e por todas as paredes; cobriam os baús de joias e os sofás de seda, e oscilavam do teto enfeitado como grinaldas crepusculares. A velocidade dos músculos e a capacidade de observação de Conan o mantiveram intocado, embora os laços de teia tivessem chegado a passar tão perto que resvalaram a sua pele nua. Sabia que não poderia evitá-los para sempre; ele tinha de tomar cuidado não só com os fios pendurados no teto, como também com os entrelaçamentos que cobriam o chão, ou poderia tropeçar. Cedo ou tarde alguma teia pegajosa aderiria nele, envolvendo-o como uma jiboia e, a seguir, à mercê do monstro, ele seria enrolado como num casulo.

A criatura correu pelo chão da câmara, deixando atrás de si um rastro da corda cinzenta. Conan deu um pulo alto, passando por sobre um dos sofás. Com uma guinada precisa, a aranha subiu pela parede e a teia, desgrudando do chão como se estivesse viva, enrolou-se no tornozelo do cimério. Ele apoiou as mãos ao cair, sacudindo freneticamente a teia que o prendia, como se fosse um torno flexível. O demônio peludo descia velozmente pela parede para completar a captura. Movido pela fúria, Conan agarrou um baú de joias e o arremessou com toda a força. Foi uma ação que a criatura não esperava. O projétil maciço atingiu em cheio o corpo, prensando-o contra a parede com um nojento barulho de trituração. Sangue e uma gosma esverdeada se espalharam, e a massa esmagada caiu no chão junto do baú de joias. O corpo mutilado estendeu-se inerte em meio àquela miríade de pedras preciosas; o brilho dos olhos vermelhos moribundos se apagando em contraste com as gemas reluzentes.

Conan olhou à sua volta, mas nenhum outro horror apareceu, e ele trabalhou para se libertar da teia. A substância aderia tenazmente ao tornozelo e às mãos, mas, enfim, viu-se livre. Apanhando a espada, abriu caminho entre os laços cinzentos até a porta interna. Que monstruosidades havia além dela, ele não sabia. O sangue do cimério fervia e, já que ele chegara tão longe e superara tamanho perigo, estava determinado a ir até o fim daquela aventura sombria, qualquer que fosse ele. E tinha a sensação de que a joia que buscava não estava em meio àquelas largadas de modo tão negligente pela câmara.

Arrancando a teia que cobrira a porta interna, descobriu que, assim como a outra, ela também não estava trancada. Pensou se os soldados lá embaixo ainda ignoravam a sua presença. Bem, ele se encontrava muitos metros acima de suas cabeças e, se as histórias fossem verdadeiras, eles estavam habituados a barulhos estranhos no alto da Torre... Sons sinistros e gritos de terror e agonia.

Pensou em Yara e não se sentiu de todo confortável ao abrir a porta de ouro. Porém, viu apenas um lance de degraus que levava para baixo, levemente iluminado por algo que não soube dizer ao certo o que era. Iniciou a descida em silêncio, segurando firme a espada. Não escutava barulho algum e, finalmente, chegou a uma porta de mármore, cravejada de pedras escarlates. Nenhum som vinha lá de dentro, apenas feixes finos de fumaça saíam por debaixo da porta, de odor exótico e desconhecido para o cimério. A escadaria prateada continuava além dali, desaparecendo na penumbra. Conan teve a estranha sensação de estar só numa torre ocupada apenas por fantasmas e espíritos.

# III

Conan empurrou a porta de mármore com cautela, abrindo-a silenciosamente. Sob a soleira brilhante, observou as estranhas cercanias como um lobo à espreita, pronto para lutar ou fugir em um instante. Adentrara uma câmara grande, de teto abobadado cor de ouro; as paredes eram de jade verde, e o chão de mármore, parcialmente coberto por grossos tapetes. Fumaça e o odor exótico de incenso flutuavam de um braseiro num tripé dourado, atrás do qual sentava-se um ídolo num tipo de divã de mármore. Conan olhava horrorizado; a imagem tinha o corpo de um homem, nu e de coloração esverdeada, mas a cabeça era um pesadelo insano. Grande demais para um corpo humano, ela não tinha qualquer atributo de gente. Conan observou as orelhas bojudas e o nariz alongado, de cujas laterais dois enormes chifres se pronunciavam, com bolas douradas nas extremidades. Os olhos estavam fechados, como se dormisse.

Então era essa a razão para o nome Torre do Elefante, já que a cabeça da coisa era bastante similar às feras descritas pelo shemita. Aquele era o deus de Yara. Sendo assim, onde estaria a joia, senão escondida dentro do ídolo, uma vez que era chamada de Coração do Elefante?

Conan se aproximou, observando atentamente o ídolo inerte, e os olhos da coisa se abriram de repente. O cimério congelou. Não era imagem alguma; era uma coisa viva, e ele estava encurralado dentro do aposento dela!

O fato de ele não ter explodido imediatamente num frenesi assassino evidencia o grau de horror que o acometera e paralisara. Em seu lugar, um homem civilizado teria buscado refúgio na conclusão óbvia de que havia enlouquecido, mas não ocorreu ao cimério duvidar de seus sentidos. Sabia que estava cara a cara com um demônio do Mundo Antigo, e tal percepção privou-lhe de todas as suas faculdades, com exceção da visão.

A tromba pavorosa ergueu-se interrogativa, enquanto os olhos de topázio viam, mas sem enxergar, e Conan soube que o monstro era cego. O pensamento permitiu que seus membros congelados amolecessem, e ele começou a recuar em silêncio na direção da porta. Mas a criatura escutou. A sensível tromba se pronunciou em sua direção e o horror de Conan tornou a congelá-lo quando o ser falou numa voz estranha e gaguejante, que nunca mudava de tom ou timbre. O cimério percebeu que aquelas mandíbulas não haviam sido criadas para proferir o discurso humano.

— Quem está aí? Você voltou para me torturar, Yara? Algum dia deixará de fazê-lo? Ah, Yag-Kosha, não existe fim para a agonia?

Lágrimas escorreram pelos olhos cegos e o olhar de Conan se desviou para os membros estendidos sobre o divã de mármore. Percebeu que o monstro não se ergueria para atacá-lo. Conhecia as marcas da tortura e as cicatrizes do fogo, e, a despeito de toda sua resiliência, sentiu-se horrorizado diante daquelas deformidades arruinadas que seu raciocínio denotava terem sido, outrora, membros tão dignos quanto os seus próprios. De súbito, todo o medo e repulsa desapareceram, dando lugar a grande piedade. Conan não sabia o que era aquela criatura, mas as evidências do seu sofrimento eram tão terríveis e comoventes, que uma estranha tristeza se apossou de seu ser. O cimério sentiu estar olhando para uma tragédia cósmica e, sem saber o motivo, se encolheu de vergonha, como se a culpa de toda uma raça tivesse caído sobre os seus ombros.

— Eu não sou Yara — disse. — Sou só um ladrão. Não vou machucar você.

— Aproxime-se, para que eu possa tocá-lo — a criatura gaguejou, e Conan se aproximou sem medo, a espada baixa, esquecida na mão. A tromba sensível tateou seu rosto e ombros, tal qual um cego o faria, e o toque foi leve como o da mão de uma garotinha.

— Você não faz parte da raça de demônios de Yara — suspirou a criatura. — A marca limpa e valorosa das terras selvagens está em você. Conheço seu povo de antigamente, a quem chamava por outro nome, muito tempo atrás, quando outro mundo ergueu seus pináculos adornados de joias para as estrelas. Há sangue nos seus dedos.

— Uma aranha na câmara superior e um leão no jardim — Conan esclareceu.

— Também matou um homem esta noite — respondeu o outro. — E há morte no alto da Torre. Eu sinto... eu sei.

— Sim — disse Conan. — O príncipe dos ladrões morreu pela picada da criatura.

— Então... então! — A estranha voz inumana elevou-se num tipo de cântico grave. — Uma morte na taverna e uma morte no telhado. Eu sei... eu sinto. E o terceiro despertará a magia com a qual nem mesmo Yara sonha... a magia da libertação, deuses verdes de Yag!

Lágrimas tornaram a cair, enquanto o corpo torturado sacudiu-se para frente e para trás, acometido por uma miríade de emoções. Conan observava, estupefato.

Então, as convulsões cessaram; os olhos cegos e delicados voltaram-se para o cimério e a tromba acenou.

— Ouça, homem — disse o curioso ser. — Eu sou repulsivo e monstruoso para você, não? Não precisa responder, sei que sou. Mas, se pudesse vê-lo, você me pareceria tão estranho quanto. Há muitos mundos além deste e a vida tem muitas formas. Não sou nem deus, nem demônio, mas carne e sangue como você, embora a substância difira em parte, e a forma tenha sido feita de um molde diferente. Eu sou muito velho, homem das terras desertas; vim a este planeta há muito tempo ao lado de outros, egressos do mundo verde de Yag, que circula eternamente às margens deste universo. Nós singramos o espaço com nossas poderosas asas, que nos impeliam

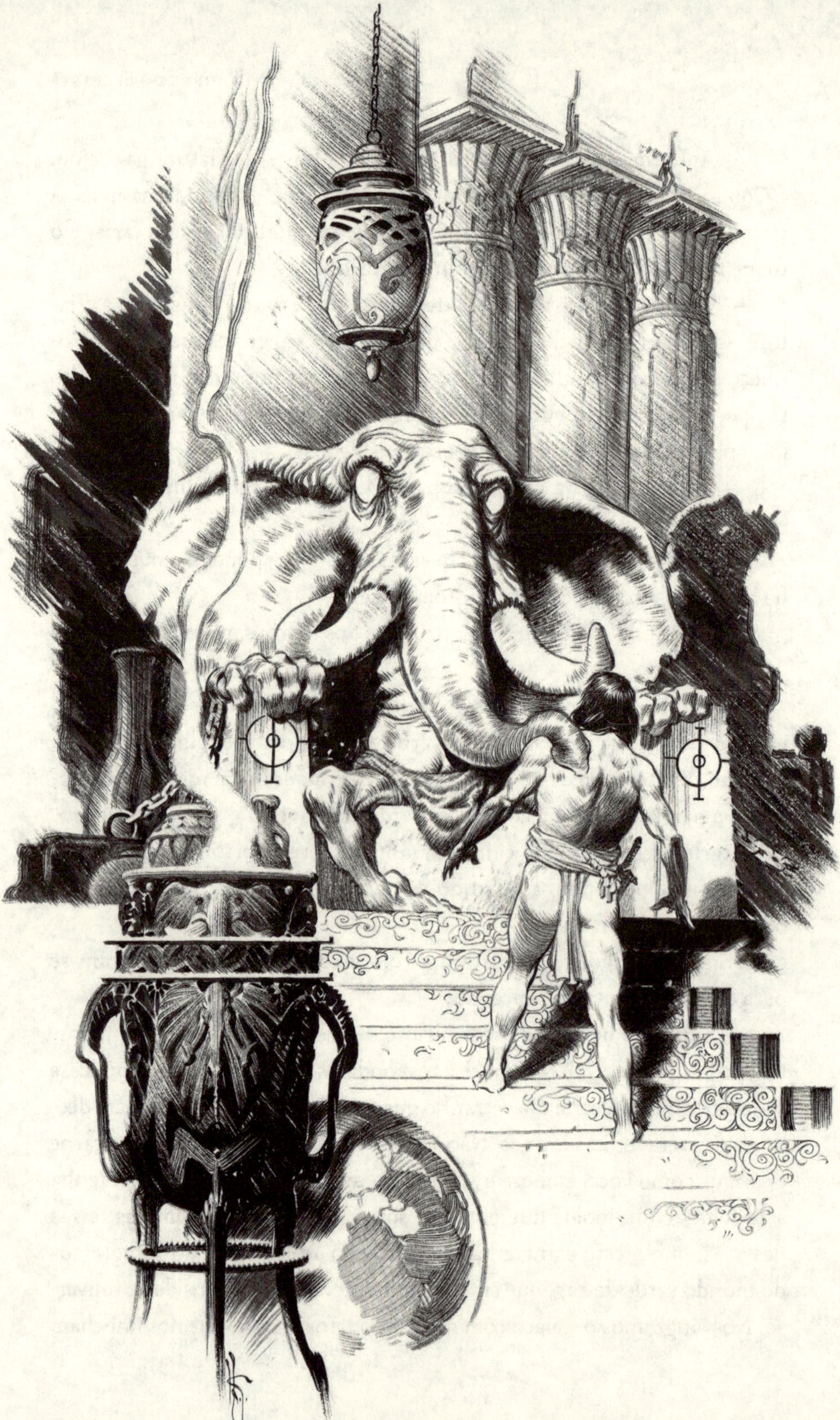

pelo cosmo mais rápido do que a luz, porque lutamos contra os reis de Yag, mas fomos derrotados e exilados. E jamais pudemos retornar, uma vez que, na Terra, as asas murcharam em nossos ombros. Aqui, vivíamos à parte da vida terrena. Enfrentamos formas de vida estranhas e terríveis que caminhavam pelo mundo, o que nos tornou temidos e, nas distantes selvas do leste, onde construímos nossa morada, não éramos molestados.

— Vimos o homem crescer a partir do macaco — ele prosseguiu — e construir as cidades cintilantes da Valusia, Camelia, Commoria e suas irmãs. Nós as vimos cambalear ante os ataques dos atlantes, pictos e lemurianos. Vimos os mares se erguerem e engolfarem a Atlântida, a Lemúria, as ilhas dos pictos e todas as cidades brilhantes civilizadas. Vimos os sobreviventes pictos e atlantes construírem seus impérios de pedra e irem à ruína, envolvidos em mais guerras sanguinárias. Vimos os pictos reverterem à selvageria abismal, os atlantes voltarem à condição simiesca. Vimos novos selvagens se dirigirem ao sul em ondas de conquista vindas do círculo ártico para construir uma nova civilização, com novos reinos chamados Nemédia, Koth, Aquilônia e seus irmãos. Vimos seu povo, sob um novo nome, prosperar das selvas dos macacos que já tinham sido os atlantes. Vimos os descendentes dos lemurianos que sobreviveram ao cataclismo tornarem a se erguer do estado selvagem e cavalgarem para o oeste, como hirkanianos. E vimos esta raça de demônios, sobreviventes da antiga civilização que havia antes da Atlântida afundar, obter mais uma vez cultura e poder... este amaldiçoado reino de Zamora.

— Eu vi tudo isso, nem ajudando, nem impedindo a lei imutável do cosmo, e um a um, fomos morrendo, pois nós de Yag não somos imortais, embora nossas vidas tenham a mesma duração de planetas e constelações. Enfim, fiquei só, sonhando com os tempos idos, em meio aos templos em ruínas da selva perdida de Khitai, adorado como um deus por uma antiga raça de pele amarela. Então Yara veio, versado em conhecimentos arcanos, transmitidos desde os dias da barbárie, desde antes da Atlântida afundar. No início, ele sentava-se aos meus pés e aprendia minha sabedoria. Mas não estava satisfeito com o que eu ensinava, pois se tratava de magia branca, e ele desejava a erudição do mal para escravizar reis e satisfazer sua ambição diabólica. Eu não ensinaria a ele nenhum dos segredos negros que obtive à minha revelia ao longo das eras. Mas a sabedoria dele era maior do que eu imaginava; com a maldade obtida nas tumbas crepusculares da sombria Stygia, ele me aprisionou dentro de um segredo particular que não pretendo desnudar; e, virando meu próprio poder contra mim, me escravizou. Ah, deuses de Yag, meu cálice tem sido amargo desde aquele momento!

— Ele me trouxe das selvas perdidas de Khitai, onde os macacos cinzentos dançavam ao som das flautas dos sacerdotes de pele amarela, e oferendas de frutas e vinho se empilhavam em meus altares. Deixei de ser um deus para o gentil povo das selvas... e tornei-me escravo de um demônio em forma de homem.

As lágrimas voltaram a escorrer dos olhos cegos.

— Aprisionou-me nesta Torre que fui obrigado a construir para ele numa única noite. Dominou-me pelo fogo, pela tortura e por outras punições tão estranhamente extraterrenas, que você não compreenderia. A agonia foi tanta que, se pudesse, há muito teria tirado minha própria vida. Mas ele me manteve vivo... desfigurado, cego e quebrado... para cumprir suas ordens malignas. E, durante trezentos anos, é o que tenho feito deste divã de mármore, denegrindo minha alma com pecados cósmicos e maculando minha sabedoria com crimes, por não ter escolha. Entretanto, nem todos os segredos ele conseguiu arrancar de mim, e minha última dádiva será a feitiçaria do Sangue e da Joia. Pois sinto que o fim está próximo. Você é a mão do Destino. Eu imploro, apanhe a joia que encontrará naquele altar ali.

Conan virou-se para o altar de ouro e mármore indicado e apanhou uma grande joia redonda, clara como um cristal vermelho; e soube que se tratava do Coração do Elefante.

— Agora, ao grande feitiço... Um tão poderoso que a Terra jamais viu e tampouco voltará a ver por milhares e milhares de milênios. Pelo meu sangue vital, eu o conjuro... pelo sangue nascido no seio verde e por Yag, que sonha na grande vastidão azul do espaço. Pegue a sua espada, homem, e arranque o meu coração; a seguir, aperte-o, de modo que o sangue escorra sobre a pedra vermelha. Desça por essas escadas e vá até a câmara de ébano, onde Yara estará sentado, envolvido por sonhos malignos da lótus. Pronuncie seu nome e ele despertará. Posicione esta joia diante dele e diga, "Yag-Kosha lhe oferta uma última dádiva e um último encantamento". Então saia rápido da Torre; não tema, pois seu caminho estará desimpedido. A vida do homem não é a vida de Yag, nem a morte do homem é a morte de Yag. Liberte-me desta cela de carne cega e destruída, e eu, mais uma vez, voltarei a ser Yogah, de Yag, coroado pela manhã, com asas para voar, pés para dançar, olhos para ver e mãos para quebrar.

Conan se aproximou inseguro, e Yag-Kosha, ou Yogah, como se sentisse a sua incerteza, indicou onde ele deveria golpear. Conan cerrou os dentes e afundou a espada na carne. Sangue fluiu pela lâmina e por sua mão; o monstro convulsionou e caiu para trás, estático. Decerto aquela vida havia se esvaído; ao menos a vida como Conan a entendia, e o bárbaro pôs-se a trabalhar na sinistra tarefa que lhe fora confiada. Ele rapidamente retirou do corpo algo que parecia ser o coração da estranha criatura, ainda que diferisse bastante de qualquer um que já tivesse visto. Segurando o órgão ainda pulsante em cima da joia brilhante, ele o apertou com ambas as mãos, e uma chuva de sangue caiu sobre a pedra. Para a sua surpresa, ele não escorreu, mas foi sugado para dentro da joia, como água absorvida por uma esponja.

Hesitantemente segurando a joia, saiu daquela câmara fantástica e retornou aos degraus prateados. Não olhou para trás; instintivamente, sabia que algum tipo de transmutação estava ocorrendo no corpo sobre o divã de mármore, e também sentia que não se tratava de algo a ser testemunhado por olhos humanos.

O bárbaro fechou a porta de mármore e, sem pestanejar, desceu os degraus de prata. Não lhe ocorreu ignorar as instruções dadas. Parou diante de uma porta de ébano, no centro da qual havia uma soturna caveira prateada, e a abriu. Olhou para dentro da câmara de ébano e viu, num divã de seda preta, uma figura alta reclinada. Yara, o sacerdote e feiticeiro, estava diante dele, os olhos abertos e dilatados pelas fumaças da lótus amarela, com o olhar perdido, como se estivesse fixo nos golfos e abismos negros que vão além do conhecimento humano.

— Yara! — Conan disse, como um juiz que pronuncia uma sentença — Desperte!

Os olhos voltaram ao normal no mesmo instante, tornando-se frios e cruéis como os de um abutre. A figura trajada de seda se levantou, bem mais alta do que o cimério.

— Cão! — O sibilo soou como a voz de uma cobra. — O que faz aqui?

Conan colocou a joia sobre uma grande mesa de ébano.

— Aquele que mandou esta joia pediu para que eu dissesse: "Yag-Kosha lhe oferta uma última dádiva e um último encantamento".

Yara se encolheu, o rosto pálido. A joia não era mais clara como um cristal; suas profundezas turvas pulsavam e tremiam, e curiosas ondas de fumaça de cores mutáveis cruzavam a superfície lisa. Como que atraído hipnoticamente, Yara curvou-se sobre a mesa e agarrou a joia, observando suas profundezas sombrias, como se um ímã atraísse a alma trêmula para fora do corpo. E, conforme observava, Conan pensou que seus olhos poderiam estar pregando-lhe algum truque. Pois, quando Yara se levantara do divã, parecera gozar de uma estatura gigantesca; contudo, agora, via que sua cabeça mal lhe batia no ombro. Ele piscou, intrigado e, pela primeira vez naquela noite, duvidou dos próprios sentidos. Então, chocado, percebeu que o sacerdote estava diminuindo de tamanho... ficando cada vez menor, bem diante dos seus olhos.

Despido de qualquer envolvimento emocional, continuou a observar, como um homem assiste a uma peça; imerso num sentimento de irrealidade esmagadora, o cimério não estava sequer certo da própria identidade; sabia apenas que olhava para as evidências externas de um jogo invisível de vastas forças cósmicas além da sua compreensão.

Agora Yara não era maior do que uma criança; então, do tamanho de um bebê ele se espalhou sobre a mesa, ainda agarrado à joia. A seguir, finalmente percebendo seu destino, o feiticeiro teve um sobressalto e largou a pedra preciosa. Mesmo assim, continuava encolhendo, e Conan viu uma minúscula figura correndo freneticamente por sobre a mesa de ébano, acenando os braços pequenos e guinchando numa voz que era como o chio de um inseto.

Ele encolheu até que a grande joia se avolumasse à sua frente como uma colina, e Conan o viu cobrir os olhos com as mãos, como se quisesse protegê-los do brilho, ainda cambaleando tal qual um louco. O bárbaro sentiu que alguma força magnética invisível puxava Yara em direção à joia. Por três vezes ele correu desvairado num círculo estreito; por três vezes lutou para fazer a volta e correr ao longo da mesa. Então, com um grito que ecoou fracamente nos ouvidos do observador, o sacerdote ergueu os braços e correu diretamente para o globo ardente.

Curvando-se, Conan viu Yara escalar a superfície lisa e curva, como um homem subindo uma montanha de vidro. No topo da gema, ainda de braços para cima, o sacerdote invocou nomes sombrios, que somente os deuses conhecem. Súbito, afundou para o âmago da joia, como um homem afunda no mar, e Conan viu ondas de fumaça fecharem-se por sobre a sua cabeça. Agora, via-o no coração carmesim da joia, mais uma vez clara como cristal; via-o pequeno e longínquo, como se assistisse a uma cena distante. E, dentro do Coração, surgiu uma figura alada, verde e brilhante, com o corpo de um homem e a cabeça de um elefante... não mais cego nem aleijado. Yara sacudiu os braços e correu em desespero, perseguido de perto pelo vingador. Então, como a explosão de uma bolha, a grande joia desapareceu num arco-íris de brilhos iridescentes, e a mesa de ébano ficou vazia, tão vazia quanto, Conan imaginava, o divã de mármore na câmara acima, onde estivera o corpo de um estranho ser transcósmico chamado de Yag-Kosha e de Yogah.

O cimério virou-se e fugiu dali, descendo as escadarias prateadas. Estava tão desnorteado, que não pensou em escapar da Torre da mesma maneira que entrou. Ele correu pelos sombrios e sinuosos degraus prateados, desembocando numa larga câmara na base da escadaria. Ali, parou por um instante; tinha chegado à sala dos guardas. Viu o brilho de seus coletes prateados, o resplendor do cabo cravejado de suas espadas. Aglomeravam-se ao redor da mesa de jantar, suas plumas cinzentas oscilando do alto dos capacetes; estavam deitados no chão de lápis-lazúli, em meio a dados e canecas de vinho. Conan sabia que estavam mortos. A promessa tinha sido feita e mantida; se a festa chegara ao fim por feitiçaria, magia ou pela sombra de grandes asas verdes, o bárbaro não sabia, mas via seu caminho livre. E uma porta prateada estava aberta, emoldurada pela claridade da alvorada.

 O cimério chegou aos jardins verdejantes e, quando o vento matinal soprou sobre ele a fragrância fresca de plantas luxuriantes, sentiu-se como um homem despertando de um sonho. Virou-se incerto e observou a críptica construção de onde saíra. Teria sido ele enfeitiçado ou encantado? Teria sonhado tudo aquilo que vivenciara? Diante de seus olhos, a Torre reluzente oscilou contra o amanhecer vermelho, e sua borda incrustada de joias iluminada pela luz da manhã desabou em escombros brilhantes.

# O Colosso Negro
(Black Colossus)

História originalmente publicada em *Weird Tales* — junho de 1933.

# I

*A Noite do Poder, quando o Destino espreita os corredores do mundo como um colosso recém-erguido de um antigo trono de granito...*

*E. Hoffman Price, A Garota de Samarkand*

O Colosso Negro

Apenas o silêncio pairava sobre as ruínas misteriosas de Kuthchemes, mas o Medo estava presente; o Medo aturdia a mente de Shevatas, o ladrão, tornando sua respiração rápida e acentuada contra os dentes cerrados.

Ali, parado, ele era o único átomo de vida em meio aos monumentos colossais de desolação e decadência. Não havia nem sequer um abutre na forma de um ponto negro contra o vasto céu azul, que o sol envidraçava com seu calor. Por todos os lados erguiam-se sombrias relíquias de uma era esquecida: enormes pilares quebrados atravessando o céu com seus pináculos chanfrados; longas ondas de muralhas em ruínas; blocos de pedra ciclópicos caídos; ídolos despedaçados cujas feições horríveis os ventos corrosivos e as tempestades de areia não perdoaram. Por todo o horizonte não havia sinal de vida, somente a plena e impressionante vastidão do deserto, bifurcado pela linha tortuosa de um rio seco há muito tempo; no meio daquela imensidão, as colunas se erguiam como mastros quebrados de navios afundados; todas elas dominadas pelo enorme domo de mármore diante do qual Shevatas estremecia.

A base do domo era um gigantesco pedestal de mármore que se erguia no que já fora um terraço projetado sobre as margens do antigo rio. Degraus largos conduziam a uma grande porta de bronze no domo, que descansava sobre a base como a metade de um ovo titânico. Ele em si era feito de mármore puro, que reluzia como se alguma mão o tivesse mantido polido. Da mesma forma, a extremidade espiralada e dourada do pináculo também brilhava, assim como a inscrição de hieróglifos dourados que se estendia ao longo de vários metros por toda a curvatura da construção. Nenhum homem na Terra poderia ler aqueles caracteres, mas Shevatas se arrepiou diante das sinistras conjecturas que eles elencavam. Vinham de uma raça bastante antiga, cujos mitos remontavam a ideias com que as tribos contemporâneas não podiam sequer sonhar.

Shevatas era rijo e ágil, como convinha a um mestre-ladrão de Zamora. Tinha a pequena cabeça redonda raspada, e sua única vestimenta era uma tanga de seda vermelha. Como todos de sua etnia, tinha pele bem escura, e o estreito rosto de abutre era realçado pelos astutos olhos pretos.

Os dedos delgados e hábeis eram rápidos e nervosos, como as asas de uma mariposa. Trazia à cintura um cinto de escamas dourado, do qual pendia uma espada curta de cabo cravejado em uma bainha de couro ornamentada. Shevatas tratava a arma com um cuidado aparentemente exagerado. Parecia até mesmo tentar evitar o contato da bainha com a coxa nua. Mas tamanha cautela não era desprovida de motivo.

Ele era Shevatas, um ladrão entre os ladrões, cujo nome era pronunciado com admiração na Marreta e nos recantos sombrios sob os templos de Bel, e que viveria por mil anos em canções e mitos. Não obstante, sentiu seu coração ser devorado pelo medo ao se pôr de frente para o domo de mármore de Kuthchemes. Qualquer tolo veria que havia algo de sobrenatural naquela estrutura; a despeito dos três mil anos de castigo que sofrera pelos ventos e a luz do sol, seu ouro e mármore continuavam tão reluzentes quanto no dia em que mãos anônimas o tinham erguido, às margens de um rio sem nome.

Aquela condição sobrenatural combinava com a aura das ruínas assombradas por demônios. O deserto era a misteriosa vastidão que se estendia a sudeste das Terras de Shem. Shevatas sabia que seguir por alguns dias de camelo naquela direção o levaria até o grande rio Styx, na altura em que fazia um ângulo reto em relação ao curso anterior e fluía para oeste, para enfim desaguar num mar distante. No local da curva começava a terra da Stygia, a sombria senhora do sul, cujos domínios, banhados pelo grande rio, erguiam-se à margem do deserto que o cercava.

Ao leste, Shevatas sabia, o deserto emendava-se nas estepes que se alongavam até o reino hirkaniano de Turan, elevado num esplendor bárbaro às margens do grande mar interior. A uma semana de cavalgada para o norte, encontrava colinas áridas, além das quais situavam-se as férteis terras altas de Koth, o reino mais ao sul das raças hiborianas. E, na direção oeste, fundia-se às planícies de Shem, que se estendiam ao oceano.

Shevatas sabia disso tudo em um nível não exatamente consciente, da mesma forma que um homem conhece as ruas da sua cidade. Como viajante, pilhara os tesouros de muitos reinos, mas, agora, hesitava e tremia diante da maior e mais poderosa aventura de todas.

Naquele domo de mármore jaziam os ossos de Thugra Khotan, o sinistro feiticeiro que reinara em Kuthchemes há três mil anos, quando os reinos da Stygia se estendiam bem mais ao norte do grande rio, por sobre as planícies de Shem, até as terras altas. Então, a grande migração dos hiborianos varreu o sul, egressa da terra natal da raça, próximo ao polo norte. A migração titânica perdurou por séculos e eras; contudo, no reinado de Thugra Khotan, o último mago de Kuthchemes, bárbaros de olhos cinzentos e cabelos desgrenhados, trajando peles de lobos e malhas de escamas, cavalgaram do norte até os ricos planaltos para devastar o reino de Koth com suas espadas de ferro. Eles invadiram Kuthchemes como uma tempestade, lavando de sangue as suas torres de mármore, e o reino stygio nortenho desabou em fogo e ruína.

Porém, enquanto eles devastavam as ruas da cidade e decepavam arqueiros como se colhessem milho, Thugra Khotan ingeriu um veneno estranho e terrível, e seus sacerdotes mascarados o trancaram em uma tumba que ele próprio preparara. Seus devotos morreram em torno dela num holocausto escarlate, mas os bárbaros não conseguiram arrombar a porta e nem mesmo danificar sua estrutura com marretas ou fogo. Então, cavalgaram para longe, deixando intocada a grande cidade em ruínas e o domo no qual dormia Thugra Khotan; e os lagartos da desolação se encarregaram de roer os pilares desmoronados enquanto o próprio rio que regava a terra secava, afundando-se nas areias do deserto.

Muitos ladrões tentaram obter o tesouro que as fábulas sugeriam estar empilhado em volta dos ossos podres dentro do domo. Vários deles morreram às suas portas, enquanto outros tantos viram-se atormentados por sonhos monstruosos até, enfim, fenecerem com a espuma da loucura escorrendo pelos lábios.

Por isso Shevatas estremecia ao encarar a tumba, e seu tremor não era causado apenas pela lenda da serpente que diziam guardar os ossos do feiticeiro. O horror e a morte cobriam todos os mitos de Thugra Khotan como uma mortalha. De onde estava, o ladrão podia ver as ruínas de um grande salão, no qual centenas de prisioneiros acorrentados eram postos de joelhos durante os festivais, apenas para terem a cabeça decepada pelo rei-sacerdote em honra a Set, o deus-serpente da Stygia. Em algum lugar ali perto existia o poço, escuro e terrível, onde vítimas eram entregues aos gritos para uma monstruosidade amorfa e inominável saída das profundezas infernais. Segundo as lendas, Thugra Khotan era mais do que humano; e continuava adorado por um culto degradado de asseclas que imprimiam sua imagem em moedas, a fim de pagar a passagem de seus mortos pelo grande rio negro do qual o Styx não passava de uma sombra material. Shevatas vira tal imagem em moedas roubadas sob a língua dos mortos, e ela ficara gravada indelével em sua mente.

Deixando de lado os medos, ele foi até a porta de bronze, cuja superfície lisa não apresentava nenhum trinco ou maçaneta. Mas não fora à toa que obtivera acesso a cultos sombrios, que ouvira os sussurros soturnos dos devotos de Skelos debaixo de árvores à meia-noite e lera os tomos proibidos encadernados em ferro de Vathelos, o Cego.

Ajoelhando-se diante do portal, tateou o batente com seus dedos ágeis, encontrando projeções pequenas demais para o olho detectar ou dedos menos hábeis descobrirem. Pressionou-as com cuidado, seguindo um sistema peculiar e murmurando um encantamento há muito esquecido. Ao pressionar a derradeira projeção, pôs-se de pé com extrema rapidez e atingiu o exato centro da porta com um golpe preciso da palma da mão.

Não houve ranger de molas ou dobradiças, mas a porta abriu-se para dentro e, em meio a dentes crispados, Shevatas soltou um intenso suspiro de alívio. Um corredor estreito se revelou. A porta deslizara ao longo dele e, agora, encaixava-se na extremidade oposta. O chão, o teto e as laterais do túnel eram de mármore e, de uma abertura lateral, surgiu contorcendo-se um horror silencioso que se ergueu e encarou o intruso com pavorosos olhos brilhantes — uma serpente de seis metros de comprimento e escamas iridescentes.

O ladrão não perdeu tempo se perguntando que fossos abissais sob o domo teriam alimentado aquela criatura. Sacou a espada com rapidez, e da lâmina pingava um líquido esverdeado que espelhava aquele que escorria pelas presas em forma de cimitarras do réptil. A espada havia sido mergulhada em veneno igual ao da serpente, e a mera obtenção dele nos pântanos assombrados por demônios da Zíngara fora uma saga por si só.

Shevatas avançou com cautela, os joelhos ligeiramente dobrados, prontos para saltar como um raio para a direção que fosse. E ele precisou de toda a sua velocidade coordenada quando a serpente arqueou o pescoço e deu o bote, arremetendo toda a extensão do corpo. Apesar de sua celeridade e frieza, Shevatas só não morreu ali mesmo por sorte. Seus planos tão bem pensados de desviar-se para o lado e atacar o pescoço estendido foram frustrados pela rapidez atordoante do réptil. O ladrão teve tempo apenas de estender a espada à frente, fechar os olhos involuntariamente e gritar. Então, a espada foi arrancada da sua mão, e o terrível barulho de açoites e corpos se debatendo invadiu o corredor

Ao abrir os olhos, estupefato por ainda estar vivo, Shevatas viu a criatura se elevar e enrolar a própria forma esguia em fantásticas torções, com a espada transfixada nas gigantescas mandíbulas. Puro acaso a fizera se arremessar contra a lâmina segurada às cegas. Poucos segundos depois, a serpente se encaracolou em si própria, trêmula, enquanto o veneno da lâmina fazia efeito.

Passando por cima dela com cuidado, o ladrão empurrou a porta que, desta vez, deslizou de lado e revelou o interior do domo. Shevatas deu um grito; em vez da mais profunda treva, viu-se diante de uma luz carmesim que pulsava quase além da capacidade dos olhos mortais. Ela vinha de uma enorme joia vermelha posicionada no alto do arco abobadado, e Shevatas ficou boquiaberto, a despeito de sua familiaridade com riquezas. O tesouro estava ali, amontoado numa quantidade impressionante — pilhas de diamantes, safiras, rubis, turquesas, opalas, esmeraldas; zigurates de jade, âmbar e lápis-lazúli; pirâmides de ouro, lingotes de prata, espadas com cabos cravejados em bainhas de ouro; capacetes dourados com crinas de cavalo coloridas ou plumas escarlates e pretas; corseletes de malha prateada; armaduras incrustadas de pedras preciosas, usadas por reis-guerreiros há três mil anos em suas tumbas; taças esculpidas de uma única joia; crânios revestidos de ouro, com selenitas nas órbitas; colares de dentes humanos cravejados de joias. Polegadas de pó dourado cobriam em camada o chão de mármore, reluzindo sob o brilho escarlate de um milhão de luzes cintilantes. O ladrão ficou estático naquela terra mágica e esplendorosa, suas sandálias pisando em estrelas.

Mas seus olhos estavam focados na plataforma de cristal que se erguia em meio àquela cintilante disposição, diretamente sob a joia vermelha, e sobre a qual deveriam estar repousando os ossos podres, tornados pó há muitos séculos. E, enquanto Shevatas olhava, o sangue foi drenado de suas feições escuras; seu tutano virou gelo, e a pele das costas crepitou e enrugou de pavor, ao passo que seus lábios se moviam sem produzir som. Súbito, ele encontrou voz para um único e pavoroso grito, que ressoou de forma hedionda pelo domo abobadado. Então, mais uma vez, o silêncio das eras voltou a cair sobre as ruínas misteriosas de Kuthchemes.

## II

Rumores se espalhavam pelas planícies, até as cidades hiborianas. As notícias eram transmitidas por caravanas; longas filas de camelos cruzando lentamente as areias, conduzidas por homens magros, com olhos de falcão e vestindo kaftans brancos. Elas passaram pelos pastores de narizes aduncos que viviam nos campos e chegaram aos moradores das tendas nas atarracadas cidades de pedra, onde reis de barbas negras e curvas adoravam deuses barrigudos com curiosos rituais. A novidade circundou as colinas, onde esquálidos membros de tribos cobravam tributos das caravanas. Os rumores chegaram aos planaltos férteis, onde cidades imponentes se erguiam sobre rios e lagos; eles marcharam pelas estradas brancas e largas apinhadas de carros de bois, rebanhos mugindo, mercadores ricos, cavaleiros de armadura, arqueiros e sacerdotes.

Os rumores vinham do deserto que ficava ao leste da Stygia e ao extremo sul das colinas de Koth. Um novo profeta surgira em meio aos nômades. Os homens falavam de guerras tribais, de uma reunião de abutres a sudoeste e de um terrível líder que levara suas hordas em rápido crescimento à vitória. Os stygios, sempre uma ameaça às nações nortenhas, não aparentavam ter ligação com tal movimento, pois reuniam exércitos nas fronteiras ao leste, enquanto seus sacerdotes lançavam magias para combater as que vinham deste feiticeiro do deserto, a quem os homens chamavam de Natohk, o Velado, por ter suas feições sempre encobertas.

A maré seguiu para nordeste, e os reis de barbas negras morreram diante dos altares de seus deuses barrigudos, suas cidades de pedra tingidas de sangue. Os homens disseram que os planaltos hiborianos eram a meta de Natohk e seus devotos.

Ataques vindos do deserto não eram incomuns, mas o recente movimento parecia prometer mais do que uma simples investida. Os boatos eram de que Natohk tinha reunido trinta tribos nômades e quinze cidades sob sua liderança, e de que um príncipe stygio rebelde se juntara a ele. Este último foi o que conferiu ao caso o aspecto de uma verdadeira guerra.

De modo característico, a maior parte das nações hiborianas tendia a ignorar a crescente ameaça. Mas em Khoraja, arrancada das mãos shemitas pelas espadas dos aventureiros de Koth, o espírito era de cautela. Estando a sudeste de Koth, ela sofreria toda a fúria da invasão, e seu jovem rei fora feito prisioneiro do traiçoeiro rei de Ophir, que hesitava entre devolvê-lo ao poder em troca de um polpudo resgate ou entregá-lo ao inimigo, o avarento rei de Koth, que oferecia um vantajoso tratado em vez de ouro. Enquanto isso, o governo do reino fatigado passara às mãos pálidas da jovem princesa Yasmela, irmã do rei.

Os menestréis cantavam sobre sua beleza por todo o Ocidente, e ela se orgulhava de fazer parte de uma dinastia real. Entretanto, naquela noite, seu orgulho lhe fora arrancado como um manto puxado. Em seu quarto, formado por um domo de lápis-lazúli no teto e decorado com raras peles no chão de mármore e detalhes em ouro nas paredes, dez garotas de membros delgados, ornados por braceletes e tornozeleiras incrustadas de joias — todas elas filhas de nobres — dormiam em divãs de veludo ao lado da cama real, com seu estrado dourado e dossel de seda. Mas a princesa Yasmela não descansava na cama macia. Estava nua, deitada de bruços sobre o mármore frio como uma suplicante abatida, os cabelos negros caindo-lhe por sobre os ombros brancos e os dedos magros entrelaçados.

Ela se contorceu horrorizada, sentindo o sangue congelar nos braços macios, os lindos olhos se dilatarem e as raízes da cabeleira negra se arrepiarem, enviando calafrios espinha abaixo.

Acima dela, no canto mais escuro da câmara de mármore, uma sombra vasta e amorfa a espreitava. Não era uma coisa viva, de carne e sangue. Era um coágulo de trevas, um borrão, um monstruoso íncubo nascido na noite, que poderia ser tido como invenção de um cérebro entorpecido por ervas, não fossem os pontos amarelos e chamejantes brilhando como dois olhos na escuridão.

Além disso, uma voz vinha dela... um sibilar grave e sutilmente inumano, que mais soava como o abominável silvo de uma serpente e parecia irreplicável a qualquer coisa que tivesse lábios humanos. O som encheu Yasmela de terror tanto quanto seu significado, uma sensação tão intolerável que a fez se encolher como se experimentasse o açoite, buscando livrar a mente da insidiosa vilania por meio das contorções físicas.

— Está marcada para ser minha, princesa — disse o sussurro. — Antes de acordar de meu longo repouso, eu a havia marcado e desejado, mas estava preso ao antigo feitiço que me livrou de meus inimigos. Eu sou a alma de Natohk, o Velado! Olhe para mim, princesa! Em breve me verá na forma corpórea, e então haverá de me amar!

O silvo espectral transformou-se numa risada lasciva, e Yasmela gemeu e golpeou com seus punhos frágeis as placas de mármore, em meio a um surto de horror.

— Eu durmo na câmara do palácio de Akbatana — o silvo prosseguiu. — Lá, meu corpo jaz em sua moldura de carne e ossos. Mas é uma casca vazia, da qual meu espírito voou por um breve período. Se pudesse ver além da janela de seu palácio, enxergaria a futilidade que é resistir. O deserto é um jardim de rosas sob a luz da lua, onde floresce o fogo de cem mil guerreiros. Como uma avalanche que avança ampliando sua massa e ímpeto, varrerei as terras dos meus antigos inimigos. Os crânios de seus reis serão usados como taças, suas mulheres e crianças serão escravas dos escravos dos meus escravos. Após todos esses longos anos adormecido, estou mais forte...

— Mas você será a minha rainha, princesa! Hei de ensiná-la a arte antiga do prazer. Nós... — Diante da torrente de obscenidades cósmicas proferida por aquela forma sombria, Yasmela se aninhou e contorceu, como se o açoite ainda golpeasse sua pele nua.

— Lembre-se — sussurrou o horror. — Não demorará até que eu venha reclamar o que é meu!

Yasmela pressionou o rosto contra o piso e apertou as orelhas rosadas com os dedos delicados, mas, mesmo assim, pareceu ouvir um ruído singular, como o bater das asas de um morcego. Então, erguendo o olhar de forma destemida, viu apenas a luz da lua que entrava pela janela, formando um feixe semelhante a uma espada de prata no local onde o fantasma a espreitara. Trêmula, pôs-se de pé e cambaleou até o divã de cetim, onde deixou-se cair, e chorou histericamente. As garotas dormiam, exceto por uma, que despertou, bocejou e espreguiçou o corpo delgado, piscando algumas vezes. No mesmo instante, viu Yasmela e ajoelhou-se ao seu lado, envolvendo a cintura magra de sua senhora com os braços.

— Foi... foi...? — Seus olhos pretos estavam arregalados de pavor. Yasmela a agarrou num reflexo convulsivo.

— Oh, Vateesa. Ele veio de novo! Eu o vi... Escutei-o falar! Disse-me o seu nome... Natohk! É Natohk! Não é um pesadelo. Ele se avolumou diante de mim enquanto as garotas dormiam como se estivessem drogadas. O que devo fazer?

Vateesa girou um bracelete dourado em seu braço, meditando.

— Princesa — ela disse —, está claro que nenhum poder mortal é capaz de lidar com ele, e o talismã que os sacerdotes de Ishtar lhe deram é inútil. Portanto, procure o oráculo esquecido de Mitra.

A despeito de todo o pavor que acabara de sofrer, Yasmela tornou a estremecer. Os deuses do passado são os demônios do amanhã. Os kothianos haviam abandonado sua adoração a Mitra já há tempos, esquecendo-se dos atributos do deus universal dos hiborianos. Yasmela tinha uma vaga ideia de que, sendo tão antiga, aquela deveria ser uma deidade terrível. Ishtar também era temida, assim como todos os deuses de Koth. A cultura e a religião kothiana tinham sofrido uma sutil combinação das crenças shemitas e stygias. Os modos simples dos hiborianos se modificaram em grande medida pelos hábitos sensuais, luxuriosos e, apesar disso, despóticos, do leste.

— Mitra vai me ajudar? — Yasmela segurou firme o punho de Vateesa. — Nós temos adorado Ishtar há tanto tempo...

— Certamente! — Vateesa era filha de um sacerdote de Ophir que levara consigo suas tradições ao fugir de inimigos políticos para Khoraja. — Busque o santuário! Eu vou com você!

— Eu irei! — Yasmela se levantou, mas objetou quando Vateesa fez menção de vesti-la. — Não é apropriado que eu vá ao santuário vestindo seda. Irei nua, de joelhos, como convém a uma suplicante. Do contrário, Mitra pensará que careço de humildade.

— Besteira! — Vateesa tinha pouco respeito por comportamentos cultistas que via como falsos. — Mitra prefere que as pessoas estejam de pé à sua frente, não rastejando feito vermes com a barriga no chão ou derramando sangue de animais em seus altares.

Assim convencida, Yasmela permitiu que a garota lhe pusesse um vestido leve de seda, sem mangas, sobre o qual vestiu uma túnica também de seda, arrematada na cintura por um laço de veludo. Calçou chinelos de cetim, e alguns poucos toques dos dedos hábeis de Vateesa arrumaram-lhe a cabeleira ondulada. A seguir, a princesa seguiu a garota, que puxou para o lado uma pesada tapeçaria trabalhada com fios de ouro e abriu o trinco dourado ocultado por ela. A passagem levava a um corredor estreito e sinuoso, o qual as duas cruzaram rapidamente, atravessando mais uma porta que desembocou num amplo saguão. Lá havia um guarda trajado com capacete e colete dourados, segurando um enorme machado de batalha.

Um mero movimento de Yasmela conteve a sua exclamação de surpresa e, após saudá-la, ele retomou a guarda ao lado da porta, imóvel como uma estátua de bronze. As garotas atravessaram o saguão, que parecia imenso e sinistro à luz dos fogaréus nas altas paredes, e desceram por uma escadaria que fez Yasmela estremecer diante dos borrões das sombras que apareciam nas curvas das paredes. Três lances abaixo, elas pararam frente a um estreito corredor, cujo teto côncavo era encrustado de joias, o chão feito de blocos de cristal e as paredes decoradas com frisos de ouro. Atravessaram aquela vereda reluzente de mãos dadas, até chegarem a uma grande porta dourada.

Vateesa a abriu, revelando um santuário há muito esquecido, senão por uns poucos fiéis e visitantes reais que vinham à corte de Khoraja; principal motivo pelo qual o templo era mantido. Yasmela nunca havia entrado lá, embora tivesse nascido no palácio. Simples e sem adornos em comparação com os altares suntuosos de Ishtar, havia não obstante a dignidade e a beleza típicas do culto à Mitra.

O teto era alto, mas não na forma de domo, feito de mármore branco simples, assim como o chão e as paredes, que traziam um friso de ouro ao longo de toda a sua extensão. Atrás de um altar feito de puro jade verde, livre das máculas do sacrifício, havia um pedestal onde se sentava a manifestação material da deidade. Yasmela admirou-se com a largura dos ombros magníficos, as feições firmes, os olhos grandes, a barba patriarcal, os cachos grossos dos cabelos, presos por uma simples tira em volta das têmporas. Aquilo, embora ela não soubesse, era arte em sua forma mais elevada — a expressão livre de uma raça detentora de alto padrão estético, sem a obstrução do simbolismo convencional.

A princesa caiu de joelhos e se prostrou, a despeito das advertências de Vateesa que, ao seu lado, acabou pelo bem das circunstâncias seguindo o exemplo; afinal, ela não passava de uma garota e ambas estavam dentro do espantoso santuário de Mitra. Mesmo assim, não pôde conter um sussurro no ouvido de Yasmela:

— Este é só o símbolo do deus. Ninguém sabe como Mitra se parece. Esta é uma representação humana idealizada, tão perfeita quanto a mente humana foi capaz de conceber. Ele não vive nesta pedra fria, como seus sacerdotes dizem que Ishtar vive. Ele está em todos os lugares... Acima de nós, ao nosso redor e, por vezes, sonha nos pontos mais altos em meio às estrelas. Mas, aqui, seu ser pode ser focado. Portanto, chame-o.

— O que devo dizer? — Yasmela sussurrou, gaguejando de medo.

— Antes que possa falar, Mitra já sabe o que se passa na sua mente — Vateesa advertiu. Então, ambas as garotas se assustaram quando uma voz soou no ar acima delas. Os tons graves, calmos e harmoniosos não emanavam mais da imagem do que de qualquer outro ponto na câmara. Yasmela tornou a estremecer ante uma voz sem corpo que lhe falava, mas a causa, desta vez, não era horror ou repulsa.

— Nada diga, minha filha, pois conheço a sua necessidade — a voz soou como profundas ondas musicais numa batida ritmada ao longo de uma praia dourada. — Só há uma maneira de salvar o seu reino e, ao fazer isso, salvará também todo o mundo das presas da serpente que rastejou para fora da escuridão das eras. Caminhe sozinha pelas ruas e deposite o destino de seu reino nas mãos do primeiro homem que encontrar.

Os tons desapareceram sem deixar eco e as garotas se entreolharam. Então, ficaram de pé e partiram, sem se falarem até que estivessem de volta ao quarto de Yasmela. A princesa olhou para fora, pela janela com grades douradas. A lua tinha se posto. A meia-noite há muito ficara para trás. O som das folias tinha morrido nos jardins e terraços da cidade. Khoraja repousava sob as estrelas, que pareciam se refletir nos fogaréus que bruxuleavam nos jardins, ao longo das ruas e nos telhados planos das casas onde a população dormia.

— O que vai fazer? — Vateesa perguntou, trêmula.

— Pegue o meu manto — disse Yasmela, com os dentes crispados.

— Mas... sozinha nas ruas... a esta hora! — Vateesa advertiu.

— Mitra falou — a princesa respondeu. — Pode ter sido a voz de um deus ou truques de um sacerdote. Não importa. Eu obedecerei.

Envolvendo seu corpo delgado com um volumoso manto de seda e vestindo um capuz de veludo do qual pendia um véu transparente, ela cruzou velozmente os corredores e chegou até uma porta de bronze, pela qual passou deixando uma dúzia de lanceiros com os olhos arregalados. Aquela ala do palácio levava diretamente à rua; todas as outras eram cercadas por amplos jardins, circundados por um muro alto. Ela ganhou as ruas, iluminadas por fogaréus postados em intervalos regulares.

Yasmela hesitou; então, antes que sua resolução vacilasse, fechou a porta atrás de si. Um leve tremor a acometeu ao olhar de ponta a ponta a rua silenciosa e vazia. Aquela filha de aristocratas jamais havia se aventurado sozinha para fora do seu palácio ancestral. Então, tomando coragem, começou a subir rapidamente a rua. Seus chinelos de cetim tocavam de leve o pavimento, mas mesmo o suave som que produziam levou o coração da moça à garganta. Ela imaginou seus passos ecoando como trovões por toda a cidade cavernosa, despertando figuras maltrapilhas escondidas em covis nos esgotos. Cada sombra parecia ocultar um assassino à espreita; cada porta, os furtivos cães das trevas.

Então, ela teve um violento sobressalto. Uma figura apareceu diante de si na rua lúgubre. Com o coração acelerado, escondeu-se rapidamente nas sombras que, agora, pareciam um refúgio seguro. O homem que se aproximava não vinha furtivo como um gatuno nem tímido como um viajante temeroso. Caminhava como alguém que não tem desejo ou necessidade de ser suave. Havia uma arrogância inconsciente nas suas passadas, que reverberavam no pavimento. Ele passou ao lado de um fogaréu, e ela pôde vê-lo com distinção — um homem alto, trajando a típica cota de malha dos mercenários. Ela tomou coragem e saiu das sombras, segurando o manto firme ao seu redor.

— Parado aí! — A espada da figura saiu até a metade da bainha. Ele deteve o movimento ao notar que era apenas uma mulher que tinha diante de si, mas seu olhar apurado passou por cima da cabeça dela, examinando as sombras em busca de possíveis comparsas.

Ele pôs-se a encará-la com a mão sobre o cabo da espada projetada para baixo sob o manto escarlate que esvoaçava levemente, preso aos seus ombros protegidos pela cota de malha. A luz do fogaréu reluzia fastidiosa no aço azul polido de seu elmo. Um fogo mais ameaçador ardia no azul de seus olhos. Ela percebeu imediatamente que ele não era de Koth; quando ele falou, a princesa soube que não era hiboriano. O homem estava trajado como um capitão dos mercenários e, naquele destacamento, havia homens de muitas terras, estrangeiros bárbaros e civilizados. Aquele guerreiro trazia uma qualidade lupina que o marcava como bárbaro. Olhos de nenhum homem civilizado, por mais criminoso ou brutal que fosse, brilhavam com tamanho fulgor. Seu hálito tinha cheiro de vinho, mas ele não cambaleava ou gaguejava.

— Você foi jogada para fora de casa? — Ele perguntou num kothiano rude, estendendo o braço na direção dela. Seus dedos envolveram levemente a cintura redonda, mas, apesar da tentativa de serem delicados, ela sentia como se pudessem partir seus ossos sem o menor esforço. — Estou vindo da última taverna aberta. Que Ishtar amaldiçoe esses reformistas de fígado branco que fecharam os locais para beber! "Deixem os homens dormirem em vez de beberem", eles dizem... Sim, para que possam lutar e trabalhar melhor para os seus mestres! Eu digo que são eunucos efeminados. Quando servi com os mercenários da Corínthia, bebíamos e saíamos com meretrizes a noite inteira, e lutávamos o dia inteiro, o sangue vertendo das nossas lâminas. Mas e você, garota? Tire essa maldita máscara...

Com uma torção do corpo, Yasmela livrou-se da pegada dele, tentando não transparecer a repulsa que ele lhe causava. Sabia do perigo que corria, sozinha com um bárbaro bêbado. Se revelasse a sua identidade, ele poderia rir dela ou ir embora. Não tinha garantia de que ele não cortaria sua garganta. Homens bárbaros faziam coisas estranhas e inexplicáveis. Ela enfrentou o medo que tentava crescer.

— Não aqui — ela riu. — Venha comigo...

— Aonde? — O álcool podia ter-lhe subido à cabeça, mas ele continuava desperto como um lobo. — Está me levando para algum covil de ladrões?

— Não. Eu juro que não! — Ela teve dificuldade em evitar a mão que buscava tirar seu véu.

— Para o diabo com você — ele grunhiu, desgostoso. — É que nem as mulheres hirkanianas, com esse maldito véu. Venha cá... Deixe-me ver seu corpo!

Antes que a princesa pudesse evitar, ele arrancou o manto, e ela pôde escutá-lo suspirando. O bárbaro ficou estático segurando o tecido, encarando-a como se a visão de seus trajes suntuosos lhe tivessem devolvido a sobriedade. Ela viu o ar de desconfiança em seus olhos.

— Quem é você? — O homem murmurou. — Não é nenhuma menina de rua... a não ser que o seu amante tenha roubado essas roupas do harém do rei.

— Não faz diferença — ela ousou tocar o braço maciço coberto pela malha com sua mão alva. — Vamos sair da rua.

Ele hesitou, mas, a seguir, deu de ombros. Ela imaginou que ele talvez a visse como alguma moça nobre que, cansada de amantes educados, buscava entretenimento. Ele permitiu que ela tornasse a vestir o manto e a seguiu. Ela o vigiava com o canto do olho enquanto seguiam juntos pela rua. A cota de malha não bastava para ocultar a poderosa silhueta de tigre. Tudo naquele homem tinha uma qualidade felina, elemental e selvagem. Ele era estranho a ela como uma selva, tão diferente dos cortesãos afáveis com que estava habituada. Ela o temia, disse a si própria que desprezava aquela força bruta crua e o barbarismo indômito; contudo, alguma coisa esbaforida e perigosa dentro de si movia-se ao encontro dele; aquele acorde oculto e primitivo que espreita na alma de toda mulher havia sido tocado. Ela sentira a mão bruta em seu braço e, em seu âmago, algo estremecia ao lembrar-se do contato. Muitos homens já haviam se ajoelhado diante de Yasmela, mas ali estava um que ela sentia jamais ter se ajoelhado para ninguém. A sensação que tinha era a de estar conduzindo um felino sem sua coleira; estava assustada, mas também fascinada pelo medo.

A garota parou diante da porta do palácio e recostou-se levemente a ela. Ao observar furtivamente seu companheiro, não viu sinal de desconfiança em seus olhos.

— O palácio, é? — O bárbaro resmungou. — Então você é uma dama de companhia?

Com um estranho tipo de ciúme, Yasmela se perguntou se alguma das suas damas de companhia já levara aquele guerreiro para seu palácio. Os guardas não objetaram quando ela o conduziu por entre eles, mas o estranho os encarou com o mesmo olhar feroz que um cão lança a uma matilha estranha. Ela o conduziu através de uma soleira demarcada por uma cortina até o interior de uma câmara, onde ele, estático, se pôs a observar ingenuamente as tapeçarias. Ao ver uma jarra de cristal com vinho sobre uma mesa de ébano, apanhou-a e bebeu, suspirando e estalando os lábios em satisfação. Vateesa surgiu de uma antecâmara, correndo ofegante:

— Oh, minha princesa...

— Princesa!

A jarra de vinho se espatifou no chão. Com um movimento rápido demais para ser acompanhado pelos olhos, o mercenário arrancou o véu de Yasmela e, a seguir, recuou praguejando; a espada em punho reluzindo. Seus olhos queimavam como os de uma fera acuada. O ar carregou-se de tensão, como a calmaria que precede uma tempestade. Vateesa caiu de joelhos, apavorada e incapaz de falar, mas Yasmela encarou o furioso bárbaro sem hesitar. Ela percebeu que sua vida corria risco; ensandecido pela desconfiança e pelo pânico irracional, ele estava pronto para matá-la ante a menor das provocações. Isso não a impediu de sentir certa emoção diante do perigo.

— Não tenha medo — disse. — Eu sou Yasmela, mas não há motivo para me temer.

— Por que me trouxe aqui? — Ele rosnou, os olhos examinando o quarto à sua volta. — Que tipo de armadilha é esta?

— Não há nenhum truque — ela respondeu. — Eu o trouxe aqui porque você pode me ajudar. Perguntei aos deuses... a Mitra... e ele me ordenou que ganhasse as ruas e pedisse auxílio ao primeiro homem que encontrasse.

Aquilo era algo que ele conseguia compreender. Os bárbaros tinham os seus oráculos. Abaixou a espada, embora não a tivesse embainhado.

— Bem, se você é Yasmela, precisa mesmo de ajuda — ele grunhiu. — Seu reino está uma verdadeira bagunça. Mas como posso ajudá-la? Se quiser que eu corte alguma garganta, é claro que...

— Sente-se — ela pediu. — Vateesa, traga-lhe vinho.

Ele obedeceu, tomando o cuidado, ela notou, de sentar-se com as costas voltadas para uma parede sólida, de onde tinha visão total do quarto. Deitou a espada sobre os joelhos protegidos pela cota de malha. A princesa a observou, fascinada. O brilho azulado parecia refletir histórias de sangue derramado e saques; ela duvidou da própria capacidade de erguer a arma, mas sabia que o mercenário a manejava usando só uma mão com a mesma leveza que ela o faria com um chicote de equitação. Reparou na largura e na força das mãos dele; não eram as patas mal desenvolvidas de um troglodita. Com um sobressalto de culpa, pegou-se imaginando aqueles dedos fortes em seus cabelos pretos.

Ele pareceu se tranquilizar quando ela se sentou num divã de cetim, do lado oposto. Removeu o elmo e deixou-o sobre a mesa, retirando a seguir o barrete e permitindo que os cachos caíssem sobre os ombros largos. Agora ela enxergava melhor o quanto suas feições diferiam das raças hiborianas. Em seu rosto escuro e coberto por cicatrizes, havia uma insinuação de mau humor e, ainda que não fossem marcadas por depravação ou maldade, suas feições sugeriam algo sinistro, realçado pelos ardentes olhos azuis. A testa larga era coroada por uma cabeleira de corte quadrado, cujos cachos revoltosos eram negros como as asas de um corvo.

— Quem é você? — Ela perguntou, abruptamente.

— Conan. Capitão dos lanceiros mercenários — ele respondeu, esvaziando o cálice de vinho num gole e estendendo-o para pedir mais. — Eu nasci na Ciméria.

O nome significava pouco para ela. Sabia vagamente se tratar de um país montanhoso, selvagem e lúgubre, que ficava no extremo norte, além das bases mais avançadas das nações hiborianas, e era povoado por uma raça feroz e taciturna. Ela nunca tinha encontrado um deles.

Descansando o queixo sobre as mãos, encarou-o com seus profundos olhos azuis, que já haviam escravizado o coração de muitos.

— Conan, da Ciméria. Disse que eu precisava de ajuda. Por quê?

— Bem... — ele respondeu. — Qualquer homem pode ver isso. O rei, seu irmão, está numa prisão em Ophir. Koth trama para escravizá-los. Há um feiticeiro causando destruição e um fogo infernal em Shem. E o pior, seus soldados desertam dia após dia.

Ela não respondeu nenhuma vez. Era uma experiência nova ver um homem se dirigindo a ela de modo tão direto, sem que as palavras fossem almofadadas em frases afáveis.

— Por que meus soldados desertam, Conan?

— Alguns estão sendo contratados por Koth — ele explicou, puxando com prazer a jarra de vinho. — Muitos acham que Khoraja, como estado independente, está condenada. E outros estão assustados por causa das histórias sobre aquele cão, Natohk.

— Os mercenários continuarão ao meu lado? — Ela quis saber, ansiosa.

— Enquanto nos pagar bem — ele respondeu com sinceridade. — Suas políticas não nos interessam. Você pode confiar em Amalric, nosso general, mas o resto de nós é gente comum que adora pilhar. Se pagar o resgate que Ophir pede, os homens dizem que não terá dinheiro para nos pagar. Nesse caso, poderemos nos juntar ao rei de Koth, embora eu não goste nem um pouco daquele miserável maldito. Ou podemos saquear esta cidade. Numa guerra civil, os saques sempre são abundantes.

— Por que vocês não vão até Natohk? — Ela inquiriu.

— Como ele nos pagaria? Com ídolos barrigudos de latão pilhados das cidades shemitas? Enquanto estiver lutando contra Natohk, pode confiar em nós.

— Seus companheiros o seguiriam?

— O que quer dizer?

— Quero dizer que vou torná-lo comandante dos exércitos de Khoraja — ela respondeu de forma deliberada.

Ele congelou com a taça nos lábios, que se curvaram num amplo sorriso. Seus olhos arderam com um novo brilho.

— Comandante? Crom! Mas o que dirão seus nobres perfumados?

— Eles vão me obedecer! — Ela bateu palmas para convocar um escravo, que entrou curvando-se de forma exagerada. — Peça que o conde Thespides me encontre imediatamente. E também o chanceler Taurus, lorde Amalric e o agha Shupras.

— Eu deposito a minha confiança em Mitra — ela disse, voltando-se para Conan, que agora devorava a comida posta diante de si por uma trêmula Vateesa. — Você já viu muitas guerras?

— Eu nasci num campo de batalha — ele respondeu, arrancando um naco de carne de uma coxa enorme. — O primeiro som que meus ouvidos escutaram foi o clamor das espadas e o grito dos moribundos. Lutei em feudos de sangue, guerras tribais e campanhas imperiais.

— Mas é capaz de liderar os homens em uma frente de batalha?

— Bem, posso tentar... — ele respondeu, imperturbável. — Isso não é nada além de uma luta de espadas em escala maior. Você se prepara, estoca e corta! Então, ou cai a cabeça dele, ou cai a sua.

O escravo tornou a entrar e anunciou a chegada dos homens que ela convocara. Yasmela foi até a câmara externa, fechando as cortinas de veludo atrás de si. Os nobres se ajoelharam, evidentemente surpresos por terem sido convocados àquela hora da noite.

— Eu os chamei aqui para comunicar a minha decisão — Yasmela disse. — O reino corre perigo...

— Bastante perigo, minha princesa — quem falava era o conde Thespides, um homem alto de cabelos pretos encaracolados e perfumados. Uma de suas mãos acariciou o bigode pontudo, e a outra segurava um chapéu de veludo com uma pena escarlate presa por uma fivela dourada. Seus sapatos pontiagudos eram de cetim, e a túnica de veludo, bordada em ouro. Tinha trejeitos ligeiramente efeminados, mas a musculatura coberta pela seda era dura como aço. — Seria bom oferecer a Ophir mais ouro em troca da libertação do seu irmão.

— Discordo completamente! — Intrometeu-se Taurus, o chanceler, um homem mais velho, que trajava um manto de arminho franjado e cujas feições traziam as marcas de seus longos anos de serviço. — Nós já propusemos um valor que trará pobreza ao nosso reino se for pago. Oferecer mais excitará a cupidez de Ophir. Minha princesa, repito o que já disse: Ophir não se moverá, enquanto não decidirmos ir de encontro à horda invasora. Se perdermos, ele dará o rei Khossus para Koth; se ganharmos, sem dúvida devolverá sua Majestade para nós mediante o pagamento do resgate.

— E, enquanto isso — disse Amalric —, os soldados desertam diariamente e os mercenários se inquietam ao perguntarem-se por que protelamos em agir — ele era nemédio, um homem grande, de cabeleira amarelada semelhante a uma juba de leão. — Precisamos agir rapidamente.

— Amanhã marcharemos para o sul — ela respondeu. — E ali está o homem que os liderará!

Abrindo as cortinas, ela apontou dramaticamente para o cimério. Talvez não tenha sido o momento mais fortuito para revelá-lo. Conan estava esparramado na cadeira, com os pés apoiados sobre a mesa de ébano, ocupado em devorar um naco de carne que segurava com ambas as mãos. Lançou um olhar casual para os nobres espantados, sorriu levemente para Amalric e continuou mastigando sem disfarçar o prazer.

— Que Mitra nos proteja! — Amalric explodiu. — É Conan, do norte, o mais turbulento dos meus fora da lei. Eu já o teria enforcado há muito tempo, se não fosse o melhor espadachim a vestir uma cota de malha...

— Sua alteza gosta de brincadeiras — Thespides falou, seu rosto aristocrata enregelando. — Este homem é um selvagem... um sujeito sem cultura ou berço! É um insulto pedir que cavalheiros sirvam sob seu comando! Eu...

— Conde Thespides — Yasmela o interrompeu —, você está com minha kuva sob seu cinturão. Por favor, entregue-a para mim e depois parta.

— Partir? — ele bradou, surpreso. — Para onde?

— Para Koth ou para o Hades! — Respondeu a princesa. — Se não vai me servir como desejo, não me servirá de modo algum.

— Está me julgando mal, princesa — ele respondeu, curvando-se, profundamente magoado. — Eu não a abandonaria. Pelo seu bem, colocarei minha espada à disposição deste selvagem.

— E quanto a você, lorde Amalric?

Amalric praguejou baixinho e então sorriu. Sendo um verdadeiro soldado da fortuna, nenhuma mudança em sua sorte, por mais ultrajante que fosse, o surpreendia muito.

— Servirei sob o comando dele. Uma vida curta e feliz, é o que digo... e, com Conan, o cortador de pescoços, no comando, é provável que ela seja ainda mais curta e feliz. Mitra! Se o cão já comandou mais do que uma companhia de degoladores antes, juro que o devoro com armadura e tudo!

— E você, meu agha? — Ela virou-se para Shupras.

Ele deu de ombros, resignado. Vinha do povo que se desenvolvera ao longo das fronteiras ao sul de Koth; era alto e magro, com o rosto mais delgado do que os seus parentes de puro-sangue do deserto.

— Que Ishtar rogue por nós, princesa — o fatalismo dos seus ancestrais falava por ele.

— Esperem aqui — ela ordenou e, enquanto Thespides se exasperava e roía seu chapéu de veludo, Taurus resmungava cansado e Amalric andava de lá para cá, puxando a barba amarela e sorrindo como um leão faminto. Yasmela desapareceu mais uma vez pelas cortinas e bateu palmas para chamar seus escravos.

Ao seu comando, eles trouxeram vestes para substituir a cota de malha de Conan; gorjal, couraça peitoral, ombreiras, caneleiras, botas, perneiras e elmo. Quando a princesa abriu as cortinas novamente, um Conan trajando aço reluzente apareceu diante dos espectadores. Vestindo armadura completa, com o visor erguido e o rosto severo sombreado por plumas negras que oscilavam do alto do capacete, havia algo de impressionante nele que até mesmo Thespides percebeu, ainda que contrariado.

— Por Mitra! — Amalric disse lentamente. — Jamais esperei vê-lo vestindo uma armadura completa, mas você faz jus a ela. Por meus ossos, Conan, já vi reis trajando armadura com menos realeza do que você!

Conan ficou calado. Uma vaga sombra cruzou a sua mente, como uma profecia. Nos anos que viriam, ele se lembraria das palavras de Amalric quando aquele sonho se tornasse realidade.

# III

Ao amanhecer, as ruas de Khoraja estavam tomadas por uma multidão que assistia às tropas cavalgarem pelo portão sul. Enfim, o exército estava em movimento. Os cavaleiros brilhavam com suas placas peitorais ricamente forjadas e as plumas coloridas oscilando do alto dos elmos lustrosos. Seus corcéis, enfeitados com seda, couro laqueado e fivelas douradas, davam voltas concêntricas e se curvavam quando os montadores os punham em marcha. A luz da manhã reluzia nas pontas das lanças erguidas como uma floresta acima da força militar, com seus penachos soprados pela brisa. Cada cavaleiro usava o símbolo de uma dama — uma luva, um lenço ou uma rosa — preso ao elmo ou ao cinturão da espada. Era a cavalaria de Khoraja: quinhentos homens fortes liderados pelo conde Thespides que, de acordo com as fofocas, aspirava pedir a mão da própria Yasmela.

Eles vinham seguidos por uma cavalaria leve montando cavalos esguios. Seus cavaleiros costumavam ser montanheses, magros e com as feições de um falcão; vestiam um capacete pontudo na cabeça e uma cota de malha que brilhava por baixo dos kaftans esvoaçantes. Sua principal arma era o temível arco shemita, capaz de disparar flechas a uma distância de quinhentos passos. Eram em cinco mil, e Shupras vinha à frente; o rosto magro e taciturno sob um elmo espiralado.

Logo atrás marchavam os lanceiros de Khoraja, sempre poucos comparativamente falando em qualquer estado hiboriano, onde os homens viam a cavalaria como o único ramo honorável de serviço. Como os cavaleiros, eles carregavam o antigo sangue de Koth nas veias. Quinhentos filhos de famílias arruinadas; homens alquebrados, jovens sem um centavo que não podiam arcar com o custo de cavalos e armaduras.

Os mercenários vinham na retaguarda; mil homens a cavalo e dois mil lanceiros. Os cavalos altos da cavalaria pareciam brutos e selvagens, assim como seus montadores. Não davam voltinhas ou se curvavam. Havia um aspecto sinistramente sério naqueles assassinos profissionais, veteranos de campanhas sanguinárias. Vestidos da cabeça aos pés em cotas de malha, usavam capacetes sem visores acoplados sobre barretes. Os escudos eram adornados e as longas lanças não tinham estandartes. Traziam arcos, machados de guerra ou maças de aço penduradas nas selas, e cada homem portava uma espada na cintura. Os lanceiros eram armados de forma similar, embora portassem lanças menores em relação às da cavalaria.

Eram homens de muitos povos e muitos crimes. Havia hiperboreanos altos, magros, de ossos largos, fala lenta e natureza agressiva; gunderlandeses de cabelos castanhos, vindos das colinas a noroeste; renegados arrogantes corínthios; zíngaros de compleição escura, com bigodes pretos e temperamentos abrasivos; aquilonianos do distante oeste. Mas todos eram hiborianos, com exceção dos zíngaros.

Atrás de todos vinha um camelo ricamente adornado, puxado por um cavaleiro em um grande corcel de guerra e cercado por um conjunto de guerreiros escolhidos a dedo das tropas da casa. Protegida pelo dossel de seda em volta do assento, uma figura magra, vestindo trajes também de seda, vinha montada no animal e, ao vê-la, a população, sempre respeitosa ante a realeza, tirava seus chapéus e ovacionava em alegria.

Conan, o cimério, agitado em sua armadura, encarava o camelo adornado com desaprovação e falava com Amalric, que cavalgava ao seu lado, resplandecente em uma cota de malha tecida com ouro, peitoral dourado e capacete com uma crina de cavalo esvoaçante.

— A princesa quis vir conosco. Ela é ágil, mas delicada demais para este trabalho. De qualquer modo, vai ter de tirar essas roupas.

Amalric torceu o bigode amarelo para esconder um sorriso. Evidentemente, Conan supunha que Yasmela apanharia uma espada e tomaria parte na luta de fato, como era de costume entre as mulheres bárbaras.

— Mulheres hiborianas não lutam como as da Ciméria, Conan — ele respondeu. — Yasmela cavalgará conosco para assistir à batalha. Mas, cá entre nós — remexeu-se na sela e abaixou o tom de voz —, penso que a princesa não ousou ficar para trás. Ela está com medo de algo...

— Uma revolta? Quem sabe seja melhor enforcarmos alguns cidadãos antes que ela comece...

— Não. Uma das damas de companhia dela falou... balbuciou sobre algo que surgiu no palácio durante a noite e deixou Yasmela apavorada além da razão. É alguma bruxaria de Natohk, creio. Conan, nós lutamos contra algo além de carne e sangue!

— Bem — o cimério grunhiu —, é melhor ir de encontro a um inimigo do que esperar por ele.

Ele olhou para a longa fileira de carroças e camponeses que os seguia, segurou as rédeas e, por força do hábito, pronunciou o lema dos mercenários em marcha:

— O Inferno ou o saque, companheiros. Marchem!

Atrás do longo comboio, os pesados portões da Khoraja se fecharam. Cabeças afoitas se alinhavam nas ameias. Os cidadãos sabiam que estavam assistindo à vida ou morte passar à sua frente. Se o exército fosse vencido, o futuro de Khoraja seria escrito em sangue. Misericórdia era uma qualidade desconhecida para as hordas invasoras, vindas do selvagem sul.

As fileiras marcharam ao longo do dia, cruzando prados de gramíneas entrecortados por pequenos rios, enquanto, aos poucos, o terreno começava a ficar mais íngreme. Adiante jazia uma cadeia de colinas baixas, formando uma faixa ininterrupta de leste a oeste. Eles acamparam naquela noite nas encostas ao norte das colinas, e homens de nariz curvo e olhares impetuosos das tribos das montanhas vieram se achegar perto das fogueiras, repetindo notícias advindas do misterioso deserto. O nome de Natohk rastejava por suas narrativas como uma serpente. A mando dele, os demônios do ar trouxeram trovões, vento e neblina, e as criaturas do submundo sacudiram a terra com seus terríveis rugidos. Ele trouxe fogo do céu e consumiu os portões de cidades muradas, queimando homens até só restarem os ossos calcinados. Seus guerreiros cobriam o deserto em grande número, e ele tinha cinco mil tropas stygias em bigas de guerra sob o comando do príncipe Kutamun.

Conan ouviu tudo imperturbável. A guerra era seu ofício. Desde seu nascimento, a vida havia sido uma contínua batalha, ou uma série delas, e a morte, uma companheira constante. Ela espreitava ao seu lado; pairava aos seus ombros junto às mesas de jogatina; seus dedos ossudos tamborilavam nos copos de vinho. Avolumava-se acima dele, uma sombra monstruosa e encapuzada, sempre que ele se deitava para dormir. Mas ele se importava com sua presença tanto quanto um rei se importa com seu copeiro. Algum dia, ela fecharia seu punho cerrado sobre ele; isso era tudo. Bastava que ele vivesse no presente.

Contudo, outros não sentiam tanta indiferença ao medo. Quando Conan voltava da fileira de sentinelas, parou ao ver que uma figura encapuzada surgia à sua frente, com a mão estendida:

— Princesa! Você deveria estar na sua tenda.

— Não consegui dormir — seus olhos escuros pareciam assombrados na penumbra. — Tenho medo, Conan!

— Teme algum dos homens em suas tropas? — A mão do bárbaro segurou o cabo da espada.

— Nenhum homem — ela gaguejou. — Conan... existe alguma coisa que você tema?

Ele pensou a respeito, coçando o queixo.

— Sim — admitiu, afinal. — A maldição dos deuses.

Ela deu de ombros.

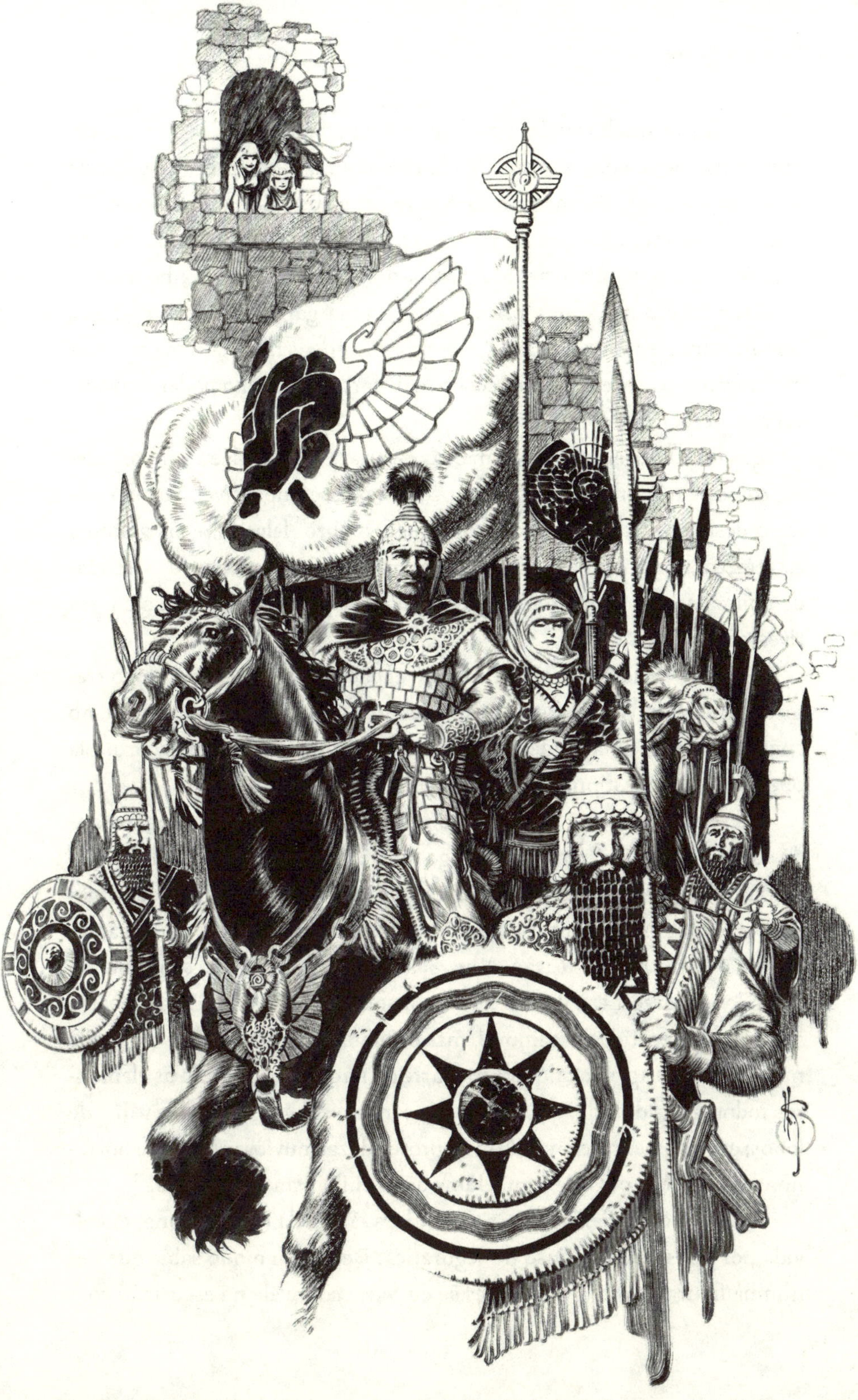

— Eu sou amaldiçoada. Um demônio do abismo pôs a sua marca em mim. Uma noite após a outra ele me espreita nas sombras, sussurrando terríveis segredos. Ele me arrastará para ser a sua rainha no Inferno. Eu não ouso dormir... Ele virá até mim em meu pavilhão, assim como veio no palácio. Conan, você é forte. Mantenha-me ao seu lado! Eu tenho medo!

Ela não era mais uma princesa, mas uma garota aterrorizada. Seu orgulho tinha se esvaído, deixando-a despida de vergonha. Fora naquele medo frenético até ele, que parecia o mais forte. O mesmo poder implacável que a repelira, agora a atraía.

Em resposta, ele tirou seu manto escarlate e a envolveu com aspereza, como se ternura de qualquer espécie lhe fosse impossível. Sua mão de ferro descansou por um instante naquele ombro delgado, e ela voltou a estremecer, mas não de medo. Tal qual um choque, um surto de vitalidade animal a varreu ante o toque dele, como se parte de sua enorme força tivesse vertido para ela.

— Deite-se aqui — ele indicou um espaço vago próximo ao fogo tremeluzente. Não viu qualquer incongruência numa princesa deitar-se no chão ao lado de uma fogueira, envolvida no manto de um guerreiro. Ela obedeceu sem questionar.

Ele sentou-se numa pedra ao lado da moça, com a espada descansando sobre os joelhos. Com a luz do fogo refletindo no aço azulado de sua armadura, ele parecia uma imagem inteiramente de aço — um poder dinâmico que, por ora, repousava; não descansando, mas imóvel, aguardando um sinal para entrar em ação. A luz das chamas dançava em suas feições, fazendo-as parecer esculpidas numa substância rígida como ferro, porém sombria. Seu rosto estava imóvel, mas os olhos ardiam com vida feroz. Ele não era um selvagem qualquer; era parte da natureza, uno com os elementos indomáveis da vida; em suas veias, corria o sangue de uma matilha de lobos; em sua mente espreitavam as profundezas nuviosas da noite nortenha; seu coração pulsava com o lume de uma floresta em chamas.

Assim, meio reflexiva, meio sonhadora, Yasmela caiu no sono, envolvida por um senso delicioso de segurança. De algum modo sabia que nenhuma figura de olhos reluzentes se curvaria sobre ela na escuridão com aquela silhueta austera montando guarda ao seu lado. Contudo, mais uma vez ela despertou estremecendo num medo cósmico, embora não devido a alguma visão que tivera.

Foi um murmúrio grave de vozes que a acordara. Ao abrir os olhos, viu que a fogueira estava minguando. Uma insinuação da alvorada pairava no ar. Conseguiu ver que Conan ainda se sentava sobre a pedra; sua longa lâmina azulada reluzia. Abaixado ao lado dele havia outra figura, sobre a qual o fogo lançava um brilho tênue. Yasmela distinguiu, ainda sonolenta, um nariz curvo e um par de olhos brilhando sob um turbante branco. O homem falava rápido em um dialeto shemita que ela teve dificuldade em compreender.

— Que Bel seque meu braço! Eu digo a verdade! Por Derketo, Conan, sou um príncipe das mentiras, mas não minto para um velho companheiro. Juro pelos dias em que éramos ladrões na terra de Zamora, antes de você vestir cotas de malha. Eu vi Natohk. Ajoelhei-me diante dele ao lado de outros, quando ele fez encantamentos para Set. Mas não enfiei meu nariz na areia como os demais. Sou um ladrão de Shumir, e minha visão é mais aguçada que a de uma doninha. Premi os olhos e vi o véu dele sendo soprado pelo vento. Ele esvoaçou para o lado e vi... eu vi... que Bel me ajude, Conan, eu juro que vi! Meu sangue congelou nas veias e meus pelos se eriçaram. O que vi queimou a minha alma como ferro incandescente. Não consegui descansar até ter certeza. Viajei até as ruínas de Kuthchemes. A porta de mármore estava aberta; diante dela, havia uma grande serpente transfixada por uma espada. Dentro do domo havia o corpo de um homem, tão enrugado e distorcido que, a princípio, mal o reconheci... era Shevatas, o zamoriano, o único ladrão no mundo que reconheço como meu superior. O tesouro estava intocado, empilhado em montes reluzentes ao lado do cadáver. Isso era tudo.

— Não havia ossos...? — Conan começou a dizer.

— Não havia nada! — O shemita interrompeu intempestivo. — Nada! Apenas um cadáver!

O silêncio reinou por um instante e Yasmela estremeceu num horror indefinível.

— De onde veio Natohk? — Sussurrou de forma vibrante o shemita. — Do deserto, numa noite em que o mundo era cego e selvagem, com nuvens escuras conduzidas num voo frenético ao longo das estrelas estremecendo, e o uivo do vento se misturou aos gritos dos espíritos. Vampiros vagavam naquela noite, bruxas cavalgavam nuas o vendaval, e lobisomens uivavam nas planícies selvagens. Ele veio num camelo preto, cavalgando como o vento, e um fogo profano o cercava; os rastros do camelo brilhavam no escuro. Quando Natohk desmontou diante do altar de Set, no oásis de Aphaka, a fera desapareceu na noite. E conversei com homens das tribos que juraram que ela abriu suas asas gigantescas e sumiu nas nuvens, deixando uma trilha de fogo para trás. Nenhum homem tornou a ver o camelo desde aquela noite, mas uma sombra de aspecto humano cambaleia até a tenda de Natohk e conversa com ele na densidão das trevas que precedem a alvorada. Vou te dizer uma coisa, Conan. Natohk é... Olha, vou mostrar uma imagem do que vi naquele dia em Shushan, quando o vento soprou aquele véu!

Yasmela viu o brilho do ouro na mão do shemita quando os homens se inclinaram sobre algo. Ela escutou Conan grunhir; súbito, a treva rolou sobre ela. Pela primeira vez em sua vida, a princesa Yasmela tinha desmaiado.

## IV

O amanhecer era só uma insinuação branca no leste quando o exército retomou sua marcha. Homens das tribos, com cavalos ofegantes por conta da longa trajetória, haviam chegado ao acampamento para relatar que a horda tinha acampado no Poço de Altaku. Assim, os soldados seguiram em passo acelerado pelas colinas, deixando para trás as carroças. Yasmela cavalgou com eles; seus olhos estavam assombrados. O horror inominável vinha assumindo cada vez mais uma forma pavorosa desde que ela reconhecera a moeda na mão do shemita, na noite anterior — uma daquelas moldadas secretamente pelo degradado culto zugita, contendo as feições de um homem morto há três mil anos.

O percurso atravessava falésias irregulares e penhascos desolados que se avultavam sobre vales estreitos. Aqui e acolá vilas se empoleiravam; um amontoado de cabanas de pedra rebocadas com lama. Os homens das tribos aproximavam-se para juntarem-se aos seus, de modo que, antes de atravessarem as colinas, o contingente fora ampliado para três mil arqueiros.

Eles deixaram as colinas abruptamente, recuperando o fôlego na vasta imensidão que se alargava para o sul. Daquele lado, as colinas decresciam firmemente, marcando uma distintiva divisão geográfica entre os planaltos kothianos e o deserto ao sul. As colinas eram a coroa dos planaltos, estendendo-se numa muralha quase ininterrupta. Ali, eram nuas e desoladas, habitadas apenas pelo clã Zaheemi, cujo dever era proteger a estrada das caravanas. Depois das colinas, o deserto se estendia poeirento e sem vida. Contudo, além daquele horizonte encontravam-se o Poço de Altaku e a horda de Natohk.

O exército olhou para a Passagem de Shamla, pela qual fluía a riqueza do norte e do sul, e pela qual haviam marchado os exércitos de Koth, Khoraja, Shem, Turan e Stygia. A íngreme muralha de colinas se interrompia naquele ponto. Promontórios corriam para o deserto, formando vales estéreis, todos cercados nas extremidades ao norte por penhascos acidentados, com exceção de um, que era justamente a Passagem. Parecia-se com uma grande mão que surgia a partir das colinas; dois dedos, separados, formavam um vale em forma de leque. Os dedos eram representados por um cume largo de ambos os lados; as laterais externas eram perpendiculares, e as internas, encostas íngremes. O vale inclinava-se para o alto conforme se estreitava, desembocando num platô flanqueado por encostas. Ali havia um poço e um aglomerado de torres de pedra ocupado pelos zaheemis.

Conan parou no local e desceu do cavalo. Ele tinha descartado a armadura peitoral em prol da mais familiar cota de malha. Thespides aproximou-se e perguntou:

— Por que parou?

— Vamos esperar por eles aqui — Conan respondeu.

— Seria mais cavalheiresco cavalgar de encontro a eles — ralhou o conde.

— Eles nos esmagariam pela superioridade numérica — o cimério retorquiu. — Além disso, não há água lá fora. Acamparemos neste platô...

— Meus cavaleiros e eu acamparemos no vale — Thespides disse zangado. — Nós somos a vanguarda e não tememos um enxame de esfarrapados do deserto.

Conan fez um muxoxo e o furioso nobre cavalgou para longe. Amalric parou, enquanto observava a tropa cintilante descer o penhasco rumo ao vale.

— Idiotas! Logo seus cantis estarão vazios e terão de cavalgar de volta para o poço, para dar de beber aos cavalos.

— Deixe-os — Conan replicou. — É difícil para eles aceitar ordens minhas. Diga aos soldados para relaxarem e descansarem. Marchamos muito e rápido. Deem água aos cavalos e deixem os homens comerem.

Não havia necessidade de enviar batedores. O deserto se desdobrava nu até onde a vista alcançava, ainda que ela agora fosse limitada por nuvens baixas que pairavam em massas brancas no horizonte ao sul. A monotonia só era quebrada por um amontoado de ruínas de pedras, alguns quilômetros deserto adentro, supostamente os resquícios de um antigo templo stygio. Conan desmontou os arqueiros e os distribuiu ao longo do cume, ao lado dos guerreiros das tribos. Posicionou os mercenários e os lanceiros de Khoraja sobre o platô, ao lado do poço. Mais atrás, num ângulo em que a estrada da colina desembocava no platô, foi montado o pavilhão de Yasmela.

Sem inimigos à vista, os guerreiros abriram a guarda. Os capacetes foram retirados; os barretes, jogados por sobre os ombros, e os cintos, desafivelados. Piadas rudes eram contadas enquanto os guerreiros mastigavam carne e enfiavam o focinho em canecas de cerveja. Ao longo da cordilheira, os montanheses também relaxaram, comendo tâmaras e azeitonas. Amalric caminhou até Conan, que estava sentado sobre um pedregulho sem o seu elmo.

— Conan, você ouviu o que os homens das tribos estão dizendo sobre Natohk? Eles dizem... Por Mitra! É loucura demais para repetir. O que você acha?

— Às vezes, as sementes descansam sobre o chão por séculos sem apodrecer — Conan respondeu. — Mas, sem dúvida, Natohk é um homem.

— Não tenho tanta certeza — resmungou Amalric. — De qualquer maneira, você dispôs nossas fileiras tão bem quanto um general experiente teria feito. É certeza que os demônios de Natohk não cairão sobre nós sem que estejamos preparados. Por Mitra, que neblina!

— A princípio, achei que fossem nuvens — Conan respondeu — Veja como elas se desenrolam!

O que parecia nuvens era uma bruma densa que se deslocava rumo ao norte como um grande oceano instável, ocultando rapidamente o deserto da vista. Ela logo engolfou as ruínas stygias e seguia espalhando-se para a frente. O exército assistia, estupefato. Era algo sem precedentes... não natural e inexplicável.

— Não adianta enviar batedores — Amalric disse, com desgosto. — Eles não conseguiriam ver coisa alguma. Os limites dela estão próximos dos flancos externos dos penhascos. Logo toda a Passagem e estas colinas estarão cobertas...

Conan, que observava as névoas se desenrolarem com nervosismo crescente, abaixou-se de repente e colou o ouvido na terra. A seguir, deu um pulo frenético e praguejou:

— Cavalos e carruagens... milhares deles! O chão vibra conforme passam! Ei, vocês! — Sua voz atravessou o vale como um trovão, eletrizando os homens preguiçosos. — Peguem as lanças e armaduras, cães! Ocupem seus postos!

Ante aquela ordem, os guerreiros correram para suas fileiras, vestindo os capacetes apressadamente e passando os braços pelas correias dos escudos, quando a névoa começou a desaparecer, como se não tivesse mais utilidade. Mas ela não evanesceu aos poucos como uma névoa natural; simplesmente sumiu, tal qual a chama de uma vela ao ser soprada. Num momento, todo o deserto estava escondido pelas ondas que se moviam em flocos, avolumando-se como montanhas, uma camada sobre a outra; a seguir, o sol brilhava num céu sem nuvens sobre o deserto nu, não mais vazio, mas amontoado com toda a pompa viva da guerra. Um grande brado sacudiu as colinas.

À primeira vista, os guerreiros pareciam olhar para um mar de bronze e ouro reluzente, em que pontas de aço brilhavam como uma pletora de estrelas. Com o desaparecimento da neblina, os invasores se detiveram em várias longas fileiras compactas.

Primeiro, havia uma longa ala de carruagens puxadas pelos ferozes cavalos da Stygia com plumas sobre as cabeças — relinchando e empinando quando seus montadores nus se inclinavam para trás, apoiando-se nas poderosas pernas traseiras; os músculos dianteiros evocando grossos nós de cordas. Os guerreiros nas carruagens eram altos; as feições de aves de rapina encimadas por capacetes de bronze decorados com uma lua crescente apoiando um círculo dourado. Eles traziam arcos grandes nas mãos, mas não eram arqueiros comuns, e sim nobres do sul, criados para guerrear e caçar; homens acostumados a derrubar leões com suas flechas.

Atrás deles vinha um conjunto heterogêneo de selvagens montados em cavalos semidomesticados, os guerreiros de Kush, o primeiro dos grandes reinos negros das planícies ao sul da Stygia. Eles eram da cor do ébano, brilhantes, magros e ágeis, cavalgando nus e sem selas ou rédeas.

Seguindo-os, uma horda parecia cobrir todo o deserto. Milhares e milhares dos Filhos de Shem: fileiras de cavaleiros usando cotas de malha e capacetes cilíndricos; os asshuri de Nippr, Shumir e Eruk e suas cidades-irmãs; hordas de selvagens trajando mantos brancos — os clãs nômades.

As fileiras começaram a se mover. As carruagens moveram-se para as laterais, enquanto o grupo principal seguia adiante, incerto.

No vale, os cavaleiros tinham apeado e, agora, o conde Thespides subia a galope a encosta onde Conan estava. Ele não se dignou a desmontar, mas falou de forma abrupta do alto de sua sela:

— O desaparecimento da neblina os confundiu! Agora é hora de atacar! Os kushitas não têm arcos e só mascaram o avanço total. Uma carga de meus cavaleiros os esmagará de volta às fileiras shemitas, acabando com sua formação. Venha comigo! Venceremos esta batalha com um único golpe!

Conan meneou:

— Se estivéssemos enfrentando um oponente natural, eu concordaria. Mas esta confusão é mais falsa do que real, como que para nos atrair a atacar. Temo que seja uma armadilha.

— Então recusa-se a atacar? — Thespides gritou com o rosto rubro de raiva.

— Seja razoável — Conan expostulou. — Nós temos a vantagem da posição...

Com um brado furioso, Thespides deu uma guinada e cavalgou de volta para o vale, onde seus cavaleiros aguardavam com impaciência. Amalric balançou a cabeça:

— Não devia tê-lo deixado voltar, Conan. Eu... Olhe ali!

Conan levantou-se praguejando. Thespides havia chegado até seus homens. Mal dava para escutar ao longe sua voz exaltada, mas os gestos que fez em direção à horda que se aproximava diziam tudo. No instante seguinte, quinhentas lanças se aprontaram e a frota desceu o vale trovejando.

Um jovem pajem veio correndo do pavilhão de Yasmela, gritando numa voz esganiçada para Conan:

— Meu senhor! A princesa perguntou por que o senhor não segue e dá suporte ao conde Thespides!

— Porque não sou um tolo tão grande quanto ele — Conan rosnou, reinstalando-se no pedregulho e pondo-se a roer uma enorme bisteca.

— A autoridade o deixou sóbrio — Amalric afirmou. — Loucuras como aquela sempre foram sua alegria particular.

— Sim. Quando só tinha de pensar na minha vida — Conan respondeu. — Agora... Mas que diabos...?

A horda havia parado. Da ala mais extrema veio uma carruagem; o condutor nu chicoteava os cavalos como um louco. O outro ocupante era uma figura alta, cujos mantos flutuavam ao vento de modo espectral. Ele segurava uma grande jarra de ouro, da qual despejava uma substância fina que reluzia à luz do sol. A carruagem cruzou toda a dianteira da horda no deserto e, ao passar, deixou em seu rastro uma longa linha daquele pó brilhando nas areias, como a trilha fosforescente de uma serpente.

— Aquele é Natohk! — Amalric bradou. — Que sementes infernais ele está plantando?

Os cavaleiros de Thespides não diminuíram a velocidade do ataque. Mais cinquenta passos e se chocariam com as fileiras desiguais de kushitas, que continuavam imóveis, com as lanças erguidas. Logo, os primeiros cavaleiros alcançaram a linha do pó brilhante despejado ao longo das areias. Eles não prestaram atenção à ameaça iminente, mas, assim que os cascos dos cavalos a tocaram, foi como aço tocando sílex... porém, com resultados bem mais terríveis. Uma incrível explosão sacudiu o deserto, que pareceu dividi-lo ao meio, criando uma medonha parede de chama branca ao longo de toda a linha semeada.

Num instante, toda a fileira dianteira de cavaleiros foi envolvida pelas chamas; cavalos e cavaleiros contorcendo-se no brilho como insetos numa fogueira. As fileiras que vinham atrás se empilhavam sobre os corpos calcificados. Incapazes de parar a cavalgada, as fileiras colidiram, uma a uma, com a ruína. De modo repentino e hediondo, o ataque se transformara num matadouro, em que figuras de armadura pereciam em meio a gritos e aos cavalos mutilados.

Agora, a ilusão de confusão desaparecia e a horda alinhava suas fileiras. Os selvagens kushitas investiram contra os cavaleiros, perfurando com suas lanças os feridos e destruindo capacetes com machados de ferro e de pedra. Tudo acabou tão rápido que os vigias nas colinas ainda estavam petrificados. Novamente, a horda avançou, dividindo-se para evitar os cadáveres chamuscados. Das colinas ouviu-se um grito:

— Não estamos enfrentando homens, mas demônios!

De ambos os lados do cume, os homens das tribos titubearam. Um deles correu em direção ao platô, com saliva escorrendo pela barba.

— Fujam, fujam! — Ele choramingou. — Quem pode lutar contra a magia de Natohk?

Com um rosnado, Conan levantou-se de seu pedregulho e o golpeou com a bisteca; o homem caiu, com sangue escorrendo pelo nariz e pela boca. O cimério desembainhou a espada; seus olhos eram duas fendas azuis de fogo.

— Voltem para seus postos! — Ele bradou. — Se mais alguém arredar o pé, eu deceparei a sua cabeça! Lutem, malditos!

O alvoroço morreu tão rápido quanto havia começado. A feroz personalidade de Conan foi como um balde de água fria apagando as chamas do pânico.

— Aos seus lugares — reordenou rapidamente. — E mantenham a posição! Nenhum homem ou demônio atravessará a Passagem de Shamla neste dia!

No ponto em que o cume do platô se encontrava com a encosta do vale, os mercenários afivelaram seus cinturões e seguraram firme as lanças. Atrás deles, lanceiros montavam seus corcéis ao lado dos lanceiros de Khoraja, que estavam na reserva. Para Yasmela, alva e sem palavras ao lado da porta de sua tenda, a tropa parecia um lamentável punhado em comparação com a horda do deserto.

Conan ficou ao lado dos lanceiros. Sabia que os invasores não tentariam levar as carruagens através da Passagem, pois cairiam nas garras dos arqueiros, mas deu um grunhido de surpresa ao ver os condutores desmontarem. Aqueles selvagens não traziam comboios de suprimentos. Havia cantis e bolsas pendurados nas selas, e Conan os viu beberem o que lhes restava de água e jogarem os cantis fora.

— Eles aceitaram a morte — ele murmurou, enquanto as fileiras inimigas se reorganizavam a pé. — Preferia que fosse um ataque da cavalaria... cavalos feridos fogem e arruínam formações.

A horda formou uma enorme cunha, cuja ponta eram os stygios, e o corpo, os asshuri de armadura, flanqueados pelos nômades. Em formação compacta, de escudos erguidos, eles arremeteram; ao fundo, uma figura alta numa carruagem imóvel ergueu os braços cobertos por mangas brancas, numa invocação soturna.

Quando a horda adentrou a boca do vale, os homens das tribos foram perdendo as armas. A despeito da formação defensiva, guerreiros caíam às dúzias. Os stygios descartaram os arcos e, com as cabeças protegidas pelos elmos inclinados para a frente, os olhos negros cintilando acima da borda de seus escudos, eles avançaram numa onda inexorável, pisando nos companheiros caídos. Conan olhou para além da onda de lanças e perguntou-se que novo horror o feiticeiro invocaria. De algum modo ele sentia que Natohk, como todos da sua espécie, era mais terrível na defesa do que no ataque; tomar a ofensiva contra ele seria um convite para o desastre.

Sem dúvida havia magia naquilo que impelia a horda para a bocarra da morte. Conan suspirou ante a carnificina que ocorria nas fileiras que se adiantavam. As beiradas da cunha pareciam se desfazer e o vale já se encontrava apinhado de mortos. Contudo, os sobreviventes avançavam como loucos, ignorando a morte. A enorme quantidade de arqueiros inimigos começava a superar seus homens nas colinas, e nuvens de flechas obrigavam os guerreiros das tribos a buscarem abrigo. O pânico atingiu o coração deles diante do inquietante assalto, fazendo-os disparar insanamente; os olhos brilhando como lobos presos em armadilhas.

Conforme a horda se aproximava da parte mais estreita da Passagem, rochedos deslizaram, esmagando homens aos montes, mas o ataque não titubeou. Os soldados de Conan prepararam-se para o choque inevitável. Numa formação mais compacta e usando armaduras melhores, haviam sofrido poucos danos das flechas. Conan temia o impacto que aquela enorme cunha causaria ao se chocar contra suas fileiras. E, agora, percebia que não havia pausa na matança. O cimério apertou o ombro de um zaheemi que estava próximo.

— Há alguma forma de homens a cavalo chegarem ao vale, contornando o cume oeste?

— Sim. Um caminho íngreme, perigoso, secreto e eternamente guardado. Mas...

Conan já o arrastava até Amalric, sentado em seu grande cavalo de guerra.

— Amalric! — O cimério berrou. — Siga este homem! Ele o levará ao vale. Cavalgue até ele, contorne as colinas e ataque a horda por trás. Não diga nada, apenas vá! Sei que é loucura, mas estamos condenados de qualquer maneira. Vamos causar o máximo de danos antes de morrermos! Rápido!

Os bigodes de Amalric se eriçaram num sorriso feroz e, poucos minutos depois, seus lanceiros estavam seguindo o guia num labirinto de desfiladeiros que levava para fora do platô. Conan, de espada em punho, voltou correndo para junto dos lanceiros.

De ambos os lados das colinas, os shupras, enlouquecidos pela antecipação da derrota, disparavam suas setas em desespero. Homens morriam como moscas no vale e ao longo do desfiladeiro; com um rugido e uma incontrolável arremetida, os stygios colidiram com os mercenários.

Num furacão de aço trovejante, as fileiras se contorceram e oscilaram. Eram os nobres criados na guerra contra soldados profissionais.

Escudos chocavam-se contra escudos e, entre eles, lanças estocavam e o sangue vertia.

Conan viu o físico poderoso do príncipe Kutamun do outro lado do mar de espadas, mas a fúria da batalha o impedia de se mover, peito colado com peito, formas escuras que ofegavam e retalhavam. Atrás dos stygios, os asshuri se adiantavam e gritavam.

De ambos os lados, os nômades escalavam os rochedos e se engalfinharam com o povo da montanha. Por toda a encosta, o combate irrompia numa ferocidade cega. Os homens das tribos, ensandecidos pelo fanatismo e por rixas antigas, matavam e morriam. Com os cabelos esvoaçando ao vento, os kushitas correram uivando para a luta.

Os olhos de Conan pareciam olhar para um oceano de aço que lacerava e rodopiava, preenchendo o vale de uma borda a outra. A contenda chegara num sangrento impasse. Os homens das colinas mantinham o controle dos cumes, e os mercenários, segurando firme suas lanças ensanguentadas, protegiam a Passagem. A posição elevada e as armaduras superiores compensavam a desvantagem numérica, mas não por muito tempo. Onda após onda, rostos insanos e lanças pontiagudas subiam os penhascos, com os asshuri preenchendo as lacunas deixadas nas fileiras dos stygios.

Conan tentou ver os lanceiros de Amalric contornando a encosta oeste, mas eles não apareciam, e seus lanceiros começaram a recuar diante dos choques. E o cimério abandonou qualquer esperança de vencer e sobreviver. Berrando um comando para seus capitães atônitos, deixou sua posição e correu ao longo do platô até as reservas de Khoraja, que permaneciam estáticas, tremendo de ansiedade. Ele não olhou para o pavilhão de Yasmela. Havia se esquecido da princesa; a única coisa que tinha em mente era o selvagem instinto de matar antes de morrer.

— No dia de hoje vocês se tornarão cavaleiros! — Ele gargalhou com ferocidade, apontando sua espada gotejante na direção dos cavalos dos homens nas colinas, parados ali perto. — Montem e sigam-me para o Inferno!

Os cavalos montanhosos empinaram descontrolados ante o tinido desconhecido das armaduras dos khorajis, e a gargalhada tempestuosa de Conan ergueu-se acima do barulho quando ele os liderou até onde a crista leste se afastava do platô. Quinhentos homens — patrícios empobrecidos, filhos caçulas, ovelhas negras — sobre cavalos parcialmente selvagens investindo contra um exército, descendo por uma encosta onde nenhuma cavalaria jamais ousara atacar.

Atravessaram a boca ensanguentada da Passagem ribombando, percorreram a crista coberta de cadáveres e desceram a encosta. Um grupo escorregou e rolou para baixo dos cascos de seus companheiros. Sob eles, homens gritavam e erguiam os braços, mas o ataque trovejante passou direto como uma avalanche cortando uma floresta de árvores jovens, e os khorajis avançaram rumo à multidão compacta, deixando para trás um tapete de mortos.

Enquanto a horda se contorcia e enrolava, os homens de Amalric, tendo passado por um cordão de lanceiros, a encontrou no vale aberto, atravessando a extremidade do cume oeste. Eles atacaram as tropas numa formação em cunha, abrindo-a ao passarem. A ação continha a desmoralização entorpecedora de um ataque-surpresa pela retaguarda. Pensando que estavam sendo flanqueados por uma força superior e frenéticos pelo medo de serem separados da rota de fuga para o deserto, bandos de nômades saíram da formação e fugiram, provocando desordem nas fileiras de seus companheiros mais resolutos. Estes perderam o equilíbrio e acabaram pisoteados pelos cavalos. Nos cumes, os lutadores do deserto vacilaram, permitindo que os homens das colinas os rechaçassem com fúria renovada, obrigando-os a descer a encosta.

Atordoada pela surpresa, a horda perdeu a formação antes de perceber que era atacada apenas por um punhado. E, uma vez dispersa, nem mesmo um mago poderia reuni-la. Além do mar de cabeças e lanças, os homens de Conan viram os cavaleiros de Amalric avançando consistentemente, abrindo caminho com um agitar de machados e maças. Um alarido raivoso de vitória exaltou o coração de cada homem e transformou seu braço em puro aço.

Firmando os pés no mar de sangue, cujas ondas escarlates chegavam a bater na altura do tornozelo, os lanceiros na boca da Passagem arremeteram, chocando-se contra as fileiras inimigas. Os stygios se seguraram, mas, atrás deles, os asshuri se dissolveram. Os mercenários passaram por cima dos corpos dos nobres do sul que lutaram e morreram até o último homem, dividindo e esmagando a massa oscilante pela retaguarda.

No alto dos rochedos, o velho Shupras tombara com uma flecha enfiada no coração; Amalric havia caído e praguejava como um pirata por causa da lança que atravessara a cota de malha de sua perna. Pouco mais de cento e cinquenta homens da infantaria montada de Conan ainda se mantinham na sela. Mas a horda estava em frangalhos. Nômades e lanceiros fugiram de volta ao acampamento onde estavam seus cavalos, e os homens das colinas inundaram os rochedos, apunhalando os fugitivos pelas costas e rasgando a garganta dos feridos.

No caos vermelho, uma figura espectral surgiu subitamente diante do garanhão de Conan. Era o príncipe Kutamun, nu, salvo por uma tanga; a armadura destruída, seu elmo de crista amassado, os lábios sujos de sangue. Com um grito terrível ele arremessou o cabo de sua lâmina quebrada contra o rosto de Conan e, num salto, agarrou as rédeas da montaria. O cimério, surpreendido, desequilibrou-se na sela e, com uma força pavorosa, o gigante de pele escura forçou o garanhão para frente e para trás, até este tropeçar e chafurdar na gosma de areia misturada ao sangue e corpos contorcidos.

Conan saltou na hora em que o cavalo caiu, mas, sem trégua, Kutamun já estava sobre ele. Naquela caótica batalha, o bárbaro nunca soube exatamente como matara o homem. Sabia apenas que uma pedra na mão do stygio golpeava sem parar seu elmo, enchendo sua vista de pontos pretos, enquanto Conan enfiava repetidamente seu punhal no tronco do oponente, sem obter qualquer resultado aparente no corpulento príncipe. Seu mundo girava quando, num tremor convulsivo, o corpo que pressionava o seu enrijeceu e tombou.

Conan recuou sentindo o sangue escorrer pelo rosto sob o elmo amassado. Olhou tonto para a profusão de destruição que se estendia à sua frente. De um cume a outro a morte se derramava; um tapete vermelho sufocava o vale. Era como um oceano escarlate, com cada fileira de cadáveres representando uma onda. Eles fechavam a entrada da Passagem, empilhavam-se nos rochedos. Por todo o deserto, a carnificina prosseguia, e os sobreviventes da horda tinham chegado até seus cavalos e galopavam em fuga, perseguidos pelos vitoriosos desgastados. E Conan deu-se conta, chocado, de quão poucos haviam sobrado para persegui-los.

De repente, um pavoroso grito dilacerou o clamor. Por sobre o vale, uma biga desceu planando, ignorando as pilhas de corpos. Não era guiada por cavalos, mas por uma grande criatura preta que se assemelhava a um camelo. Na carruagem estava Natohk com seus mantos esvoaçantes, e, segurando as rédeas e chicoteando o animal como um louco, havia um ser escuro e antropomórfico que bem poderia ser uma espécie de criatura simiesca.

A biga passou pelos rochedos e seguiu direto para o pavilhão onde Yasmela estava só, desertada pelos guardas que a haviam abandonado em meio ao frenesi insano da perseguição aos seus inimigos. Conan, petrificado, ouviu o grito desesperado da princesa quando o braço delgado de Natohk a puxou para dentro da biga. A sinistra montaria fez a volta e desceu novamente por sobre o vale. Nenhum homem ousou arremessar lanças ou disparar flechas, temendo ferir Yasmela, que se debatia nos braços de Natohk.

Conan deu um grito de fúria, agarrou a espada caída e pulou na frente daquele horror. Porém, assim que ergueu a lâmina, as patas dianteiras da fera o atingiram e arremessaram a metros de distância, atordoado e machucado. A biga se afastou, deixando em seus ouvidos o grito assombrado de Yasmela.

Um urro cujo timbre pareceu inumano saiu dos lábios do cimério, que se ergueu da terra ensopada de sangue e agarrou as rédeas de um cavalo sem dono que passava a galope, subindo na sela do animal sem precisar fazê-lo parar. Pouco se importando com seu bem-estar, saiu em perseguição à carruagem, passando pelo acampamento dos shemitas como um furacão e ganhando as areias, tendo deixado para trás seus próprios cavaleiros e os apressados homens do deserto.

Conan e a biga seguiram em frente, mas o cavalo do bárbaro começou a ficar para trás. Adiante, havia apenas a areia banhada pelo esplendor lúrido e desolado do entardecer. Mais à frente apareceram antigas ruínas e, com um urro que congelou o sangue de Conan, o condutor inumano da biga atirou Natohk e a garota para fora. Eles rolaram na areia e, ante os olhos atônitos do bárbaro, a carruagem e seu corcel se transformaram pavorosamente. Enormes asas se abriram naquele horror sombrio que de forma alguma assemelhava-se a um camelo, e a criatura arremeteu para o céu, deixando em sua passagem um rastro de chamas no qual uma silhueta de contornos inumanos ria num triunfo fantasmagórico. Ela passou tão rapidamente que foi como a precipitação de um pesadelo em meio a um sonho.

Natohk pôs-se de pé, lançou uma olhadela rápida para seu perseguidor — que, sem se deter, continuava cavalgando firme em sua direção, brandindo a espada ensanguentada — e, apanhando a garota desmaiada, correu para dentro das ruínas.

Conan desceu do cavalo e o seguiu, desembocando num salão que emanava um brilho profano, embora o ocaso caísse velozmente do lado de fora. Yasmela estava deitada num altar de jade preto, o corpo nu parecendo mármore naquela estranha luminescência. Suas vestes estavam jogadas no chão, como se tivessem sido arrancadas numa pressa brutal. Natohk, inumanamente alto e delgado, trajando um cintilante manto de seda, encarava o cimério. Ele tirou o véu e Conan reconheceu a fisionomia que observara na moeda zugita.

— Sim, cão! — A voz era o sibilar de uma serpente gigantesca. — Eu sou Thugra Khotan! Permaneci tempo demais em minha tumba, aguardando o dia de despertar e libertar-me. As artes que me salvaram dos bárbaros há tanto tempo também me aprisionaram, mas sabia que, na hora certa, alguém viria... e ele veio. Veio para cumprir seu destino e morrer como homem algum morreu em três mil anos! Tolo! Acha que venceu porque meu povo está espalhado? Porque fui traído e abandonado pelo demônio que escravizei? Eu sou Thugra Khotan, que há de governar o mundo, a despeito de seus deuses miseráveis! O deserto está repleto de meu povo; os demônios da terra haverão de cumprir minha vontade, e os répteis rastejantes me obedecem. O desejo por uma mulher enfraqueceu a minha feitiçaria, mas agora ela é minha e, banqueteando-me em sua alma, serei invencível! Para trás, tolo! Você não conquistou Thugra Khotan!

Ele arremessou seu cajado aos pés de Conan. O bárbaro recuou com um grito involuntário, pois, ao cair, o objeto se transformou terrivelmente; seus contornos derreteram e se contorceram, e uma cobra naja se ergueu, sibilando diante do cimério horrorizado. Conan atacou praguejando, partindo a criatura ao meio com a espada. Contudo, só o que viu aos seus pés foram dois pedaços de um cajado partido. Thugra Khotan riu maléfico e, virando-se, apanhou algo que rastejava no chão poeirento.

Em sua mão, um ser vivo se debatia e salivava. Não era um truque de sombras desta vez. Thugra Khotan segurava na palma um escorpião negro, com mais de um pé de comprimento; a criatura mais mortífera do deserto, detentora de uma cauda venenosa cujo ataque significava morte instantânea. As feições cadavéricas do feiticeiro se contorceram num sorriso. Conan hesitou; a seguir, sem aviso, arremessou a espada.

Apanhado de surpresa, Thugra Khotan não teve tempo de evitar o ataque. A ponta atingiu diretamente abaixo de seu coração e pronunciou-se um palmo para fora das costas. Ele caiu, esmagando a criatura venenosa num firme aperto.

Conan correu até o altar e apanhou Yasmela em seus braços cobertos de sangue. Ela abraçou convulsivamente o pescoço do bárbaro e começou a soluçar histericamente, enquanto o apertava firme.

— Demônios de Crom, garota! — Ele grunhiu. — Solte-me! Cinquenta mil homens pereceram hoje e tenho trabalho a fazer...

— Não! — Ela ofegou, segurando-o num instante em que se tornara tão bárbara quanto ele, movida pelo medo e pela paixão. — Não vou te soltar! Eu sou sua, pelo fogo, pelo aço e pelo sangue! Você é meu! Lá fora, pertenço aos outros, mas aqui, sou minha... e sua! Você não irá!

Ele hesitou; seu cérebro rodopiando ante o feroz levante de paixões violentas. O brilho lúrido e sobrenatural ainda pairava na câmara sombria, iluminando fantasmagoricamente o rosto de Thugra Khotan, que parecia sorrir sem alegria para eles. Lá fora, no deserto e nas colinas, em meio a um oceano de vítimas, homens pereciam e uivavam de dor, sede e loucura, enquanto reinos estavam na berlinda. Mas tudo foi varrido pela maré rubra que atingiu selvagemente a alma de Conan, enquanto apertava em seus braços de ferro o corpo magro e branco que brilhava como uma feiticeira do fogo à sua frente.

# Xuthal do Crepúsculo

(Xuthal of the Dusk)

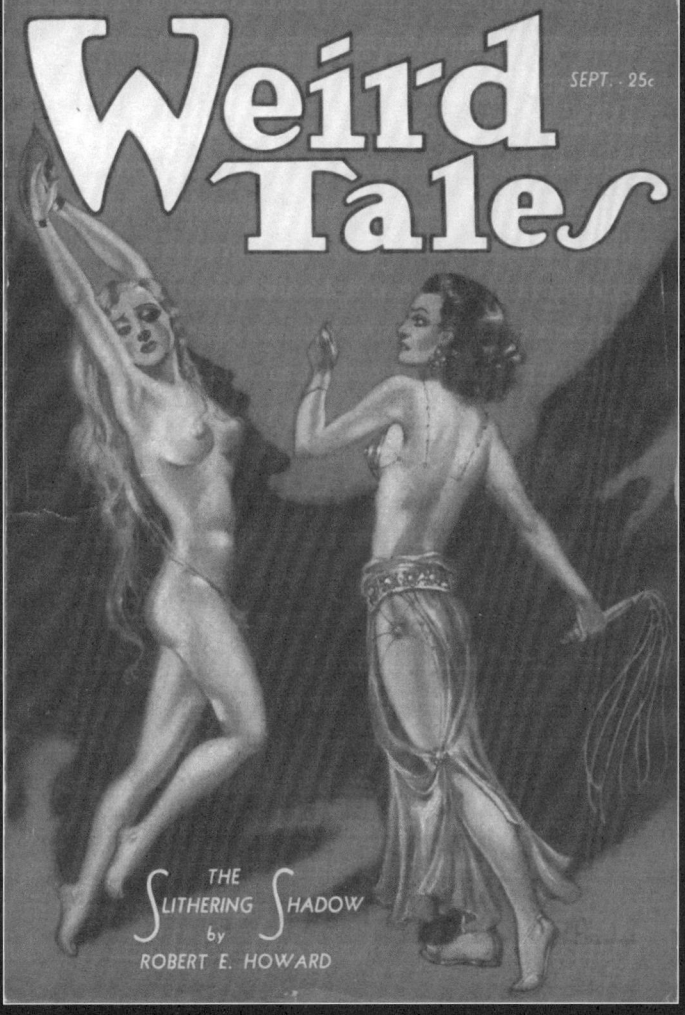

História originalmente publicada como "The Slithering Shadow" em *Weird Tales* — setembro de 1933.

# I

O deserto tremulava com as ondas de calor. Conan, da Ciméria, observou aquela dolorosa desolação e, de modo involuntário, levou as costas da mão aos lábios enegrecidos. Era como uma estátua de bronze na areia, aparentemente indiferente ao sol assassino, embora vestisse apenas uma tanga de seda e um cinturão largo com uma fivela de ouro, de onde pendiam um sabre e um punhal de lâmina larga. Seus braços musculosos mostravam marcas de ferimentos ainda não cicatrizados.

Uma garota descansava aos seus pés, com um dos braços alvos abraçado ao seu joelho, contra o qual apertava a cabeça loira. A pele branca contrastava com os membros bronzeados do bárbaro; a túnica de seda curta, sem mangas e de colo baixo, presa por um cordão na cintura, enfatizava a silhueta delicada, em vez de ocultá-la.

Conan balançou a cabeça, piscando. O brilho do sol o cegava moderadamente. Ele apanhou um pequeno cantil do cinto e o sacudiu, franzindo a testa ante o ruído mínimo que ele produziu.

Choramingando, a garota moveu-se cansada.

— Oh, Conan... vamos morrer aqui! Estou com tanta sede!

O cimério grunhiu, encarando truculento a vastidão que o cercava, com o maxilar premido e os olhos azuis queimando selvagens por baixo da cabeleira desgrenhada, como se o deserto fosse um inimigo tangível.

Ele parou e levou o cantil aos lábios da garota.

— Beba até que eu mande parar, Natala — ele ordenou.

Ela bebeu com pequenos goles, e ele não a impediu. Somente quando o cantil estava vazio é que ela percebeu que o bárbaro lhe permitira deliberadamente beber todo o suprimento de água, por menor que fosse. Lágrimas correram dos seus olhos:

— Oh, Conan — ela disse, apertando as mãos —, por que me deixou beber tudo? Eu não percebi... e agora não sobrou nada para você.

— Silêncio — ele grunhiu. — Não desperdice suas forças choramingando.

Endireitando-se, ele arremessou longe o cantil.

— Por que fez isso? — Ela perguntou.

Conan não respondeu, permanecendo de pé e estático, os dedos fechando-se levemente sobre o cabo do sabre. Não olhava para a garota; os olhos ferozes pareciam observar misteriosas nuvens ao longe.

Ainda que dotado de um feroz amor pela vida e um forte instinto de sobrevivência, Conan sabia que tinha chegado ao fim da linha. Ele não atingira os limites da sua resistência, mas sabia que outro dia sob o sol impiedoso naquela vastidão sem água seria sua derrocada. Quanto à garota... ela já sofrera o suficiente. Seria melhor um golpe de espada rápido e indolor do que a agonia que a aguardava. Sua sede fora aplacada temporariamente; seria uma falsa misericórdia deixá-la sofrer até que o delírio e a morte lhe trouxessem alívio. Ele desembainhou lentamente o sabre.

Súbito, Conan parou, enrijecendo. No deserto, ao sul, algo brilhava em meio às ondas de calor.

No início, imaginou ser um fantasma, uma das miragens que zombavam e ensandeciam no deserto amaldiçoado. Fazendo uma sombra com a mão sobre os olhos ofuscados, divisou espirais, torres de mesquitas e muros reluzentes. Observou com seriedade, aguardando que a visão evanescesse e desaparecesse. Natala parou de soluçar, pôs-se de pé e seguiu o olhar do bárbaro.

— É uma cidade, Conan? — Ela murmurou, temerosa demais para ter esperanças. — Ou apenas uma sombra?

O cimério demorou a responder. Piscou várias vezes; desviou o olhar e voltou a examinar a paisagem. A cidade continuava igual.

— Só o demônio sabe — ele grunhiu. — Mas vale a pena conferir.

Tornou a embainhar o sabre e, curvando-se, ergueu Natala nos braços como se ela fosse uma criança. Ela resistiu brevemente.

— Não desperdice suas forças me carregando, Conan. Eu consigo andar.

— O terreno fica mais acidentado aqui — ele respondeu. — Logo suas sandálias ficarão destruídas. — Ele olhou para os calçados delicados da garota. — Além disso, teremos de ser rápidos se quisermos chegar àquela cidade, e vamos ganhar tempo se eu a levar.

A possibilidade de sobreviver revigorara os músculos de aço do cimério. Ele cruzou a vastidão de areia como se tivesse acabado de iniciar sua jornada. Um bárbaro entre os bárbaros, sua vitalidade e resistência eram como as da natureza selvagem, oferecendo a ele a sobrevivência onde homens civilizados teriam perecido.

Até onde sabia, ele e a garota eram os únicos sobreviventes do exército do príncipe Almuric, aquela horda heterogênea que, após a derrota do príncipe rebelde de Koth, varrera as Terras de Shem como uma tempestade de areia devastadora e encharcara o território da Stygia com sangue. A seguir, com uma tropa em seus calcanhares, eles abriram caminho pelos reinos negros de Kush, somente para serem aniquilados nos limites do deserto ao sul. Conan equiparava o ocorrido a uma grande torrente que começa a minguar gradualmente conforme se move para o sul, até secar por completo ao alcançar as areias nuas do deserto. Os ossos de seus companheiros mercenários, párias e fora da lei se espalhavam desde os planaltos de Koth até as dunas.

Em meio àquele massacre derradeiro, quando os stygios e os kushitas cercaram os sobreviventes, Conan abrira caminho com sua lâmina e fugira num camelo, carregando a garota. Atrás deles, a terra estava repleta de inimigos; o único caminho aberto era o deserto, ao sul. Assim, mergulharam para aquelas profundezas ameaçadoras.

A garota era uma brituniana que Conan encontrara no mercado de escravos de uma cidade shemita atacada e de quem tomara posse. Ela nada tinha a dizer sobre aquilo, mas sua nova posição era tão melhor do que a da grande maioria das mulheres hiborianas nos haréns shemitas, que a aceitou de bom grado. Foi deste modo que tomou parte das aventuras da maldita horda de Almuric.

Por dias eles fugiram deserto adentro, perseguidos de longe pela cavalaria stygia; assim, quando finalmente a despistaram, não ousaram retornar. Seguiram em frente em busca de água, até que o camelo morreu. Então, prosseguiram a pé. Nos últimos dias, o sofrimento havia sido intenso. Conan protegera Natala ao máximo, e a vida difícil no acampamento dera a ela mais resistência e força do que as de uma mulher comum, mas, mesmo assim, faltava pouco para que ela se esgotasse.

O sol fustigava ferozmente a cabeleira negra de Conan. Ondas de náusea e tontura moviam-se em seu cérebro, mas ele cerrou os dentes e caminhou resoluto. Estava convencido de que a cidade era verdadeira, e não uma miragem. O que encontrariam lá, não fazia ideia. Seus habitantes poderiam ser hostis. Mas era uma chance de lutar; e isso era tudo o que ele pedia.

O sol começava a se pôr quando eles pararam diante do enorme portão, gratos pela sombra. Conan pôs Natala no chão e estendeu os braços. Acima deles, os muros tinham uns bons nove metros de altura, e eram feitos de uma substância verde e lisa que brilhava quase como vidro. Conan examinou os parapeitos, aguardando ser desafiado; contudo, não havia ninguém neles. Impaciente, deu um grito e bateu no portão com o cabo da espada, mas somente ecos vazios zombaram dele. Natala, assustada pelo silêncio, achegou-se. Conan testou o portão, mas, ao ver que se abria silencioso e devagar, recuou e sacou o sabre. Natala exclamou:

— Conan... veja!

Do lado de dentro do portão havia um corpo humano. Conan o observou com atenção e, a seguir, olhou além dele. Viu um amplo espaço aberto, como um pátio, cercado por casas de fachada arqueada, feitas do mesmo material verde das paredes externas. Os edifícios eram altos e imponentes, pináculos com domos reluzentes e minaretes. Não havia sinal de vida em meio a eles. No centro do pátio, Conan percebeu o parapeito quadrado de um poço, e a visão fez a boca seca pelo pó salivar. Apanhando Natala pelo punho, arrastou-a pelo portão e fechou-o atrás de si.

— Ele está morto? — Ela perguntou, indicando o homem caído diante do portão. O corpo era de um indivíduo alto e forte, aparentemente no auge; a pele era amarelada, e os olhos, levemente oblíquos, mas, exceto por isso, ele diferia pouco de um típico hiboriano. Usava sandálias amarradas na linha da canela, uma túnica de seda roxa e uma espada curta numa bainha bordada em ouro que pendia de seu cinturão. Conan sentiu sua pele. Estava fria. Não havia sinal de vida naquele corpo.

— Não tem nenhuma marca de ferimentos — o cimério grunhiu —, mas está tão morto quanto Almuric, perfurado por aquelas quarenta flechas stygias. Em nome de Crom, vamos até o poço! Se tiver alguma água nele, com mortos ou não, nós a beberemos!

Havia água no poço, mas eles não beberam dela. Seu nível estava a mais de quinze pés do parapeito, e não havia como retirá-la. Conan praguejou, enlouquecido pelo líquido fora do seu alcance, e virou-se, procurando ao redor por alguma forma de obtê-lo. Então, um berro de Natala chamou sua atenção.

O suposto morto investia em sua direção; os olhos ardendo inegavelmente vívidos, a espada curta reluzindo em suas mãos. Conan praguejou surpreso, mas não perdeu tempo com conjecturas. Recebeu o atacante com um corte preciso de seu sabre, que atravessou carne e ossos. A cabeça do sujeito caiu no chão com um baque seco e o corpo oscilou como se estivesse bêbado, enquanto um jato de sangue projetava-se da jugular. A seguir, ele caiu pesadamente.

Conan olhou para baixo, suando.

— Esse homem não está mais morto agora do que estava cinco minutos atrás. Em que tipo de loucura nos metemos?

Natala, que tinha coberto os olhos diante da cena, espiou por entre os dedos e estremeceu de medo:

— Conan... o povo desta cidade vai nos matar por causa disto...

— Bom... — ele resmungou — esta criatura teria nos matado se eu não tivesse arrancado a sua cabeça.

Ele olhou para os arcos que se fundiam às muralhas verdes acima deles. Não viu qualquer movimento e nem escutou nenhum som.

— Acho que ninguém nos viu. Vou esconder a evidência...

Ergueu a carcaça lívida pelo cinturão com uma das mãos e, apanhando a cabeça pelos cabelos com a outra, carregou meio que arrastados os restos sinistros até o poço.

— Já que não podemos beber a água — disse vingativo —, vou cuidar para que mais ninguém a aproveite. Maldito seja esse poço!

Ele ergueu o corpo por sobre o parapeito e o deixou cair, jogando a cabeça na sequência. Uma dupla pancada foi ouvida na água.

— As pedras estão manchadas de sangue — Natala observou.

— E ficarão ainda mais, a não ser que eu encontre água em breve — o bárbaro rosnou, com o restante da paciência já exaurido. A garota quase esquecera a própria sede e fome por conta do medo, mas não Conan.

— Vamos entrar por essas portas — ele disse. — Com certeza toparemos com alguém em algum momento.

— Oh, Conan — ela suspirou, aproximando-se dele o máximo que pôde. — Estou com medo! Esta é uma cidade de fantasmas e mortos! Vamos voltar para o deserto! É melhor morrer lá do que encarar esses horrores!

— Vamos voltar para o deserto quando nos jogarem para fora destes muros — ele respondeu. — Existe água em algum lugar desta cidade e vou encontrá-la, mesmo que tenha de matar todos os homens aqui dentro.

— E se eles voltarem à vida? — Ela perguntou.

— Então continuarei a matá-los até que permaneçam mortos! — Ele retorquiu. — Vamos! Aquela porta é tão boa quanto qualquer outra. Fique atrás de mim, mas não corra, a não ser que eu mande.

Ela murmurou um leve consentimento e o seguiu tão de perto que pisava em seus calcanhares, para sua irritação. O crepúsculo havia caído, preenchendo a cidade com sombras púrpuras. Eles entraram por uma porta aberta e viram-se em uma câmara ampla, com paredes enfeitadas por tapeçarias de veludo ornadas com desenhos curiosos. O chão, as paredes e o teto eram feitos de uma pedra verde vítrea, e as paredes apresentavam frisos dourados de decoração. Peles e almofadas de cetim se espalhavam pelo chão. Várias portas levavam a outros cômodos. Eles passaram por diversas câmaras, contrapartes da primeira. Não viam ninguém, mas, desconfiado, o cimério grunhiu:

— Alguém esteve aqui há pouco tempo. Este divã ainda emana o calor do contato com o corpo humano. A almofada de seda conserva o formato dos quadris de alguém. E sinto um leve cheiro de perfume no ar.

Havia uma estranha e surreal atmosfera no lugar. Atravessar aquele palácio silencioso era como um sonho causado pelo ópio. Algumas câmaras estavam escuras, as quais eles evitaram. Outras eram banhadas por uma estranha e suave luminosidade, que parecia emanar das joias que ornavam as paredes. Súbito, enquanto cruzavam um desses cômodos iluminados, Natala deu um grito e segurou firme o braço do companheiro. Ele virou-se blasfemando, esperando encontrar um oponente, e ficou perplexo ao não ver nenhum.

— Qual o problema? — Ele disparou. — Se segurar mais uma vez o braço com que seguro a espada, vou te esfolar. Quer que cortem a minha garganta? Por que estava gritando?

— Olhe ali — ela apontou, tremendo.

Conan grunhiu. Sobre uma mesa de ébano polido, vasilhas douradas pareciam conter comida e bebida. A sala estava vazia. O bárbaro disse:

— Bem, seja lá para quem essa comida tenha sido preparada, ele terá de procurá-la em outro lugar.

— Será que devemos comê-la, Conan? — A garota inquiriu, nervosa. — Alguém pode aparecer e...

— *Lir an mannanan mac lira* — ele praguejou, segurando-a pela nuca e atirando-a sem cerimônia numa cadeira dourada, que estava numa das extremidades da mesa. — Estamos famintos e você faz objeções! Coma!

Ele sentou-se na cadeira da extremidade oposta, apanhando uma taça de jade e esvaziando-a num só gole. Ela continha um vinho carmesim de cheiro peculiar que ele desconhecia, mas que pareceu néctar para sua garganta seca. Com a sede aplacada, o bárbaro atacou a comida que estava à sua frente. Ela também lhe pareceu estranha: frutas exóticas e carnes desconhecidas. Os recipientes eram de um artesanato requintado, e havia também garfos e facas dourados. Conan os ignorou, segurando a carne com os dedos e rasgando-a com os dentes. Os modos do cimério à mesa eram sempre selvagens. Sua companheira civilizada comia de forma mais delicada, porém, tão voraz quanto. Ocorreu a Conan que a comida poderia estar envenenada, mas a conjectura não diminuiu seu apetite; ele preferia morrer envenenado a perecer de fome.

Com a barriga cheia, reclinou-se e deu um profundo suspiro de alívio. A comida fresca provara a existência de seres humanos naquela cidade silenciosa, e cada canto escuro talvez escondesse um inimigo à espreita. Mas ele não sentia qualquer apreensão, tendo ampla confiança na própria habilidade de guerreiro. Começou a sentir sono e considerou a ideia de se esticar num divã próximo para tirar uma soneca.

Mas não Natala. Embora não sentisse mais fome ou sede, não tinha qualquer desejo de dormir. Em verdade, seus adoráveis olhos estavam bem abertos, observando timidamente as portas ao redor; fronteiras do desconhecido. O silêncio e o mistério daquele estranho local a espreitavam. A câmara pareceu maior, e a mesa, mais comprida do que reparara ao entrar, e ela percebeu que estava mais longe de seu protetor do que gostaria. Levantou-se, foi rapidamente até ele e sentou-se em seu colo, olhando nervosa para as portas arqueadas. Algumas eram iluminadas, outras não, e era naquelas que ela detinha mais o olhar.

— Nós comemos, bebemos e descansamos — ela urgiu. — Vamos embora deste lugar, Conan. Ele é maligno. Eu posso sentir.

— Bem, não fomos feridos até o momento... — ele começou a dizer, quando uma lufada de ar suave, porém sinistra, chamou sua atenção. Tirando a garota do colo, levantou-se com a agilidade de uma pantera, sacou o sabre e posicionou-se frente à porta de onde o som parecia estar vindo. Este não se repetiu, e o bárbaro se adiantou em silêncio; Natala, com o coração na boca, o seguiu. Ela sabia que Conan suspeitava de algum perigo. O bárbaro trazia a cabeça afundada entre os ombros maciços, olhando para frente como um tigre no meio de uma caça. E ele não fez mais ruído do que o felino teria feito.

Conan parou diante da soleira, com Natala espiando temerosa por trás dele. A câmara estava escura, apenas parcialmente iluminada pela iridescência que provinha de trás deles e se espalhava. Lá dentro, Conan viu um homem deitado num estrado elevado. A luz fugidia o banhava, e o casal notou como ele se parecia com o homem que Conan matara no portão, exceto por seus trajes mais ricos, ornamentados com gemas que reluziam na luz inquietante. Estava morto ou apenas adormecido? Eles tornaram a escutar aquele som sinistro, como se alguém puxasse uma cortina. Conan recuou, arrastando Natala consigo e calando sua boca com a mão bem em tempo de suprimir um grito.

De onde estavam agora, o estrado não era mais visível; porém, era possível distinguir a sombra que ele projetava sobre a parede. Foi quando outra sombra passou a mover-se ao longo dela; um grande borrão preto e disforme. Enquanto observava, o bárbaro sentiu seus pelos se eriçarem. Jamais vira um homem ou uma fera que lançasse uma sombra como aquela. Estava tomado de curiosidade, contudo, seus instintos o mantiveram paralisado no lugar. Escutou a respiração ofegante de Natala, que observava a cena com os olhos dilatados. Nenhum outro som perturbava a tensa quietude. A enorme sombra envolveu a do estrado. Então, recuou lentamente e, mais uma vez, o estrado estava delineado contra a parede escura. Mas o seu ocupante adormecido havia desaparecido.

Um gorgolejo histérico surgiu da garganta de Natala e Conan a sacudiu, repreendendo-a. Ele sentia suas próprias veias congeladas. Não temia indivíduos humanos; nada que era compreensível, por mais soturno que fosse, o fazia tremer. Mas aquilo estava além do seu conhecimento.

Passado um tempo, sua curiosidade levou a melhor sobre a inquietação, e ele moveu-se na direção da sala escura mais uma vez, preparado para qualquer coisa. Olhando para dentro do aposento, o bárbaro viu que ele estava vazio. O estrado continuava igual, exceto pela ausência do homem enfeitado por joias. No dossel de seda que o cobria, uma única gota de sangue brilhava como uma gema escarlate. Natala a viu e emitiu um grito sufocado, pelo qual Conan não a puniu. Tornou a sentir a mão gelada do medo. Um homem se deitara naquele estrado; algo se arrastara para dentro da câmara e o levara consigo. O que era, Conan não fazia ideia, mas uma aura de horror sobrenatural pairava naquelas salas escuras.

Ele estava pronto para ir embora. Segurando a mão de Natala, deu meia-volta. Então, hesitou. Em alguma das câmaras pelas quais haviam passado, escutou o som de passos. Um pé humano, descalço ou com um calçado leve, produzira aquele som, e Conan, com a cautela de um lobo, rapidamente virou para a lateral. Acreditava que poderia chegar ao pátio externo evitando o cômodo de onde o ruído parecia vir.

Mas eles ainda nem tinham atravessado a primeira câmara de sua nova rota, quando o ruído de uma tapeçaria de seda os fez virar. Diante de uma alcova coberta por uma cortina, um homem encarava-os com intensidade.

Era exatamente igual aos outros que encontrara: alto, bem constituído, usando trajes roxos e um cinturão cravejado de pedras preciosas. Não havia nem surpresa, nem hostilidade em seus olhos âmbares. Pareciam sonhadores, como os de um usuário da lótus. Ele não sacou a espada curta que carregava. Após um momento de tensão, falou num tom distante e destacado, em uma língua que os ouvintes não compreenderam.

Conan aventurou-se em responder em stygio. O estranho replicou na mesma língua:

— Quem é você?

— Eu sou Conan, da Ciméria. Esta é Natala, da Britúnia. Que cidade é esta?

O homem não respondeu. Seu olhar devaneador pousou sobre Natala, e ele disse de forma pausada:

— De todas as ricas visões que já tive, esta é a mais estranha! Ah, garota de cabelos dourados... de que terra distante você vem? De Andarra, Tothra ou de Kuth, do cinturão de estrelas?

— Que loucura é esta? — O cimério rosnou com firmeza, não apreciando em nada as palavras ou o comportamento do homem.

O outro não lhe deu atenção.

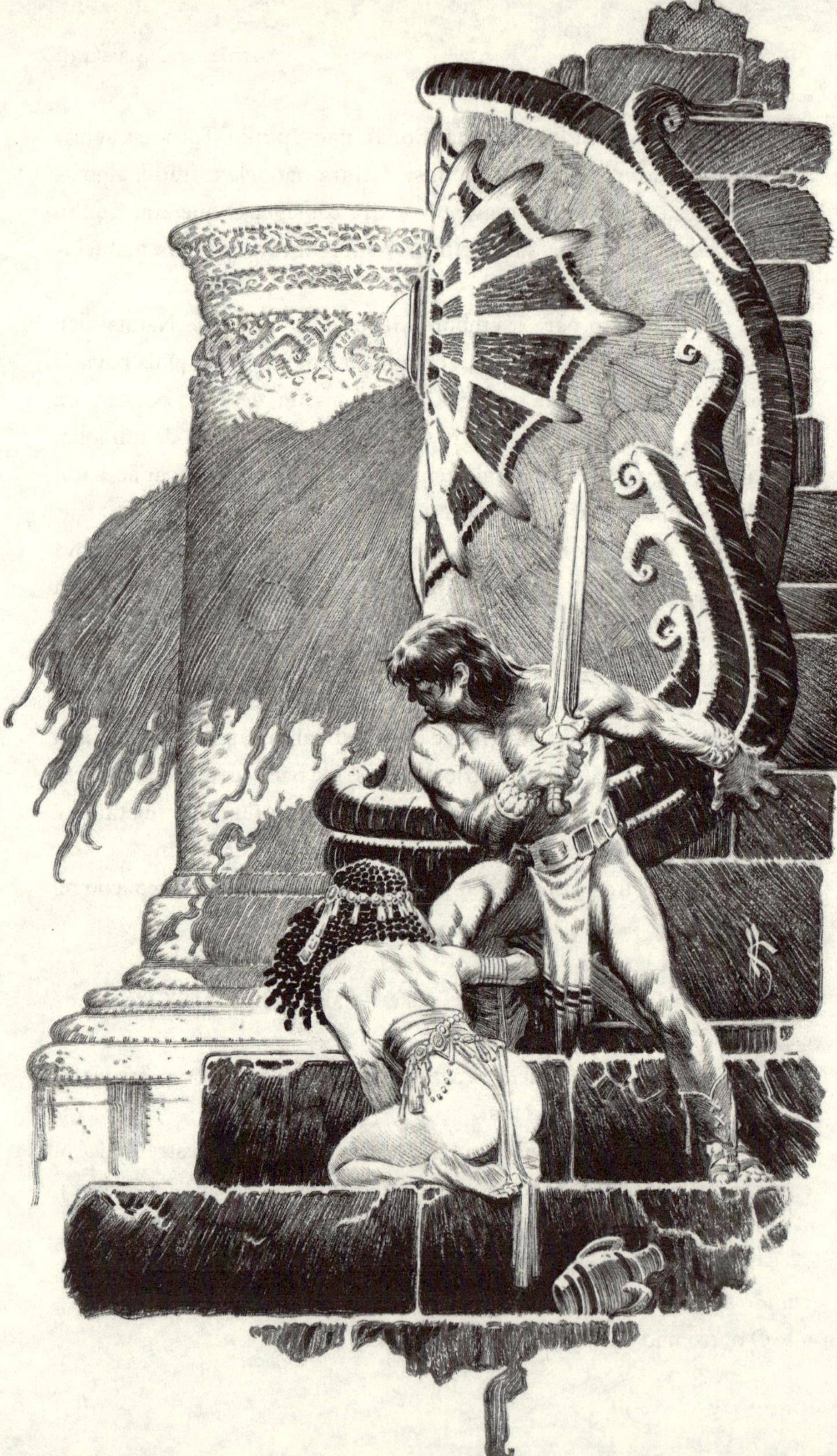

— Já sonhei com outras beldades — ele murmurou. — Mulheres delicadas, de cabelos escuros como a noite e olhos repletos de mistérios insondáveis. Mas sua pele é branca como leite; seus olhos, claros como a alvorada, e você tem um frescor e uma graça tão atraentes quanto o mel. Venha até meu divã, pequena garota dos sonhos!

Ele avançou em direção a ela, mas Conan empurrou sua mão para o lado com tanta força que poderia ter quebrado seu braço. O homem recuou, segurando o membro entorpecido; os olhos enevoados.

— Que rebelião de fantasmas é esta? — Ele murmurou. — Bárbaro... eu ordeno que parta daqui! Desapareça! Dissipe-se! Suma agora!

— Vou fazer sua cabeça desaparecer dos seus ombros! — Ameaçou o cimério, furioso, com o sabre brilhando em punho. — É assim que recepciona forasteiros? Por Crom, vou tingir esses seus trapos de sangue!

A qualidade sonhadora desapareceu dos olhos do homem, e uma expressão de surpresa a substituiu.

— Por Thog! — Ele exclamou. — Vocês são reais! De onde vieram? Quem são? O que fazem em Xuthal?

— Viemos do deserto — Conan respondeu. — Andamos pela cidade durante o anoitecer, famintos. Encontramos uma ceia posta para alguém e comemos. Não tenho dinheiro para pagar por ela. Em meu país não se nega comida a nenhum homem faminto, mas vocês, civilizados, sempre querem a sua recompensa... se forem iguais aos outros que já conheci. Não fizemos mal algum e estamos indo embora. Por Crom, não gosto deste lugar, onde mortos se erguem e homens adormecidos são arrastados para o ventre das sombras!

O homem teve um violento sobressalto diante do último comentário, e seu rosto amarelado empalideceu.

— O que disse? Sombras? O ventre das sombras?

— Bem... — o cimério replicou. — Seja lá o que for aquilo que apanhou o homem dormindo em um estrado e o levou, deixando para trás apenas uma gota de sangue.

— Você viu? Você viu? — O homem tremia como uma folha; sua voz subira para uma oitava mais aguda.

— Só o que vi foi um homem dormindo num estrado e uma sombra engolfando-o — Conan respondeu.

O efeito daquelas palavras sobre o outro foi horrível. Com um grito pavoroso, o homem virou-se e saiu correndo da câmara. Em sua pressa cega, trombou com o batente da porta, endireitou-se e fugiu pelas salas adjacentes, ainda gritando a plenos pulmões. Espantado, Conan partiu atrás dele, com a garota tremendo, agarrada em seu braço. Eles não conseguiam mais ver a figura em fuga, mas ainda escutavam os gritos de medo minguando ao longe, ecoando pelos tetos abobadados. De repente, um grito mais alto do que os outros foi ouvido, seguido por um silêncio pálido.

— Crom!

Conan limpou o suor da testa com a mão, que tremia ligeiramente.

— Esta cidade pertence aos loucos! Vamos sair daqui antes que encontremos outros!

— É tudo um pesadelo — Natala afirmou. — Estamos mortos e condenados! Nós morremos no deserto e viemos parar no Inferno! Somos espíritos descarnados... aaah!

Seu grito foi provocado por um tapa ressonante de Conan.

— Se um tapa a faz gritar assim, você não é espírito algum — ele comentou, com aquele seu humor negro que se manifestava tipicamente em situações inoportunas. — Nós estamos vivos, embora isso possa não durar se continuarmos neste covil assombrado por demônios. Vamos!

Os dois mal tinham atravessado outra câmara quando, mais uma vez, estancaram. Alguém, ou alguma coisa, se aproximava. Eles estavam de frente para a porta de onde o som vinha, esperando com expectativa. As narinas de Conan se alargaram e os olhos se estreitaram. Ele havia captado o leve cheiro do mesmo perfume que sentira mais cedo, naquela noite. Uma silhueta surgiu, emoldurada pela porta. Conan praguejou; os olhos de Natala se arregalaram.

Era uma mulher que os observava, alta, magra, com a silhueta de uma deusa, trajando um estreito cinturão cravejado de joias. Os cabelos negros como a noite contrastavam com a pele marmórea. Os olhos escuros, sombreados por longos cílios, eram profundos e misteriosos. Conan prendeu a respiração ante sua beleza, enquanto Natala a encarava com os olhos dilatados. O cimério jamais vira uma mulher daquelas; suas feições eram de uma stygia, mas a pele não era crepuscular como a das que conhecera; parecia de alabastro.

Contudo, a voz rica em musicalidade falou na língua stygia:

— Quem é você? O que fazem em Xuthal? Quem é essa garota?

— E quem é você? — Conan contra-atacou, cansado de responder perguntas.

— Eu sou Thalis, da Stygia — ela afirmou. — Vocês são loucos de virem aqui?

— Começo a achar que sim — o bárbaro grunhiu. — Por Crom, se continuo são, estou deslocado aqui, porque todos neste lugar são insanos. Viemos do deserto, morrendo de sede e fome, e encontramos um morto que tentou nos apunhalar pelas costas. Adentramos um palácio rico e luxuoso, que aparentava estar vazio. Encontramos uma refeição posta, mas não havia ninguém presente. Então vimos uma sombra devorar um homem adormecido — Conan a observou atentamente ao dizer aquilo, percebendo que seu rosto empalidecia. — E aí?

— E aí, o quê? — Ela retrucou, aparentemente recuperando o controle.

— Esperava que saísse correndo da sala uivando que nem uma louca selvagem — ele comentou. — Foi o que fez o homem para quem contei sobre a sombra.

Ela deu de ombros.

— Foram dele os gritos que escutei, então. Bem, cada homem tem o seu destino, e é idiotice guinchar como um rato preso numa ratoeira. Quando Thog me desejar, ele virá atrás de mim.

— Quem é Thog? — O cimério perguntou, desconfiado.

Ela o encarou longa e intensamente, o bastante para deixar Natala corada e fazê-la morder os lábios vermelhos.

— Sente-se naquele divã, e eu lhe contarei — disse. — Mas, antes, quais são os seus nomes?

— Eu sou Conan, da Ciméria, e esta é Natala, uma filha da Britúnia — ele respondeu. — Somos refugiados de um exército destruído nas fronteiras de Kush. Mas não tenho a intenção de sentar-me onde sombras densas podem me atacar pelas costas.

Com uma gargalhada sonora, ela própria sentou-se, alongando os braços delgados com uma indolência calculada.

— Não se preocupe — ela o tranquilizou. — Se Thog o quiser, ele virá atrás de você, esteja onde estiver. Aquele homem que mencionou, o que berrou e fugiu... você não o escutou dar um último grande grito, seguido pelo silêncio? Em seu frenesi ele deve ter caído nas garras daquilo que buscava escapar. Nenhum homem se esquiva do destino.

Conan deu um resmungo sem desejo de comprometer-se, contudo, sentou-se na beira da almofada com o sabre sobre os joelhos e os olhos examinando com suspeita a câmara. Natala aninhou-se junto a ele, abraçando-o com ciúme, sentada sobre as próprias pernas. Ela olhava para a estranha com desconfiança e ressentimento. Sentia-se pequena, suja e insignificante diante daquela beleza glamorosa, e reconhecia muito bem o olhar escuro que devorava cada detalhe do físico bronzeado do gigante.

— Que lugar é este e quem são essas pessoas? — Conan quis saber.

— Esta cidade se chama Xuthal. É muito antiga. Foi construída sobre um oásis que os fundadores encontraram em suas andanças. Eles vieram do leste há tantos anos que nem mesmo seus descendentes se recordam de quando foi.

— Com certeza não restaram muitos deles. Os palácios parecem todos vazios.

— De fato. Contudo, há mais do que pensa. A cidade é, na verdade, um único grande palácio, com cada edifício dentro destas muralhas conectado aos demais. Você poderia andar horas por estes aposentos sem ver ninguém. Em outras ocasiões, poderia encontrar centenas de habitantes.

— Como pode ser? — Conan inquiriu, ansioso; aquilo se parecia demais com feitiçaria para oferecer qualquer conforto.

— As pessoas passam a maior parte da vida dormindo. A vida que têm durante o sonho é tão importante... e, para eles, tão verdadeira... quanto a vida desperta. Já ouviu falar da lótus negra? Ela cresce em certos locais da cidade. Eles a cultivaram ao longo das eras até que, em vez da morte, seus sumos induzissem sonhos fantásticos e maravilhosos. Ficam a maior parte do tempo perdidos nesses sonhos. Suas vidas são vagas, erráticas e sem planos. Eles sonham, acordam, bebem, fazem amor, comem e sonham novamente. Raramente terminam alguma coisa que começam, deixando-a pela metade e tornando a mergulhar no torpor da lótus negra. Aquela refeição que encontrou... sem dúvida foi feita por alguém que acordou, sentiu fome e a preparou, mas, em seguida, a esqueceu e voltou ao mundo dos sonhos.

— Onde eles encontram comida? — Conan a interrompeu. — Não vi campos ou vinícolas do lado de fora. Eles possuem plantações e currais dentro dos muros da cidade?

Ela meneou a cabeça:

— Fazem a própria comida a partir de elementos primários. São cientistas incríveis quando não estão drogados. Seus ancestrais eram inteligentíssimos; colossos que construíram esta cidade maravilhosa em meio ao deserto, e, embora a raça tenha se tornado escrava de suas paixões, ainda conserva parte do seu incrível conhecimento. Chegou a se perguntar sobre essas luzes? São joias fundidas com rádio. Você as esfrega com os dedos para fazer com que brilhem e, caso queira apagá-las, basta tornar a esfregá-las no sentido oposto. E elas são só um exemplo da ciência que possuem. Mas eles se esqueceram de grande parte dela. A vida desperta lhes é de pouco interesse; preferem a vida no estado adormecido.

— Então... o morto diante do portão...? — Conan começou a dizer.

— Sem dúvida, dormia. Quem dorme o sono da lótus parece estar morto. Entra em animação suspensa. É impossível detectar o mínimo sinal de vida. O espírito deixa o corpo e ronda à vontade por outros mundos exóticos. O homem diante do portão é um bom exemplo da vida irresponsável que essas pessoas levam. Ele guardava a entrada, pois a tradição decreta que um vigia é sempre necessário, embora nunca um inimigo tenha avançado pelo deserto. Você encontraria mais guardas em outras partes da cidade, provavelmente dormindo como aquele sujeito.

Conan ruminou por um período.

— E onde estão essas pessoas agora?

— Espalhadas por diferentes partes da cidade. Deitadas em divãs, em poltronas de seda, em alcovas repletas de almofadas, em estrados cobertos por peles... todos envolvidos pelo véu brilhante dos sonhos.

O bárbaro sentiu um arrepio percorrer seus ombros largos. Não era tranquilizador pensar em centenas de pessoas deitadas, rígidas e geladas, por sobre as tapeçarias dos palácios; os olhos vítreos virados para cima. Lembrou-se de outra coisa:

— E quanto àquela coisa que invadiu a câmara e levou o corpo do homem que estava sobre o estrado?

A garota estremeceu.

— Aquele era Thog, o Antigo, o deus de Xuthal que vive no domo afundado, no centro da cidade. Ele sempre viveu em Xuthal. Se veio junto dos fundadores ou se já estava aqui quando eles ergueram a cidade, ninguém sabe. Mas o povo de Xuthal o idolatra. Em geral, ele dorme sob a cidade, mas, às vezes, em intervalos irregulares, fica com fome e ronda os corredores secretos e câmaras escuras em busca de uma presa. Ninguém está a salvo.

Natala deu um gemido de pavor e agarrou o pescoço de Conan, como se tentasse impedir que algo a arrancasse do lado de seu protetor.

— Crom! — Ele bradou, cheio de horror. — Quer me dizer que essas pessoas dormem despreocupadas, enquanto esse demônio as espreita?

— Ele fica com fome apenas ocasionalmente — ela repetiu. — Um deus precisa de sacrifícios. Quando eu era criança, na Stygia, o povo vivia à sombra dos sacerdotes. Ninguém sabia quando alguém seria arrastado para o altar. Qual a diferença entre um sacerdote entregar uma vítima aos deuses e um deus aparecer para buscar sua vítima?

— Essas não são as tradições do meu povo — Conan rugiu —, e nem do de Natala. Os hiborianos não sacrificam ninguém para seu deus, Mitra, e quanto ao meu povo... Por Crom, gostaria de ver um sacerdote arrastar um cimério até um altar! Haveria sangue derramado, mas não como o sacerdote gostaria.

— Você é um bárbaro — divertiu-se Thalis, mas com um brilho nos olhos. — Thog é muito antigo e terrível.

— Essas pessoas devem ser ou idiotas, ou heróis — Conan resmungou — para se deitarem e mergulharem em sonhos patéticos, mesmo sabendo que podem acordar na barriga dele.

Ela riu:

— É tudo o que conhecem. Thog tem sido seu predador há incontáveis gerações. É um dos fatores que reduziram seu número de milhares para centenas. Mais algumas gerações e eles serão extintos, e Thog terá de se aventurar no mundo em busca de novas presas, ou retirar-se para o submundo de onde veio há tanto tempo. Eles percebem seu destino derradeiro, contudo, são fatalistas, incapazes de resistir ou fugir. Ninguém da atual geração jamais esteve fora destas muralhas. Existe um oásis a um dia de marcha ao sul... já vi em velhos mapas que os ancestrais deles desenharam em pergaminhos... mas nenhum homem de Xuthal o visitou em três gerações, e muito menos fez qualquer tentativa de explorar as terras férteis que os mapas mostram haver a mais um dia de marcha dele. Trata-se de uma raça que se extingue em passo acelerado, afogada nos sonhos da lótus, estimulando suas horas despertas com o vinho dourado que cura ferimentos, prolonga a vida e revigora e sacia até mesmo os mais libertinos. Contudo, eles se agarram à vida e temem a deidade que adoram. Viu como um deles enlouqueceu ao saber que Thog rondava os palácios? Já vi a cidade inteira, aos gritos e arrancando os cabelos, correr em pânico para fora dos portões, se esconder e tirar a sorte para ver quem deveria retornar e satisfazer a fome de Thog. Se não estivessem todos dormindo agora, as notícias de sua vinda os fariam sair mais uma vez histéricos portões afora.

— Ah, Conan — Natala exclamou. — Vamos sair daqui!

— Na hora certa — o cimério respondeu; seus olhos vidrados nos membros de mármore de Thalis. — E o que você faz aqui, stygia?

— Cheguei quando era uma garotinha — ela respondeu, inclinando-se contra o divã de veludo e entrelaçando os dedos atrás da cabeça. — Sou filha de um rei. Como pode ver pela cor da minha pele, que é branca como a da sua amiguinha loira, não sou uma mulher do povo. Fui raptada por um príncipe rebelde que, tendo reunido um exército de arqueiros kushitas, seguiu para o sul em busca de uma terra que pudesse conquistar. Ele e todos os seus guerreiros pereceram no deserto, porém um, antes de morrer, me pôs no lombo de um camelo e caminhou ao lado do animal até cair morto. A fera vagou a esmo e eu comecei a delirar de fome e de sede, desmaiando e acordando nesta cidade. Disseram-me que fui avistada das muralhas no início da manhã, desacordada nas costas do camelo. Trouxeram-me para dentro e me reanimaram com seu maravilhoso vinho dourado. E somente a visão de uma mulher os teria feito se aventurar tão longe das muralhas. Todos se interessaram bastante por mim, principalmente os homens. Como não falava a língua deles, aprenderam a minha. Eles são bastante intelectualizados, e falaram a minha língua bem antes de eu conseguir falar a deles. Mas estavam mais interessados em mim do que na minha língua. Eu fui e continuo sendo a única coisa capaz de fazer um deles esquecer o sonho da lótus por um tempo.

Ela riu maliciosamente, piscando os olhos audazes para Conan.

— É claro que as mulheres têm ciúme de mim — prosseguiu, tranquila. — Elas são belas à sua própria maneira, com suas peles amarelas, mas são sonhadoras e inseguras como os homens, e eles não gostam de mim apenas por minha beleza, mas também pela realidade. Eu não sou nenhum sonho! Embora já tenha sonhado o sonho da lótus, sou uma mulher normal, com emoções e desejos reais. Essas mulheres amarelas de olhos estreitos não conseguem se equiparar a mim. Por isso, seria melhor que você cortasse a garganta dessa garota com seu sabre, antes que os homens de Xuthal despertem e a apanhem. Eles a farão passar por coisas que ela jamais sonhou! Ela é delicada demais para suportar as coisas que vivi. Sou uma filha de Luxur e, antes de conhecer quinze verões, já havia passado pelos templos de Derketo, a deusa crepuscular, e sido iniciada em seus mistérios. Não que meus primeiros anos em Xuthal tenham sido um período de prazer infindável! Este povo esqueceu-se de mais coisas do que as sacerdotisas de Derketo jamais saberão. Eles vivem exclusivamente para o prazer! Sonhando ou despertos, suas vidas são repletas de êxtase exótico, além do que qualquer homem comum aspira.

— Malditos degenerados! — Conan grunhiu.

— É questão de ponto de vista — Thalis replicou, sorrindo com expressão de preguiça.

— Bem — ele declarou, decidido —, só estamos perdendo tempo. Vejo que aqui não é local para pessoas comuns. Vamos embora antes que esses idiotas despertem ou que Thog venha nos devorar. É provável que o deserto seja mais gentil.

Natala, cujo sangue tinha coalhado nas veias ao escutar o relato de Thalis, concordou fervorosamente. Ela falava mal a língua stygia, mas entendia o suficiente. Conan se levantou, pondo-a ao seu lado.

— Se nos mostrar a saída mais próxima — ele disse —, iremos embora daqui. — Mas o olhar do bárbaro ainda se detinha nos braços e seios marmóreos da stygia. Ela notou o interesse do cimério e sorriu de forma enigmática, enquanto se levantava como uma felina preguiçosa.

— Venha comigo. — Ela mostrou o caminho, segura dos olhos de Conan fixos em sua silhueta. Não seguiu por onde tinham vindo, mas, antes que as suspeitas do homem fossem despertadas, parou numa ampla câmara com decoração de marfim, apontando para uma pequena fonte que gorgolejava em seu centro.

— Não quer lavar o rosto, criança? — Ela perguntou a Natala. — Ele está sujo de pó, assim como o seu cabelo.

Natala enrubesceu ante a sugestão de malícia presente no tom zombeteiro da stygia, mas assentiu, perguntando-se miseravelmente o quanto de dano o sol e o vento do deserto tinham causado em sua aparência, justamente a característica pela qual as mulheres da sua raça eram notadas. Ela ajoelhou-se ao lado da fonte, jogou os cabelos para trás, deixou a túnica descer até a cintura e começou a lavar não só o rosto, mas também os braços e ombros.

— Por Crom! — Conan resmungou. — As mulheres param para cuidar da beleza até mesmo se o demônio estivesse em seus calcanhares. Rápido, garota; estará coberta de pó novamente antes que percamos a cidade de vista. E, Thalis, eu agradeceria se nos suprisse com um pouco de comida e bebida.

Como resposta, Thalis inclinou-se na direção dele, deslizando o braço por sobre seus ombros bronzeados. Pressionou seu flanco nu e delgado contra a coxa do bárbaro, e o perfume dos cabelos sedosos chegou às suas narinas.

— Por que arriscar-se no deserto? — Ela perguntou. — Fique aqui! Ensinarei a você o modo Xuthal de ser. Vou protegê-lo. Vou amá-lo! Você é um homem de verdade... Estou cansada desses idiotas que sonham e suspiram, e acordam somente para tornar a sonhar. Estou faminta pela paixão bruta de um homem da terra. A chama nos seus olhos faz com que meu coração acelere, e seu toque firme me enlouquece. Fique aqui! Eu o tornarei rei de Xuthal! Vou mostrar todos os antigos mistérios, todas as formas exóticas de prazer! Eu vou... — ela tinha jogado ambos os braços em volta do pescoço de Conan e estava na ponta dos pés; seu corpo estremecendo contra o dele. Por cima do ombro de ferro do cimério, viu Natala jogar para trás a cabeleira molhada e estancar, com os adoráveis olhos dilatados e os lábios vermelhos abertos de surpresa. Com um grunhido embaraçado, Conan se desvencilhou dos braços de Thalis e a pôs de lado. Ela lançou uma olhadela rápida na direção da brituniana e sorriu de maneira enigmática, parecendo assentir de uma forma misteriosa.

Natala ficou de pé e vestiu a túnica; os olhos ardendo e uma expressão feia no rosto. Conan praguejou em silêncio. Não era mais monogâmico por natureza do que qualquer típico mercenário, mas havia certa decência inata nele que era a melhor proteção de Natala.

Thalis não forçou a questão. Fazendo um sinal com a mão delicada para que a seguissem, virou-se e atravessou a câmara.

Parou repentinamente, próxima à tapeçaria na parede. Observando-a, Conan se perguntou se ela tinha escutado os sons emitidos por um monstro inominável que rondava as câmaras escuras, e sentiu a pele eriçar ante o pensamento.

— O que foi que escutou? — Ele perguntou.

— Vigie a porta de entrada — ela respondeu, apontando.

Ele virou-se com a espada de prontidão. Apenas uma arcada vazia na entrada encontrou seu olhar. Então, vindo de trás dele, escutou um ruído rápido de pés sendo arrastados e um resfôlego abafado. Deu uma guinada e viu que Thalis e Natala haviam desaparecido. A tapeçaria voltava ao lugar, como se tivesse sido afastada da parede. Diante dos olhos arregalados do cimério, do outro lado da parede ornada com a tapeçaria, escutou-se a brituniana dando um grito abafado.

## II

Quando Conan voltara-se para atender o pedido de Thalis e vigiar a entrada oposta, Natala estava próxima da mulher stygia. No instante em que o cimério deu as costas, com inesperada rapidez, ela tapou a boca de Natala, sufocando o grito que esta tentara dar. Ao mesmo tempo, o outro braço envolveu a cintura magra da loira e a arrastou na direção da parede, que pareceu ceder quando o ombro de Thalis a pressionou. Uma parte da parede girou para dentro e Thalis entrou com a prisioneira, passando por uma abertura atrás da tapeçaria, bem quando Conan virava-se novamente.

A escuridão do outro lado era total quando a porta secreta tornou a se fechar. Thalis tirou a mão da boca de Natala por um instante enquanto tateava, aparentemente acionando alguma tranca, e a brituniana começou a gritar a plenos pulmões. A gargalhada da stygia foi como mel envenenado nas trevas.

— Grite o quanto quiser, vadia. Isso só vai abreviar a sua vida.

Ao escutar essas palavras, Natala parou repentinamente e se encolheu; cada membro de seu corpo tremendo de medo. Ela implorou:

— Por que fez isto? O que pretende?

— Vou levá-la por este corredor até um local onde a deixarei para aquele que, cedo ou tarde, virá buscá-la — Thalis respondeu.

— Aaaaah! — A voz de Natala irrompeu de terror. — Por que quer me ferir? Nunca fiz mal a você!

— Quero o seu guerreiro e você está no meu caminho. Ele me deseja... Pude ver em seus olhos. Se não fosse por você, ele ficaria aqui e reinaria ao meu lado. Assim que estiver fora do caminho, ele me seguirá.

— Ele vai cortar a sua garganta! — Natala respondeu com convicção, conhecendo Conan melhor do que Thalis.

— É o que veremos — a stygia respondeu friamente, confiante no poder que exerce sobre os homens. — Seja como for, você não saberá se ele me esfaqueou ou me beijou, pois será a noiva daquele que vive nas trevas. Venha!

Enlouquecida pelo terror, Natala lutou como uma fera selvagem, mas sem resultados. Com uma força incomum que jamais julgaria ser possível para uma mulher, Thalis a agarrou e arrastou pelos corredores escuros como se levasse uma criança. Natala não tornou a gritar, lembrando-se das palavras sinistras da outra; os únicos sons eram suas arfadas desesperadas e as risadas lascivas da stygia. Então, a mão livre da brituniana fechou-se em algo no meio da escuridão: um punhal cravejado de joias que estava preso ao cinturão enfeitado de Thalis. Natala o arrancou e atacou às cegas com toda a força que conseguiu.

Um grito explodiu dos lábios de Thalis, felino em sua dor e fúria. Ela recuou e Natala libertou-se de seu domínio, batendo os membros macios no chão de pedra. Pôs-se de pé, recostou-se à parede mais próxima e lá permaneceu, ofegante e tremendo, pressionando o corpo contra as pedras. Não conseguia ver Thalis, mas podia escutá-la. Era certo que a stygia não estava morta; ela praguejava em um ritmo constante, e sua fúria parecia tão concentrada e mortal que Natala sentiu os ossos se transformarem em cera e seu sangue em gelo.

— Onde está, sua pequena diaba? — Thalis rosnou. — Se colocar minhas mãos em você de novo, vou...

Natala sentiu-se fisicamente nauseada ante a descrição que Thalis fez da dor que pretendia infligir à rival. A escolha de palavras da stygia teria causado vergonha à mais experiente cortesã da Aquilônia.

Natala a escutou tateando no escuro e, então, uma luz surgiu. Evidentemente, qualquer medo que Thalis sentisse do corredor escuro fora suplantado pela raiva. A luz vinha de uma das joias de rádio que adornavam as paredes de Xuthal. Thalis a tinha esfregado e, agora, era banhada por aquele brilho avermelhado; uma luz diferente da emitida pelas outras. Uma de suas mãos pressionava-lhe o flanco, de onde seu sangue escorria por entre os dedos. Mas ela não parecia enfraquecida ou seriamente ferida, e seus olhos queimavam de forma demoníaca. O pouco de coragem que restara a Natala se esvaiu ao ver a oponente iluminada por aquele brilho estranho, seu belo rosto contorcido num furor diabólico. Ela avançou, afastando a mão da lateral ferida e sacudindo-a para limpar o sangue dos dedos. Natala percebeu que não imputara um ferimento grave à rival. A lâmina tinha resvalado nas joias do cinturão e feito um corte superficial, que só servira para despertar a fúria da stygia.

— Dê-me esse punhal, sua tola! — Ela rugiu, avançando contra a garota encolhida.

Natala sabia que precisava lutar enquanto ainda havia chance; contudo, simplesmente não conseguia reunir coragem para tanto. Ela nunca fora uma lutadora, e a escuridão, a violência e os horrores da aventura a tinham deixado abalada física e mentalmente. Thalis arrancou o punhal dos dedos moles e o arremessou para o lado com desprezo.

— Sua rameira! — Ela sibilou, estapeando fortemente a garota com ambas as mãos. — Antes que te arraste por este corredor e a entregue para as mandíbulas de Thog, tomarei um pouco do seu sangue para mim! Ousou me esfaquear? Pois bem, a audácia vai lhe custar bem caro!

Agarrando-a pelos cabelos, Thalis a arrastou por uma curta distância pelo corredor, até os limites de um círculo de luz. Uma argola de metal surgiu na parede, acima do nível da cabeça de uma pessoa. Presa a ela estava uma corda de seda. Como num pesadelo, Natala sentiu sua túnica ser arrancada e, no instante seguinte, Thalis havia erguido e amarrado seus punhos à argola, onde ela permaneceu pendurada e nua como no dia em que nascera, com os pés mal tocando o chão. Girando a cabeça, viu a inimiga apanhar um chicote com um cabo cravejado de pedras preciosas de onde estava pendurado na parede, perto da argola. O azorrague consistia de sete cordas de seda tubulares, mais duras, porém mais maleáveis do que se fossem feitas de couro.

Com um silvo de gratificação vingativa, Thalis jogou o braço para trás e Natala gritou quando as cordas atingiram seu lombo. A garota torturada se contorcia, girava e puxava agonizantemente as amarras que prendiam seus punhos. Ela se esquecera da ameaça que seus gritos poderiam atrair, assim como Thalis, aparentemente. Cada golpe evocava novos gritos de dor. As chibatadas que Natala recebera nos mercados de escravos shemitas não eram nada diante daquilo. Ela não imaginava o poder que as cordas de seda trançada tinham. Seu toque era tremendamente mais doloroso do que qualquer galho verde ou cinta de couro, e, ao cortar o ar, assobiavam venenosamente.

Então, quando Natala virou a cabeça polvilhada de sangue e olhou por sobre o ombro para implorar misericórdia, algo congelou as súplicas. A agonia cedeu espaço ao horror paralisante em seus olhos.

Surpreendida pela expressão, Thalis deteve a mão direita em pleno golpe e virou-se velozmente... mas era tarde demais! Um grito pavoroso escapou de seus lábios quando foi puxada para trás, os braços arremessados para o alto. Natala a viu por um instante; uma figura branca de medo, delineada contra uma grande massa negra amorfa que se avolumava por trás dela. Arrancando a garota do chão, a forma recuou, deixando Natala sozinha no círculo pálido de luz, quase desmaiada de terror.

Das sombras vinham sons incompreensíveis, de gelar o sangue. Ela escutou Thalis suplicar, mas nenhuma voz respondeu. Não havia som algum, exceto a voz ofegante da stygia que, subitamente, transformou-se em gritos de agonia e logo irrompeu numa gargalhada histérica, entrecortada por soluços. Tudo minguou, transformando-se num convulsivo resfôlego que, enfim, também cessou, deixando um silêncio ainda mais terrível pairando no corredor secreto.

Nauseada de horror, Natala virou o corpo e ousou olhar temerosa na direção para a qual a forma negra levara Thalis. Não viu nada, mas pressentiu um perigo invisível, mais sinistro do que era capaz de compreender. Ela lutou contra uma onda de histeria. Os punhos feridos e o corpo espancado tinham sido esquecidos diante daquilo que, ela sentia, era uma ameaça não só para o seu corpo, como para a sua alma.

Forçou a vista na escuridão além do círculo de luz, tensa de medo pelo que poderia ver. Um choramingo escapou dos seus lábios. As trevas começavam a tomar forma. Algo enorme e corpulento crescia no vazio. Ela viu uma grande cabeça disforme emergir na luz. Pelo menos achou que era uma cabeça, embora não se parecesse com a de nenhuma criatura normal. Viu um rosto quase anfíbio, cujas feições eram tão obscuras quanto as de um espectro visto num espelho. Grandes focos de luz que deveriam ser olhos piscaram para ela, que estremeceu ante a lasciva cósmica refletida neles. Ela não conseguia dizer nada sobre o corpo da criatura. Seus contornos pareciam oscilar e se alterar subitamente, mesmo diante do olhar dela; contudo, a substância era, aparentemente, sólida. Não havia nada de fantasmagórico ou nebuloso nela.

Conforme a coisa se aproximava, Natala não foi capaz de dizer se ela andava, serpenteava, planava ou rastejava. Seu método de locomoção estava absolutamente além da compreensão da garota. Quando a coisa saíra das trevas, ainda estava incerta sobre sua natureza. A luz da joia de rádio não a iluminava da forma como teria iluminado uma criatura comum.

Por mais impossível que fosse, a coisa parecia quase imune à luz. Seus detalhes continuavam obscuros e indistintos, mesmo quando chegou tão próximo que quase tocou a sua pele. Somente aquela cara anfíbia se destacava com alguma distinção. A coisa era um borrão, uma mancha escura incapaz de ser iluminada ou dissipada por uma luminosidade normal.

Natala decidiu que havia enlouquecido. Não sabia discernir se a criatura a olhava de baixo para cima ou se havia se erguido acima dela. Era incapaz de dizer se a repulsiva face piscava para ela das sombras aos seus pés ou se olhava para baixo de alturas imensas. Mas, se a visão a convencera de que, quaisquer que fossem as qualidades mutáveis, ela ainda era composta de substância sólida, foi a sensação de seu toque que a assegurou do fato. Um membro que se parecia com um tentáculo negro deslizou pelo seu corpo, e ela gritou ao senti-lo tocar sua pele nua. Não era quente nem frio, áspero ou macio; era diferente de qualquer coisa que a tocara antes e, com o toque, a garota conheceu o medo e a vergonha de forma como jamais sonhara. Toda a obscenidade e infâmia salaz gerada na sujeira dos poços abismais da vida pareceram afogá-la num mar de imundície. Naquele instante, ela soube que, qualquer que fosse a forma de vida que aquela coisa representava, não era uma fera.

Começou a gritar de forma incontrolável enquanto o monstro a puxava, querendo arrancá-la da argola à base da força; então, algo quebrou acima da cabeça deles e um vulto caiu, atingindo o chão de pedra.

## III

Quando Conan se virou em tempo de ver a tapeçaria voltando para a posição original e de escutar o grito abafado de Natala, arremeteu contra a parede com um rugido enlouquecido. Ricocheteando do impacto que teria quebrado os ossos de um homem mais frágil, ele arrancou o tecido, apenas para ver o que parecia ser uma parede normal. Fora de si, ergueu o sabre furiosamente, prestes a golpear o mármore, quando um ruído súbito o fez virar-se.

Um grupo de figuras o encarava; homens de pele amarelada, vestindo túnicas roxas e empunhando espadas curtas. Eles o atacaram em meio a gritos hostis. Conan não fez qualquer tentativa de se conciliar; ensandecido pelo desaparecimento da garota, permitiu-se reverter ao estado bárbaro.

Um grunhido de satisfação sanguinária irrompeu de sua garganta taurina quando ele saltou, e o primeiro atacante, cuja espada tinha um alcance inferior ao do sabre sibilante, tombou com o cérebro escorrendo de dentro do crânio partido. Dando um giro nos calcanhares, Conan atingiu em pleno movimento um punho que vinha em rota descendente, e a mão que segurava a espada planou, espalhando uma chuva de gotas vermelhas. O bárbaro não hesitou nem parou; uma esquiva com a agilidade de uma pantera evitou uma investida desajeitada de dois espadachins, e a lâmina do primeiro, errando o alvo, acabou incrustada no peito do segundo.

O infortúnio foi seguido por um grito de dor, e Conan permitiu-se uma gargalhada curta, enquanto desviava de outro corte sibilante e retalhava por baixo da guarda do guerreiro de Xuthal. Um jato escarlate seguiu sua lâmina cantante e o homem caiu aos gritos, com a barriga aberta.

Os guerreiros de Xuthal uivaram como coiotes raivosos. Não habituados a batalhas, eram ridiculamente lentos e desajeitados em comparação com o bárbaro, cujos movimentos eram borrões velozes, possíveis somente graças à musculatura em forma, aliada a um cérebro condicionado a lutar. Eles tropeçavam e caíam, entravados pela própria superioridade numérica; atacavam rápido demais ou cedo demais, e cortavam apenas o ar. O cimério nunca ficava parado ou no mesmo lugar por mais do que um segundo; saltando, saindo de lado, girando ou se contorcendo, era um alvo em movimento constante para as espadas dos agressores, enquanto a sua própria cantava a morte.

Mas, apesar das falhas, os homens de Xuthal eram bravos. Cercaram-no, gritando e batendo, e pelas portas arqueadas chegavam outros, despertados da sonolência pelo clamor inusitado.

Conan, sangrando de um corte na têmpora, abriu espaço por um momento com um golpe devastador de seu sabre e examinou ao redor, em busca de uma rota rápida de fuga. Naquele instante, viu a tapeçaria de uma das paredes puxada para a lateral, revelando uma estreita escadaria. No alto dela, um homem de vestes caras piscava com os olhos vagos, como se acabasse de acordar e ainda não tivesse sacudido da mente as areias da sonolência. O bárbaro viu e agiu simultaneamente.

Um salto felino permitiu que atravessasse ileso o círculo de espadas, rumando para as escadarias e seguido de perto pelo grupo ofensor. Três homens o confrontaram à beira dos degraus de mármore, mas foram abatidos com um ruído ensurdecedor de aço. Por um instante frenético, as lâminas arderam como relâmpagos de verão; então, o trio caiu e Conan saltou para as escadas. O grupo em seu encalço tropeçou nos corpos aos seus pés; um deitado de barriga para baixo em meio a um nauseante ensopado de sangue e miolos; outro apoiado sobre as mãos, o sangue escuro vazando da garganta aberta; e o terceiro uivando como um cão moribundo, pressionando o toco carmesim que já fora um braço.

Enquanto Conan subia as escadarias, o homem no alto saiu de seu estupor e desembainhou a espada, que reluziu como se fosse feita de gelo à luz das pedras de rádio. Ele estocou para baixo, e Conan se esquivou da ponta que visava seu pescoço. A lâmina cortou a pele das suas costas, mas o cimério se endireitou e projetou o sabre para o alto como se manuseasse uma faca de açougueiro, empregando toda a força dos ombros.

Tamanho era o ímpeto de sua arremetida que nem mesmo o afundar do sabre até o cabo no estômago do oponente a retardou. Ele trombou com o corpo do desgraçado, derrubando-o para a lateral. O impacto fez Conan se chocar contra a parede, enquanto o outro rolou de cabeça pelas escadarias, aberto da espinha até a virilha, com o externo rompido. O corpo caiu violentamente sobre os homens que subiam apressados numa explosão de entranhas, levando-os consigo na queda.

Levemente atordoado, Conan apoiou-se na parede por um instante e observou a cena; então, balançando de modo desafiador o sabre gotejante, subiu os degraus.

Chegando a uma câmara superior, ele parou apenas o suficiente para certificar-se de que ela estava vazia. Atrás dele, a horda gritava com horror e fúria tão intensificados que ele soube que havia matado algum homem notável nas escadas, possivelmente o rei daquela cidade fantástica.

Correu aleatoriamente, sem nenhum plano. Queria encontrar e socorrer Natala, que com certeza precisava de seu auxílio, mas, perseguido daquela maneira por todos os guerreiros de Xuthal, só o que podia fazer era fugir e confiar na sorte para tentar despistá-los e encontrá-la. Nas câmaras superiores, escuras ou mal iluminadas, rapidamente perdeu o senso de direção; assim, não estranhou quando acabou entrando por engano num salão repleto de oponentes.

Eles gritaram vingativos e o atacaram. Com um rosnado desgostoso, o cimério voltou correndo pelo caminho por onde viera. Ou pelo menos achava que era o mesmo caminho, mas, ao desembocar num aposento particularmente ornamentado, percebeu que tinha se equivocado. Todos os cômodos por que passara desde que subira as escadarias estavam vazios, mas aquele tinha uma ocupante, que gritou quando ele adentrou o local.

Conan viu uma mulher de pele amarelada, nua, salvo por diversas joias em todo o corpo, encarando-o com os olhos arregalados. Enquanto ele a observava com intensidade, a mulher alcançou uma corda de seda pendurada na parede e a puxou. Em resposta, o chão se abriu sob os pés do bárbaro, e nem toda a sua coordenação conseguiu evitar que ele mergulhasse nas profundezas escuras.

Não caiu por muito tempo, embora a altura fosse suficiente para quebrar as pernas de um homem de musculatura menos privilegiada.

Pousou como um gato; instintivamente mantendo o cabo do sabre firme em uma das mãos. Enquanto se punha de pé, um grito familiar chegou aos seus ouvidos. Com os dentes arreganhados, olhando por baixo da cabeleira emaranhada, Conan viu a silhueta branca e nua de Natala, contorcendo-se contra o toque lascivo de um pesadelo sombrio que só poderia ter sido criado nos poços perdidos do Inferno.

Testemunhar aquela forma pavorosa poderia, por si só, tê-lo congelado de medo, mas, justaposta à garota, a visão despertou uma onda vermelha de fúria homicida no cérebro do bárbaro, fazendo-o atacar o monstro.

A coisa largou a garota, virando-se na direção de seu oponente, e o sabre do cimério, sibilando pelo ar, atravessou o corpanzil viscoso e fincou-se no chão de pedra, arrancando faíscas azuis. A fúria do golpe fez Conan cair de joelhos; a lâmina não havia encontrado a resistência que ele esperava. Ainda se recuperava quando a coisa caiu sobre ele, avultando-se como uma nuvem escura. Parecia fluir à sua volta quase em ondas líquidas, envolvendo-o, engolfando-o. O sabre balançava enlouquecidamente e sem parar, sua ponta rasgando e cortando; ele sentiu um líquido gosmento, que devia ser o sangue da coisa, regar seu corpo. Contudo, a fúria dela não se abrandava.

Conan não sabia dizer se atacava os membros ou cortava o corpo a cada golpe desferido pela arma. Era arremessado para frente e para trás naquela violenta batalha, e tinha a estranha sensação de estar enfrentando não uma única criatura, mas uma letal agregação de várias. A coisa parecia morder, arranhar, esmagar e espancar, tudo ao mesmo tempo. Sentiu garras e presas rasgarem a sua carne; cabos flácidos, porém consistentes como ferro, envolverem seus membros e corpo; e o pior era algo semelhante a um chicote feito de escorpiões que açoitava sem parar seus ombros, costas e peito, rasgando a pele e preenchendo as veias com um veneno igual a fogo líquido.

Eles rolaram para além do círculo de luz, e foi na mais completa escuridão que o cimério lutou. Em dado momento, tal qual uma fera, cravou os dentes na substância lânguida de seu oponente, enojando-se quando a coisa se contorceu como se fosse borracha viva entre suas mandíbulas de ferro.

Durante a tempestuosa batalha, eles rolaram cada vez mais túnel adentro. O cérebro de Conan começou a vacilar ante a punição que sofria. Ele respirava com dificuldade. Sobre si, via um rosto similar ao de um sapo, fracamente iluminado por um brilho estranho que parecia emanar dele próprio. Num grito decisivo que misturava um praguejar a um resfôlego agonizante, ele mergulhou para frente, estocando com toda a força que lhe restava. O sabre afundou até o cabo em algum lugar debaixo daquela face sombria, e um tremor convulsivo percorreu todo o enorme corpanzil que envelopava o cimério. Com uma explosão vulcânica de contração e expansão, a coisa tombou para trás, rolando com uma rapidez frenética pelo corredor. Conan foi junto, ferido, machucado, invencível... pendurado no cabo do sabre com a firmeza de um buldogue, usando um punhal que trazia na mão esquerda para rasgar e perfurar a criatura até as costelas.

Agora, a coisa reluzia por inteiro com uma estranha luminosidade fosfórica, e o brilho estava nos olhos de Conan, cegando-o. Súbito, aquela enorme massa agitada caiu à sua frente e o sabre se libertou, permanecendo em sua mão. Seu braço precipitou-se no espaço e, bem abaixo dele, o corpo reluzente do monstro mergulhou em queda livre como um meteoro. Perplexo, Conan percebeu que estava na beirada escorregadia de um grande poço. Ficou lá, observando o brilho diminuir até desaparecer numa superfície escura que parecia subir de encontro a ele. Por um instante, um fogo bruxuleou naquelas profundezas crepusculares; então, desapareceu, deixando Conan a encarar as trevas do abismo final, de onde nenhum som provinha.

## IV

Lutando em vão contra as amarras de seda que prendiam os seus punhos, Natala examinava as trevas além do círculo de luz. Sentia a língua tocando-lhe o céu da boca como se estivesse congelada. Vira Conan desaparecer naquela escuridão, preso num combate mortal contra um demônio desconhecido, e os únicos sons que chegavam aos seus ouvidos atentos eram as bruscas arfadas do cimério, o impacto dos corpos se debatendo e os baques de golpes selvagens. Estes haviam cessado, e Natala oscilava vertiginosamente em suas cordas, prestes a desmaiar.

O som de um passo a tirou de sua apatia em tempo de ver Conan emergir das trevas. Diante da visão, a voz da garota transformou-se num guincho que ecoou pelo túnel abobadado. O cimério estava tão machucado que era difícil encará-lo. A cada passo ele vertia sangue. O rosto fora esfolado e inchado, como se tivesse sido espancado com uma clava. Os lábios tinham sido reduzidos a polpa, e sangue escorria por sua face a partir de um ferimento no escalpo. Havia cortes fundos em suas coxas, quadris e antebraços, e grandes hematomas nos braços e no tronco, devido aos impactos contra o chão de pedra. Mas seus ombros, costas e peito eram os que mais tinham sofrido. A carne estava machucada e lacerada, e a pele pendurada em tiras soltas, como se tivesse sido açoitada.

— Oh, Conan... — ela soluçou. — O que aconteceu com você?

Ele não tinha fôlego para conversar, mas seus lábios esmagados se contorceram no que poderia ter sido um sorriso soturno, conforme se aproximava. Seu peito peludo, coberto de suor e sangue, arfava com a respiração. Lenta e arduamente, cortou as amarras dela; então recostou-se à parede com as pernas espaçadas e trêmulas. Natala o abraçou com força e soluçou histericamente:

— Conan... você está gravemente ferido. O que devemos fazer?

— Bem — ele comentou —, não se pode lutar contra um demônio do Inferno e sair com a pele intacta!

— Onde ele está? Você o matou?

— Não sei. Ele caiu num poço. Estava bastante ferido, mas nem ao menos sei se aquela coisa pode ser morta.

— Suas costas... — ela gemeu, esfregando as mãos.

— Ele me lacerou com um tentáculo — Conan sorriu, praguejando ao mover-se. — Cortou como arame e queimou como veneno. Mas foi o maldito aperto dele que acabou comigo. Pior do que uma cobra. Se não estiver enganado, metade das minhas tripas foi esmagada e trocada de lugar.

— O que vamos fazer? — Ela choramingou.

Ele olhou para cima. A armadilha estava fechada. Nenhum som vinha do alto.

— Não podemos voltar pela porta secreta — murmurou. — Aquele cômodo está cheio de cadáveres, e, sem dúvida, há guerreiros montando guarda. Devem ter achado que meu destino estava selado quando mergulhei do andar superior, ou então não ousam me seguir por este túnel. Esfregue aquela joia feita de rádio presa à parede. Enquanto voltava tateando pelo corredor, senti arcos que se abriam para outros túneis. Vamos seguir o primeiro que encontrarmos. Ele pode levar a outro poço ou ao céu aberto, mas temos de arriscar. Não podemos ficar aqui e apodrecer.

Natala obedeceu. Segurando o pequeno foco de luz na mão esquerda e o sabre ensanguentado na direita, Conan seguiu pelo corredor. Caminhava lentamente, mantendo-se de pé apenas graças à vitalidade animalesca. Seus olhos raiados de sangue estavam vagos, e Natala percebeu que, involuntariamente, ele lambia de tempos em tempos os lábios feridos. Sabia que o sofrimento do parceiro tinha sido terrível, mas, com estoicismo selvagem, ele não reclamava.

Enfim a luz pálida iluminou um arco escuro, e Conan o adentrou. Natala se encolheu diante do que poderia ver, mas a luz revelou apenas um túnel similar àquele do qual haviam saído.

Ela não saberia dizer o quanto andaram antes de subirem por uma longa escadaria e chegarem a uma porta de pedra com uma tranca dourada.

Hesitou, olhando para ele. Conan cambaleava; a luz em sua mão trêmula lançando sombras fantásticas ao longo da parede.

— Abra a porta, garota — ele murmurou rispidamente. — Os homens de Xuthal estarão nos esperando, e não quero desapontá-los. Por Crom, esta cidade ainda não viu um sacrifício como o que farei!

Ela sabia que ele estava delirando. Nenhum som vinha do outro lado. Apanhou a joia da mão ensanguentada do bárbaro, destrancou a porta e a puxou para dentro. Seu olhar encontrou a parte interna de uma tapeçaria dourada. Natala a puxou para o lado e espiou, com o coração na boca. Viu uma câmara vazia em cujo centro borbulhava uma fonte prateada.

A pesada mão de Conan tocou seu ombro.

— Afaste-se, garota — ele disse. — É hora do banquete de espadas.

— Não há ninguém na câmara — ela respondeu. — Mas tem água...

— Estou ouvindo — ele lambeu os lábios pretejados. — Vamos beber antes de morrer.

Conan parecia cego. Ela apanhou sua mão suja e o conduziu através da porta de pedra, pisando com a ponta dos pés, na expectativa de, a qualquer instante, ser abordada por figuras amarelas vindas dos arcos.

— Beba enquanto eu vigio — ele ordenou.

— Não. Não tenho sede. Deite-se ao lado da fonte, que vou lavar seus ferimentos.

— E quanto às espadas de Xuthal?

Ele passava sem parar o braço nos olhos, como se quisesse limpar a vista borrada.

— Não ouço ninguém. Está tudo silencioso.

Ele se abaixou tateando e mergulhou o rosto no jato cristalino, bebendo como se não pudesse ser saciado. Quando levantou a cabeça, havia sanidade em seus olhos inchados de vermelho, e ele estendeu os membros maciços no chão de mármore conforme ela pedira, embora mantivesse o sabre à mão e continuasse a fitar as passagens arqueadas para a câmara. Ela banhou a carne destruída e fez curativos nos ferimentos mais profundos usando tiras de um tecido de seda pendurado na parede. Estremeceu ao ver o aspecto de suas costas; a carne estava descolorida; manchada e salpicada de pontos pretos, azuis e de um amarelo nauseante. Enquanto labutava, pensava freneticamente numa solução para a situação em que se encontravam. Se ficassem ali, acabariam descobertos. Se os homens de Xuthal estavam vasculhando os palácios em busca deles ou se tinham retornado aos seus sonhos, ela não sabia.

Quando terminava a tarefa, Natala congelou. Atrás de uma cortina que escondia parcialmente uma alcova, viu parcialmente uma mão de tonalidade amarelada.

Sem dizer nada a Conan, levantou-se e cruzou a câmara suavemente, segurando firme o punhal do bárbaro. Seu coração batia de forma sufocante quando, com cuidado, puxou a tapeçaria para o lado. Num estrado havia uma jovem mulher deitada, nua e, aparentemente, sem vida. Ela segurava uma jarra de jade praticamente repleta de um líquido de uma coloração dourada peculiar. Natala julgou ser o elixir descrito por Thalis, que conferia vigor e vitalidade à moribunda Xuthal. Ela inclinou-se sobre a forma imóvel e apanhou a jarra, mantendo o punhal apontado para o peito da garota, mas esta não despertou.

De posse da jarra, Natala hesitou, percebendo que seria mais seguro pôr a garota para dormir de um modo que a incapacitasse de acordar e dar um sinal de alerta. Mas foi incapaz de enfiar a lâmina do cimério naquele peito estático e, enfim, reposicionou a cortina e retornou a Conan, que continuava deitado onde ela o deixara, apenas parcialmente consciente.

Curvou-se e levou a jarra aos seus lábios. De início, ele bebeu de maneira mecânica; depois, com súbito interesse despertado. Para o espanto dela, o bárbaro sentou-se e tomou a jarra de suas mãos. Quando ergueu o rosto, seus olhos estavam claros e conscientes. Grande parte daquele aspecto arruinado havia desaparecido das suas feições, e sua voz não mais era um murmúrio delirante.

— Por Crom! Onde conseguiu isto?

Ela apontou:

— Naquela alcova, onde uma mulher dorme.

Ele tornou a mergulhar o focinho no líquido dourado.

— Por Crom — disse com um suspiro profundo. — Sinto nova vida e força correrem como fogo selvagem pelas minhas veias. Este é, sem dúvida, o exímio Elixir da Vida!

— É melhor voltarmos ao corredor — Natala se aventurou a dizer, nervosa. — Seremos descobertos se permanecermos aqui por muito tempo. Podemos nos esconder até que suas feridas sarem...

— Não! — Ele grunhiu. — Não somos ratos para nos esconderrmos em tocas escuras. Vamos sair agora desta cidade demoníaca, e que ninguém tente nos deter.

— Mas você está ferido — ela argumentou.

— Não sinto meus ferimentos — ele retrucou. — Pode ser falsa a força que este licor me deu, mas juro que não sinto nem dor, nem fraqueza.

Com súbito senso de propósito, ele cruzou a câmara até uma janela em que ela não tinha reparado. Por cima do ombro dele, ela olhou para o lado de fora. Uma brisa fria soprou seus cachos emaranhados. No alto, o céu era um veludo escuro, cravejado de estrelas. Abaixo se estendia uma vastidão de areia.

— Thalis disse que a cidade era um grande palácio — observou Conan. — É evidente que algumas câmaras foram construídas como torres sobre o muro. Esta é uma delas. O destino nos tratou bem.

— O que quer dizer? — Ela perguntou, olhando apreensiva por sobre o ombro.

— Há uma jarra de cristal sobre aquela mesa de marfim — ele respondeu. — Encha-a de água e amarre no gargalo uma tira daquela cortina, enquanto eu rasgo esta aqui.

Ela obedeceu sem questionar e, quando se virou após completar a tarefa, viu Conan amarrando longas tiras de seda para fazer uma corda, cuja extremidade prendia-se à perna de uma enorme mesa de marfim.

— Vamos nos arriscar no deserto — ele disse. — Thalis mencionou um oásis a um dia de marcha ao sul, e terras férteis além dele. Se chegarmos ao oásis, poderemos descansar até que meus ferimentos sarem. Este vinho é como uma poção mágica. Há pouco eu estava quase morto, mas, agora, estou pronto para tudo. Pegue um pouco da seda que restou e faça um traje para você.

Natala havia se esquecido da própria nudez. O fato em si não a incomodava, mas sua pele delicada precisaria ser protegida do sol do deserto. Enquanto passava o tecido em volta da cintura delgada, Conan voltou-se para a janela e, com uma puxada displicente, arrancou as barras de ouro que a guardavam. Então, enlaçando a extremidade solta da corda ao redor dos quadris da moça e recomendando que ela a segurasse com ambas as mãos, o bárbaro a ergueu, passou pela janela e a baixou ao longo de dez metros até o chão. Ela saiu do laço e, içando-o novamente até o alto, ele tornou a utilizá-lo para amarrar os recipientes de água e vinho, baixando-os até sua companheira. Na sequência, desceu pela corda rapidamente.

Quando chegou ao seu lado, Natala deu um suspiro de alívio. Os dois estavam sozinhos aos pés de uma grande muralha, com as estrelas pálidas acima de suas cabeças e o deserto desvelado à sua frente. Que perigos os aguardavam ela não saberia dizer, mas seu coração cantava de alegria por estarem fora daquela cidade surreal e fantasmagórica.

— Eles podem achar a corda — Conan disse, jogando os preciosos jarros por sobre o ombro e estremecendo quando entraram em contato com a carne ferida. — Podem até nos perseguir, mas, pelo que Thalis disse, eu duvido que o façam. O sul fica para lá — o braço bronzeado e musculoso indicava o curso —, então, em algum lugar naquela direção, há um oásis. Vamos!

Tomando-a pela mão com uma delicadeza que não lhe era habitual, Conan saiu caminhando pelas areias, adequando as passadas às pernas mais curtas da companheira. Ele não olhou para trás, para a cidade silenciosa que pairava onírica e espectral às suas costas.

— Conan? — Natala finalmente perguntou. — Quando lutou contra o monstro e, mais tarde, quando atravessou o corredor, viu algum sinal de... Thalis?

Ele meneou:

— O corredor podia estar escuro, mas estava vazio.

Ela estremeceu:

— Ela me torturou. Mesmo assim, tive pena dela.

— Foi uma recepção bem calorosa que tivemos naquela maldita cidade — ele retorquiu. Seu humor negro havia retornado. — Bem, acredito que eles se lembrarão de nossa visita por um bom tempo. Há cérebros, tripas e sangue para serem limpos dos azulejos de mármore e, se o deus deles ainda estiver vivo, está mais ferido do que eu. No final das contas, nos demos bem. Temos vinho, água e uma boa chance de chegar a um país habitado, embora eu pareça ter passado por um moedor de carne e você esteja ferida...

— É tudo culpa sua! — Ela o interrompeu. — Se não tivesse olhado para aquela felina stygia com tanta admiração...

— Crom e seus demônios! — Ele praguejou. — Os oceanos podem estar afogando o mundo, e as mulheres ainda acharão tempo para ciúme! Que o diabo carregue essa imaginação! Eu pedi que a stygia se apaixonasse por mim? Afinal, ela também era humana, oras!

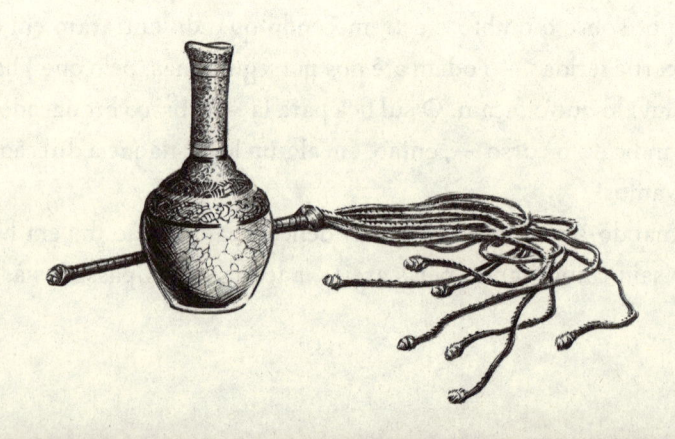

# O Poço Macabro

(The Pool of The Black One)

História originalmente publicada em *Weird Tales* — outubro de 1933.

# I

Navios singraram desde que a humanidade iniciou seu império,

Para o oeste, que aos homens é um mistério,

O que Skelos escreveu, com mãos mortas seu manto a torcer,

Se tiver coragem, atreva-se a ler.

E siga os navios que soprados pelo vento hão de naufragar,

Siga os navios que jamais vão retornar.

Sancha, vinda da Kordava, bocejou de preguiça, alongou os braços magros luxuriosamente e encontrou uma posição mais confortável no tecido de arminho com franjas de seda estendido na plataforma da popa do galeão. Tinha consciência de que a tripulação a observava com interesse ardente, desde o convés até o castelo da proa, assim como sabia que seu vestido curto fazia pouco para ocultar as formas voluptuosas dos olhos ávidos. Assim, sorria de modo indolente e se preparava para cochilar mais um pouco, antes que o sol, que já começava a lançar seu disco dourado sobre o oceano, ofuscasse seus olhos.

Naquele instante, um som chegou aos seus ouvidos, diferente do crepitar de madeiras, do arrastar dos cordames e do quebrar das ondas. Ela sentou-se com o olhar fixo na amurada, por sobre a qual, para seu espanto, uma figura gotejando acabara de escalar. Seus olhos escuros se arregalaram e os lábios vermelhos abriram-se numa interjeição surpresa. A única veste dele, um par de calças de seda carmesins, estava ensopada, assim como o largo cinturão dourado em sua cintura e a bainha da espada que este suportava. Conforme o homem se endireitava na amurada, o sol nascente o emoldurou como uma grande estátua de bronze. Ele correu os dedos pela cabeleira negra, e seus olhos azuis brilharam ao ver a garota.

— Quem é você? — Sancha exigiu saber. — De onde veio?

Ele fez um gesto na direção do mar, que abrangeu um quarto da bússola, mas seus olhos não desgrudaram do corpo dela.

— É uma criatura marinha para sair assim das águas? — Ela perguntou, confusa pela candura do olhar dele, mesmo estando habituada a ser admirada.

Antes que ele pudesse responder, passos rápidos soaram no assoalho e o mestre do galeão apareceu diante do estranho, com os dedos contraídos no cabo da espada.

— Quem diabos é você, *sirrah*? — Ele perguntou num tom nada amigável.

— Eu sou Conan — o outro respondeu, imperturbável. Sancha afiou os ouvidos. Nunca tinha escutado o idioma zíngaro com o sotaque daquele estranho.

— E como subiu a bordo do meu navio? — A voz estava carregada de desconfiança.

— Eu nadei.

— Nadou! — O mestre exclamou, zangado. — Você está brincando comigo, cão? Estamos bem longe de qualquer terra à vista. De onde veio?

Conan apontou seu braço de bronze musculoso na direção leste, envolvido pelo brilho dourado e deslumbrante da alvorada.

— Vim das ilhas.

— Ah! — Resmungou o outro, com interesse cada vez maior. Sobrancelhas pretas cerraram-se no olhar carrancudo, e um lábio fino ergueu-se desgostoso.

— Então é um cão baracho?

Um leve sorriso surgiu nos lábios de Conan.

— Sabe quem sou? — O questionador inquiriu.

— O navio é o Wastrel; então, você deve ser Zaporavo.

— Sim! — O fato de o homem conhecê-lo motivou um sorriso vaidoso no capitão. Ele era um homem alto, tanto quanto Conan, embora fosse mais magro. Vestido num morrião de aço, seu rosto era sombrio, saturnino e marcado por um aspecto de ave de rapina, motivo pelo qual os homens o chamavam de Falcão. Sua armadura e vestes eram ricas e ornamentadas, à moda dos nobres zíngaros. Sua mão nunca se afastava do cabo da espada.

Ele lançava olhares nada favoráveis para Conan. Existia pouca simpatia entre os renegados zíngaros e os fora da lei que infestavam as Ilhas Barachas, na costa sul da Zíngara. Esses homens eram, em sua maioria, marinheiros de Argos, com um salpico de outras nacionalidades. Invadiam navios e pilhavam as cidades costeiras da Zíngara igual aos bucaneiros zíngaros; contudo, esses últimos atribuíam alguma dignidade à sua profissão ao chamarem a si próprios de flibusteiros, enquanto diziam que os barachos eram piratas. Não eram nem os primeiros e não seriam os últimos a embelezar a palavra ladrão.

Alguns desses pensamentos cruzaram a mente de Zaporavo, enquanto brincava com o cabo da espada e fazia cara feia para seu convidado indesejado. Conan não deu indício algum do que pensava. Permanecia de braços cruzados, calmo como se aquele convés fosse seu; os lábios sorrindo e os olhos imperturbáveis.

— O que está fazendo aqui? — O flibusteiro perguntou abruptamente.

— Precisei abandonar um ponto de encontro em Tortage antes do nascer da lua, na noite passada — Conan respondeu. — Parti num barco furado, e passei a noite toda remando e esvaziando-o. Ao amanhecer, vi o topo das suas velas e deixei que a coisa miserável afundasse, nadando rapidamente nesta direção.

— Há tubarões nestas águas — grunhiu Zaporavo, e ficou levemente irritado quando a resposta foi um dar de ombros. Uma olhadela pelo convés revelou um rol de rostos impacientes assistindo. Bastava uma palavra para que todos saltassem sobre o estranho numa tempestade de espadas capaz de superar até mesmo um espadachim tão bom quanto o invasor aparentava ser.

— Por que eu deveria me preocupar com qualquer vagabundo cuspido pelo mar? — Zaporavo rosnou, seu olhar e trejeitos mais insultantes do que suas palavras.

— Um navio sempre pode precisar de um bom marinheiro — o outro respondeu, sem ressentimentos. Zaporavo franziu a testa, reconhecendo a verdade da afirmação. Ele hesitou e, ao fazê-lo, perdeu seu navio, seu comando, sua garota e sua vida. Mas, claro, não podia ver o futuro; para ele, Conan era só mais um vagabundo cuspido pelo mar, como ele próprio dissera. Não gostou do homem; contudo, o sujeito não o provocara. Seu comportamento não era insolente, embora fosse mais confiante do que Zaporavo gostaria.

— Você vai trabalhar para pagar sua estadia — vociferou o Falcão. — Vá para o tombadilho. E lembre-se de que a única lei existente aqui é a minha vontade!

O sorriso pareceu se alargar no rosto de Conan. Sem hesitação, mas também sem pressa, virou-se e fez conforme ordenado. Não tornou a olhar para Sancha que, durante a breve conversa, observara tudo atentamente.

Ao chegar ao tombadilho, a tripulação o rodeou. Eram todos zíngaros, seminus, com os trajes de seda espalhafatosos sujos de alcatrão, joias brilhando nos brincos e nos cabos dos punhais. Estavam ávidos para a tradicional iniciação do estranho, na qual seria testado e teria sua futura posição na tripulação decidida. Da popa, Zaporavo aparentemente já se esquecera da existência dele, mas Sancha o observava com um interesse tenso. Estava familiarizada com cenas como aquela; sabia que a iniciação seria brutal e, provavelmente, sangrenta.

Mas a familiaridade que ela tinha com tais questões era mínima, se comparada à de Conan. Ele deu um sorriso breve ao chegar ao tombadilho e ver as figuras ameaçadoras avançarem truculentas em sua direção. Fez uma pausa e escrutinou os homens que o circundavam, sem permitir que sua compostura se abalasse. Esse tipo de coisa tinha certo código. Se ele atacasse o capitão, toda a tripulação cairia em cima de seu pescoço; contudo, eles dariam ao estranho uma chance justa contra aquele selecionado para a provação.

O homem escolhido para tanto arremeteu-se adiante; um bruto hirsuto, com uma faixa carmesim enrolada na cabeça, feito um turbante. Seu queixo esguio se pronunciava para frente; o rosto cheio de cicatrizes era maligno além do que era possível crer. Cada olhar, cada vanglória, era uma afronta. Sua forma de realizar a iniciação era tão primitiva, crua e bruta quanto ele mesmo.

— Ilhas Barachas, é? — Ele disparou. — É lá que criam cães para serem homens. Nós, da Irmandade, cuspimos neles... assim!

Ele cuspiu no rosto de Conan e apanhou a espada.

O movimento do baracho foi rápido demais para que os olhos acompanhassem. Seu punho atingiu como uma marreta o queixo do valentão, e o zíngaro deu uma pirueta no ar, caindo amontoado ao lado da amurada.

Conan virou-se na direção dos demais. Exceto por um brilho sonolento em seus olhos, suas feições continuavam imutáveis. A iniciação acabara tão rápido quanto começara. Os marujos ergueram seu companheiro; o maxilar quebrado pendurado, a cabeça pendendo de forma não natural.

— Por Mitra... Seu pescoço está quebrado! — Praguejou um marujo de barba preta.

— Vocês, flibusteiros, são uma raça de ossos fracos — riu o pirata. — Nas Ilhas Barachas, não ligamos para tapinhas como esses. Alguém aí vai querer brincar de espada agora? Não? Então está tudo bem e somos todos amigos, certo?

Várias línguas o asseguraram que sim. Braços musculosos apanharam o morto e jogaram pela amurada, e uma dúzia de barbatanas cruzou a água enquanto ele afundava. Conan riu e se espreguiçou como um grande felino, enquanto seu olhar se voltava para o deque superior. Sancha inclinou-se na amurada boquiaberta, os olhos escuros brilhando de interesse. O sol atrás dela ressaltava os contornos por baixo do vestido, e seu brilho o tornava transparente. Então, surgiu diante dela a sombra de Zaporavo, que pôs uma mão possessiva em seu ombro delicado. Havia ameaça e intensidade no olhar que lançou para o homem no tombadilho; Conan o devolveu com um sorriso, como se absorto em uma piada que ninguém além dele próprio conhecesse.

Zaporavo cometeu o erro de tantos outros autocratas; sozinho, numa sóbria grandeza na popa, subestimou o homem abaixo de si. Tivera a oportunidade de matar Conan e a deixara passar, envolvido nas próprias ruminações. Era difícil pensar em qualquer um dos cães subalternos como uma ameaça. Estivera no alto por tanto tempo e esmagara tantos inimigos sob seus pés, que inconscientemente julgava estar acima das maquinações de rivais inferiores.

Conan, de fato, não lhe dera motivos. Misturou-se à tripulação, vivendo e divertindo-se ao lado dos demais. Provou ser um marujo habilidoso e era, de longe, o homem mais forte que qualquer um ali já tinha visto. Fazia o trabalho de três marujos e era sempre o primeiro a se voluntariar para alguma tarefa pesada ou perigosa. Seus colegas passaram a confiar nele. O bárbaro não arrumava problemas com os outros, e os outros tinham o cuidado de não arrumar problemas com ele. Conan participava de jogatinas, apostava seu cinturão e bainha, ganhava o dinheiro e as armas deles, e os devolvia com uma gargalhada. De forma instintiva, a tripulação passou a vê-lo como o líder do tombadilho. Ele não contou o que o fizera fugir das Ilhas Barachas, mas saber que era capaz de um ato sangrento o bastante para exilá-lo daquele bando selvagem aumentou o respeito que os flibusteiros tinham por ele. Para com Zaporavo e os imediatos, ele era imperturbavelmente cortês, nunca insolente ou servil.

Até mesmo o marujo mais tolo via o contraste entre o comandante taciturno, ríspido e sombrio, e o pirata que gargalhava tempestuoso, era capaz de cantar músicas obscenas em uma dúzia de línguas, bebia cerveja como um beberrão e, aparentemente, não se incomodava com o amanhã.

Se Zaporavo soubesse que estava sendo comparado a um reles marujo, mesmo que inconscientemente, teria ficado furioso. Mas estava preocupado com suas meditações, que tinham se tornado mais soturnas e sombrias conforme os anos pesaram em seus ombros, com seus sonhos de grandeza... e com a garota, cuja posse era um prazer amargo, assim como o eram todos os seus prazeres.

E, cada vez mais, ela olhava para o gigante de cabeleira escura que se avolumava entre seus companheiros no trabalho e nas horas de folga. Ele nunca falava com ela, que se perguntava se ousaria iniciar o perigoso jogo de incitá-lo.

Pouco tempo a separava dos palácios de Kordava, mas era como se estivesse a um mundo de distância da vida que tinha antes de Zaporavo a arrancar aos berros da caravela em chamas que os lobos dele saquearam. Ela, que fora a filha mimada do duque da Kordava, aprendeu o que era ser o brinquedinho de um corsário; por ser flexível o suficiente para se curvar sem quebrar, conseguiu sobreviver quando outras haviam morrido, e, por ser jovem e vibrante, encontrou prazer na existência.

A vida era uma incerteza onírica, com contrastes agudos de batalhas, pilhagens, assassinatos e fugas. As visões vermelhas de Zaporavo a tornavam ainda mais incerta do que a de um flibusteiro comum. Ninguém sabia o que ele planejaria a seguir. Agora eles haviam deixado todas as regiões costeiras mapeadas para trás e adentravam cada vez mais a vastidão insondável comumente evitada pelos homens do mar, à qual, desde o início dos tempos, navios se aventuravam apenas para desaparecer de vista para sempre. As terras conhecidas desapareceram e, dia após dia, a imensidão azul se apresentava vazia. Não havia pilhagem; nenhuma cidade para saquear ou navio para queimar. Os homens murmuravam, embora não permitissem que as reclamações chegassem aos ouvidos do implacável mestre, que andava dia e noite pela popa numa majestade sorumbática, ou se debruçava sobre antigos mapas e gráficos amarelados pelo tempo, lendo tomos que eram massas arruinadas de pergaminhos devorados pelas traças. Às vezes, ele conversava num tom selvagem com Sancha, falando sobre continentes perdidos e ilhas fabulosas, ocultas em meio à espuma azul de golfos inomináveis, onde dragões chifrudos guardavam tesouros reunidos por reis pré-históricos há muito, muito tempo.

Sancha escutava sem compreender, abraçando os joelhos delgados, com os pensamentos constantemente deslocados das palavras do sombrio companheiro para um gigante de bronze, cuja risada era tempestuosa e elemental como o vento do mar.

Então, após várias semanas desgastantes, eles avistaram terra a oeste e, ao amanhecer, ancoraram numa baía rasa, deparando-se com uma praia que era como uma faixa branca bordeando uma expansão de encostas cobertas por gramíneas e árvores verdejantes. O vento trazia o aroma de vegetação fresca e temperos, e Sancha bateu palmas de alegria ante a prospecção de se aventurar na praia. Mas seu entusiasmo virou amuo quando Zaporavo ordenou que ela permanecesse a bordo. Ele nunca explicava seus comandos, de modo que ela desconhecia suas motivações, exceto quando punha para fora seu demônio interior, que frequentemente a machucava sem motivos.

Então, ela deitou-se preguiçosamente na popa e observou os homens remarem para a orla através das águas calmas, que reluziam à luz da manhã como jade líquido. Observou-os reunirem-se nas areias, desconfiados, com as armas de prontidão, enquanto vários se espalhavam pelas árvores que margeavam a praia. Notou que entre esses estava Conan; não havia como confundir aquela figura alta e bronzeada de passos rápidos. Os homens diziam que ele não era civilizado, mas um cimério; um daqueles bárbaros que viviam nas montanhas cinzentas do extremo norte, cujos ataques despertavam terror nos vizinhos ao sul. Mas ela sabia que havia alguma coisa nele, algum tipo de supervitalidade ou barbárie que o distinguia de seus camaradas selvagens.

Vozes ecoaram ao longo da praia, até os bucaneiros se tranquilizarem quando obtiveram apenas silêncio como resposta. Os grupos se separaram, e os homens se espalharam pelo litoral em busca de frutas. Ela os viu subindo nas árvores e sua boca salivou. Bateu o pé e praguejou com uma proficiência adquirida por conta da convivência com aqueles companheiros blasfemos.

Os homens na praia tinham, de fato, encontrado frutas, e refestelavam-se com uma variedade desconhecida de casca amarela particularmente deliciosa. Mas Zaporavo não procurou ou comeu frutas. Quando seus batedores não encontraram nenhum sinal que indicasse a presença de homens ou feras nos arredores, voltou seu olhar para o interior, para as grandes encostas gramadas que se fundiam umas nas outras. Então, com uma palavra breve, afivelou o cinto da espada e caminhou na direção das árvores. Seu imediato contestou o fato de ele seguir sozinho e foi recompensado com um golpe violento na boca. Zaporavo tinha seus motivos. Queria descobrir se aquela era realmente a ilha mencionada no misterioso *Livro de Skelos* por inúmeros sábios, segundo os quais monstros estranhos guardavam criptas cheias de ouro gravado com hieróglifos. E, se fosse verdade, por seus próprios motivos obscuros, ele não pretendia dividir tal conhecimento com ninguém, muito menos com a tripulação. Sancha, assistindo ansiosamente da popa, o viu desaparecer na vastidão de folhas. A seguir, viu Conan, o baracho, virar-se, lançar um breve olhar para os homens espalhados ao longo da praia e seguir na direção tomada por Zaporavo, sendo igualmente engolido pelas árvores.

A curiosidade de Sancha fora atiçada. Ela aguardou que eles reaparecessem, mas não o fizeram. Os marujos ainda se moviam sem rumo pela costa, e alguns haviam se aventurado terra adentro. Muitos tinham se deitado à sombra para dormir. O tempo passou e ela foi ficando cada vez mais irrequieta. O sol começava a queimar firme, a despeito do dossel posicionado no deque da popa. Ali era quente, silencioso e monótono; cruzando alguns metros de água rasa e azul, os mistérios daquela praia fresca cercada de árvores e daquele bosque denso a convidavam. Além disso, o mistério que envolvia Zaporavo e Conan a tentava.

Ela sabia muito bem qual seria a pena por desobedecer seu mestre impiedoso e permaneceu sentada por um período, indecisa. Enfim, concluiu que valia a pena encarar a chibata de Zaporavo e, sem qualquer alarido, tirou as sandálias de couro macio, despiu-se e pôs-se de pé no convés, nua como Eva. Passando por cima da amurada, desceu pelas correntes, entrou na água e nadou até a margem. Ficou na praia por alguns momentos, contorcendo-se devido às cócegas que as areias causavam em seus dedos, enquanto procurava a tripulação. Viu apenas alguns deles ao longe, espalhados. Muitos dormiam debaixo das árvores, ainda segurando pedaços das frutas douradas. Perguntou-se por que eles dormiam tão pesadamente e tão cedo.

Nenhum a deteve quando cruzou a faixa de areia branca e adentrou a sombra das matas. Ela descobriu que as árvores cresciam em conjuntos irregulares e, entre esses bosques, grandes encostas se expandiam como campinas. Conforme adentrava a ilha, seguindo a direção tomada por Zaporavo, ficou hipnotizada pela paisagem verde que se desnudou gentilmente à sua frente, encosta após encosta, coberta de gramíneas verdejantes e pontilhadas por bosques. Entre elas havia gentis declives, igualmente relvados. O cenário parecia fundir-se em si próprio, ou abrigar uma cena dentro da outra; a vista era singular, ao mesmo tempo ampla e restrita. Acima de tudo, pairava um silêncio onírico, como um encanto.

Súbito, ela alcançou o cume de uma encosta circundada por árvores altas, e aquela sensação onírica de contos de fadas desapareceu de forma abrupta quando viu o que havia na grama pisoteada e vermelha. Sancha deu um grito involuntário e recuou; então, avançou com olhos arregalados e membros trêmulos.

Zaporavo estava deitado na relva, olhando para o vazio, com uma ferida escancarada no peito. A espada jazia próxima da mão inerte. O Falcão dera seu último voo.

Não deve ser dito que Sancha olhou sem emoção para o cadáver de seu mestre. Ela não tinha motivos para amá-lo; contudo, padeceu da sensação que qualquer garota teria ao ver o cadáver de um homem que a possuíra. Ela não chorou ou sentiu necessidade de fazê-lo, mas foi tomada por uma forte tremedeira, seu sangue pareceu congelar, e teve de resistir a uma onda de histeria.

Olhou ao redor, procurando o homem que esperava ver. Não enxergou nada, exceto os arvoredos cobertos de folhas e as encostas azuis além deles. Será que o assassino do flibusteiro tinha se afastado dali, mortalmente ferido? Não havia rastros perto do corpo.

Intrigada, ela vasculhou as cercanias, congelando ao captar um farfalhar nas folhas esmeraldas que não parecia ter sido causado pelo vento. Foi na direção das árvores, observado as profundezas do matagal.

— Conan? — Seu chamado fora inquisidor; a voz soara estranha e pequena naquela vastidão silenciosa que, subitamente, tornara-se tensa. Seus joelhos começaram a tremer quando um pânico inominável a invadiu.

— Conan! — Ela gritou em desespero. — Sou eu... Sancha! Cadê você? Por favor, Conan...

A voz vacilou. Um horror inacreditável dilatou os olhos castanhos. Os lábios vermelhos se abriram num grito inarticulado. A paralisia tomou seus membros; embora sentisse uma necessidade desesperada de fugir, não foi capaz de se mover. Conseguiu apenas berrar sem compor palavras.

## II

Assim que Conan viu Zaporavo observando sozinho as matas, sentiu que a chance que tanto aguardara havia chegado. Ele não comera nenhuma fruta, nem participara das brincadeiras rudes de seus colegas; todas as suas faculdades estavam ocupadas vigiando o chefe dos bucaneiros. Habituados ao temperamento de Zaporavo, seus homens não ficaram particularmente surpresos quando o capitão decidira explorar sozinho aquela ilha desconhecida e provavelmente hostil. Voltaram-se para o próprio entretenimento e não perceberam quando Conan deslizou como uma pantera à caça de seu chefe.

Conan não subestimava o domínio que tinha sobre a tripulação. Contudo, não havia ganhado o direito, nem por batalha nem pelos saques, de desafiar o capitão para um duelo mortal. Naqueles mares vazios, não houvera oportunidade para que se provasse de acordo com as leis dos flibusteiros. A tripulação se poria contra ele em uníssono, caso atacasse abertamente seu líder. Mas, ele sabia, se matasse Zaporavo sem o conhecimento dos homens, era improvável que, uma vez sem chefe, alguém mantivesse a lealdade ao morto. Naquele tipo de alcateia, somente os vivos importavam.

Assim, seguiu Zaporavo com a espada em punho e ansiedade no coração, até desembocar numa cimeira cercada de árvores altas. Por entre seus troncos, era possível enxergar as encostas verdejantes que se fundiam ao azul distante. No meio da clareira, Zaporavo, notando que era perseguido, virou-se com a mão no cabo da arma.

O bucaneiro praguejou:

— Por que me segue, cão?

— Ainda precisa perguntar? Ficou maluco? — Conan riu, investindo com velocidade na direção do antigo chefe. Seus lábios sorriam e um brilho selvagem dançava em seus olhos azuis.

Zaporavo desembainhou a lâmina, rosnou uma maldição terrível e os aços colidiram quando o baracho investiu negligentemente, com a espada cantando num arco azulado acima da cabeça.

O flibusteiro era veterano de mil combates no mar e em terra. Não havia homem no mundo mais versado do que ele na arte da esgrima. Contudo, jamais havia sido posto contra uma lâmina manuseada por uma mão criada nas terras selvagens, além das fronteiras da civilização. Sua habilidosa técnica foi posta contra uma força e uma velocidade impossíveis para um homem civilizado. A maneira de lutar de Conan não era ortodoxa, mas instintiva e natural. As complexidades do manejo da espada eram tão inúteis contra sua fúria primitiva quanto as habilidades de um boxeador contra a selvageria de um lobo cinzento.

Lutando como jamais o fizera e esforçando-se ao máximo para repelir a lâmina que passava como um relâmpago por cima da sua cabeça, Zaporavo bloqueou em desespero um ataque próximo ao punho que deixou seu braço inteiro mole por conta do impacto. O golpe foi imediatamente seguido de uma estocada, cujo ímpeto foi tão terrível que a ponta afiada atravessou os elos da malha e as costelas como se fossem papel, transfixando o coração. Os lábios de Zaporavo se contorceram numa breve agonia, mas, sinistro até o fim, ele não emitiu som algum. Estava morto antes que seu corpo pudesse relaxar na grama pisoteada, sobre a qual gotas de sangue brilhavam como rubis caídos.

Conan sacudiu as gotas vermelhas da espada, sorriu de um prazer sincero e se espreguiçou como um grande felino... enrijecendo abruptamente, a expressão de satisfação no rosto sendo substituída por um olhar de perplexidade. Ficou parado como uma estátua, a lâmina vagueando nas mãos.

Ao erguer seus olhos do inimigo caído, eles por acaso fitaram as árvores que os cercavam e além. E ele viu algo fantástico; uma coisa incrível e inexplicável. Sobre o cume suave e verdejante de uma distante encosta, uma figura nua se avolumava, trazendo nos ombros uma forma branca igualmente nua. A aparição desapareceu tão rápido quanto ocorrera, deixando o observador atônito suspirando.

O pirata olhou ao redor, examinou com incerteza o caminho por onde viera e praguejou. Estava confuso, um pouco aborrecido, se o termo pudesse ser aplicado a alguém de nervos de aço como ele. Em meio à paisagem realista, embora exótica, uma imagem fantástica e terrível fora introduzida. Mas Conan não duvidou de sua visão ou de sua sanidade. Ele sabia ter visto algo estranho e fora do comum; o mero fato de uma figura negra correr por aquele cenário carregando um prisioneiro branco já seria bizarro o bastante, mas aquela silhueta escura era, além de tudo, alta num nível não natural.

Balançando a cabeça em dúvida, Conan tomou a direção em que havia visto a coisa. Não refletiu sobre a sabedoria da sua decisão; com a curiosidade tão atiçada, não tinha alternativa, além de seguir seu convite.

Ele cruzou uma encosta após a outra, cada qual com seus próprios arvoredos e relvados. A tendência geral era sempre para o alto, embora tivesse subido e descido as inclinações suaves com monótona regularidade. O conjunto de cumes arredondados e declives rasos era desconcertante e não parecia ter fim, até que, afinal, chegou ao que acreditava ser o ponto mais alto da ilha e parou ante a visão de muralhas e torres verdejantes e reluzentes, as quais, até alcançar aquele ponto onde agora se encontrava, tinham se fundido tão perfeitamente à paisagem, que permaneceram invisíveis mesmo ao seu olhar aguçado.

Conan hesitou, conferiu a espada e seguiu adiante, mordido pelo verme da curiosidade. Não viu ninguém ao se aproximar de uma arcada alta na muralha curva. Não havia porta. Espiando com cautela, viu o que parecia ser um pátio largo, amplo e gramado, cercado por um muro circular coberto de uma substância verde quase translúcida. Várias arcadas se abriam a partir dele. Avançando na ponta dos pés, com a espada de prontidão, escolheu aleatoriamente uma das arcadas e a atravessou, chegando a outro pátio similar. Por cima de uma parede interna, viu os pináculos de estranhas estruturas parecidas com torres. Uma delas era embutida ou projetada a partir do pátio em que se encontrava agora. Uma larga escadaria corria ao lado da parede, conduzindo para o alto. O bárbaro a seguiu, perguntando se tudo aquilo era real ou se estava no meio de um sono da lótus negra.

Chegando ao topo das escadarias, desembocou numa borda murada ou numa sacada; não sabia dizer ao certo. Conseguia identificar mais detalhes das torres agora, contudo, elas nada significavam para ele. Conan percebeu que nenhum ser humano comum poderia tê-las construído. Havia uma simetria naquela arquitetura, e também um sistema, mas era uma simetria louca e um sistema estranho à sanidade humana. Quanto à planta geral da cidade, ou castelo, ou o que quer que fosse aquilo, ele conseguiu apenas ver o bastante para ter a impressão de alguns pátios, em sua maioria circulares, cada qual cercado por sua própria murada e conectado aos demais pelas arcadas abertas, todos aparentemente agrupados ao redor de um conjunto fantástico de torres no centro.

Ao virar-se na direção oposta àquelas torres, ele teve um sobressalto e agachou-se repentinamente atrás do parapeito, estupefato.

A murada ou sacada era mais alta do que a parede oposta, e ele olhava por cima dela, para outro pátio relvado. A curva interna da parede mais distante daquele pátio diferia das outras que vira; em vez de lisa, parecia marcada por longas saliências ou prateleiras, atulhadas de pequenos objetos cuja natureza ele não pôde determinar.

Mas, naquele momento, dava pouca atenção à parede, concentrando-se no grupo de seres agachados ao redor de uma piscina verde-escura, bem no centro do pátio. As criaturas, negras e nuas, eram constituídas como homens, embora a menor delas de pé ficasse uma cabeça acima do mais alto pirata. Eram esguias em vez de maciças, mas tinham ótimos físicos, sem qualquer indício de deformidade ou anormalidade, salvo a altura fora do comum. Contudo, mesmo daquela distância, Conan pôde sentir o diabolismo básico de suas feições.

Em meio aos seres, nu e chorando, estava um jovem que Conan reconheceu como o mais jovem tripulante a bordo do Wastrel. Então era ele o prisioneiro que o pirata vira ser carregado pela encosta relvada. Conan não tinha escutado sons de luta, nem vira manchas de sangue ou ferimentos nos membros cor de ébano dos gigantes. Estava claro que o rapaz vagara para dentro das matas, longe de seus companheiros, e fora apanhado pelos negros numa armadilha. Em sua mente, o cimério passara a chamar as criaturas de negros na falta de um termo melhor, mas sabia instintivamente que aqueles seres enormes não eram homens propriamente falando.

Nenhum som chegou até ele. Os negros assentiam e faziam gestos uns para os outros, mas não pareciam falar... ao menos não vocalmente. Um deles, agachado diante do garoto encolhido, segurava uma coisa similar a uma flauta. Ele a levou aos lábios e aparentemente soprou, embora Conan não escutasse barulho algum. Mas o jovem zíngaro ouviu ou sentiu muito bem, pois aninhou-se de pavor. Ele estremeceu e se contorceu de agonia; uma regularidade tornou-se evidente no torcer dos seus lábios e rapidamente ganhou ritmo. A contorção virou um espasmo violento, e o espasmo, movimentos regulares. O jovem começou a dançar, assim como cobras dançam ante a compulsão do som da flauta de um faquir. Naquela dança não havia nenhum entusiasmo ou abandono positivo. Em verdade, havia um abandono horrível de ser visto e que, de maneira nenhuma, era positivo. Os tons mudos da flauta pareciam tocar a alma do jovem com dedos salazes e, numa tortura brutal, espremiam dele uma expressão involuntária de paixão. Era uma convulsão obscena, um espasmo lascivo, uma exsudação de anseios secretos, emoldurados pela compulsão: desejo sem prazer, a dor pesarosamente igualada à luxúria. Era como assistir a uma alma ser despida, e todos os seus segredos sombrios e indizíveis serem desnudados.

Conan assistiu à cena congelado, cheio de repulsa e abalado pela náusea. Embora fosse tão elemental quanto um lobo, não era ignorante quanto aos segredos perversos das civilizações apodrecidas. Ele vagara pelas cidades de Zamora e conhecera as mulheres de Shadizar, a maligna. Contudo, ali, sentia uma vilania cósmica que ia além da mera degeneração humana, uma ramificação perversa da Árvore da Vida, desenvolvida em contornos que excediam a compreensão humana. Ele não se chocara com a postura e o contorcer agonizante do garoto desgraçado, mas, sim, com a obscenidade cósmica daqueles seres, capazes de arrastar para a luz segredos abismais adormecidos nas trevas insondáveis da alma humana, e de encontrar prazer na exposição descarada de coisas que não deveriam ser insinuadas, nem mesmo nos mais inquietantes pesadelos.

De repente, o torturador negro deixou a flauta de lado e se levantou, avultando-se sobre a figura branca contorcida. Apanhando o jovem pelo pescoço e quadris com brutalidade, o gigante o ergueu e atirou de cabeça dentro da piscina verde. Conan viu o brilho pálido do corpo nu em contraste com a água, enquanto o gigante mantinha o prisioneiro submerso. Houve uma movimentação em meio aos demais, e o pirata rapidamente se abaixou atrás da murada, sem ousar erguer a cabeça por medo de ser avistado.

Após um tempo, sua curiosidade levou a melhor e, com cautela, ele tornou a espiar. Os negros atravessavam uma arcada em direção a outro pátio. Um deles acabara de colocar algo sobre o beiral da parede mais distante, e Conan percebeu ser aquele que havia torturado o rapaz. Era mais alto do que os demais e usava uma bandana cravejada de joias. Não havia sinal do zíngaro. O gigante seguiu os companheiros, e Conan os viu emergir da arcada pela qual ele ganhara acesso àquele castelo dos horrores, seguindo em fila na direção de onde ele viera. Eles não levavam armas; contudo, o cimério sentia que planejavam novas agressões contra os flibusteiros.

Porém, antes de alertar os bucaneiros desavisados, ele queria investigar o destino do rapaz. Nenhum som perturbava o silêncio. O pirata acreditava que as torres e os pátios estavam desertos, exceto pela sua presença.

Desceu rapidamente as escadas, cruzou o pátio e passou pela arcada até chegar ao outro largo, de onde os negros haviam acabado de sair. Agora ele podia ver a natureza da parede estriada. Era marcada por saliências estreitas, aparentemente cortadas na rocha sólida, e, enfileiradas ao longo delas, havia centenas de pequenas figuras predominantemente cinzas.

Essas figuras, não muito maiores do que a mão humana, representavam homens, e a riqueza de detalhes era tamanha que Conan reconheceu nelas várias características étnicas; traços típicos dos zíngaros, argoseanos, ophireanos e dos corsários kushitas. Estes últimos eram de coloração negra, assim como os modelos da vida real. Conan notou uma vaga inquietude enquanto encarava aquelas figuras tolas e cegas. Havia um mimetismo de realidade nelas que, de algum modo, era perturbador. Ele as tocou com cautela e não soube dizer de que material eram feitas. A sensação era de osso petrificado; mas ele não conseguia imaginar que existisse naquele local qualquer substância petrificada em tamanha abundância para que fosse tão esbanjada.

Percebeu que as imagens que representavam tipos com os quais tinha familiaridade estavam todas nas saliências mais altas. As mais baixas eram ocupadas por figuras que lhe eram estranhas. Elas ou personificavam meramente a imaginação dos artistas, ou tipificavam etnias há muito desaparecidas e esquecidas.

Sacudindo a cabeça com impaciência, Conan virou-se na direção da piscina. O pátio circular não oferecia nenhum lugar para se esconder; como o corpo do rapaz não estava à vista, deveria estar depositado no fundo dela.

Aproximando-se do plácido disco verdejante, olhou para a superfície translúcida. Era como encarar um vidro verde e grosso, límpido, porém estranhamente ilusório. De dimensões medianas, a piscina era redonda como uma roda, cercada por um rebordo de jade verde. Embora Conan enxergasse o fundo arredondado, não foi capaz de dizer a que distância estava da superfície. Mesmo assim, a piscina parecia ser incrivelmente profunda; enquanto olhava para baixo, percebeu que ficava tonto, como se fitasse as profundezas de um abismo. Ficou intrigado pela habilidade de enxergar o fundo, pois este se encontrava no além, impossivelmente remoto, ilusivo, sombrio e, não obstante, visível. Chegou a pensar que havia uma fraca luminosidade aparente no fundo cor de jade, mas não tinha certeza. Contudo, estava certo de que a piscina se encontrava vazia, salvo pela água reluzente.

Então onde, em nome de Crom, estava o rapaz que ele vira ser brutalmente afogado naquela piscina? Pondo-se de pé, Conan passou os dedos por sua espada e tornou a olhar para o pátio. Focou um ponto em uma das saliências superiores. Ele vira o negro alto colocar algo nela... e um suor frio começou repentinamente a escorrer pela fronte de Conan.

Hesitante, mas ao mesmo tempo parecendo atraído por um ímã, o pirata se aproximou da parede cintilante. Entorpecido por uma superstição monstruosa demais para ser dita, observou a última figura depositada na saliência. Uma familiaridade horrível fez-se evidente. Pétreo, imóvel e minúsculo, porém inconfundível, o rapaz zíngaro o encarava sem ver. Conan se encolheu, sentindo a alma abalada até as fundações. A espada vagueou em sua mão paralisada conforme ele observava, com a boca aberta, pasmo diante de uma percepção abismal e terrível demais para a mente aceitar.

Apesar de tudo, o fato era indisputável; o segredo das pequenas figuras tinha sido revelado, ainda que, por trás dele, houvesse outro ainda mais sombrio e sinistro.

# III

Quanto tempo Conan ficou congelado naquela meditação apalermada, ele não saberia dizer. Uma voz o sacudiu do torpor; uma voz feminina que ficava cada vez mais alta, como se estivesse se aproximando. O bárbaro a reconheceu, e sua paralisia desapareceu instantaneamente.

Ele deu um salto e agarrou as saliências estreitas, erguendo o corpo e chutando as imagens amontoadas, obtendo espaço para pôr os pés. Com mais um salto, conseguiu agarrar o rebordo da parede e olhou por sobre ela. A parede dava para o lado externo, e Conan viu a campina verde que cercava o castelo.

Ao longo da grama, um gigante negro carregava debaixo do braço uma prisioneira contorcendo-se, como um homem faria com uma criança rebelde. Era Sancha, os cabelos negros movendo-se em ondas, a pele bronzeada contrastando com o ébano de seu captor. Ele parecia não se importar com os gritos e guinadas do corpo dela conforme seguia para a arcada externa.

Quando ele desapareceu com sua vítima, Conan saltou irresponsável pela parede e correu na direção da arcada, que desembocava em outro pátio. Acocorando-se lá, viu o gigante chegar até a piscina, ainda carregando a cativa. Agora, o pirata conseguia ver a criatura com maiores detalhes.

A simetria soberba do corpo e dos membros era mais impressionante de perto. Sob a pele escura, músculos definidos e longilíneos se pronunciavam, e Conan não teve dúvida de que aquele monstro seria capaz de partir um homem comum ao meio. As unhas dos dedos eram armas, desenvolvidas como as garras de uma fera selvagem. O rosto era uma máscara cor de ébano esculpida. Seus olhos eram fulvos, um dourado vibrante que reluzia.

Mas o rosto era inumano; cada linha, cada característica era gravada pelo mal... um mal que transcendia a maldade dos seres humanos. A coisa não era humana; não podia ser. Era uma vida que surgira dos poços blasfemos da criação, uma perversão do desenvolvimento evolucionário.

O gigante atirou Sancha na relva, onde ela se arrastou, berrando de dor e pânico. Ele lançou um olhar ao redor, como se hesitasse, e seus olhos amarelados se estreitaram ao observar as imagens que haviam sido derrubadas da saliência na parede. Então, curvou-se, segurou a prisioneira pelo pescoço e pela virilha e andou com determinação na direção da piscina verde. Conan saiu da arcada e correu como o vento da morte, cruzando o pátio.

O gigante virou-se e seus olhos brilharam quando viu o bárbaro vindo em sua direção. Naquele instante de surpresa, sua pegada vacilou e Sancha, debatendo-se, escapou de suas mãos e caiu na grama. As garras tentaram apanhá-lo, mas Conan abaixou-se, saindo do alcance delas e enfiando a espada na virilha da criatura. O negro caiu como uma árvore derrubada, vertendo sangue, e, no instante seguinte, Conan foi apanhado pelo abraço frenético de Sancha, que o enlaçou em meio a um frenesi de medo e alívio histérico.

Ele praguejou enquanto se desvencilhava, mas seu oponente já estava morto; os olhos fulvos vidrados e os longos membros cor de ébano imóveis.

— Ah, Conan — Sancha soluçou, agarrando-o com tenacidade. — O que vai ser de nós? O que são esses monstros? Com certeza estamos no Inferno e este é o demônio.

— Então o Inferno precisa de um novo demônio — sorriu ferozmente o baracho. — Mas como foi que ele a apanhou? Eles tomaram o navio?

— Eu não sei — ela tentou enxugar as lágrimas com o vestido, então lembrou-se de que não vestia nenhum. — Nadei até a praia. Vi você seguir Zaporavo e fui atrás dos dois. Encontrei Zaporavo... Foi... Foi você... que...?

— Quem mais? — Ele grunhiu. — E então?

— Vi um movimento nas árvores. Achei que fosse você. Chamei seu nome e, então, vi aquela... aquela coisa negra agachada como um macaco em meio aos arbustos, encarando-me de soslaio. Foi como um pesadelo; não pude correr. Só o que consegui fazer foi gritar. Aí, a coisa saltou das árvores, me agarrou e... Ah! Ah! — Ela escondeu o rosto com as mãos, horrorizada, recebendo um novo abalo ao recordar-se do pavor.

— Bem... temos de sair daqui — ele afirmou, segurando-a pelo punho. — Venha. Temos de voltar para junto da tripulação...

— A maioria estava adormecida na praia quando entrei na mata — ela contou.

— Adormecida? — Ele indagou de forma profana. — Pelo fogo dos sete demônios do Inferno...

— Ouça! — Ela congelou numa imagem pálida de medo.

— Eu ouvi! — Ele retorquiu. — Um gemido! Espere!

Ele tornou a pular nas saliências e, espiando por sobre a parede, praguejou com uma fúria concentrada que fez Sancha engasgar. Os negros estavam voltando, mas não vinham sós ou de mãos vazias. Cada um deles carregava uma forma humana, alguns duas. Os prisioneiros eram os flibusteiros, pendurados nos braços de seus captores, inertes, salvo algum vago movimento ou contorção ocasional. Tinham sido desarmados, mas não desnudados. Um dos negros carregava as espadas embainhadas; uma enorme pilha de aço reluzente. De quando em vez, algum dos marujos emitia um gemido, como um bêbado que fala dormindo.

Conan olhou ao redor como se fosse um lobo aprisionado. Havia três arcadas que levavam para fora do pátio da piscina. Os negros tinham saído pela arcada leste e, provavelmente, por ela retornariam. Ele entrara pela arcada sul. Havia se escondido na arcada oeste, sem tempo para ver o que tinha além dela. Apesar de sua ignorância quanto à planta do castelo, foi forçado a tomar uma decisão.

Descendo da parede, recolocou as imagens no lugar com uma pressa frenética, arrastou o cadáver de sua vítima até a piscina e o atirou para dentro dela. O corpo afundou imediatamente e, diante dos olhos do bárbaro, uma terrível contração ocorreu; um enrijecimento, um encolhimento. Conan deu as costas rapidamente, estremecendo. Segurou a companheira pelo braço e a conduziu para a arcada sul, enquanto ela implorava para saber o que estava acontecendo.

— Eles capturaram a tripulação — respondeu. — Não tenho nenhum plano, mas vamos nos esconder em algum lugar e observar. Se não olharem dentro da piscina, pode ser que não suspeitem da nossa presença.

— Mas vão ver o sangue na grama!

— Com sorte acharão que foi derramado por um deles — Conan respondeu. — Seja como for, teremos de arriscar.

Chegaram ao pátio de onde ele assistira à tortura do rapaz. Conan a levou com pressa pelas escadarias que contornavam a parede sul, forçando-a a se abaixar atrás da balaustrada da varanda; não era um bom esconderijo, mas era o melhor que havia ali.

Mal tinham se acomodado quando os negros adentraram o pátio. Um som alto ao pé das escadarias fez com que Conan enrijecesse, agarrando a espada. Mas as criaturas atravessaram a arcada do lado sul, deixando para trás apenas grunhidos e baques surdos. Os gigantes jogaram as vítimas na relva. Os lábios de Sancha se contraíram em histeria, obrigando Conan a tapar sua boca com a mão para anular o som antes que ele pudesse traí-los.

Após um tempo, escutaram o barulho de vários pés na grama lá embaixo, seguido por silêncio. Conan espiou por sobre a balaustrada. O pátio estava vazio. Mais uma vez, os negros haviam se reunido em volta da piscina no pátio adjunto, acocorados. Pareciam não dar atenção aos largos borrifos de sangue na relva e no rebordo de jade da piscina. Era evidente que manchas do tipo não eram incomuns. Também não olharam dentro da piscina. Estavam absortos em algum conclave incompreensível; o negro alto voltara a tocar sua flauta dourada e seus companheiros o escutavam como estátuas de ébano.

Tomando a mão de Sancha, Conan desceu as escadarias acocorado, de forma que sua cabeça não aparecesse acima da parede. A garota o seguiu encolhida, encarando temerosamente a arcada que dava para o pátio da piscina, ainda que, daquele ângulo, nem ela nem seu tropel sombrio podia ser visto. As espadas dos zíngaros estavam no pé da escadaria. O barulho que a dupla escutara era o das armas capturadas sendo jogadas no chão.

Conan conduziu Sancha na direção do arco sul; a dupla cruzou o relvado em silêncio e chegou ao pátio que havia além dele. Os flibusteiros estavam lá, amontoados, com os bigodes eriçados e os brincos reluzindo. Aqui e acolá alguns deles agitavam-se ou emitiam gemidos inquietos. Conan curvou-se sobre eles, com Sancha ajoelhada ao seu lado, inclinada para frente com a mão sobre as coxas.

— O que é este cheiro doce e enjoativo? — Ela perguntou, nervosa. — Está no hálito de todos.

— É aquela maldita fruta que estavam comendo — ele respondeu com suavidade. — Lembro-me do seu cheiro. Deve ser algo parecido com a lótus negra, que adormece os homens. Por Crom, estão começando a acordar... mas estão desarmados, e creio que aqueles demônios negros logo lançarão sua magia sobre eles. Que chance os rapazes terão, sem armas e entorpecidos pelo sono?

Ele refletiu por um instante, e uma careta denotou a intensidade de seus pensamentos; então, segurou o ombro de Sancha com firmeza.

— Ouça! Vou atrair aqueles suínos para outra parte do castelo e mantê-los ocupados. Enquanto isso, acorde estes idiotas e entregue-lhes suas espadas... É uma chance de lutar. Consegue fazer isso?

— Eu... eu não sei! — Ela titubeou, tremendo de medo, quase sem saber o que dizia.

Conan praguejou, agarrou as tranças grossas próximo do couro cabeludo da garota e a sacudiu até que as paredes parecessem dançar diante do seu olhar desorientado.

— Você tem que fazer isso! — Ele sibilou para ela. — É a nossa única chance!

— Farei o possível — ela respondeu, e, com um grunhido de aprovação e um tapa encorajador nas costas que quase a derrubou, ele partiu.

Poucos momentos depois, ele já se acocorava pela arcada que dava para o pátio da piscina, observando seus oponentes. Ainda se sentavam ao redor da água, mas começavam a demonstrar evidências de uma impaciência maligna. Vindos do pátio onde estavam os bucaneiros adormecidos, ele escutou grunhidos que ficavam mais altos e se misturavam a praguejos incoerentes. O bárbaro tencionou os músculos e mergulhou num caminhar felino, como uma pantera, respirando entredentes.

O gigante da bandana de joias se levantou, tirando a flauta da boca e, súbito, Conan estava em meio aos negros surpresos, saltando e atacando como um tigre faria com sua presa; sua lâmina brilhou três vezes antes que qualquer um deles tivesse tempo para erguer a mão em defesa. A seguir, afastou-se do grupo com um salto e correu pelo relvado, deixando para trás três figuras estiradas com o crânio partido ao meio.

Mas, embora a fúria inesperada de seu ataque tivesse apanhado os gigantes de guarda baixa, os sobreviventes se recuperaram rapidamente. Estavam em seu encalço quando ele cruzou a arcada oeste; as longas pernas das criaturas cobriam a distância em alta velocidade. Mesmo assim, ele tinha confiança na sua habilidade para despistá-las, ainda que este não fosse seu propósito. Pretendia atrair o grupo para uma longa caçada, a fim de dar tempo para que Sancha despertasse os zíngaros.

Ao cruzar para o pátio que havia além da arcada oeste, blasfemou. O local diferia dos outros que vira. Em vez de redondo, era octogonal, e a arcada por que acabara de atravessar era a única entrada e saída.

Virou-se e viu que o bando inteiro o havia seguido; um grupo amontou-se sob a arcada e o resto espalhou-se numa fileira ampla conforme se aproximava. Ele os encarou, recuando lentamente para a parede norte. A fileira curvou-se formando um semicírculo, envolvendo-o. O cimério continuou a andar para trás, mas cada vez mais devagar, percebendo os espaços que se alargavam entre os agressores. Temendo que o invasor tentasse contornar a linha crescente que formavam, as criaturas a alongaram.

Ele os observou calmo e alerta. Quando atacou, foi como um meteorito, repentino e devastador, direto contra o centro do semicírculo. O gigante que estava em seu caminho caiu com o externo dividido ao meio e, antes que os negros à direita e à esquerda pudessem vir em auxílio do companheiro, o pirata estava fora do alcance do anel. O grupo diante do portão preparou-se para enfrentá-lo, mas Conan não os atacou. Ele virou-se e tornou a observar seus perseguidores sem qualquer emoção aparente e, seguramente, sem medo.

Desta vez, não se espalharam numa fileira. Tinham aprendido que seria fatal dividir as forças contra aquela encarnação bárbara da fúria. Juntaram-se numa formação compacta e avançaram sobre ele sem pressa excessiva. Conan sabia que, se colidisse com aquela massa de músculos, o resultado seria um só. Uma vez que estivesse cercado, as criaturas o alcançariam com suas garras e usariam o corpanzil avantajado de uma forma que nem mesmo sua ferocidade primitiva resistiria. Ele olhou para o muro e viu uma projeção parecida com uma saliência que poderia servir ao seu propósito. Começou a recuar para o canto, e os gigantes apressaram seu avanço, evidentemente pensando que o acuavam. Conan não teve tempo para pensar que eles deviam enxergá-lo como membro de uma ordem mais baixa, mentalmente inferior. Melhor assim. Nada é mais desastroso do que subestimar um antagonista. Agora, ele estava a poucos metros da parede, e os negros se aproximaram rapidamente, tramando encurralá-lo de vez no canto antes que o bárbaro percebesse sua situação. O grupo diante do portão desertou o posto e correu para juntar-se aos colegas. Com os olhos queimando como fogo infernal dourado, dentes brancos reluzindo e as garras erguidas e prontas para o ataque, os gigantes avançaram. Esperavam um movimento violento e abrupto de sua presa, mas, quando este veio, novamente os pegou de surpresa.

Conan levantou a espada e deu um passo na direção deles; então virou-se e correu para a parede. Com um impulso dos músculos de aço, planou pelo ar e o braço alcançou a projeção na parede, cravando-se como um gancho. Imediatamente, um ruído de ruptura foi ouvido e a saliência cedeu, derrubando o pirata de volta ao pátio.

Ele caiu batendo as costas que, apesar da musculatura privilegiada, teriam se quebrado se não fosse pela relva que amortecera a queda. Recompondo-se como um grande felino, o bárbaro encarou seus inimigos. A imprudência dançante desapareceu de seus olhos, que arderam como duas bolas de fogo azuis; os pelos arrepiados e os lábios finos rosnando. Num instante, toda a ocasião passara de um jogo audaz para uma batalha de vida ou morte, e a natureza selvagem de Conan respondeu com a fúria que lhe era característica.

Os negros pararam por um segundo devido à rapidez do episódio, mas, agora, investiam contra ele, para apanhá-lo e arrastá-lo. Naquele instante, um grito irrompeu. Virando-se, os gigantes viram uma multidão amontoada sob o arco. Os bucaneiros oscilavam como se estivessem bêbados e blasfemavam de modo incoerente; estavam sonolentos e desconcertados, mas seguravam suas espadas e avançaram com uma ferocidade que não fora diminuída pelo fato de não compreenderem o que ocorria.

Enquanto os gigantes observavam espantados, Conan deu um grito estridente e atacou. As criaturas caíram como trigo maduro sob sua lâmina, ao mesmo tempo em que os zíngaros, bradando de fúria, correram grogues pelo pátio, chocando-se sedentos de sangue com os oponentes. Ainda estavam entorpecidos; saindo do estupor, sentiram Sancha sacudi-los freneticamente e meter as lâminas em suas mãos, urgindo que partissem para a ação. Não compreenderam tudo que ela dissera, mas bastou-lhes a visão dos estranhos e o sangue sendo derramado.

No instante seguinte, o pátio se transformara num campo de batalha que logo se assemelhava mais a um matadouro. Os zíngaros podiam estar balançados, mas manejavam as espadas com força e habilidade, blasfemando prodigiosamente e ignorando todos os ferimentos, exceto aqueles que se provavam fatais. Elevando-se acima de seus agressores, os gigantes espalhavam morte com suas garras e dentes, rasgando a garganta dos homens e desferindo golpes com punhos crispados que esmagavam crânios.

Em meio à balbúrdia, os bucaneiros não conseguiam tirar vantagem da agilidade superior, e muitos continuavam lentos demais por conta da sonolência para se esquivar dos golpes. Lutaram com uma ferocidade cega, demasiadamente preocupados em causar a morte, para evitá-la. O som das espadas cortando era como o cutelo de um açougueiro, e os gritos, urros e maldições eram aterradores.

Sancha, encolhida sob a arcada, estava pasma diante do barulho e da fúria; teve a impressão de testemunhar um turbilhão de caos em que o aço brilhava, braços golpeavam, rostos rosnando surgiam e desapareciam, e corpos tencionados colidiam, ricocheteavam, engalfinhavam e se misturavam numa dança insana.

Os detalhes se destacavam brevemente, como águas-fortes pretas num fundo de sangue. Ela viu um marinheiro zíngaro, cego por um grande naco de couro cabeludo solto e pendurado sobre os olhos, firmar as pernas bambas e mergulhar a espada até o cabo na barriga de um negro. Escutou com distinção o bucaneiro grunhir ao atacar, e viu os olhos fulvos da vítima se revirarem numa agonia súbita; sangue e entranhas vertendo pela lâmina. O negro moribundo agarrou a espada com as mãos nuas, e o marinheiro a puxou de volta, cego e zonzo. Então, o braço do gigante envolveu a cabeça do zíngaro e seu joelho atacou com força o centro da sua coluna. A cabeça foi virada para trás num ângulo terrível e algo estalou mais alto do que todo o barulho da contenda, como se um grande tronco tivesse se quebrado. O vencedor arremessou o corpo da vítima no chão e, ao fazê-lo, algo similar a um raio de luz azul atravessou seus ombros por trás, da direita para a esquerda. Ele titubeou, e sua cabeça pendeu para a frente, caindo no solo de forma hedionda.

Nauseada, Sancha virou-se e tapou a boca, quase vomitando. Tentou fugir daquele espetáculo, mas suas pernas não responderam. E ela não conseguia fechar os olhos; em verdade, arregalou-os ainda mais. Apesar de revoltada e enojada, sentia o pavoroso fascínio que sempre experimentara diante do sangue, ainda que aquela batalha fosse além de qualquer outra que já tivesse visto ser travada entre seres humanos, fosse nos ataques a portos ou em confrontos marítimos. Então, ela viu Conan.

Destacado dos companheiros por toda uma massa de inimigos, o bárbaro fora envolvido e derrubado por uma onda de braços e corpos negros. Teria sido pisoteado rapidamente até a morte, se não tivesse arrastado um deles consigo, usando seu corpo para protegê-lo dos ataques. Eles chutavam e batiam no baracho, enquanto tentavam arrancar seu colega lívido de cima; contudo, com os dentes crispados, o pirata segurava tenaz o escudo moribundo.

Uma investida dos zíngaros levou a um afrouxamento da pressão, permitindo que Conan deixasse o corpo de lado e se erguesse... furioso e coberto de sangue. Os gigantes tornaram a cercá-lo, agarrando e desferindo socos que passavam no vazio, já que, selvagem, ele era duro de ser pego ou atingido. E cada movimento da sua lâmina vertia sangue. Já havia sofrido um castigo severo o bastante para matar três homens comuns, mas sua vitalidade taurina não diminuía. Seu grito de guerra soou mais alto do que a carnificina, e os zíngaros, tão perplexos quanto furiosos, ganharam um novo sopro de vida e redobraram os ataques, até que os ossos esmagados e a carne rasgada pelas lâminas praticamente afogassem os uivos de dor e de ira.

Os negros tremularam e correram para o portão. Sancha deu um berro ao vê-los vindo em sua direção e saiu da frente. Eles atravessaram a arcada estreita, sendo esfaqueados e estocados nas costas pelos zíngaros, que urravam de euforia. O portão tornara-se um caos antes que os sobreviventes conseguissem atravessá-los e fugir, cada um por si.

A batalha virou uma perseguição; ao longo dos pátios relvados, das escadarias reluzentes, por sobre os telhados inclinados das torres fantásticas e até mesmo na cumeeira larga dos muros, os gigantes fugiram pingando sangue a cada passo dado, perseguidos sem misericórdia. Encurralados, alguns deles voltaram-se para lutar, e homens morreram. Mas o resultado derradeiro foi o mesmo: corpos das criaturas se contorcendo sobre a relva ou arremessados dos parapeitos das torres.

Sancha havia se escondido no pátio da piscina, onde ficou abaixada, tremendo de medo. Do lado de fora, os gritos eram terríveis e pés pisoteavam a grama, até que uma figura negra tingida de vermelho atravessou a arcada. Era o gigante que usava a bandana cravejada. Um perseguidor atarracado vinha logo atrás, mas o negro virou-se de frente para ele, bem à beirada da piscina. A criatura havia apanhado no chão uma espada derrubada por um marujo e, quando o zíngaro o atacou negligentemente, revidou com a arma pouco familiar. O bucaneiro foi ao chão com o crânio partido, mas o golpe fora desferido de forma tão estranha, que a lâmina se partiu nas mãos do gigante.

Ele arremessou o cabo nas figuras que cruzavam a arcada e foi na direção da piscina; seu rosto uma máscara convulsiva de ódio.

Conan explodiu por entre os flibusteiros na frente do portão, dando um pinote numa investida frontal.

Mas o gigante abriu seus enormes braços e, dos lábios, um grito inumano soou... O único som discernível feito por qualquer um dos negros durante a luta. Ele gritou para os céus seu terrível ódio, e foi como se uma voz ecoasse dos poços infernais. Os zíngaros pararam e vacilaram. Mas não Conan. Num silêncio homicida, ele empurrou a figura de ébano para a beira da piscina.

Contudo, no instante em que a espada gotejando cortou o ar, sua presa girou nos calcanhares e saltou. Por um instante, eles o viram pairar sobre a piscina; então, com um rugido de sacudir a terra, as águas verdejantes se ergueram, envelopando-o num enorme vulcão verde.

Conan deteve o ataque frontal bem a tempo de evitar a piscina e recuou, empurrando os homens que vinham atrás. A piscina verde tornara-se um gêiser, e seu ruído crescia a um volume ensurdecedor, conforme a grande coluna de água se elevava, florescendo na crista com uma enorme coroa de espuma.

O bárbaro direcionava seus homens para o portão, arrebanhando-os à sua frente, batendo em seus corpos com a parte plana da espada; o rugido da água parecia ter roubado as faculdades deles. Vendo Sancha de pé, paralisada, encarando o pilar fervilhante com terror, ele a chamou com um berro que soou mais alto que o trovejar das águas, arrancando-a da letargia. Ela correu até o bárbaro com os braços estendidos, e ele a agarrou com um braço e rumou para fora.

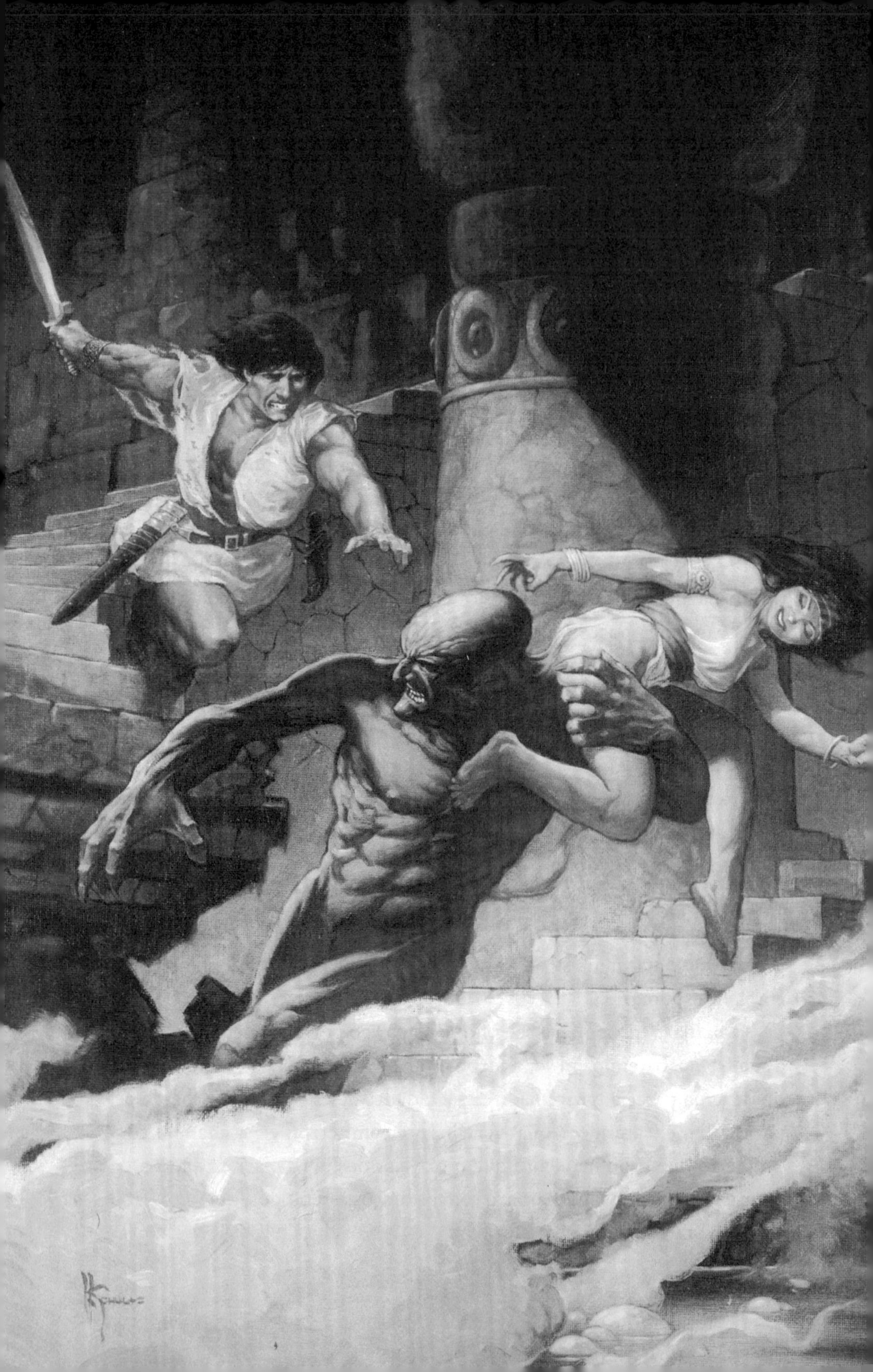

Os sobreviventes se reuniram no pátio que se abria para o mundo externo, cansados, feridos e sujos de sangue. Eles encararam aparvalhados o grande pilar que se erguera contra a abóbada azulada do céu. Seu caule verde era atado com cordames brancos; a coroa espumante tinha três vezes a circunferência da base. Por um momento, pareceu que ia explodir e engolfar todos numa torrente, mas continuou a jorrar para o alto.

Conan examinou o grupo esfarrapado e ensanguentado, e blasfemou ao ver quão poucos haviam restado. No estresse do momento, segurou um corsário pelo pescoço e o sacudiu com tanta violência que o sangue dos ferimentos do homem espirrou em quem estava próximo.

— Onde estão os outros? — Ele gritou nos ouvidos da vítima.

— Somos só nós! — O outro respondeu, falando mais alto que o rugido do gêiser. — Os demais foram todos mortos pelos gigantes.

— Bem... saiam daqui! — Conan bramiu, dando-lhe um empurrão tão forte que o arremeteu na direção da arcada externa. — Aquela fonte vai explodir a qualquer instante.

— Vamos todos morrer afogados — gemeu um flibusteiro, inclinando-se na direção da arcada.

— O Inferno que vamos — berrou o bárbaro. — Aquela coisa vai nos transformar em pedaços de ossos petrificados, isso sim. Saiam daqui, malditos!

Ele correu para a arcada externa, mantendo um olho na torre verdejante que se avultava tão terrivelmente acima de sua cabeça e outro nos retardatários. Atordoados pela luta, pela matança e pelo barulho trovejante, alguns zíngaros se moviam como homens em transe. Conan os apressou. Seu método era simples: ele apanhava os lerdos pela nuca, impelia-os violentamente para o portão e somava ímpeto com um forte chute no traseiro, enquanto apimentava a urgência com comentários pungentes sobre os ancestrais das vítimas. Sancha mostrou inclinação para ficar ao seu lado, mas ele se desvencilhou de seus abraços, praguejando com veemência, e a acelerou com um tapa nas nádegas que a fez precipitar-se rapidamente pelo platô.

Conan não saiu do portão até ter certeza de que todos os vivos estavam fora da fortificação; então, rumou para a campina. Tornou a dar uma olhada para o pilar, que agora era mais alto do que todas as torres, e enfim fugiu daquele castelo de horrores. Os zíngaros já tinham cruzado a beira do platô e desciam as encostas. Sancha esperou por ele na beira da primeira delas, e, ao chegar lá, o bárbaro fez mais uma pausa para observar o castelo. Era como se uma gigantesca flor de tronco verde e pétalas brancas pairasse por sobre as torres, com um rugido que preenchia os céus. Então, o pilar de jade se desfez com um barulho ensurdecedor e as torres e paredes foram consumidas por uma torrente trovejante.

Conan pegou a garota pela mão e fugiu. Uma encosta após a outra surgia diante da dupla, enquanto que, às suas costas, eclodia o som de um rio fluindo. Uma olhadela por sobre o ombro revelou uma fita verde e larga que caía e subia conforme varria as encostas. A torrente não havia se espalhado e dissipado; ela atravessava as depressões e cumes arredondados como uma serpente gigante, mantendo uma direção consistente... seguindo-os.

Tal percepção levou Conan a um novo pico de resistência. Sancha tropeçou e caiu de joelhos, dando um grito de dor e exaustão. Conan a pegou, jogou por sobre o ombro e continuou a escapada. Seu peito arfava e os joelhos tremiam; o fôlego surgia em grandes suspiros entre seus dentes. Ele começou a fraquejar e perder velocidade. À sua frente, viu os marujos movendo-se penosamente, impulsionados apenas pelo terror que os perseguia.

Súbito, o oceano surgiu à sua vista, e nele, o Wastrel flutuava sem danos. Os homens entravam de cabeça para baixo nos botes. Sancha foi jogada no fundo de um e lá permaneceu, amassada por uma pilha de corpos. Conan, mesmo sentindo os tímpanos prestes a explodir em sangue e com o mundo tornado escarlate à sua vista, começou a remar, acompanhando os marujos exaustos.

Com o coração estourando de exaustão, eles seguiram para a nau. O rio verde surgiu por sobre a linha das árvores, que caíam como se seu caule tivesse sido cortado, desaparecendo na inundação. A maré fluiu até a praia, sobrepondo-se ao oceano, e as águas assumiram uma tonalidade esverdeada bem mais sinistra.

Um medo indiscernível se apossou dos bucaneiros, fazendo com que exigissem ainda mais dos corpos agonizantes e das mentes em frangalhos; não sabiam o que temiam, porém tinham ciência de que aquela linha verde era uma ameaça para o corpo e para a alma. Mas Conan sabia o que aquilo representava e, ao ver a maré verde deslizar pelas águas em direção a eles, sem alterar seu formato ou curso, acessou suas últimas reservas de energia e imprimiu tamanho ímpeto aos movimentos, que o remo se partiu em suas mãos.

As proas bateram contra o casco do Wastrel e os marujos subiram pelas correntes, deixando os botes à deriva. Sancha foi levada nos ombros de Conan, mole como um cadáver, e desovada sem cerimônia no convés, enquanto o baracho assumia o leme, vociferando ordens para a mirrada tripulação. Durante todo o tempo, assumira a liderança sem ser questionado, e eles o haviam seguido de modo instintivo. Agora, obedeciam como bêbados, trabalhando mecanicamente as cordas e estruturas. Com a âncora erguida, as velas desfraldadas apanharam um forte vento. O Wastrel estremeceu, sacudiu e rumou majestosamente para o mar aberto. Conan olhou para a orla; como uma língua de chamas esmeralda, uma fita ergueu-se futilmente a um remo de distância da quilha do Wastrel. Mas ela não avançou mais. Daquela extremidade da língua, o olhar do bárbaro seguiu uma corrente intacta de verde cintilante que cobria toda a praia branca e as encostas, desaparecendo no azul ao longe.

Mantendo o curso do vento, o baracho sorriu para a tripulação ofegante. Sancha estava de pé ao seu lado; lágrimas histéricas escorriam pelo seu rosto. Os trajes de Conan eram farrapos cobertos de sangue; seu cinturão e bainha haviam desaparecido, a espada, fincada no convés atrás dele, estava chanfrada e manchada de vermelho. Sangue pisado envolvia sua cabeleira, e metade de uma orelha havia sido cortada. Os braços, pernas, peito e ombros tinham sido espancados e arranhados, como se tivesse enfrentado panteras. Mas, ao firmar as pernas largas, ele sorria, conduzindo o leme numa exuberância singular da musculatura poderosa.

— E agora? — A garota perguntou.

— Vamos pilhar os mares — ele gargalhou. — A tripulação pode estar mirrada e ferida, mas sabe como operar a nau. E sempre podemos encontrar novos homens. Venha aqui e me dê um beijo, garota.

— Um beijo? — Ela disse, de forma quase histérica. — Consegue pensar em beijos numa hora dessas?

A gargalhada dele soou mais alta que o ruído das velas ao vento, quando a arrancou do chão com um só braço e beijou os lábios vermelhos com um deleite ressonante.

— Eu penso na vida! — Ele rugiu. — Os mortos estão mortos, e o que passou, passou! Tenho um navio, uma tripulação valente e uma garota com lábios que parecem vinho, e isso é tudo que posso querer. Lambam seus ferimentos, valentões, e abram um barril de cerveja. Vão trabalhar nesta nau como jamais trabalharam. Dancem e cantem enquanto cuidam dela, malditos! Para o Inferno com os mares vazios! Vamos para águas onde os portos são fartos e os navios mercantes estão recheados de coisas para pilharmos!

# Extras

# Ciméria

Poema originalmente publicado em *The Howard Collector* — 1965.

Escrito em Mission, Texas, em fevereiro de 1932; inspirado na lembrança das colinas próximas a Fredericksburg, vistas em meio à névoa de uma chuva de inverno.

*Robert E. Howard*

Eu me lembro
Das florestas negras, mascarando encostas de colinas sombrias;
Das nuvens cinzentas flutuando perpetuamente no céu;
Dos riachos crepusculares que fluíam sem emitir som;
E dos ventos solitários que sussurravam pelos desfiladeiros.

Paisagens se sobrepondo, colina sobre colina,
Encosta além de encosta, cada qual povoada de árvores taciturnas,
Ali jazia nossa terra lúgubre. E, quando um homem escalava
Um pico escarpado e observava, seus olhos viam apenas a paisagem infinita...
Colina sobre colina, encosta além de encosta, cada qual coberta como as demais.

Era uma terra triste que parecia abrigar
Todos os ventos e nuvens e sonhos que se esquivavam do sol,
Com ramos nus sacudidos sob ventos solitários,
E as florestas escuras pairando acima de tudo,
Nem mesmo iluminadas pelo raro e esmaecido sol
Que projetava as sombras atarracadas dos homens; eles a chamavam de
Ciméria, terra das Trevas e da Noite profunda.

Foi há tanto tempo e tão longe
Que esqueci o nome pelo qual os homens me chamavam.
O machado e a lança com ponta de pedra são como um sonho,
E caçadas e guerras parecem sombras. Eu me lembro
Apenas da quietude daquela terra sombria;
Das nuvens que se empilhavam sobre as colinas,
Da obscuridade das florestas eternas.
Ciméria, terra das Trevas e da Noite profunda.

Ó minha alma, nascida nas colinas cobertas por sombras,
De nuvens e ventos e espectros que se esquivavam do sol,
Quantas mortes serão necessárias para quebrar enfim
A herança que me envolve no cinzento
Vestuário de fantasmas? Vasculho meu coração e encontro
Ciméria, terra das Trevas e da Noite.

## Os anais da Era Hiboriana

*Ensaio originalmente publicado em* The Phantagraph *— fevereiro a novembro de 1936 (apenas a primeira parte, até a época de Conan). Publicado na íntegra em* The Hyborian Age *— 1938.*

(Nada neste artigo deve ser considerado como uma tentativa de firmar qualquer teoria em oposição à história vigente. Ele não passa de um pano de fundo para uma série de histórias fictícias. Quando comecei a escrever as aventuras de Conan há alguns anos, preparei esta "história" de sua era e de seus povos, a fim de emprestar a ele e a suas sagas um aspecto mais verossímil. E descobri que, ao aderir aos "fatos" e ao espírito desta "história" conforme escrevia, ficava mais fácil visualizá-lo — e, portanto, apresentá-lo — como um personagem real, de carne e osso, em vez de um produto artificial. Enquanto escrevia sobre ele e suas aventuras ambientadas nos diversos reinos da sua era, nunca violei os "fatos" ou o espírito da "história" que foi estabelecida aqui, mas segui as diretrizes tão de perto quanto o faria um escritor de ficção histórica em relação à História de verdade. Utilizei esta minha "história" como guia para tudo o que escrevi desta série.)

Pouco se sabe daquela época conhecida pelos cronistas da Nemédia como era pré-cataclísmica, exceto pela parte posterior, e mesmo esta é velada pelas brumas das lendas. A história conhecida se inicia com o desaparecimento da civilização pré-cataclísmica, dominada pelos reinos de Kamélia, Valúsia, Verúlia, Grondar, Thule e Commoria. Esses povos falavam uma língua similar, tendo provavelmente uma origem em comum. Havia outros reinos igualmente civilizados, mas habitados por raças diferentes, aparentemente mais velhas.

Os bárbaros da época eram os pictos, que viviam nas ilhas distantes do oceano ocidental; os atlantes, que viviam num pequeno continente entre as ilhas pictas e o continente principal, chamado de thuriano; e os lemurianos, que habitavam uma série de grandes ilhas no hemisfério leste.

Havia vastas regiões de terras inexploradas. Os reinos civilizados, embora enormes em termos de extensão, ocupavam apenas uma pequena porção de todo o planeta. A Valúsia era o reino mais a oeste do continente thuriano; Grondar, o mais ao leste. Ao leste de Grondar, cujo povo era menos culto que os dos demais reinos similares, existia um deserto vasto e árido. Entre as extensões menos desoladas dele, nas selvas e em meio às montanhas, viviam clãs dispersos de tribos selvagens. Distante, ao sul, vivia uma civilização misteriosa sem conexão com a cultura thuriana e, aparentemente, de natureza anterior à humanidade. Nas margens mais ao leste do continente existia outra raça, humana, mas igualmente misteriosa e também não thuriana, com a qual os lemurianos travavam contato de tempos em tempos. Ela parecia vir de um continente sombrio e desconhecido que ficava em algum ponto ao leste das ilhas lemurianas.

A civilização thuriana estava em decadência; seus exércitos eram compostos, em sua maioria, por mercenários bárbaros. Pictos, atlantes e lemurianos eram seus generais, homens de Estado e, não raro, seus reis. Existem mais lendas do que história precisa sobre as disputas dos reinos e as guerras entre a Valúsia e a Commoria, assim como as conquistas que permitiram aos atlantes fundar um reino no continente.

Então, o Cataclismo sacudiu o mundo. A Atlântida e a Lemúria afundaram, e as Ilhas Pictas foram erguidas, formando os picos montanhosos de um novo continente. Partes inteiras do continente thuriano desapareceram sob as ondas ou afundaram, dando origem a grandes lagos e mares. Vulcões irromperam e terremotos terríveis sacudiram as cidades reluzentes dos impérios. Nações inteiras sumiram do mapa.

Os bárbaros se saíram um pouco melhor do que as civilizações. Os habitantes das Ilhas Pictas foram destruídos, mas uma grande colônia deles, estabelecida nas montanhas ao sul da fronteira da Valúsia para servir como resistência a possíveis invasores, escapou incólume. De forma similar, o reino continental dos atlantes também escapou da ruína geral, e milhares de membros de suas tribos singraram para lá em navios sobreviventes. Muitos lemurianos fugiram para a costa leste do continente thuriano, que permaneceu, comparativamente falando, ileso. Lá, foram escravizados pela antiga raça que já vivia no local e, durante milhares de anos, sua história foi de servidão brutal.

No oeste do continente, em algumas regiões, as mudanças climáticas geraram estranhas formas vegetais e animais. Matas densas ocultavam as planícies, grandes rios corriam até os mares, montanhas selvagens se ergueram e lagos cobriram as ruínas das antigas cidades, que ficavam, então, em vales férteis. Vinda das áreas submergidas, uma miríade de feras e selvagens — homens-macacos e macacos — polvilhou o reino continental dos atlantes. Estes foram forçados a lutar diariamente por suas vidas, e conseguiram, mesmo assim, conservar vestígios de sua condição anterior, que era altamente avançada para bárbaros. Destituídos de minérios e metais, tornaram-se trabalhadores de pedras, assim como seus distantes ancestrais, e obtiveram um nível artístico notável quando sua cultura entrou em contato com a poderosa nação picta. Os pictos também tinham revertido à Idade da Pedra, mas conseguiram avançar mais rapidamente em termos de população e ciência da guerra. Não apresentavam nada da natureza artística atlante; eram mais rudes, práticos e prolíficos. Diferente de seus inimigos, não deixaram pinturas ou gravuras em mármore, mas produziram uma abundância de armas de pedra.

Esses reinos colidiram e, numa série de guerras sangrentas, os atlantes, que eram em número inferior, foram forçados a retroceder a um estado de selvageria, enquanto a evolução dos pictos estagnou. Quinhentos anos depois do Cataclismo, os reinos bárbaros haviam desaparecido, dando lugar a uma única nação de selvagens: os pictos — em perpétuo estado de guerra contra tribos primitivas — e os atlantes. Os pictos tinham a vantagem numérica e a unidade, enquanto os atlantes foram reduzidos a clãs dispersos. Assim era o Ocidente naquela época.

No distante Oriente, separado do resto do mundo pela elevação de montanhas gigantescas e pela formação de uma vasta cadeia de lagos, os lemurianos padeciam como escravos de seus mestres anciões. O distante sul continuava envolto em mistério. Intocado pelo Cataclismo, seu destino ainda era pré-humano. Das raças civilizadas do continente thuriano, uma remanescente de uma das nações não valusianas vivia em meio às colinas mais baixas a sudoeste, os zhemri. Aqui e ali havia clãs espalhados de selvagens, completamente alheios à ascensão e queda das grandes civilizações. Mas, a extremo norte, outro povo lentamente começava a ascender.

Na época do Cataclismo, um bando de selvagens, cujo desenvolvimento não estava muito acima dos neandertais, fugiu para o norte, a fim de escapar da destruição. Encontraram as terras frias habitadas apenas por uma espécie de homens-macacos das neves; enormes animais brancos e peludos, aparentemente nativos da região. Eles os enfrentaram e forçaram a ir além do círculo ártico para perecer, ou foi o que pensaram os selvagens. Na verdade, os homens-macacos se adaptaram ao novo e brutal ambiente, e prosperaram.

Após a guerra entre pictos e atlantes ter destruído o início do que poderia ter sido uma nova cultura, outro cataclismo menor mudou a aparência do continente original, criando um grande mar interior no local onde ficava a cadeia de lagos, o que separou ainda mais o Oriente do Ocidente, e os terremotos, inundações e vulcões completaram a devastação dos bárbaros, iniciada pelas guerras tribais.

Mil anos depois do cataclismo menor, o mundo ocidental tornou-se um local repleto de selvas, lagos e rios torrenciais. Entre as colinas cobertas por florestas a noroeste, existem bandos errantes de homens-macacos, despidos da capacidade de fala humana, do conhecimento do fogo ou do uso de equipamentos. São descendentes dos atlantes, de volta à mesma bestialidade caótica da qual, anos antes, seus ancestrais haviam saído. A sudoeste vivem clãs dispersos de selvagens morando em cavernas, cuja fala encontra-se em sua forma mais primitiva, mas que ainda conservam o nome de pictos; agora meramente um termo para designar os homens — eles próprios — distinguindo-os das verdadeiras feras contra as quais lutam por sobrevivência e alimento. É o único elo que têm com sua condição anterior. Nem os esquálidos pictos, nem os simiescos atlantes têm contato com outras tribos ou povos.

A leste, os lemurianos, praticamente revertidos ao plano bestial por conta da escravidão, se revoltam, e destroem seus mestres. Agora, são selvagens espreitando em meio às ruínas de uma estranha civilização. Os escravagistas sobreviventes fogem para o oeste, topando com aquele misterioso reino pré-humano ao sul. Destronando-o, eles o substituem pela própria cultura, modificada pelo contato que tiveram com aquela raça mais antiga. O reino mais novo é chamado de Stygia, mas remanescentes da nação mais antiga parecem ter sobrevivido e são até mesmo adorados, após a raça, como um todo, ter sido destruída.

Em alguns pontos do planeta, pequenos grupos de selvagens demonstram sinais de uma tendência evolutiva, embora sejam poucos e não classificados. Mas, ao norte, as tribos crescem. Esses povos são chamados de hiborianos ou hibori; seu deus é Bori — um grande chefe, cuja lenda é ainda mais antiga que a do grande rei que os levou para o norte, nos dias do grande Cataclismo, sobre quem as tribos só se recordam por meio de um folclore distorcido.

Eles se espalham pelo norte e seguem lentamente na direção sul. Até aqui, não encontraram nenhuma outra raça; suas guerras foram apenas entre si. Quinhentos anos vivendo nas terras do norte os tornaram uma raça alta, de cabelos loiros e olhos cinzentos, vigorosa e belicosa, já demonstrando uma bem-definida natureza artística e poética. Ainda vivem da caça, mas as tribos ao sul já vêm criando gado há alguns séculos. Há uma única exceção no isolamento que tiveram das outras raças: um viajante vindo do extremo norte retornou com notícias de que as vastidões geladas supostamente desertas eram habitadas por uma grande tribo de homens simiescos que descendiam — ele jurava — das feras forçadas a ir para o norte por seus ancestrais hiborianos. Ele exigia que uma grande comitiva de guerra fosse enviada além do círculo ártico para exterminar as feras, que evoluíam para tornarem-se homens de verdade. Ele foi zombado e apenas um pequeno grupo de jovens guerreiros aventureiros o seguiu para o norte, mas nenhum retornou.

Mas as tribos hiborianas migravam para o sul e, conforme a população crescia, o movimento tornava-se maior. Foi uma época de andanças e conquistas. Ao longo da história do mundo, as tribos e sua movimentação transformavam constantemente o panorama mundial.

Quinhentos anos depois, tribos de hiborianos loiros se mudam para o sul e oeste, conquistando e destruindo diversos clãs não classificados.

Absorvendo o sangue das raças conquistadas, os descendentes das antigas tribos já começam a apresentar mudanças em suas feições, e essas novas raças miscigenadas são ferozmente atacadas por novas migrações de sangue mais puro, sendo varridas por elas, como uma vassoura varre o lixo. Esses grupos tornaram-se ainda mais misturados e combinados aos resquícios de outras etnias.

Até então os conquistadores ainda não haviam tido contato com as raças mais antigas. A sudoeste, os descendentes dos zhemri, tendo recebido ímpeto pelo sangue novo resultante da miscigenação com uma tribo não classificada, começaram a esboçar uma pálida sombra de sua velha cultura. No oeste, os simiescos atlantes recomeçam a longa escalada evolutiva. Eles completaram um ciclo de existência; há muito já esqueceram sua antiga vida como homens e, sem saber de qualquer outra condição, retomam sua escalada sem ajuda e sem amarras às lembranças humanas. Ao sul deles, os pictos continuam selvagens, aparentemente desafiando as leis da Natureza ao estagnarem, sem progredir ou retroceder. Mais ao sul paira o antigo e misterioso reino da Stygia. Em suas fronteiras a oeste, perambulam clãs de nômades conhecidos como Filhos de Shem.

Próximo aos pictos, no largo vale de Zingg, protegido por grandes montanhas, um bando de primitivos sem nome, possivelmente classificáveis como parentes dos shemitas, desenvolve um sistema de agricultura e subsistência.

Outro fator impulsionou a movimentação hiboriana. Uma tribo descobriu o uso de pedras em construções, e o primeiro reino hiboriano nasceu — a rude e bárbara Hiperbórea, cujo início foi uma crua fortaleza de pedregulhos, empilhados para repelir ataques tribais. Os povos dessa tribo logo abandonaram as tendas feitas de couro de cavalo e, uma vez protegidos — de forma grosseira, porém poderosa —, se fortaleceram. Há poucos eventos mais dramáticos do que a ascensão do reino feroz e brutal da Hiperbórea, cujo povo abandonou abruptamente a vida nômade para habitar moradias feitas de pedra nua, cercadas por paredes ciclópicas — uma raça que mal saíra da Idade da Pedra, mas que se aproveitara de um revés do destino e aprendera os princípios rudimentares da arquitetura.

A ascensão desse reino afasta várias outras tribos, pois, derrotadas na guerra ou tendo-se recusado a pagar impostos aos moradores do castelo, muitas decidem empreender longas jornadas que as levam para o outro lado do mundo. E as tribos mais ao norte já começam a ser importunadas por enormes selvagens loiros, ligeiramente mais desenvolvidos do que homens-macacos.

Os mil anos seguintes narram a ascensão dos hiborianos, cujas tribos bélicas dominaram o mundo ocidental. Reinos incipientes começam a surgir. Os invasores de cabelos fulvos encontram os pictos, afugentando-os para as terras áridas a oeste. A noroeste, os descendentes dos atlantes, ainda saindo de seu estado simiesco, não têm contato com os conquistadores. Ao longe, no leste, os lemurianos vêm criando uma estranha civilização. Ao sul, os hiborianos fundam o reino de Koth, nas fronteiras dos países pastorais conhecidos como Terras de Shem, e os selvagens daquelas terras, em parte pelo contato com os hiborianos, em parte pelo contato com os stygios, começam a sair do barbarismo. Os selvagens loiros do extremo norte crescem em poder e quantidade, de modo que as tribos hiborianas locais se mudam para o sul, levando consigo os clãs que lhes são próximos. O antigo reino da Hiperbórea é derrubado por uma dessas tribos nortenhas, mas conserva seu nome. A sudeste da Hiperbórea surge um reino dos zhemri, chamado Zamora. A sudoeste, uma tribo picta invade o vale fértil de Zingg, conquista os agricultores locais e se estabelece em meio a eles. Esta raça misturada, por sua vez, é conquistada mais tarde por uma tribo nômade de hibori e, da fusão de todos esses elementos, nasce o reino da Zíngara.

Quinhentos anos depois, os reinos do mundo estão definidos com clareza. Os reinos hiborianos — Aquilônia, Nemédia, Britúnia, Hiperbórea, Koth, Ophir, Argos, Corínthia e aquele conhecido como Reino da Fronteira — dominam o mundo ocidental. Zamora fica a leste, e a Zíngara, a sudoeste desses reinos; são povos de cútis escura e hábitos exóticos, mas, exceto por isso, sem relação. A Stygia fica ao sul, intocada pela invasão estrangeira, mas os povos de Shem trocam o jugo dos stygios pelo menos atormentador de Koth.

Esses senhores crepusculares, por sua vez, são levados ao sul do grande rio Styx, também chamado de Nilus ou Nilo, que, fluindo para o norte a partir do continente, forma praticamente um ângulo reto e segue para oeste através das planícies pastorais de Shem, desaguando no grande mar. Ao norte da Aquilônia, o reino hiboriano mais a oeste, fica a Ciméria; povos ferozes e selvagens, não domados pelos invasores, mas que evoluem rapidamente por causa do contato com eles. São descendentes dos atlantes, agora progredindo com consistência maior do que seus velhos oponentes, os pictos, que vivem no oeste selvagem da Aquilônia.

Mais quinhentos anos e os povos hiborianos são donos de uma civilização tão viril que o contato com ela é virtualmente capaz de arrancar da condição primitiva tribos selvagens. O reino mais poderoso é a Aquilônia, mas outros competem em termos de riqueza e mistura de raças; os mais próximos da antiga raiz são os gunderlandeses, habitantes de uma província ao norte da Aquilônia. Mas a miscigenação não enfraqueceu as raças. Eles são supremos no mundo ocidental, embora os bárbaros das terras ermas estejam ficando mais fortes.

Ao norte, bárbaros de cabelos amarelos e olhos azuis, descendentes dos selvagens loiros do ártico, puseram para fora dos países gelados o restante das tribos hiborianas, exceto o reino da Hiperbórea, que resiste à matança. Seu país se chama Nordheimr, e eles se dividem nos vanires ruivos de Vanaheim e nos aesires loiros de Asgard.

Agora os lemurianos voltam à história como hirkanianos. Por séculos vinham sendo empurrados firmemente na direção oeste, até que uma tribo margeou a orla ao sul do grande mar interno — o Vilayet — e fundou o reino de Turan, no litoral sudoeste. Entre o mar interno e as fronteiras orientais dos reinos nativos, há vastas expansões de estepes, e ao extremo norte e extremo sul, desertos. Os habitantes não hirkanianos desses territórios são poucos, pastorais e, não classificados no norte e shemitas ao sul, aborígenes com um breve fio de sangue hiboriano oriundo dos conquistadores nômades. Na segunda metade do período, outros clãs hirkanianos circundam a extremidade norte do mar interno e colidem com os postos avançados dos hiperboreanos, no leste.

Um breve resumo dos povos da época. A predominância dos hiborianos não é mais de cabelos fulvos e olhos cinzentos; eles se misturaram às outras raças. Há um forte traço shemita, até mesmo stygio, entre os povos de Koth, e, em medida menor, de Argos, ainda que, no caso deste, a miscigenação com os zíngaros tenha sido maior do que com os shemitas. Os britunianos a leste se uniram aos zamorianos de pele escura, enquanto o povo ao sul da Aquilônia se uniu aos zíngaros, fazendo com que cabelos pretos e olhos castanhos passassem a predominar em Poitain, a província mais ao sul. O antigo reino da Hiperbórea é mais reservado que os demais; contudo, há sangue estranho o suficiente em suas veias advindo da captura de mulheres estrangeiras: hirkanianas, aesires e zamorianas. Só na Gunderlândia, onde não há escravos, a raça hiboriana permanece pura. Por outro lado, os bárbaros continuam puros; os cimérios são altos e poderosos, de cabelos escuros e olhos azuis ou verdes. O povo de Nordheimr possui constituição similar, mas tem a pele branca, os olhos azuis e os cabelos loiros ou ruivos. Os pictos continuam iguais — baixos, de pele bem escura, e olhos e cabelos pretos. Os hirkanianos têm pele escura e, em geral, são altos e delgados, embora um tipo baixo de olhos puxados comece a ser cada vez mais comum entre eles; resultado da mistura com uma raça curiosa e inteligente de aborígenes, conquistada por eles nas montanhas ao leste do Vilayet durante a movimentação para oeste. Os shemitas costumam ter estatura mediana, ainda que, ocasionalmente, se misturem a sangue stygio, resultando em constituição larga, narizes aduncos, olhos escuros e cabelos azeviche. Os stygios são altos e corpulentos, de pele escura e traços retos... ao menos em suas classes dominantes. As classes mais baixas são uma horda mestiça de constituição inferior, uma mistura de sangue stygio, shemita e até hiboriano. Ao sul da Stygia ficam os vastos impérios das amazonas, kushitas, atlaianos e o império híbrido de Zimbabo.

Entre a Aquilônia e a terra selvagem dos pictos existem as marchas bossonianas, povoadas por descendentes de uma raça aborígene conquistada por uma tribo de hiborianos, logo no início da migração. Os povos miscigenados nunca alcançaram a mesma civilidade dos hiborianos puros e foram sendo empurrados por eles para as margens do mundo civilizado. Os bossonianos têm altura mediana, olhos castanhos e são mesocefálicos. Vivem principalmente da agricultura em grandes vilarejos murados e fazem parte do reino da Aquilônia. Suas marchas vão do Reino da Fronteira, no norte, até a Zíngara, a sudoeste, formando uma barreira contra cimérios e pictos. São guerreiros teimosos e defensivos, e séculos de guerra contra os bárbaros do norte e do oeste os levaram a desenvolver um tipo de defesa quase impenetrável contra ataques diretos.

Quinhentos anos depois, a civilização hiboriana foi varrida. Sua queda foi singular, no sentido de não ter sido causada por uma deterioração interna, mas sim pelo poder crescente das nações bárbaras e dos hirkanianos. Os povos hiborianos acabaram derrubados bem quando sua vigorosa cultura estava no auge.

Contudo, foi a ganância da Aquilônia a responsável pela queda, mesmo que indiretamente. Querendo expandir o império, seus reis travaram guerras contra os vizinhos. Zíngara, Argos e Ophir foram anexados imediatamente, assim como as cidades ocidentais de Shem, que tinham, ao lado de seus parentes orientais, derrubado o jugo de Koth. A própria Koth, junto da Corínthia e das tribos shemitas ao leste, foi forçada a prestar tributos à Aquilônia e à Hiperbórea, sendo que esta marchava agora de encontro aos exércitos de sua rival. As planícies do Reino da Fronteira foram o palco de uma batalha brutal e magnífica, em que as tropas nortenhas acabaram derrotadas e precisaram bater em retirada, e os aquilonianos vitoriosos não as perseguiram. A Nemédia, que durante séculos resistira com sucesso aos avanços do reino, recebeu a Britúnia, Zamora e Koth em segredo, para formar uma aliança que tencionava esmagar o império ascendente. Porém, antes que os exércitos conseguissem se juntar em batalha, um novo inimigo surgiu no Oriente, quando os hirkanianos realizaram sua primeira investida real contra o mundo ocidental. Reforçados por aventureiros vindos do lado oriental do Vilayet, os cavaleiros de Turan atacaram Zamora, devastaram a Corínthia e foram recepcionados pelos aquilonianos nas planícies da Britúnia, sendo derrotados e afugentados de volta para o Oriente. Mas a coluna vertebral da aliança estava partida, e a Nemédia assumiria uma postura defensiva em guerras futuras, auxiliada ocasionalmente pela Britúnia e Hiperbórea, e em segredo, como sempre, por Koth. A derrota sofrida pelos hirkanianos mostrou às nações o verdadeiro poder dos reinos do Ocidente, cujos esplêndidos exércitos tiveram suas fileiras acrescidas de mercenários, muitos recrutados entre os zíngaros, e pelos pictos e shemitas. Zamora foi reconquistada dos hirkanianos, mas seu povo descobriu que havia apenas trocado um mestre oriental por outro ocidental. Os soldados da Aquilônia montaram uma base lá, não só para proteger o país devastado, mas como também para manter o povo servil. Mas os hirkanianos não estavam convencidos, e três novas invasões eclodiram nas fronteiras zamorianas e nas Terras de Shem, repelidas pelos aquilonianos, embora os exércitos turanianos crescessem conforme hordas de cavaleiros trajados em aço cavalgavam para o leste, margeando a extremidade sul do mar interno.

Mas um poder crescia no oeste, destinado a destronar os reis da Aquilônia de seus pedestais. No norte havia um conflito incessante ao longo das fronteiras da Ciméria, entre os guerreiros de cabelos pretos e Nordheim. Os aesires, em meio a guerras contra os vanires, atacaram a Hiperbórea e expandiram suas fronteiras, destruindo uma cidade após a outra. Os cimérios também enfrentavam imparcialmente pictos e bossonianos, e em várias ocasiões atacaram a própria Aquilônia, em conflitos que eram mais pilhagens do que guerras.

Os pictos cresciam espantosamente em termos de população e poder. Por um estranho revés do destino, foi principalmente pelos esforços de um homem, um estrangeiro, que eles tomaram o caminho que os levaria a se tornar um império. Era Arus, um sacerdote nemédio e reformista nato. Não se sabe ao certo o que o fez voltar-se na direção dos pictos, mas o fato é que ele, obstinado, pôs-se a penetrar as terras selvagens e modificar o comportamento rude da raça ao introduzir a gentil adoração a Mitra. Ele não se deteve pelas histórias sombrias sobre o que acontecera aos comerciantes e exploradores que o precederam, sendo por um capricho do destino poupado quando encontrou os selvagens, sozinho e desarmado.

Embora os pictos tivessem se beneficiado pelo contato com a civilização hiboriana, sempre foram resistentes a ele. Isto significa que haviam aprendido a trabalhar com cobre e chumbo, os quais eram raros em suas terras, sendo que este último eles obtinham atacando as colinas da Zíngara ou trocando-o por peles, dentes de baleia, presas de morsas e outros bens dos quais dispunham. Não viviam mais em cavernas ou em casas nas árvores, mas construíam as próprias tendas de peles e também cabanas primitivas, copiadas dos bossonianos. Ainda viviam primordialmente da caça, já que suas terras eram abarrotadas de todo tipo de presa e os rios e mares eram abundantes em peixes, mas tinham aprendido a plantar grãos, o que faziam de modo bem marginal, preferindo roubá-los dos vizinhos bossonianos e zíngaros. Seus clãs costumavam guerrear entre si, e seus costumes eram sanguinários e inexplicáveis para um homem civilizado como Arus, da Nemédia. Não tinham contato direto com os hiborianos, uma vez que os bossonianos serviam como amortecedor entre eles, mas Arus defendia que eram capazes de progredir, e os eventos provaram a verdade em suas palavras — embora não da forma como ele pretendesse.

Arus teve a sorte de ser posto perante um chefe de inteligência superior à habitual, chamado Gorm. Ele não pode ser explicado, da mesma forma que não se explica Genghis Khan, Osman, Átila, nem nenhum daqueles indivíduos que, nascidos em terras nuas, em meio a bárbaros sem erudição, possuem, mesmo assim, um instinto para a conquista e a construção de um império. O sacerdote conseguiu que o chefe compreendesse seu propósito e, embora extremamente intrigado, Gorm lhe deu permissão para permanecer junto da tribo sem ser morto — um caso único na história da raça. Após aprender a língua, Arus trabalhou para eliminar as etapas mais desagradáveis da vida picta, como o sacrifício humano, feudos de sangue e o costume de queimar ainda vivos seus prisioneiros capturados. Ele discursava pomposamente para Gorm, a quem julgava ser um ouvinte interessante, ainda que não responsivo. A imaginação reconstrói a cena: o chefe de cabelos pretos, vestindo peles de tigre e um colar de dentes humanos, acocorado no chão sujo de sua cabana, a escutar com atenção o eloquente sacerdote, que provavelmente se sentava num bloco de mogno esculpido coberto por uma pele, vestindo os mantos de seda de honra de seu clã e gesticulando com as mãos brancas delgadas, enquanto expunha os direitos e justiças eternos que eram as verdades de Mitra. Sem dúvida, apontava com repugnância para as fileiras de crânios que adornavam as paredes da cabana e pedia que Gorm perdoasse seus inimigos, em vez de torturá-los. Arus foi o ápice do resultado de uma raça artisticamente inata, refinada por séculos de civilização; Gorm tinha, por trás de si, a herança de centenas de milhares de anos de selvageria — o caminho do tigre estava em seus passos seguros; a força do gorila, em suas mãos nuas, e o fogo que queima nos olhos de um leopardo também ardia nos dele.

Arus era um homem prático. Ele apelou para o selvagem senso de ganho material; pontuou o poder e esplendor dos reinos hiborianos como exemplo do poder de Mitra, cujos trabalhos e ensinamentos os haviam levado às alturas. E falava de cidades, planícies férteis, paredes de mármore, carruagens de ferro, torres cravejadas de joias e cavaleiros trajando armaduras reluzentes para a batalha. Gorm, com o inequívoco instinto de um bárbaro, fez pouco caso das palavras dele sobre os deuses e ensinos, concentrando-se nos poderes descritos com tamanha vivacidade. Lá, no chão lamacento da cabana, com o sacerdote trajando mantos de seda sentado num bloco de mogno e o chefe vestindo peles de tigres, foram firmadas as fundações de um império.

Como dito, Arus era um indivíduo prático. Viveu entre os pictos e fez tudo que um homem inteligente faria para auxiliar um ser humano, mesmo este vestindo roupas de pele de felinos e usando um colar de dentes humanos. Como todos os sacerdotes de Mitra, era instruído. Descobriu que havia vastos depósitos de ferro nas colinas pictas e ensinou os nativos a minerar, fundir e criar ferramentas — na sua cabeça, implementos agrícolas. Instituiu outras reformas, mas as coisas mais importantes que fez foram instilar em Gorm o desejo de ver as terras civilizadas do mundo, ensinar os pictos a trabalhar o ferro, e firmar contato entre eles e o resto do mundo civilizado. A pedido do chefe, levou-o junto de outros guerreiros ao longo das marchas bossonianas, onde eles observaram estupefatos aquele exuberante mundo externo.

Sem dúvida, Arus pensava que estava catequizando os pictos, pois eles o escutavam e não o esmagavam com seus machados de cobre. Mas Gorm jamais levou a sério os ensinamentos de que deveria perdoar seus inimigos e abandonar a vereda da guerra em prol do sacerdócio honesto. Diz-se que ele carecia de senso artístico; toda a sua natureza era voltada para conflitos e carnificina. Quando Arus falava sobre as glórias das nações civilizadas, seus ouvintes de pele escura prestavam atenção; não aos ideais religiosos, mas sim às pilhagens que ele inconscientemente descrevia nas narrativas sobre cidades ricas e terras cintilantes. Quando contou como Mitra havia ajudado certos reinos a superarem seus oponentes, eles não prestaram atenção aos milagres de Mitra, mas se fiaram à descrição das fileiras de batalhas, cavaleiros montados, e manobras dos arqueiros e lanceiros. Ouviam compenetrados, mantendo as feições inescrutáveis e traçando seu caminho sem comentários, atentos às instruções para aprender a arte da metalurgia.

Antes de sua vinda, eles possuíam armas e armaduras de aço arruinadas, obtidas com os zíngaros e bossonianos, ou tinham criado as próprias ferramentas primitivas a partir de cobre e bronze. Agora, um novo mundo se abria, e o tinir das marretas ecoou pela Terra. E Gorm, por conta desse novo ofício, passou a firmar seu domínio sobre os demais clãs, em parte pela guerra, em parte pela astúcia e diplomacia, sendo que nisto ele era superior a todos os outros bárbaros.

Os pictos passaram a ter salvo-conduto para ir e vir livremente pela Aquilônia, e retornavam com mais informações sobre a fabricação de espadas e armaduras. Eles também ingressaram os exércitos mercenários aquilonianos, para o desgosto inexprimível dos bossonianos. Os reis da Aquilônia brincavam com a ideia de colocar os pictos contra os cimérios, e, assim, possivelmente destruir ambas as ameaças, mas estavam ocupados demais com suas políticas belicosas no sul e no leste para prestarem atenção às terras vagamente conhecidas do oeste, de onde cada vez mais guerreiros vinham prestar serviços em meio aos mercenários.

Esses guerreiros, ao completarem o tempo de serviço, retornavam para as terras selvagens com boas noções sobre a guerrilha civilizada, e também com o desprezo pela civilidade que nascia justamente do contato com ela. Os tambores soavam nas colinas, fogueiras de reunião ardiam nos cumes e fabricantes de espadas golpeavam o aço sobre mil bigornas. Por intrigas e ataques numerosos e diabólicos demais para serem descritos, Gorm tornou-se o líder dos líderes, o mais próximo de um rei que os pictos tiveram em milhares de anos. Ele esperou bastante tempo; já havia passado da meia-idade, e movia-se na direção das fronteiras; não para promover o escambo, mas sim a guerra.

Arus percebeu tarde demais o seu erro; ele não tinha tocado a alma do pagão, que escondia a ferocidade brutal de todas as eras. Sua eloquência persuasiva nem sequer arranhara a consciência do picto. Gorm vestia uma cota de malha prateada, e não uma pele de tigre, mas, por baixo dela, continuava inalterado — o bárbaro imortal, que não se deixa influenciar pela teologia ou filosofia; seus instintos focados na inequívoca pilhagem que o aguardava.

Os pictos invadiram as fronteiras bossonianas com fogo e lâminas, não vestindo peles e brandindo machados de cobre, mas trajando armaduras completas e armas de aço. Quanto a Arus, sua cabeça foi aberta por um picto bêbado, enquanto empreendia um derradeiro esforço para desfazer o que seus atos haviam principiado. Gorm não era isento de gratidão, e ordenou que o crânio do assassino fosse colocado sobre o túmulo do sacerdote. E é uma das sombrias ironias do universo que as pedras que cobriam o corpo de Arus tenham sido adornadas dessa forma, coroando com um último toque de barbarismo um homem para quem a violência e a vingança sanguinária eram revoltantes.

Mas as novas armas e armaduras não bastaram para derrubar a resistência. Anos de armamentos superiores e coragem inabalável dos bossonianos conseguiram segurar os invasores, auxiliados quando necessário pelas tropas imperiais da Aquilônia. Nesta época, os hirkanianos iam e vinham, e Zamora foi anexada ao império.

Então, a traição veio de uma direção inesperada e rompeu as linhas bossonianas. Antes de narrá-la, porém, cabe um breve vislumbre na situação do império aquiloniano. Embora sempre tenha sido um reino abastado, uma riqueza incontável fora angariada por meio de conquistas, e o esplendor suntuoso havia substituído a vida simples e dura. Mas a degeneração ainda não havia tocado os reinos e seus povos; embora vestidos de seda e roupas trançadas com fios de ouro, continuavam sendo uma raça viril. A arrogância, por outro lado, vinha suplantando a simplicidade de outrora. Tratavam pessoas menos poderosas com desprezo e imputavam impostos cada vez mais pesados aos povos conquistados. Argos, Zíngara, Ophir, Zamora e os países shemitas eram tratados como províncias subjugadas, e um tormento todo particular era destinado aos orgulhosos zíngaros que, a despeito das brutais retaliações, sempre promoviam revoltas.

Koth era uma cidade dedicada à administração tributária, estando sob a "proteção" da Aquilônia contra os hirkanianos. Mas o império ocidental nunca conseguira derrotar a Nemédia, mesmo que os triunfos desta tenham sido de ordem defensiva e, em geral, obtidos com o auxílio de exércitos hiperbóreanos. Nessa época, as únicas derrotas da Aquilônia foram o fracasso em anexar a Nemédia, a aniquilação de um exército enviado à Ciméria e a destruição quase completa de um exército pelos aesires. Bem quando os hirkanianos viam-se incapazes de fazer frente aos ataques da cavalaria pesada dos aquilonianos, ao invadirem os países frios, foram superados pela ferocidade do combate corpo a corpo dos nórdicos. Porém, as conquistas da Aquilônia chegaram até o Nilo, onde um exército stygio foi derrotado num banho de sangue, e o reino da Stygia teve de enviar tributos — pelo menos uma vez — para impedir a invasão. Numa série de guerras tumultuadas, a Britúnia foi reduzida, e preparativos foram feitos para, enfim, subjugar a antiga rival Nemédia.

Com as tropas infladas por mercenários, a Aquilônia se moveu, e tudo indicava que o ataque esmagaria a independência dos nemédios. Mas disputas surgiram entre os aquilonianos e seus auxiliares bossonianos.

Como resultado inevitável da expansão imperial, os aquilonianos tinham se tornado altivos e intolerantes. Eles ridicularizavam os rudes e insipientes bossonianos, e mágoas surgiram entre ambos; os aquilonianos desprezando os bossonianos, e estes ressentindo-se da postura dos seus mestres — como agora se intitulavam orgulhosamente os primeiros, tratando os aliados como súditos conquistados, impondo impostos exorbitantes e convocando-os para guerras de expansão territorial, cujos lucros eram pouco partilhados. Pouquíssimos homens foram deixados nas marchas para proteger a fronteira e, ao ouvirem as notícias sobre os ultrajes pictos que ocorriam em sua terra natal, regimentos inteiros de bossonianos deixaram a campanha na Nemédia e marcharam para a fronteira a oeste, onde derrotaram os invasores numa grande batalha.

Contudo, tal deserção foi a causa direta da derrota dos aquilonianos pelos desesperados nemédios, imputando sobre os bossonianos a ira cruel dos seus soberanos, à típica maneira intolerante e míope de todos os imperialistas. Regimentos aquilonianos foram secretamente levados até as fronteiras das marchas, líderes bossonianos foram convidados a participar de um grande conclave e, simulando uma expedição contra os pictos, bandos de soldados shemitas se aquartelaram em meio aos aldeões. Os chefes desarmados foram massacrados entre os camponeses, os shemitas viraram-se contra as tropas atordoadas com tochas e espadas, e as tropas imperiais sofreram ataques. De norte a sul as marchas foram aniquiladas, e os exércitos da Aquilônia retornaram das fronteiras, deixando atrás de si uma terra arruinada e devastada.

Eis que a invasão picta explodiu com força total ao longo das fronteiras. Não foi uma mera investida, mas a precipitação coordenada de uma nação inteira, liderada pelos chefes que até então serviam os exércitos da Aquilônia, planejada e dirigida por Gorm — agora um velho, mas ainda consumido pelo fogo feroz da ambição. Desta vez, não havia muros robustos nas aldeias cheios de arqueiros habilidosos para conter o avanço até que as tropas imperiais chegassem. Os poucos bossonianos presentes foram varridos da existência, permitindo que os selvagens bárbaros invadissem a Aquilônia, saqueando e queimando, antes que as legiões, novamente em guerra com a Nemédia, pudessem rumar para o oeste. A Zíngara aproveitou a oportunidade para desvencilhar-se do jugo, e seu exemplo foi seguido pela Corínthia e pelos shemitas. Regimentos inteiros de vassalos e mercenários se amotinaram e marcharam de volta aos próprios países, pilhando e saqueando ao longo do caminho. Sem os arqueiros bossonianos, os aquilonianos foram incapazes de lidar com as terríveis revoadas de flechas bárbaras. O império convocou legiões de todas as partes para resistir à onda de ataque; contudo, vindas das terras selvagens, horda após horda infestavam o país num fluxo aparentemente inesgotável. Então, em meio ao caos, os cimérios atacaram das colinas, completando a ruína. Eles saquearam as cidades, devastaram a terra e voltaram com os espólios para suas terras, enquanto os pictos ocuparam as terras que eles haviam invadido. Assim, o império aquiloniano caiu em meio a fogo e sangue.

E mais uma vez os hirkanianos cavalgaram do Oriente. A retirada das tropas imperiais de Zamora foi o que os atiçou, pois tornou-a presa fácil, e o rei da Hirkânia estabeleceu sua capital na maior cidade do país. A invasão viera do antigo reino hirkaniano de Turan, às margens do mar interno, mas outro ataque ainda mais violento partiu do norte. Legiões de cavaleiros armados galoparam pela extremidade norte do mar interno, atravessaram os desertos de gelo, ganharam as estepes, rechaçando os aborígenes, e se lançaram contra os reinos do Ocidente. No início, os recém-chegados não eram aliados dos turanianos, mas sim oponentes tal qual os hiborianos; novos movimentos de guerreiros do leste lutavam entre si, até todos serem unificados sob uma grande liderança, que viera cavalgando das orlas orientais do oceano. Sem exércitos aquilonianos para firmarem uma oposição, eles eram invencíveis. Subjugaram a Britúnia e devastaram o lado sul da Hiperbórea e Corínthia. Invadiram as colinas da Ciméria, empurrando o povo para o alto. Contudo, no topo dos montes, onde a cavalaria era menos eficiente, os cimérios voltaram-se contra eles, e apenas uma retirada desordenada no final de um dia sangrento salvou as tropas hirkanianas de serem completamente aniquiladas.

Enquanto esses eventos transcorriam, os reinos de Shem conquistaram seu antigo mestre, Koth, e foram derrotados numa tentativa de invadir a Stygia. Mas, mal haviam completado a tomada de Koth, foram superados pelos hirkanianos, vendo-se subjugados por senhores mais rígidos do que os hiborianos. Enquanto isso, os pictos se tornavam os senhores da Aquilônia, praticamente apagando seus habitantes. Eles chegaram à fronteira com a Zíngara, fazendo com que milhares de habitantes locais fugissem para Argos e se pusessem à mercê dos hirkanianos, que os estabeleceram em Zamora como súditos. Atrás deles, Argos foi envolvida pelas chamas e pela matança advinda da conquista picta, e os invasores rumaram para Ophir, onde colidiram com os hirkanianos. Estes, após a conquista de Shem, haviam derrubado um exército stygio no Nilo, e tomaram o país até o extremo sul, no reino negro das amazonas, cujo povo foi capturado aos milhares. Eles provavelmente teriam completado a conquista da Stygia e a anexado ao império, não fosse pelas arremetidas ferozes dos pictos.

A Nemédia, que resistira tanto aos hiborianos, titubeava entre os cavaleiros do Oriente e os espadachins do Ocidente, quando uma tribo de aesires, vinda das terras nevadas, chegou ao reino para atuar como mercenários; eles provaram ser guerreiros tão hábeis que não só rechaçaram os hirkanianos, como detiveram o avanço picto.

O mundo naquela época se configurava da seguinte maneira: um vasto império picto selvagem, rude e bárbaro, que se estendia da costa de Vanaheim, no norte, às orlas mais ao sul da Zíngara. Ao leste, incluía toda a Aquilônia, com exceção da Gunderlândia, a província mais ao norte que, como um reino separado nas colinas, sobrevivera à queda do Império e mantinha sua independência. O império picto incluía também Argos, Ophir, a parte ocidental de Koth e as terras mais a oeste de Shem. Em oposição a esse império bárbaro estava a Hirkânia, que fazia fronteira ao norte com a assolada Hiperbórea, e ao sul com os desertos das Terras de Shem. Zamora, Britúnia, o Reino da Fronteira, Corínthia, a maior parte de Koth e todas as terras orientais de Shem foram anexadas por esse império. As fronteiras da Ciméria permaneciam intactas; nem pictos nem hirkanianos conseguiram subjugar os guerreiros bárbaros. A Nemédia, dominada pelos mercenários aesires, resistiu a todas as invasões. No norte, Nordheimr, Ciméria e Nemédia separavam as raças conquistadoras, mas, no sul, Koth tornou-se um campo de batalha, onde os pictos e hirkanianos travavam um combate sem trégua. Às vezes, os guerreiros orientais expulsavam completamente os bárbaros do reino e as cidades voltavam às mãos dos invasores do oeste. No extremo sul, a Stygia, abalada pela invasão hirkaniana, vinha sendo abusada pelos grandes reinos negros. E as tribos nórdicas estavam inquietas, lutando continuamente contra os cimérios, enquanto varriam as fronteiras da Hiperbórea.

Gorm foi morto por Hialmar, um chefe nemédio. Já era um velho quase centenário. Nos setenta e cinco anos que se passaram desde que escutara pela primeira vez as histórias dos impérios dos lábios de Arus — um período longo na vida de um homem, mas um breve suspiro nas narrativas das nações — erguera um reino a partir de clãs selvagens, derrubando toda uma civilização. Ele, nascido numa cabana de telhado de palha e paredes de argila, na velhice, sentava-se em tronos dourados e mastigava carne servida por escravas nuas em pratos de ouro, outrora filhas de reis. Mas as conquistas e riquezas não modificaram o picto; das ruínas da civilização, nenhuma nova cultura surgiu como uma fênix. As mãos escuras que destruíram as glórias artísticas dos conquistados jamais tentaram copiá-los. Embora se sentasse em meio a ruínas reluzentes de palácios despedaçados e envolvesse o corpo com a seda de reis destituídos, o picto continuava sendo o bárbaro de sempre, feroz, elemental, interessado tão somente nos princípios mais primitivos da vida, imutável e confiante nos instintos, todos voltados para a guerra e saques, nos quais as artes e a cultura não encontravam espaço. O mesmo não ocorreu com os aesires que se estabeleceram na Nemédia. Eles logo adotaram grande parte do comportamento dos conquistados, sendo poderosamente modificados por aquela cultura viril e estranha.

Durante um curto período, os pictos e hirkanianos se enfrentaram sobre as ruínas do mundo que haviam conquistado. Então veio a era glacial, e a grande invasão nórdica. As tribos ao norte se mobilizaram para o sul; os aesires acabaram com o antigo reino da Hiperbórea e, sobre suas ruínas, se engalfinharam com os hirkanianos. A Nemédia já tinha se tornado um reino nórdico, governado por descendentes dos mercenários aesires. Empurrados pelo enxame nórdico, os cimérios também se puseram em marcha, e nenhum exército ou cidade conseguiu resistir ao seu avanço. Eles destruíram completamente a Gunderlândia e seguiram na direção da antiga Aquilônia, lançando uma onda irresistível contra as tropas pictas.

Derrotaram os nemédios nórdicos e saquearam algumas cidades, mas não foi o suficiente. Prosseguiram firmes para o leste, vencendo o exército hirkaniano nas fronteiras da Britúnia.

Em seu esteio, hordas de aesires e vanires inundaram as terras, e o império picto oscilou diante do ataque. A Nemédia caiu, e os nórdicos semicivilizados fugiram diante dos selvagens oponentes, deixando suas cidades desertas e arruinadas para trás. Esses nórdicos em fuga, que adotaram o nome do antigo reino e a quem o termo nemédio passou a designar, chegaram a Koth, expulsaram pictos e hirkanianos e ajudaram o povo de Shem a derrubar o domínio hirkaniano. Em todo o Ocidente, os pictos e hirkanianos começaram a titubear diante deste povo mais jovem e feroz. Um bando de aesires expulsou os cavaleiros da Britúnia e se estabeleceu no local, adotando o nome para si. Os nórdicos que haviam conquistado a Hiperbórea atacaram seus inimigos orientais com tanta brutalidade que os descendentes lemurianos de pele escura recuaram para as estepes, empurrados pela insuperável onda de volta ao Vilayet.

Enquanto isso, os cimérios, rumando na direção sul, destruíram o antigo reino de Turan e se estabeleceram às margens a sudeste do mar interno. O poder dos conquistadores do Oriente foi quebrado. Diante dos ataques de Nordheimr e dos cimérios, eles destruíram todas as suas cidades, massacraram os prisioneiros que não eram capazes de empreender uma longa marcha e, reunindo milhares de escravos, voltaram para o Oriente misterioso, margeando a orla norte do mar, desaparecendo da história ocidental até retornarem milhares de anos depois como hunos, mongóis, tártaros e turcos. Junto da retirada seguiram milhares de zamorianos e zíngaros, que no extremo leste se estabeleceram e constituíram uma raça miscigenada, ressurgindo eras depois como ciganos.

Enquanto isso, uma tribo de aventureiros vanires avançou ao longo da costa picta, ao sul, devastou a antiga Zíngara e chegou à Stygia que, oprimida por uma classe soberana aristocrata, cambaleava diante dos ataques dos reinos negros ao sul. Os vanires ruivos lideraram os escravos numa revolta geral, derrubaram a classe governante e se firmaram como uma casta de conquistadores. Eles subjugaram os reinos negros mais ao norte e edificaram um vasto império, que chamaram de Egito. Os primeiros faraós eram descendentes dos conquistadores de cabelos vermelhos.

Agora, o mundo ocidental passara a ser dominado pelos bárbaros do norte. Os pictos ainda conservavam a Aquilônia e parte da Zíngara, assim como a costa oeste do continente. Mas a leste do Vilayet, e desde o círculo ártico até as Terras de Shem, os únicos habitantes eram tribos itinerantes de Nordheimr, com exceção dos cimérios, estabelecidos no antigo reino de Turan. Não havia cidades em lugar algum, exceto na Stygia e nas Terras de Shem; as marés invasoras de pictos, hirkanianos, cimérios e nórdicos tinham deixado tudo em ruínas e os dominantes hiborianos de outrora desapareceram da Terra, deixando apenas um resquício de seu sangue na veia dos conquistadores. Apenas alguns nomes de terras, tribos e cidades permaneceram nas línguas dos bárbaros, conectando-se ao longo dos séculos com lendas e mitos distorcidos, até que toda a história da Era Hiboriana perdeu-se numa bruma de fantasias e mitologia. Assim, os termos Zíngara e Zamora perduraram na linguagem dos ciganos; os aesires, que dominavam a Nemédia, passaram a ser chamados de nemédios e, mais tarde, figuraram na história irlandesa, e os nórdicos que se estabeleceram na Britúnia passaram a ser conhecidos como britunianos, britãos ou britânicos.

Na época, não existia um império nórdico consolidado. Como sempre, as tribos tinham seus próprios chefes ou reis, e lutavam ferozmente umas contra as outras. O que seu destino poderia ter sido não se sabe, pois, devido a outra espantosa convulsão, as terras foram modificadas para a configuração atual, o que jogou todos os povos no caos mais uma vez. Enormes faixas de terra a oeste afundaram; Vanaheim e o lado ocidental de Asgard — panoramas glaciais, desolados e desabitados durante centenas de anos — desapareceram sob as ondas. O oceano fluiu em volta das montanhas do lado oeste da Ciméria, constituindo o Mar do Norte; essas montanhas se tornaram, posteriormente, as ilhas conhecidas como Inglaterra, Escócia e Irlanda, e as ondas passaram por sobre o que haviam sido as terras selvagens dos pictos e as marchas bossonianas. Ao norte, o Mar Báltico foi formado, cortando Asgard nas penínsulas mais tarde conhecidas como Noruega, Suécia e Dinamarca, e no extremo sul, o continente stygio foi separado do resto do mundo, na linha de clivagem formada pelo Rio Nilo em seu curso para o oeste. O oceano azul cobriu Argos, o lado oeste de Koth e as terras ocidentais de Shem, sendo chamado posteriormente de Mediterrâneo. Mas, enquanto terras afundavam, uma vasta expansão a oeste da Stygia se erguia das ondas, formando toda a metade ocidental do continente africano.

O encurvamento da Terra arremeteu para cima cadeias de montanhas na parte central do continente nortenho. Tribos nórdicas inteiras foram obliteradas e as restantes se retiraram para o leste. O território em torno do mar interno, que aos poucos secava, não foi afetado, e lá, nas margens a oeste, as tribos nórdicas iniciaram uma existência pastoral, vivendo numa relativa paz com os cimérios e misturando-se gradualmente com eles. A oeste, os remanescentes pictos, reduzidos mais uma vez a uma condição primitiva e selvagem pelo cataclismo, começaram, com a incrível virilidade da sua raça, a possuir a terra novamente, até que, numa era posterior, fossem destronados por um movimento rumo ao oeste dos cimérios e nórdicos. Isso ocorreu tanto tempo depois da separação dos continentes, que apenas lendas sem significado mencionavam os antigos impérios.

Esta migração encontra-se dentro do alcance da história moderna e não precisa ser repetida. Ela foi resultado de um crescimento populacional que gerou aglomerações nas estepes a oeste do mar interno que, posteriormente, teve suas dimensões reduzidas e passou a ser conhecido como o Mar Cáspio. Em tempo, a migração tornou-se uma necessidade econômica. As tribos foram para o sul, norte e oeste, para as terras que ficariam conhecidas como Índia, Ásia Menor e Europa Central e Ocidental.

Chegaram a esses locais sendo chamados de arianos, mas havia variações entre eles, sendo que algumas continuam sendo reconhecíveis até hoje, enquanto outras foram esquecidas. Por exemplo, os acaeanos loiros, galeses e britânicos descendiam dos aesires de puro sangue. Os nemédios das lendas irlandesas eram os nemédios aesires. Os dinamarqueses vinham dos vanires de puro sangue; os goths — ancestrais de outras tribos germânicas e escandinavas, incluindo os anglo-saxões —

descendiam de uma mistura de raças, cujos elementos continham traços dos vanires, aesires e cimérios. Os celtas, ancestrais dos escoceses e irlandeses, vinham de clãs cimérios de puro sangue. As tribos címricas da Britânia eram uma mistura da raça ciméria-nórdica que precedeu os britânicos nórdicos puros nas ilhas, o que deu origem à lenda da prioridade gaélica. Os cimbris que lutaram contra Roma vinham desse mesmo sangue, assim como os gimmerais dos assírios e gregos, e também Gomer dos hebreus. Outros clãs cimérios se aventuraram na direção leste do mar interior — muito reduzido pela evaporação — e, poucos séculos depois, se miscigenaram com povos de sangue hirkaniano, regressando ao Ocidente sob a alcunha dos citas. Os primeiros antepassados dos celtas deram seu nome à atual Crimeia.

Os antigos sumérios não tinham relação alguma com os povos ocidentais. Eram raças miscigenadas de origem hirkaniana e shemita que não foram levadas pelos conquistadores durante a sua retirada. Numerosas tribos de Shem escaparam àquele cárcere e, dos shemitas de sangue puro — ou misturados com hiborianos ou nórdicos —, descenderam os semitas, ou seja, os árabes, os israelitas e raças similares. A ascendência dos cananeus, ou semitas alpinos, remonta seus antepassados shemitas, que se miscigenaram com os kushitas estabelecidos entre eles pelos seus senhores hirkanianos; os elemitas eram uma raça típica dessa estirpe. Os etruscos, por sua vez, homens baixos e de membros robustos, que constituíram a base da população romana, descendiam de povos que possuíam a mistura de sangue stygio, hirkaniano e picto, originalmente habitantes do antigo reino de Koth. Já aos hirkanianos, tendo-se retirado para as costas orientais do continente, deram origem, mais tarde, aos hunos, mongóis, tártaros e turcos.

A origem de outras etnias do mundo moderno pode ser traçada de forma similar. Em quase todos os casos, por mais antiga que possa parecer, sua história remonta os tempos nebulosos da esquecida Era Hiboriana...

# O DEUS NA URNA
### (The God in the Bowl)

História originalmente publicada em
*Space Science Fiction* — setembro de 1952.

*O deus na urna* foi uma das primeiras aventuras de Conan que Robert E. Howard escreveu. Nela, o bárbaro é tão jovem quanto em *A torre do elefante*, e ainda ganha a vida como ladrão. Esta história foi, junto de *A filha do gigante do gelo* e *A fênix na espada*, submetida à avalição do editor da *Weird Tales*, Farnsworth Wright, em 1932. Wright rejeitou duas delas, aceitando publicar apenas *A fênix na espada* — que, por sua vez, era uma releitura de uma antiga aventura do rei Kull, *Por este machado eu governo*, que também havia sido submetida à avaliação e recusada anos antes. *O deus na urna* e *A filha do gigante do gelo* só foram publicadas muitos anos após a morte do autor.

Arus, o vigia, segurou sua besta com as mãos trêmulas e sentiu gotas de suor brotar na pele, conforme observava o pavoroso cadáver esparramado no chão à sua frente. Não é agradável topar com a Morte num local solitário à meia-noite.

Ele estava num corredor largo, iluminado por grandes velas em nichos ao longo das paredes. Tecidos de veludo preto dependuravam-se nelas e, entre as tapeçarias, havia escudos e armas cruzadas de fabricação notável, também pendurados. Aqui e acolá imagens de curiosos deuses surgiam, esculpidas em pedra ou madeira nobre, ou banhadas em bronze, ferro ou prata, espelhadas no chão escuro de mogno polido.

Arus estremeceu; ele jamais se habituara ao local, embora já trabalhasse lá como vigia há alguns meses. Era um estabelecimento fantástico, o grande museu e casa de antiguidades que os homens chamavam de Templo de Kallian Publico, com raridades de todo o mundo, e agora, na solidão da meia-noite, Arus permanecia de pé no grande e silencioso saguão, olhando para o cadáver caído que fora o rico e poderoso proprietário do Templo.

Ocorreu até mesmo ao cérebro simplório do vigia que o homem agora parecia estranhamente diferente de quando cavalgava ao longo do Caminho Palian em sua carruagem dourada, arrogante e dominante, com os olhos escuros brilhando numa magnética vitalidade. Homens que temiam e odiavam Kallian Publico dificilmente o teriam reconhecido ali, estirado no chão como um monte de banha desfeita, com os mantos caros rasgados e a túnica roxa torta. Seu rosto estava enegrecido, os olhos quase pulando para fora das órbitas e a língua empretecida pendendo da boca escancarada. As mãos gordas estavam abertas num gesto de curiosa futilidade. Joias brilhavam nos dedos rechonchudos.

— Por que não roubaram seus anéis? — O vigia murmurou inquieto, então estancou e arregalou os olhos, sentindo os pelos da nuca se arrepiarem. Uma figura eclodiu por detrás de um dos muitos tecidos escuros de seda que ocultavam as diversas passagens para o corredor.

Arus viu um jovem alto e de constituição poderosa, nu, salvo por uma tanga e pelas sandálias, amarradas acima dos tornozelos. A pele era acastanhada, como que curtida pelos sóis das terras selvagens, e o vigia, nervoso, examinou os ombros largos, o peitoral taurino e os braços grossos. Uma única olhadela para as sobrancelhas espessas e as feições sorumbáticas denunciou que o homem não era nemédio. Por sob os cabelos pretos desgrenhados, um par de perigosos olhos azuis espreitava. Uma espada longa estava pendurada na bainha, em seu cinturão.

Arus sentiu uma comichão na pele e pressionou firme sua besta, indeciso se devia atirar uma seta no estranho sem aviso; contudo, sentiu-se temeroso do que poderia acontecer, caso seu primeiro disparo não o matasse.

O estranho olhou para o corpo estirado no chão mais com curiosidade do que surpresa.

— Por que o matou? — Arus perguntou, nervoso. O outro meneou a cabeça, sacudindo a juba.

— Eu não o matei — respondeu, falando em nemédio com um sotaque bárbaro. — Quem é ele?

— Kallian Publico — Arus respondeu, recuando.

Uma fagulha de interesse apareceu nos olhos azuis taciturnos.

— O dono desta casa?

— Sim — Arus recuara até a parede e, agora, segurava uma grossa corda de veludo ali pendurada, puxando-a violentamente. Na rua do lado de fora soou o alarido estridente de um sino, do tipo que havia em todas as lojas e estabelecimentos comerciais para convocar a guarda.

O estranho ficou surpreso e perguntou:

— Por que fez isso? Vai atrair os guardas.

— Eu sou o guarda, seu idiota — Arus respondeu, reunindo súbita coragem. — Fique onde está; não se mova ou vou disparar uma seta em você!

Seu dedo estava no gatilho da arma, a maldosa cabeça triangular da seta apontada diretamente para o peito largo do outro. O estranho fez uma careta e baixou o rosto. Não demonstrava medo, mas sua mente parecia hesitar entre obedecer ao comando ou arriscar algum tipo de reação súbita. Arus lambeu os lábios e sentiu o sangue enregelar ao ver claramente a indecisão combater as intenções homicidas no olhar nebuloso do estranho.

Então, escutou uma porta sendo arrombada e uma algaravia de vozes, e respirou fundo, em estupefata gratidão. O estranho enrijeceu e olhou ao redor preocupado, como uma fera sendo caçada, quando uma dúzia de homens adentrou o saguão. Com exceção de um, todos vestiam a túnica escarlate da polícia numaliana, cinturões com espadas curtas para estocar e carregavam armas longas, um misto de lança e de machado.

— Que trabalho infernal é este? — Inquiriu o homem que vinha à frente, cujos olhos cinzentos e o rosto delgado o distinguiam de seus companheiros corpulentos tanto quanto os trajes civis.

— Por Mitra, Demétrio — Arus exclamou em gratidão. — A sorte está sem dúvida comigo esta noite. Não imaginava que a vigia responderia tão rapidamente ao chamado... ou que você estaria com ela.

— Estava fazendo as rondas com Dionus — Demétrio respondeu. — Passávamos diante do Templo quando o sino de alerta soou. Mas quem é esse? Mitra! É o próprio senhor do Templo!

— Ele mesmo — Arus confirmou. — E cruelmente assassinado. É meu dever andar furtivamente pelo edifício à noite porque, como sabe, há uma riqueza enorme armazenada aqui. Kallian Publico tinha patronos abastados... escolásticos, príncipes e ricos colecionadores de antiguidades. Bem, poucos minutos atrás, testei a porta que dá para o pórtico e a descobri fechada apenas com o ferrolho. A porta tem um ferrolho, que pode ser manuseado por dentro e por fora, e um grande cadeado que só pode ser manuseado por fora. Somente Kallian Publico tem a chave, que podem ver pendurada no cinturão dele. Naturalmente, isso despertou suspeitas, pois Kallian Publico sempre tranca a porta com o grande cadeado quando fecha o Templo; e não o tinha visto retornar desde que saíra mais cedo esta noite para sua quinta, nos subúrbios a leste da cidade. Tenho a chave do ferrolho, então entrei e encontrei seu corpo como pode ver agora. Eu não o toquei.

— Sei... — Os olhos aguçados de Demétrio examinaram o estranho. — E quem é esse?

— Sem sombra de dúvida, o assassino! — Berrou Arus. — Ele veio daquela porta. É um tipo de bárbaro do norte... um hiperboreano ou, talvez, bossoniano.

— Quem é você? — Demétrio indagou.

— Eu sou Conan — o bárbaro respondeu. — Um cimério.

— Você matou este homem?

O cimério balançou a cabeça.

— Responda! — Retorquiu o inquisidor.

Um lampejo de fúria surgiu nos olhos azuis.

— Não sou nenhum cão — ele respondeu, com ressentimento.

— Ah... um sujeito insolente! — Ralhou um companheiro de Demétrio, um grandalhão que usava a insígnia de chefe da polícia. — Um ladrão independente! É um desses cidadãos com direitos, não? Vou arrancar todos eles de você! Venha aqui! Diga-me, por que matou...

— Espere um pouco, Dionus — Demétrio ordenou. — Colega, eu sou o chefe do Conselho Inquisitorial da cidade de Numália. É melhor que diga por que está aqui e, se não for o assassino, prove.

O cimério hesitou. Ele não estava com medo, mas ligeiramente perplexo, como um bárbaro sempre fica quando confrontado pelas teias e sistemas civilizados, cujas obras lhe eram tão desconcertantes e misteriosas.

— Enquanto ele pensa — Demétrio disse, virando-se para Arus —, você viu se Kallian Publico saiu do Templo esta noite?

— Não. Quando meu turno começa, ele geralmente já foi embora. A porta principal estava aferrolhada e fechada com o cadeado.

— Ele poderia ter entrado no prédio novamente sem que o tivesse visto?

— É sempre possível, porém, improvável. O Templo é grande e eu levo alguns minutos para fazer a ronda. Se ele tivesse regressado de sua quinta, teria, é claro, chegado em sua carruagem, pois a distância é longa... E quem já ouviu falar de Kallian Publico viajando de modo diferente? Mesmo se eu estivesse do outro lado do recinto, teria escutado as rodas do carro nos paralelepípedos, e não ouvi nada parecido, nem vi qualquer carruagem, exceto por aquelas que sempre passam pelas ruas ao alvorecer.

— E a porta estava trancada no início da noite?

— Juro que sim. Testo todas as portas várias vezes no decorrer da noite. A porta estava fechada pelo lado de fora até, talvez, meia hora atrás... Foi a última vez que a testei, até encontrá-la destrancada.

— Você não escutou gritos ou barulho de luta?

— Não. Mas isso não é estranho. As paredes do Templo são tão espessas que praticamente isolam o som... um efeito ampliado pelas tapeçarias grossas.

— Por que está se incomodando com todas essas perguntas e especulações? — Reclamou o corpulento chefe. — É bem mais fácil extrair uma confissão do sujeito na base da surra. Este é nosso homem, não há dúvida. Vamos levá-lo à Corte de Justiça... Eu consigo um depoimento dele nem que tenha de esmagar seus ossos até transformá-los em polpa.

Demétrio olhou para o bárbaro.

— Você compreende o que ele falou? — O inquisidor perguntou. — O que tem a dizer?

— Que qualquer homem que me tocar irá rapidamente conhecer seus ancestrais no Inferno — o cimério respondeu entredentes, os olhos lançando flamas rápidas de fúria perigosa.

— Por que veio aqui, senão para matar este homem? — Demétrio insistiu.

— Vim para roubar — o outro respondeu, taciturno.

— Roubar o quê? — Quis saber o inquisidor.

— Comida! — A resposta veio após um segundo de hesitação.

— Mentira! — Ralhou Demétrio. — Você sabe que não há comida aqui. Não minta para mim. Diga a verdade, ou...

O cimério pôs a mão sobre o cabo da espada, e o gesto foi tão pleno de ameaça quanto o rosnar de um tigre que mostra as garras.

— Guarde a bravata para aqueles que a temem — ele grunhiu, com os olhos azuis queimando. — Não sou nenhum nemédio civilizado para tremer diante dos seus cães contratados. Matei homens melhores do que você por menos do que isto.

Dionus, que tinha aberto a boca para vociferar de fúria, a fechou de repente. Os vigias moviam as alabardas com indecisão, enquanto aguardavam as ordens de Demétrio. Estavam pasmos ao ver a polícia todo-poderosa ser desafiada daquela maneira, e esperavam um comando para apanhar o bárbaro, mas Demétrio não o deu. Ainda que os outros fossem estúpidos demais para perceber, ele conhecia os músculos de aço e a velocidade atordoante de homens criados além da fronteira da civilização, onde a vida era uma luta contínua pela sobrevivência, e não tinha qualquer desejo de estimular um frenesi bárbaro, se aquilo pudesse ser evitado. Além disso, sua mente estava em dúvida.

— Eu não o acusei de ter matado Kallian — ele afirmou. — Mas tem de admitir que as aparências estão contra você. Como adentrou o Templo?

— Escondi-me nas sombras do depósito que fica atrás do edifício — Conan respondeu, mal-humorado. — Quando este cão — disse, erguendo o dedão para Arus — passou por mim e dobrou a esquina, corri rapidamente para a parede e a escalei...

— Mentira — Arus irrompeu. — Nenhum homem consegue escalar uma parede lisa!

— Já viu um cimério escalando o paredão liso de um rochedo? — Demétrio perguntou com impaciência. — Sou eu que estou conduzindo esta investigação. Prossiga, Conan.

— A quina é decorada com entalhes — o cimério afirmou. — Foi fácil subir. Cheguei ao telhado antes que este cão desse a volta. Encontrei um alçapão com uma tranca de ferro, fechada pelo lado de dentro. Fui forçado a partir a tranca ao meio com a espada.

Recordando-se da espessura daquela tranca, Arus engoliu em seco involuntariamente e afastou-se um pouco do bárbaro, que franziu o cenho de forma abstrata para ele e prosseguiu:

— Temi que o barulho pudesse acordar alguém, mas tive de arriscar. Passei pelo alçapão e cheguei à câmara superior. Não fiquei por lá, indo direto para as escadas...

— Como sabia onde as escadas ficavam? — O inquisidor ralhou. — Sei que só os servos de Kallian e seus ricos patronos tinham acesso àqueles cômodos no andar de cima.

Uma teimosia persistente sombreou os olhos de Conan, e ele manteve-se em silêncio.

— O que fez depois de chegar às escadas? — Demétrio quis saber.

— Desci direto por elas — o cimério murmurou. — Levavam a um aposento atrás daquela porta com cortinas. Enquanto descia, escutei o ruído de uma porta sendo aberta. Quando olhei por trás da cortina, vi este cão de pé sobre o corpo do morto.

— Por que saiu de seu esconderijo?

— Estava escuro quando vi o vigia do lado de fora do Templo. Ao vê-lo aqui, imaginei que fosse um ladrão também. Foi só depois que soou o alarme e me apontou sua besta, que soube quem era.

— Mesmo assim — persistiu o inquisidor —, por que se revelou?

— Imaginei que talvez ele tivesse vindo roubar o... — O cimério calou a boca subitamente, como se tivesse falado demais.

— O mesmo que você! — Demétrio concluiu. — Contou-me mais do que pretendia. Veio aqui com um propósito definido. Não precisava, de acordo com o que contou, perder tempo nas câmaras superiores, onde os bens mais valiosos costumam ser armazenados. Conhecia a planta do edifício... Foi mandado aqui por alguém que conhece muito bem o Templo, para roubar alguma coisa em particular.

— E para matar Kallian Publico! — Dionus exclamou. — Por Mitra, nós o pegamos. Apanhem-no, homens! Antes da alvorada já teremos uma confissão.

Conan deu um salto para trás ante a ameaça acalorada, sacando a espada com tamanha fúria que fez com que a lâmina assobiasse.

— Para trás, se dão valor à vida, cães! — Ele rosnou; os olhos azuis ardendo. — Não pensem que, por torturarem comerciantes e despirem e espancarem prostitutas para fazê-las falar, podem pôr as patas em mim. Levarei alguns de vocês para o Inferno comigo! Brinque com essa besta, vigia... Vou explodir suas entranhas com meu calcanhar antes que o turno da noite acabe!

— Esperem! — Demétrio se interpôs. — Chame seus cães, Dionus. Não estou convencido de que ele seja o assassino. Idiota — ele acrescentou sussurrando —, espere até que possamos convocar mais homens ou enganá-lo para que baixe a guarda.

Demétrio não pretendia abrir mão da vantagem que sua mente civilizada lhe conferia ao permitir que a questão entrasse numa disputa física, em que a ferocidade selvagem do bárbaro poderia pender a balança em sua direção.

— Muito bem — Dionus grunhiu, carrancudo. — Recuem, homens. Mas fiquem de olho nele.

— Dê-me sua espada — Demétrio disse.

— Tome-a se puder — Conan rosnou. Demétrio deu de ombros.

— Tudo bem. Mas não tente fugir. Quatro homens com bestas vigiam a casa do lado de fora. Sempre traçamos um cordão de isolamento em volta das casas antes de entrarmos.

O bárbaro baixou a lâmina, embora tivesse relaxado só brevemente a postura tensa. Demétrio voltou-se mais uma vez para o cadáver.

— Estrangulado — murmurou. — Por que estrangulá-lo, quando um golpe de espada seria mais rápido e seguro? Esses cimérios são um povo sanguinário, nascido com uma espada nas mãos. Nunca ouvi falar de um deles matando um homem desta maneira.

— Talvez para evitar suspeitas — Dionus murmurou.

— Pode ser — ele sentiu o corpo com as mãos experientes. — Morto possivelmente há meia hora. Se Conan diz a verdade sobre sua entrada no Templo, dificilmente teria tempo de cometer o crime antes que Arus entrasse. Mas ele pode estar mentindo... pode ter invadido mais cedo.

— Escalei a parede depois que Arus fez a última ronda — Conan grunhiu.

— É o que você diz — Demétrio afirmou, meditando sobre a garganta do morto, que fora literalmente esmagada até virar uma polpa de carne roxa. A cabeça pendia horrivelmente sobre as vértebras partidas. Demétrio balançou a cabeça em dúvida.

— Por que um assassino usaria um cabo flexível aparentemente mais grosso que o braço de um homem? — Murmurou. — E que terrível constrição foi aplicada para esmagar o pescoço desta maneira?

Levantou-se e caminhou na direção da porta mais próxima que dava para o corredor.

— Aqui há um busto derrubado de seu pedestal próximo à porta — ele disse —, e aqui o chão polido está arranhado e as cortinas da porta estão estiradas, como se uma mão as tivesse agarrado com firmeza... talvez para se apoiar. Publico deve ter sido atacado naquele cômodo. Talvez tenha escapado do atacante ou arrastado o sujeito consigo durante a fuga. Seja como for, ele correu cambaleando para fora do corredor, o assassino o seguiu e terminou o serviço.

— Se este ignorante não é o assassino, então onde ele está? — O chefe da polícia exigiu saber.

— Ainda não isentei o cimério da culpa — retorquiu o inquisidor. — Mas vamos investigar aquele cômodo e... — Ele parou de falar e deu um giro, escutando. Da rua havia soado um súbito chacoalhar das rodas de uma carruagem que se aproximara rapidamente e, a seguir, parara de modo abrupto.

— Dionus! — O inquisidor exclamou. — Mande dois homens encontrar essa carruagem e traga o condutor aqui.

— Pelo som — disse Dionus, que era familiarizado com todos os barulhos das ruas —, eu diria que ela parou diante da casa de Promero, do outro lado da loja do vendedor de seda.

— Quem é Promero? — Demétrio perguntou.

— O escrivão-chefe de Kallian Publico.

— Traga-o aqui, junto do condutor da carruagem — Demétrio ordenou. — Vamos esperar que cheguem antes de examinarmos o cômodo.

Dois guardas obedeceram. Demétrio ainda estudava o corpo; Dionus, Arus e os guardas restantes observavam Conan, que permanecia segurando a espada, estático como uma taciturna estátua de bronze. Logo ouviu-se o eco de pés calçados do lado de fora, e os dois guardas entraram com um homem corpulento, de pele escura, vestindo o capacete e a túnica de um condutor, segurando um chicote; e um indivíduo baixo e de aspecto tímido, típico daquela classe que, advinda das fileiras de artesãos, oferecia seus serviços para mercadores e comerciantes ricos.

Ao entrar, este último recolheu-se com um grito ao ver a massa de carne esparramada no chão.

— Ah, sabia que o mal viria disto!

— Suponho que você seja Promero, o escrivão. E você?

— Enaro, condutor de Kallian Publico.

— Não parece comovido ante a visão do cadáver — Demétrio observou.

— E por que deveria? — Os olhos escuros brilharam. — Alguém apenas fez o que não ousei, mas ansiava.

— Então... — o inquisidor murmurou. — Você é um homem livre?

Os olhos de Enaro ganharam tons mais amargos, e ele jogou a túnica para o lado, mostrando no ombro a marca de um homem tornado escravo por causa de dívidas.

— Sabia que seu senhor vinha aqui esta noite?

— Não. Trouxe a carruagem para o Templo como de costume. Ele entrou e eu dirigi até a quinta. Mas, antes que chegássemos ao Caminho Palian, ordenou-me que virasse e o trouxesse de volta. Parecia bastante agitado.

— E você o trouxe de volta ao Templo?

— Não. Ele me fez parar na casa de Promero. Lá, dispensou-me, ordenando que voltasse para apanhá-lo pouco depois da meia-noite.

— Que horas foi isso?

— Logo após o crepúsculo. As ruas estavam quase desertas.

— O que fez então?

— Voltei para a casa dos escravos, onde permaneci até a hora de retornar à casa de Promero. Dirigi direto para lá, e seus homens me apanharam enquanto conversava com Promero na frente da casa.

— Tem alguma ideia do motivo de Kallian ter ido à casa de Promero?

— Ele não falava sobre negócios com escravos.

Demétrio virou-se para Promero:

— O que sabe sobre isso?

— Nada — os dentes do escrivão batiam enquanto falava.

— Kallian Publico foi até a sua casa como disse o condutor?

— Sim.

— Quanto tempo ficou?

— Poucos minutos. A seguir, foi embora.

— Ele foi da sua casa para o Templo.

— Eu não sei! — A voz do escrivão soava aguda devido ao nervosismo.

— Por que ele foi até a sua casa?

— Para... tratar de negócios.

— Está mentindo — Demétrio disparou. — Por que ele foi à sua casa?

— Eu não sei! Eu não sei de nada! — Promero começou a gritar histericamente. — Não tive nada a ver com isso...

— Faça com que ele fale, Dionus — Demétrio mandou. Dionus grunhiu e acenou para um de seus homens, que, com um sorriso selvagem, andou na direção dos dois cativos.

— Você sabe quem eu sou? — Ele rosnou, pronunciando a cabeça para a frente e encarando sua presa encolhida com dominância.

— Você é Posthumo — o condutor respondeu devagar. — Arrancou o olho de uma garota na Corte de Justiça porque ela não queria dar-lhe informações que incriminavam seu amante.

— Sempre consigo o que quero! — O guarda berrou, as veias em seu pescoço inchando e o rosto ficando roxo. Ele apanhou o escrivão pela gola da túnica e a torceu, parcialmente estrangulando o homem.

— Fale, rato! — Grunhiu. — Responda o inquisidor.

— Por Mitra, misericórdia! — O desgraçado gritou. — Eu juro que...

Posthumo o estapeou na lateral do rosto e, a seguir, na outra, e deu sequência ao interrogatório jogando-o no chão e chutando-o com terrível precisão.

— Misericórdia! — Gemia a vítima. — Eu conto... eu conto tudo!

— Então de pé, verme! — Posthumo rugiu, inflado de pompa. — Não fique aí deitado, choramingando.

Dionus espiou Conan para ver se o deixara impressionado.

— Viu o que acontece com quem contraria a polícia? — Disse.

O cimério deu uma cusparada repleta de zombaria e desprezo cruel pelo escrivão.

— Ele é um idiota fracote — grunhiu. — Se algum de vocês me tocar, terá as entranhas espalhadas pelo chão.

— Você está pronto para falar? — Demétrio perguntou, cansado. Ele achava aquele tipo de cena desgastante e monótona.

— Tudo que sei — o escrivão soluçou, levantando-se e choramingando como um cachorro surrado — é que Kallian foi até a minha casa pouco depois de minha chegada. Tinha saído do Templo na mesma hora que ele. O homem dispensou a carruagem e ameaçou me despedir se eu contasse alguma coisa. Sou uma pessoa pobre, não tenho amigos ou patronos. Sem minha posição junto a ele, passaria fome.

— E o que tenho eu com isso? — Demétrio indagou. — Quanto tempo ele ficou na sua casa?

— Talvez cerca de meia hora antes da meia-noite. Então foi embora, dizendo que vinha para o Templo e voltaria depois de fazer o que precisava.

— E o que ele ia fazer?

Promero hesitou em revelar os segredos de seu temido patrão, mas uma olhada trêmula para Posthumo, que sorria de forma maligna enquanto cerrava o punho enorme, o fez abrir a boca rapidamente.

— Havia alguma coisa no Templo que ele queria examinar.

— Por que ele viria aqui sozinho e de forma tão secreta?

— Porque não era propriedade dele. Chegou em uma caravana, vinda do sul, ao amanhecer. Os homens do comboio nada sabiam sobre ela, exceto que lhes fora confiada pelos condutores de uma caravana vinda da Stygia e que deveria ser entregue a Kalanthes, de Hanumar, sacerdote de Ibis. O mestre da caravana fora pago por outros homens para entregá-la diretamente a Kalanthes, mas, sendo um patife por natureza, queria ir direto para a Aquilônia, que fica fora do caminho para Hanumar. Então, perguntou se poderia deixar o objeto no Templo até que Kalanthes o mandasse buscar. Kallian concordou e disse ao homem que enviaria um mensageiro para Kalanthes. Mas, depois que os homens se foram e eu já tinha falado com o mensageiro, Kallian proibiu-me de enviá-lo. Ele sentou-se meditativo diante do que os homens tinham deixado.

— E o que era?

— Um tipo de sarcófago, igual aos encontrados nas antigas tumbas da Stygia, mas era redondo, como uma panela de metal tampada. Sua composição parecia ser de cobre, porém mais rígida, gravada com hieróglifos parecidos com aqueles encontrados em velhos menires no sul da Stygia. A tampa estava presa ao corpo por anéis de cobre.

— O que havia dentro?

— Os homens da caravana não sabiam. Só disseram que o sujeito que lhes entregara afirmou ser uma relíquia inestimável, encontrada entre as tumbas muito abaixo das pirâmides, enviada para Kalanthes por causa do "amor que o remetente tinha pelo sacerdote de Ibis". Kallian Publico acreditava que o objeto continha o diadema dos reis gigantes, do povo que vivia naquela terra sombria antes da chegada dos ancestrais dos stygios. Ele mostrou-me um desenho esculpido na tampa que jurou ter a forma do diadema usado, de acordo com as lendas, pelos reis monstros. Estava determinado a abrir a urna e ver o que ela continha. Parecia louco enquanto pensava no mítico diadema, cujos mitos dizem ser encravado de estranhas joias conhecidas apenas por aquele povo ancião, sendo que uma única delas valeria mais do que todas as joias do mundo moderno. Eu o alertei para não fazer aquilo, mas, como disse, ele ficou na minha casa e, pouco antes da meia-noite, veio até o Templo, escondeu-se nas sombras até que o vigia tivesse passado para o outro lado do edifício e, então, usou sua chave para entrar. Eu o assisti de longe, na penumbra da minha loja de seda, e o vi adentrar o local. Então, voltei para minha casa. Se o diadema estivesse na urna, ou qualquer outra coisa de valor, ele pretendia esconder em algum local do Templo e sair sem ser visto novamente. Pela manhã, faria um grande alarido, dizendo que ladrões tinham invadido a sua casa e roubado a propriedade de Kalanthes. Ninguém saberia das suas peripécias, além do condutor e eu, e nenhum de nós o trairia.

— Mas e o vigia? — Demétrio objetou.

— Kallian não pretendia ser visto por ele; planejava crucificá-lo como cúmplice dos ladrões — Promero respondeu. Arus engoliu em seco e empalideceu ao se dar conta da duplicidade de seu empregador.

— Onde está esse sarcófago? — Demétrio perguntou. Promero apontou e o inquisidor grunhiu. — Então... no cômodo em que Kallian provavelmente foi atacado.

Promero ficou lívido e esfregou as mãos magras.

— Por que um stygio enviaria um presente a Kalanthes? Deuses antigos e estranhas múmias já cruzaram as estradas em caravanas antes, mas quem tanto ama o sacerdote de Ibis na Stygia, onde eles ainda adoram o demônio Set, que serpenteia em meio às tumbas escuras? O deus Ibis luta contra Set desde o alvorecer dos tempos, e Kalanthes combateu os sacerdotes de Set durante a vida inteira. Existe algo sombrio e oculto nisso tudo.

— Mostre-nos esse sarcófago — Demétrio ordenou, e Promero, ainda hesitante, mostrou o caminho. Todos o seguiram, incluindo Conan, que aparentemente não se preocupava com os olhares de desconfiança dos guardas e parecia apenas curioso. Eles passaram pelas cortinas rasgadas e adentraram a câmara, que era ligeiramente mais escura que o corredor. Portas de ambos os lados a conectavam a outros cômodos e as paredes eram enfeitadas por fantásticas imagens, deuses de terras estranhas e povos distantes. Promero deu um grito agudo:

— Olhe! A urna! Está aberta... e vazia!

No centro do cômodo havia uma estranha calota esférica preta, de quase um metro e vinte de altura, e talvez noventa centímetros de diâmetro na circunferência mais larga, situada na metade da distância entre o topo e a base. A pesada tampa esculpida estava no chão e, ao lado dela, um martelo e um cinzel. Demétrio olhou dentro do recipiente, intrigado por um instante pelos indistintos hieróglifos, e virou-se para Conan.

— Foi isso que veio roubar?

O bárbaro meneou a cabeça.

— Como eu levaria isso? É grande demais para um homem carregar.

— Os fechos foram cortados com este cinzel — Demétrio elucubrou. — E apressadamente. Há marcas onde o martelo errou e acertou o metal. Devemos supor que Kallian abriu a urna. Alguém estava escondido nas proximidades, possivelmente atrás das cortinas penduradas diante da entrada. Quando Kallian abriu a urna, o assassino saltou sobre ele... ou talvez tenha matado Kallian e aberto o sarcófago sozinho.

— Isto é uma coisa sinistra — estremeceu o escrivão. — É antiga demais para ser sagrada. Quem já viu metal como este no mundo são? Parece menos destrutível do que aço aquiloniano, mas veja como está corroído e carcomido em certos pontos. Veja os pedaços de molde preto aderindo aos sulcos dos hieróglifos; eles cheiram igual a terra cheira bem abaixo da superfície. E vejam... aqui, na tampa! — O escrivão apontou com seu dedo trêmulo. — O que me dizem disto?

Demétrio inclinou-se para examinar a imagem esculpida mais de perto.

— Diria que representa algum tipo de coroa — ele grunhiu.

— Não! — Promero exclamou. — Eu avisei Kallian, mas ele não acreditou em mim! É uma serpente escamosa enrolada, com a cauda enfiada dentro da boca. É o símbolo de Set, a Velha Serpente, o deus dos stygios! Esta urna é antiga demais para o mundo dos humanos... É uma relíquia dos tempos em que Set caminhava pela Terra na forma de homem! O povo que descende de seus lombos costumava se desfazer dos ossos de seus reis em invólucros como este!

— E vai nos dizer que esses ossos se desfazendo em pó ergueram-se, estrangularam Kallian Publico e foram embora? — Demétrio questionou.

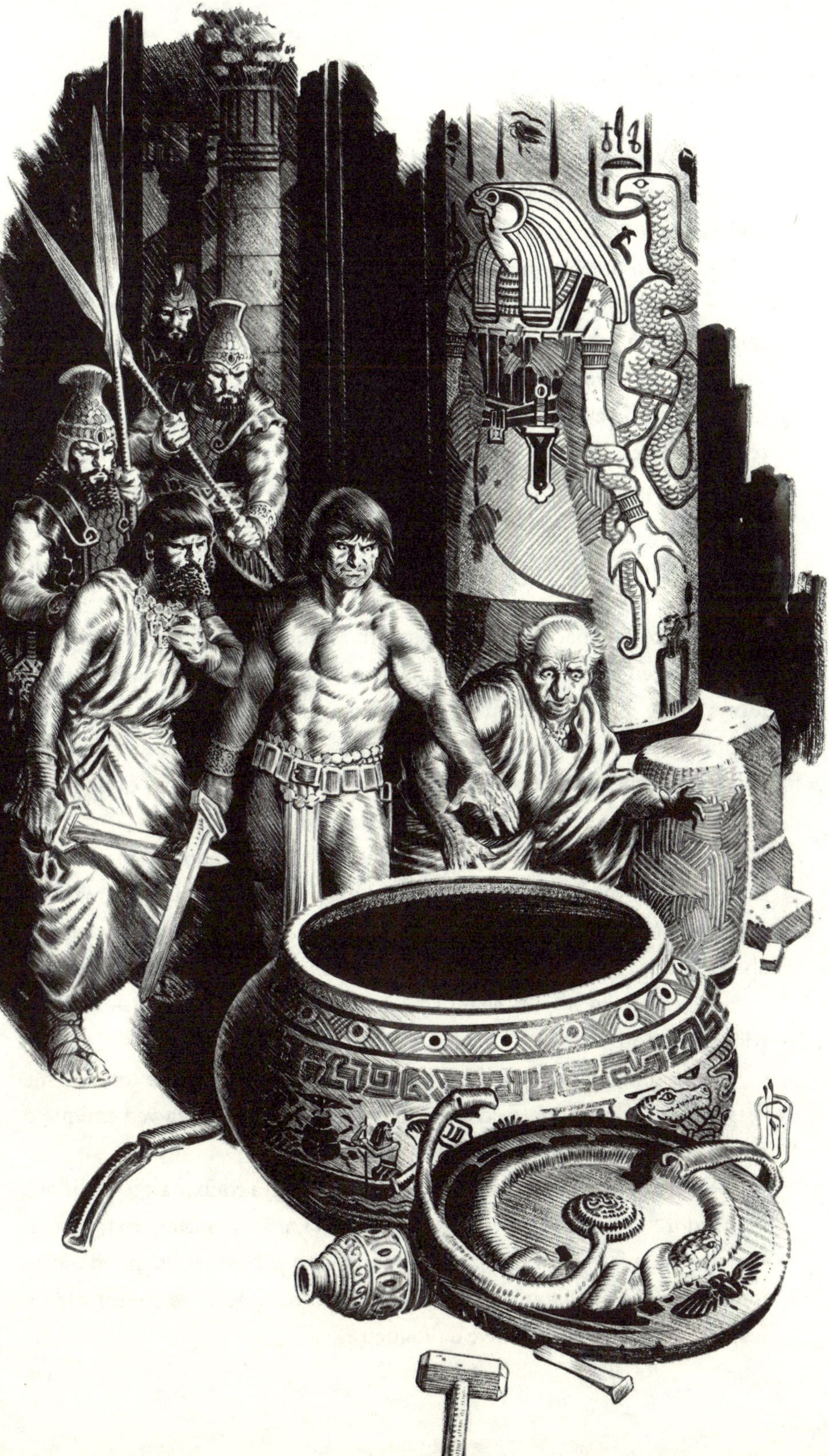

— Nenhum homem foi deitado nesta urna para descansar — o escrivão sussurrou, encarando com os olhos arregalados. — Que humano poderia deitar-se nela?

Demétrio praguejou aborrecido.

— Se Conan não é o assassino — ele retorquiu —, o responsável ainda está em algum lugar do edifício. Dionus e Arus, permaneçam aqui comigo, e vocês, três prisioneiros, tratem de ficar também. O restante, vasculhe a área. O assassino só pode ter fugido se tiver saído antes de Arus encontrar o corpo... pelo caminho usado por Conan ao entrar. Porém, neste caso, o bárbaro o teria visto, se está mesmo dizendo a verdade.

— Não vi ninguém além deste cão — Conan grunhiu, apontando para Arus.

— Claro que não, porque o assassino é você — Dionus disse. — Estamos perdendo tempo, mas vamos vasculhar o edifício como uma mera formalidade. E, se não acharmos ninguém, prometo que você vai queimar! Lembre-se da Lei, meu selvagem de cabelos negros... Vai para as minas por matar um plebeu, é enforcado por matar um comerciante, mas é queimado na fogueira por assassinar um homem de posses!

A resposta de Conan foi um movimento malicioso dos lábios, expondo os dentes. Os homens iniciaram a busca, e quem ficou na câmara os escutava andando pelos andares de cima e de baixo, movendo objetos, abrindo portas e gritando uns para os outros das salas onde estavam.

— Sabe o que significa se não acharem ninguém, Conan? — Demétrio perguntou.

— Eu não o matei — o cimério rosnou. — Se ele tivesse tentado me deter, eu teria partido seu crânio ao meio. Mas a primeira vez em que o encontrei foi ao ver aquele cadáver.

— Sei que alguém o enviou aqui esta noite para roubar algo — disse o inquisidor. — Pelo seu silêncio, incrimina a si neste assassinato também. É melhor que fale. O simples fato de estar aqui já basta para mandá-lo às minas por dez anos, quer admita a culpa ou não. Mas, se contar toda a história, pode ser que se salve da fogueira.

— Bem... — o bárbaro respondeu, contrariado. — Vim aqui roubar um cálice de diamantes zamoriano. Um homem deu-me uma planta do Templo e me disse onde deveria procurá-lo. Está guardado naquela sala — Conan apontou —, em um nicho debaixo de um deus semita de cobre.

— Ele disse a verdade — Promero confirmou. — Achei que nem meia dúzia de homens no mundo conhecia o segredo daquele esconderijo.

— E, caso o tivesse obtido — Demétrio perguntou, zombeteiro —, realmente o teria levado ao homem que o contratou? Ou teria guardado para si?

Os olhos ardentes tornaram a brilhar de ressentimento.

— Não sou nenhum cão — murmurou o bárbaro. — Mantenho a minha palavra!

— Quem o mandou aqui? — Demétrio exigiu, mas Conan guardou um taciturno silêncio.

Os guardas começavam a retornar da busca.

— Não há nenhum homem escondido neste edifício — eles grunhiram. — Nós varremos o lugar. Encontramos o alçapão no telhado por onde o bárbaro entrou, e a trava que ele cortou ao meio. Um homem que fugisse por essa rota teria sido visto pelos guardas que deixamos do lado de fora, a não ser que ele tivesse partido antes de chegarmos. Contudo, para alcançá-lo pelo lado de dentro, ele precisaria ter empilhado mesas ou cadeiras umas sobre as outras, o que não foi feito. Por que ele não poderia ter saído pela porta da frente pouco antes de Arus dar a volta na construção?

— Porque a porta estava fechada por dentro. E as únicas chaves que funcionariam na fechadura são a que pertence a Arus e a que permanece pendurada no pescoço de Kallian Publico.

— Encontrei a corda que o assassino utilizou — um deles anunciou. — Uma corda preta, mais grossa que o braço de um homem, e curiosamente manchada.

— Então onde está ela, idiota? — Dionus perguntou.

— Na câmara adjunta a esta — o guarda respondeu —, enrolada num pilar de mármore, onde sem dúvida o assassino achou que não seria vista. Não pude alcançá-la, mas só pode ser ela.

Ele mostrou o caminho até um cômodo repleto de estátuas de mármore e apontou para uma coluna alta, uma dentre várias, que servia a um propósito mais ornamental — para acomodar as estátuas — do que utilitário. Contudo, o guarda estancou e ficou encarando.

— Sumiu! — Ele gritou.

— Porque nunca esteve lá — retorquiu Dionus.

— Por Mitra, ela estava! — Jurou o guarda. — Enrolada no pilar, logo acima daquelas folhas esculpidas. É tão escuro ali, próximo ao teto, que não pude discernir muitos detalhes, mas ela estava lá.

— Você está bêbado — Demétrio rugiu, dando as costas. — Ali é alto demais para que qualquer homem alcance. Somente uma cobra conseguiria subir por um pilar liso como esse.

— Um cimério conseguiria — murmurou um dos homens.

— Talvez. Digamos que Conan tenha estrangulado Kallian, prendido a corda no pilar, cruzado o corredor e se escondido na sala das escadarias. Então, como foi que ele a removeu após você tê-la visto? Ele está conosco desde que Arus encontrou o cadáver. Não... afirmo que Conan não é o assassino. Acredito que o verdadeiro responsável pela morte de Kallian queria o conteúdo da urna e agora mesmo está escondido em algum recanto secreto deste Templo. Se não pudermos encontrá-lo, teremos de culpar o bárbaro para satisfazer a justiça, mas... onde está Promero?

Eles haviam retornado até o corpo silencioso no corredor. Dionus gritou de forma ameaçadora para Promero, que veio repentinamente do cômodo onde estava a urna vazia. Ele tremia e seu rosto estava lívido.

— O que foi agora, homem? — Demétrio exclamou, irritado.

— Encontrei um símbolo no fundo da urna — Promero respondeu. — Não é um hieróglifo antigo, mas um símbolo esculpido recentemente. A marca de Thoth-Amon, o feiticeiro stygio, inimigo mortal de Kalanthes! Ele encontrou o objeto em alguma caverna sombria, debaixo das pirâmides assombradas! Os deuses do passado não morriam como os homens morrem... eles caíam em longos sonos, e seus adoradores os trancavam em sarcófagos, para que ninguém perturbasse seu descanso. Thoth-Amon mandou a morte para Kalanthes... A ganância de Kallian o levou a liberar o horror, que ainda espreita em algum lugar próximo... neste mesmo instante pode estar rastejando entre nós...

— Deixe de besteiras, imbecil! — Dionus rugiu furioso e golpeou com força a boca do homem. Dionus era um materialista, com pouca paciência para especulações bizarras.

— Bem, Demétrio — ele disse, voltando-se para o inquisidor —, não vejo opção além de prender este bárbaro...

Súbito, o cimério deu um grito e todos se viraram. Ele olhava na direção da porta do cômodo, que dava para a sala das estátuas.

— Vejam! — Ele exclamou. — Vi algo mover-se naquela sala... vi por entre as cortinas. Alguma coisa cruzou o chão como uma sombra densa e comprida!

— Bah! — Posthumo o desprezou. — Nós vasculhamos esse cômodo...

— Ele viu alguma coisa! — A voz de Promero estalou num guincho agudo e histérico. — Este lugar está amaldiçoado! Alguma coisa saiu do sarcófago e matou Kallian Publico! Ela se escondeu de vocês onde nenhum homem poderia e, agora, está naquela câmara! Mitra... defenda-nos dos poderes das Trevas! Digo que era um dos filhos de Set que estava dentro daquela urna! — Ele agarrou a manga de Dionus como se seus dedos fossem garras. — Você tem de vasculhar o cômodo de novo!

O chefe da polícia, aborrecido, livrou-se da pegada e Posthumo foi inspirado a manifestar seu humor.

— Por que não vasculha você mesmo, escrivão? — Ele segurou Promero pelo pescoço e pelo cinto, e o levou aos berros em direção à porta, parando diante dela e arremessando-o para dentro da câmara com tanta violência, que o escrivão caiu e ficou um pouco atordoado.

— Já basta disso — Dionus resmungou, olhando para o cimério silencioso. Ele ergueu a mão, os olhos de Conan voltaram a arder numa chama azul e a tensão tornou-se palpável no ar, quando surgiu uma interrupção. Um guarda entrou, arrastando uma figura magra e muito bem-vestida.

— Eu o vi esgueirando-se na parte de trás do Templo — explicou o guarda, esperando um elogio. Em vez disso, recebeu xingamentos que fizeram seus cabelos se arrepiar.

— Solte este cavalheiro, seu brutamonte idiota! — O chefe da polícia praguejou. — Não conhece Aztrias Petanius, sobrinho do governador da cidade?

O guarda, embaraçado, abaixou a cabeça e o jovem nobre efeminado arrumou sua manga bordada de forma melindrosa.

— Poupe suas desculpas, caro Dionus — ele disse de modo afetado. — Sei que todos apenas cumprem seu dever. Voltava a pé de uma festa, para livrar minha mente do torpor do vinho. O que temos aqui? Por Mitra, é um assassinato?

— Um assassinato, de fato, meu senhor — o chefe da polícia respondeu. — Mas temos um homem que, embora Demétrio pareça ter dúvidas quanto à questão, certamente irá para a fogueira por causa dele.

— Um bruto de visual assustador — o jovem aristocrata murmurou. — Como alguém poderia duvidar de sua culpa? Jamais vi uma expressão tão vilanesca.

— Sim, você já viu, cão perfumado — rosnou o cimério. — Quando me contratou para roubar o cálice zamoriano para você. Festa? Bah! Você estava aguardando nas sombras até que eu lhe entregasse o cálice. Eu não teria revelado o seu nome se tivesse sido justo comigo. Agora diga a esses cães que me viu escalar a parede depois que o vigia fez a última ronda, para que saibam que não tive tempo de matar o porco gordo antes que Arus entrasse e descobrisse o cadáver.

Demétrio olhou rapidamente para Aztrias, que permaneceu impassível.

— Se o que ele diz é verdade, meu senhor — o inquisidor observou —, isso o isenta do assassinato, e podemos facilmente abafar a questão da tentativa de roubo. Ele será condenado a dez anos de trabalhos forçados pela invasão domiciliar, mas, se der a ordem, orquestraremos para que ele fuja, e ninguém além de nós saberá sobre a questão. Eu compreendo... o senhor não é o primeiro nobre que teve de recorrer a atos do tipo para pagar dívidas de jogo e coisas assim. Pode confiar em nossa discrição.

Conan olhou para o nobre com expectativa, mas Aztrias deu de ombros e cobriu um bocejo com a mão delicada.

— Eu não o conheço — respondeu. — Ele é insano por dizer que o contratei. Que sofra sua penitência. Ele tem costas fortes e o trabalho nas minas lhe fará bem.

Os olhos de Conan faiscaram e ele pareceu prestes a atacar; os guardas, tensos, apertaram firme as armas, então relaxaram quando ele baixou a cabeça repentinamente, como se estivesse resignado, e nem mesmo Demétrio percebeu que o bárbaro os observava por baixo daquelas sobrancelhas pretas, com olhos que eram duas fendas de fogo azul.

Ele atacou como o bote de uma cobra; sua espada brilhou à luz das velas. Aztrias deu um grito e sua cabeça voou dos ombros num jato de sangue; as feições congeladas numa máscara branca de horror. Com agilidade felina, Conan virou-se e estocou ferozmente a virilha de Demétrio. Por instinto, o inquisidor recuou, mal defletindo a ponta, que afundou em sua coxa, raspou o osso e saiu pelo outro lado da perna. Demétrio caiu de joelhos com um grunhido, desalentado e nauseado pela agonia.

Conan não havia parado. A lança que Dionus ergueu salvou seu crânio da lâmina sibilante, que se desviou levemente ao cortar a madeira e decepou a orelha da cabeça. A velocidade atordoante do bárbaro paralisou os sentidos da polícia e tornou suas ações uma série de gestos fúteis. Pega de surpresa pela rapidez e ferocidade do bárbaro, metade dela teria caído antes que tivesse ao menos a chance de lutar, exceto que Posthumo, mais por sorte do que por habilidade, envolveu o bárbaro num abraço de urso, prendendo o braço que manejava a espada. A mão esquerda do bárbaro, livre, acertou o crânio do guarda, e Posthumo caiu agonizando, apertando a órbita vazia e coberta de sangue na qual seu olho costumava ficar.

Conan saltou para trás, desviando-se dos ataques e saindo do círculo de oponentes que o cercavam, o que o levou até Arus, que manejava de forma desajeitada sua besta. Um chute selvagem no estômago o derrubou, engasgado e nauseado, e os pés calçados de Conan esmagaram a boca do vigia, que berrou por entre os dentes quebrados, cuspindo uma espuma vermelha dos lábios mutilados.

Então, todos congelaram ante um grito aterrorizado de abalar a alma, que veio da câmara onde Posthumo jogara Promero, e, atravessando a cortina de veludo pendurada à porta, o escrivão entrou cambaleante e parou, tremendo em meio a grandes soluços silenciosos, com lágrimas correndo pelo rosto e baba escorrendo pela boca aberta, como uma criancinha apalermada chorando.

Todos olharam para ele com espanto — Conan, com sua espada gotejando; a polícia, com suas armas erguidas; Demétrio, rastejando pelo chão e lutando para estancar o sangue que vertia da enorme fenda na perna; Dionus, segurando a orelha decepada; Arus, choramingando e cuspindo pedaços de dentes quebrados... e até mesmo Posthumo cessou seus uivos de dor e piscou em meio à bruma de sangue que velava sua única vista.

Promero veio titubeando pelo corredor e caiu rígido diante deles. Num grito insuportavelmente agudo que se converteu numa gargalhada insana, ele berrou:

— O deus tem pescoço longo! Hah hah hah hah! Um pescoço longo e amaldiçoado!

Então, com uma convulsão pavorosa, ficou teso e jazeu num sorriso vazio, fitando o teto.

— Ele está morto! — Dionus sussurrou, espantado, esquecendo-se do próprio ferimento e do bárbaro ao seu lado, com a lâmina gotejando. Ele curvou-se sobre o cadáver, endireitando-se logo a seguir, com um brilho no olhar. — Não está ferido... Em nome de Mitra, o que há naquele cômodo?

Então o horror os subjugou e eles correram aos berros para a porta exterior, amontoando-se na entrada num emaranhado de unhas arranhando e gritos, que explodiu para o lado de fora como um bando de maníacos. Arus foi atrás, e Posthumo, meio cego, lutou para seguir seus companheiros, guinchando como um porco ferido, implorando que não o deixassem para trás. Ele caiu em meio a eles, que o derrubaram e pisotearam, tomados pelo pavor. Mesmo assim, seguiu-os de joelhos e, na sequência, foi a vez de Demétrio. O inquisidor tinha coragem de encarar o desconhecido; contudo, estava ferido e debilitado, e a espada que o abatera continuava próxima. Pressionando a coxa que jorrava sangue, ele mancou atrás dos demais. Policiais, condutor e vigia, feridos ou não, ganharam as ruas, onde os homens que vigiavam o edifício, contaminados pelo pânico, juntaram-se à fuga sem precisar perguntar o motivo. Conan ficou só no grande corredor, salvo os cadáveres no chão.

O bárbaro apertou firme a espada e caminhou para dentro do cômodo. Havia tapeçarias caras penduradas; almofadas de seda e divãs se espalhavam em profusão descuidada e, por sobre um grande biombo dourado, um rosto encarava o cimério.

Conan observou espantado a fria beleza clássica, a qual jamais vira entre os filhos dos homens. Nem fraqueza, misericórdia, crueldade, gentileza, nem qualquer outra emoção humana cruzava aquelas feições. Elas poderiam ser a máscara de mármore de um deus, esculpida pela mão de um mestre, exceto pela inequívoca vida que havia nela — uma vida gélida e estranha, do tipo que o cimério jamais vira nem podia compreender. Ele pensou fugazmente na perfeição do corpo marmóreo que o biombo ocultava — tinha de ser perfeito, ele imaginou, uma vez que o rosto era belo além da capacidade humana. Mas só conseguia ver o rosto divino, a cabeça tão belamente moldada, que oscilava curiosamente de um lado para o outro. Os lábios se abriram e proferiram uma única palavra num tom rico e vibrante, que soou como os carrilhões dourados nos templos perdidos entre as selvas de Khitai. Era uma língua desconhecida, esquecida antes que os reinos dos homens se erguessem, mas Conan sabia o que ela queria dizer: "Venha!".

E o cimério foi, com um salto desesperado e um golpe assobiante da espada. A linda cabeça rolou da parte superior do biombo junto a um jato de sangue negro e caiu aos seus pés, que recuaram, temendo tocá-la. Então, sua pele se arrepiou quando o biombo foi balançado e sacudido pelas convulsões de algo que havia atrás dele. Conan escutara e vira homens morrerem aos montes, mas nunca testemunhara um ser humano produzir aqueles estertores. Houve uma pancada e o som de algo se debatendo, como se uma grande corda estivesse sendo violentamente usada como açoite.

Enfim, os movimentos cessaram e Conan olhou com cautela atrás do biombo. O mais completo horror se apossou do cimério, que fugiu e não parou de correr até que os pináculos da Numália desaparecessem na alvorada que surgia às suas costas. O conceito de Set era como um pesadelo, e seus filhos, que outrora governaram a Terra, agora dormiam em cavernas escuras, debaixo das pirâmides. Atrás daquele biombo dourado, não havia um corpo humano... apenas a cintilante figura encaracolada e sem cabeça de uma gigantesca serpente.

# Robert E. Howard

Robert Ervin Howard nasceu em 22 de janeiro de 1906 e faleceu ainda muito jovem, em 11 de junho de 1936. Sua carreira, embora curta, foi absolutamente prolífica, e o principal atestado do seu sucesso como escritor é a longevidade e a popularidade dos seus personagens, que saltaram para fora das páginas dos romances e ganharam expressão em diversas outras formas de manifestação artística, com destaque para os quadrinhos, *videogames* e cinema.

Howard nasceu no Texas e, de acordo com seus biógrafos, demonstrou desde cedo uma paixão pela escrita. Embora tenha escrito de forma amadora ao longo de toda a adolescência, foi aos 18 anos que o autor conseguiu vender sua primeira história. Ao longo dos doze anos seguintes, ele produziu ininterruptamente contos de terror, faroeste, aventura, crimes, e chegou até a flertar com o gênero erótico, publicando seus textos em diversas revistas e jornais; porém, foi nas *pulp magazines*[1] (também chamadas de *pulp fiction*) que encontrou seu filão.

Embora fosse competente escrevendo em qualquer gênero (ele tinha afinidade especial para criar contos que se ancoravam no realismo histórico), as suas grandes obras-primas e maiores personagens surgiram justamente dentro do subgênero que ele concebeu, Espada & Feitiçaria.

Seu maior e mais brilhante trabalho foi feito com o personagem Conan, mas outros guerreiros quase tão espetaculares quanto ganharam vida pela sua pena: o puritano Solomon Kane; o rei Kull, soberano da Valúsia; Bran Mak Morn, o último rei dos pictos; e a guerreira Red Sonja de Roghatio.

Extras † Biografia

Infelizmente, a carreira de Howard terminou de forma súbita e brutal, quando ele cometeu suicídio, aos 30 anos de idade.

> O escritor tinha uma relação bastante simbiótica com a mãe, uma senhora doente que teve tuberculose antes mesmo de conhecer o pai de Howard. Tendo convivido com a condição da mãe durante toda a vida (o que despertou nele uma verdadeira aversão à velhice e a doenças), o escritor acompanhou de perto toda a sua deterioração. Quando o estado dela piorou em definitivo, colocando-a em um coma do qual os médicos disseram que ela jamais acordaria, o escritor se suicidou com um tiro na cabeça. Sua mãe faleceu 14 horas mais tarde.[2]

A morte de Howard abreviou a carreira de um dos mais criativos escritores do seu tempo. Sua prosa poderosa, dotada de várias camadas, críticas ao comportamento humano e ao comodismo, amalgamava-se a histórias sobre grandes guerreiros, belas mulheres, magos e demônios que viviam em terras distantes e esquecidas. Poucos escritores conseguiram desenvolver uma concepção de mundo tão ampla, coesa e completa quanto ele e, seguramente, ninguém foi capaz de fazê-lo num prazo tão curto de tempo.

Howard cimentou o caminho para todos que o seguiram; ditou as regras e estabeleceu a base do que o subgênero Espada & Feitiçaria deveria ser. Mesmo hoje, seus textos permanecem ricos, viscerais, poderosos e impressionantes de várias maneiras.

---

(1) Os *pulps* eram revistas baratas, lançadas em geral no formato 18 x 25 cm, que traziam geralmente contos de diversos autores. Embora existisse desde o fim do século XIX, o auge desse tipo de publicação foi entre os anos 1930 e 1940, até que saísse totalmente de circulação em meados da década seguinte. Alguns dos principais autores norte-americanos do século XX surgiram nos *pulps*, como: Isaac Asimov, Jack London, H.P. Lovecraft, Robert Bloch, William S. Burroughs, F. Scott Fitzgerald, H.G. Wells, Phillip K. Dick e Mark Twain. Além disso, grandes nomes da literatura inglesa, como Sir Arthur Conan Doyle, Joseph Conrad e Edgar Rice Burroughs foram publicados pela primeira vez nos Estados Unidos nesse tipo de revista.

(2) CALLARI, Alexandre; ZAGO, Bruno; LOPES, Daniel. */QUADRINHOS NO CINEMA/* São Paulo: Generale, 2011. Volume 1.

Robert E. Howard.